CONAN

O SANGUE DA SERPENTE

CONAN

O SANGUE DA SERPENTE

S. M. STIRLING

Ilustrado por Roberto De La Torre

Tradução de João Costa

ALTA BOOKS
GRUPO EDITORIAL
Rio de Janeiro, 2024

Conan, O Sangue da Serpente

ISBN: 978-85-508-2092-7

Impresso no Brasil – 1ª Edição, 2024 – Edição revisada conforme o Acordo Ortográfico da Língua Portuguesa de 2009.

Dados Internacionais de Catalogação na Publicação (CIP) de acordo com ISBD

S861c Stirling, S. M.

Conan, O Sangue da Serpente / S. M. Stirling ; traduzido por João Costa. - Rio de Janeiro : Alta Books, 2024.
352 p. ; 13,5cm x 21cm.

Tradução de: Conan, Blood of the Serpent
ISBN: 978-85-508-2092-7

1. Literatura americana. 2. Romance. I. Costa, João. II. Título.

2023-1762 CDD 813.5
CDU 821.111(73)-31

Elaborado por Odilio Hilario Moreira Junior - CRB-8/9949

Índice para catálogo sistemático:
1. Literatura americana : Romance 813.5
2. Literatura americana : Romance 821.111(73)-31

Alta Novel é um selo do Grupo Editorial Alta Books

Produção Editorial: Grupo Editorial Alta Books
Diretor Editorial: Anderson Vieira
Vendas Governamentais: Cristiane Mutüs
Gerência Comercial: Claudio Lima

Coordenadora Editorial: Illysabelle Trajano
Produtora Editorial: Beatriz de Assis & Viviane Corrêa
Tradução: João Costa
Copidesque: Camila Reis Moreira & Natália Pacheco
Revisão: Alessandro Thomé & Mariana Naime
Diagramação: Joyce Matos

ALTA BOOKS
GRUPO EDITORIAL

Rua Viúva Cláudio, 291 – Bairro Industrial do Jacaré
CEP: 20.970-031 – Rio de Janeiro (RJ)
Tels.: (21) 3278-8069 / 3278-8419
www.altabooks.com.br – altabooks@altabooks.com.br
Ouvidoria: ouvidoria@altabooks.com.br

Editora **afiliada à:**
ASSOCIADO

Para Janet Cathryn Stirling, 1950–2021,

a mais querida de todas.

"Conan é um personagem fictício cujas ideias, falas e opiniões podem reforçar estereótipos e noções preconceituosas. Assim como as dos demais personagens e de seu autor, essas ideias são produtos do contexto da obra em que foram criadas e não necessariamente refletem a opinião da editora."

SUMÁRIO

A ERA HIBORIANA DE

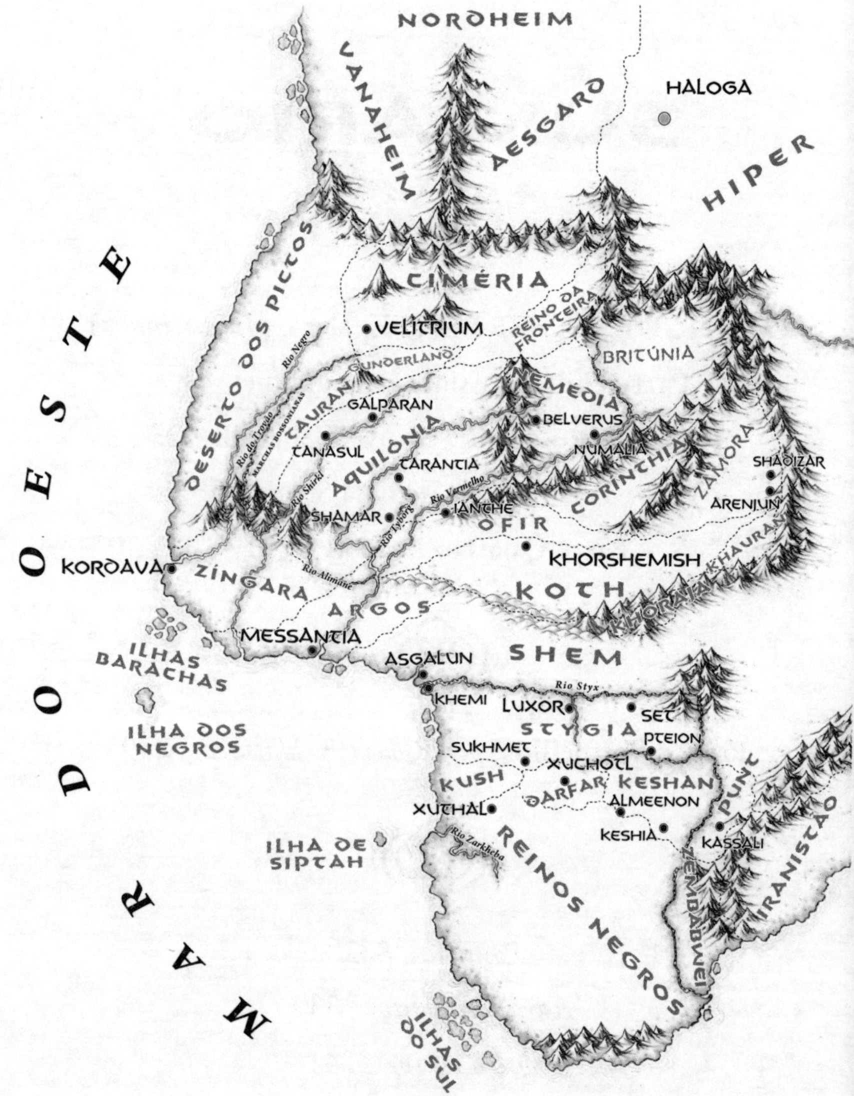

CONAN (APROXIMADAMENTE 10.000 A.C.)

S. M. STIRLING

O SANGUE DA SERPENTE

PARTE UM

ASSASSINOS EM SUKHMET

1

— Olhos de Set! — rosnou o soldado que estava no lado oposto da mesa manchada da taverna quando os dados rolaram pelas tábuas lascadas e gastas até parar. Não era apenas uma maldição — ou, do ponto de vista stygio, uma oração presunçosa de um mercenário estrangeiro. Aqui, na Stygia, "olhos de cobra" era o lance vencedor.

Aqui, no fundo incrustado de esterco da Stygia, onde todo o lixo é jogado, pensou Conan. *Incluindo nós.*

— O dobro ou nada, Anjallo? — perguntou o cimério em voz alta, esvaziando a caneca.

Anjallo era um zíngaro, parte do núcleo dos Companheiros Livres de Zarallo. Como Conan, era um lutador experiente, menor, mas, tal como um chicote, forte e muito rápido, com um estreito semblante esverdeado de falcão. Uma velha cicatriz desenhava um perpétuo sorriso de escárnio em um canto de sua boca. Como muitos dos mercenários do norte aqui, ele teimosamente aderiu às calças largas, botas, camisa de linho de mangas largas e colete de couro sem mangas que a maioria dos homens comuns usava nas nações do norte.

Conan estava sem camisa e usava apenas calças de lona folgadas que iam até a altura dos joelhos, como as de um marinheiro. A pele naturalmente pálida do peito robusto, tenso e largo estava bronzeada na mesma cor castanha dos braços, pernas e rosto, exceto onde havia finas ou enrugadas cicatrizes brancas. O cabelo caía pelos ombros, em um corte reto e tão preto quanto o de qualquer stygio, preso na nuca por uma tira de seda preta. Os olhos sob as sobrancelhas eram de um azul vulcânico, e as feições, rudes e grosseiramente esculpidas, com mandíbulas bem barbeadas.

Não era um brutamontes como um urso. Era mais como um leão, grande e de força imensurável, mas mortalmente rápido. Descansando à vontade, mas os sentidos sempre atentos às ameaças, estava coberto de suor, do tipo que normalmente se derrama na luta ou no trabalho duro em climas mais agradáveis.

Em Sukhmet, suava só de se sentar à sombra e não secava a menos que pegasse vento. Ficou tão desagradável que até se lavou... depois, teve alguns benditos momentos de frescor antes de ficar banhado em suor *de novo.*

Conan não tinha o senso de decoro zíngaro e, portanto, não usava mais do que o necessário no calor sufocante, mesmo que isso significasse que teria que continuar batendo nas moscas e mosquitos que zumbiam e tentavam usá-lo como taverna e barril de cerveja *deles*.

Entretanto, poucas ameaças se apresentaram na Taverna Garra e Presa. Com porretes ainda mais robustos de uma madeira local chamada pau-ferro, os robustos filhos do estalajadeiro afastavam os mendigos, e por um bom motivo. Os bandos de gatos suprimiam os ratos e se banqueteavam com as enormes baratas voadoras e os sempre presentes cupins, deixando as cascas, asas e pernas em montes, nos cantos.

Os felinos eram bestas insolentes, de modo que, se qualquer um empurrasse um deles para o lado com o pé, arriscava ser estripado por uma multidão sedenta de sangue. Os gatos eram sagrados para os stygios, e, se um bichano de uma casa morresse, toda a família, desde os avós até as copeiras, raspava a cabeça em luto, mumificava o animal morto e o enterrava na tumba ancestral, como se fosse uma criança.

Eles também criavam pítons e, às vezes, najas. Felizmente, as grandes constritoras dos templos só apareciam à noite e não eram tão gigantescas quanto as das distantes cidades de Khemi ou Luxor. *Essas* poderiam ser grandes o suficiente para engolir um homem inteiro, e os stygios consideravam uma honra alimentar as emissárias do Grande Deus Set com sua própria carne.

Embora prefiram quando o deus escolhe um estrangeiro, pensou Conan com seu humor cáustico. Ele mesmo já havia se encontrado com elas, felizmente sem testemunhas quando blasfemamente se recusou a ser devorado.

Nenhuma testemunha, exceto uma cobra morta.

Conan apoiou as costas na áspera parede de tijolos de barro atrás de si e casualmente deixou a mão cair no punho da espada enquanto o zíngaro o encarava com a súbita onda de raiva que uma jogada ruim poderia trazer. O cimério sabia que não deveria relaxar em um jogo de dados, especialmente quando havia acabado de ganhar a rodada e estava jogando com homens que botavam o pão na mesa por meio de espadas, lanças e matança corpo a corpo.

Seis, o lance vencedor nas Terras do Norte, era *o demônio* aqui. O soldado foi sábio o suficiente para não invocar Mitra, nem mesmo para xingar. Os stygios até podiam contratar os semelhantes do zíngaro para trabalhos sujos em lugares imundos, mas não *gostavam* deles, um sentimento que era mais do que mútuo. Set era um demônio dos reinos mais ao norte, enquanto Mitra dos aquilonianos ou nemedianos era uma figura de ódio e terror mais ao sul.

— Maldito seja! — disse o outro mercenário finalmente, controlando-se e até dando um sorriso. — O dobro ou nada. — Então o sorriso torto se alargou. — Não posso nem culpar os dados, já que são meus.

Ele empurrou mais algumas moedas finas e danificadas para o centro das tábuas manchadas de cerveja e parou com o dedo ainda em uma delas.

Vozes exaltadas...

Depois, gritos e o choque de aço contra aço.

Conan e Anjallo giraram suavemente, chutando as bainhas das espadas para garantir que não ficassem emaranhadas em suas pernas, posicionando os punhos exatamente onde eram necessários.

Um jovem de cabelos castanhos, de quem Conan se lembrava vagamente como um lanceiro, estava enfrentando um colega dos Companheiros Livres, um lutador de espada e broquel de Zamora, um dos quatro que serviam nas fileiras dos Companheiros Livres. Ambos tinham lâminas nas mãos — o lanceiro, uma adaga no punho esquerdo, e o zamoriano, um pequeno escudo de couro e aço, preso pelo cabo único no meio.

— Meus dados são tão honestos quanto a palavra do Grande Deus Bel — disse o zamoriano, as palavras fortemente marcadas pelo sotaque.

— Bel, deus dos *ladrões*! — rosnou o lanceiro. Ele era Brocas, um coríntio, lembrou Conan. — Zamora é uma *terra* de ladrões. Ladrões nascidos de *prostitutas*.

Com isso, ele atacou, cuspindo mais insultos. Era rápido, mas um acidental passo em falso mostrou que estava entornando a cerveja de sorgo, principalmente considerando que o Sol ainda não havia se posto. Usando o escudo, o zamoriano desviou de um golpe, um agudo *bang* que soou sobre o crescente bate-boca. Os homens bradavam, perguntando o que estava acontecendo... ou, cada vez mais, apostando enquanto a primeira fileira empurrava a crescente multidão para dar espaço aos lutadores.

— Eu voltarei — disse o cimério a Anjallo. Ele se levantou e foi para frente, abrindo caminho adiante. Tendo vivido em Zamora por um ano memorável, e na capital, Shadizar, a Perversa, Conan considerou a opinião de que o julgamento de Brocas havia sido mais ou menos justo.

Mas não adiantava subestimar os zamorianos...

Ele observou a luta cautelosamente. Um pouco do vinho tinto já estava fluindo. Havia um corte na bochecha de Brocas que fazia o sangue escorrer pelo rosto e respingar conforme ele se arrastava e atacava, enquanto havia um corte raso no braço esquerdo do zamoriano. Isso tinha ido além de uma luta por puro tédio — o sangue derramado em primeira instância poderia ter satisfeito a honra, mas nenhum dos dois demonstrava algum sinal de que pararia. Ambos os homens estavam sérios.

Seus pés pisaram na terra batida do chão, e as lâminas se encontraram novamente. Alguns dos espectadores recuaram aos insultos, quando um movimento só não acertou o nariz de um homem porque ele se afastou.

Os olhos de Conan se estreitaram. O zamoriano não estava tão bêbado quanto Brocas e também não lutava para matar, mantendo um pouco mais do que a distância ideal, o que o deixava mais seguro... mas prolongava a luta. Também estava empurrando o coríntio em uma única direção.

Em direção a outro zamoriano, percebeu Conan. Ele conhecia os quatro de vista, se não pelo nome. O espectador zamoriano não gritava como os outros, nem se divertia. Estava tenso e agachado enquanto o coríntio era empurrado para trás por uma série de investidas pesadas e exibidas.

Havia um brilho de aço na mão do segundo zamoriano. Não era uma faca, mas uma navalha dobrável, perfeita para fazer a barba — o que quase todos os zamorianos faziam — e ideal para cortar o tendão de alguém logo acima do calcanhar, incapacitando-o para um golpe mortal. Ao espectador comum, pareceria que o espadachim menor e mais embriagado havia tropeçado e perdido.

Era uma tática padrão no distrito de Marreta em Shadizar, que havia sido testada no cimério mais de uma vez.

Cara a cara é uma coisa, pensou Conan. *Facada nas costas é outra.*

O primeiro zamoriano distraiu todos com um grito e um floreio de golpes altos, baixos e à média altura. O segundo zamoriano, ainda agachado, moveu a mão para a frente.

Agora.

A mão direita de Conan voou para baixo, agarrando o pulso do homem agachado. Com a mão esquerda, segurou a gola do colete de couro vazado dele. Levantando-o do chão, apertou e torceu fortemente com a direita. Ossos estalaram enquanto músculos semelhantes a cabos de aço se contorciam e retorciam nos braços desnudos do cimério.

O zamoriano que estava avançando parou abruptamente, movimentando-se com hesitação enquanto seus olhos esbugalhados estavam em choque diante do fim abrupto do estratagema.

Brocas estava em meio ao êxtase da luta, totalmente concentrado, e aproveitou-se instintiva e imediatamente. A ponta de sua espada reluziu, dividindo cirurgicamente a garganta do zamoriano, e ele a retirou com uma torção. Em espuma e bolhas, o sangue jorrou do ferimento e da boca e do nariz do zamoriano. Ele caiu como uma marionete com os fios cortados, e Brocas se virou ao sentir *alguma coisa* acontecendo atrás de si.

Ele se virou a tempo de ver a navalha voar direto da mão do segundo zamoriano, brilhando, girando no ar e fazendo os homens gritarem e se esquivarem. Um deles a recolheu do chão, fechou-a e a enfiou em um compartimento do cinto. Aço bom sempre valia alguma coisa, e o cabo era feito de pérola.

— *Fique quieto!* — gritou Conan, um berro do fundo de seu peito avantajado.

Fez-se algo como silêncio, o suficiente para que todos pudessem ouvir Brocas ofegando aceleradamente, em virtude do súbito esforço extremo de uma luta até a morte. Conan falou no silêncio.

— O combate justo é uma escolha do próprio homem se ele quiser lutar até a morte, mas atacar pelas costas de um camarada é outra coisa. Não servirei com um homem que faria isso. Nem qualquer homem dos Companheiros Livres de Zarallo. — Ele examinou a multidão. — O que vocês dizem, irmãos?

Houve um rugido de aprovação, cortado pelo grito de agonia do zamoriano quando Conan torceu e retorceu o braço do homem até separá-lo do ombro, quebrar o pulso e fraturar o úmero. O cimério o jogou no chão e o chutou nas costelas; não foi o único chute que o homem levou ao rastejar pelos fios de contas de ébano em cordões de sisal que cobriam a porta. Nem os gatos se aproximaram dele.

Ele não viveria muito, apostou Conan.

O ruído da taverna aumentou para os níveis anteriores, e Conan recebeu alguns tapinhas nas costas. Ninguém gostava da ideia de interferir em um duelo, especialmente uma facada nas costas, mesmo que, se tivesse virado uma briga generalizada, as coisas tivessem sido diferentes. Alguém que estava voltando para o quartel agarrou o zamoriano morto pelos calcanhares e o arrastou para fora. Dois amigos de Brocas entregaram as espadas, adagas e os cintos dos mortos a Conan e ao jovem coríntio, respectivamente, o prêmio habitual do vencedor. O cinto que Conan recebeu continha uma bolsa.

Brocas fez uma careta, então se sacudiu e respirou fundo.

— Você salvou minha vida da traição — disse para Conan, a voz taciturna devido à juventude e à bebida. — Estou em dívida com você.

Conan deu de ombros.

— Se você quiser — disse ele, então sorriu de forma desarmante —, pode salvar *minha* vida algum dia, irmão.

— Talvez eu salve. — Brocas sorriu e então gargalhou. — Depois que eu dormir. — Assentiu e se virou.

Conan desembainhou a espada do zamoriano morto. Era um aço de boa qualidade, assim como a adaga. A fivela de bronze dourado e os encaixes no cinturão da espada eram bem-feitos. Isso tornou a noite lucrativa, assim como rompeu o tédio do dever de guarnição. Ele voltou para a mesa onde estava jogando dados e arremessou os marfins novamente.

— Olhos de Set! — disse Conan, alegremente ecoando a reclamação anterior do outro homem. Anjallo xingou, mas pagou. Todos entre os Companheiros Livres de Zarallo sabiam que o cimério era um homem ruim de se lidar. Com a exibição pública, isso havia ficado claro.

— Será meu fim se eu jogar com você de novo esta noite — disse ele. — Sua sorte está aí, especialmente com as mulheres, eu aposto, se os dados lhe favorecem! — Anjallo se afastou sem esperar pela caneca que o vencedor tradicionalmente pagava para o perdedor.

Conan juntou dez moedas de cobre e uma pequena moeda de prata do tamanho da unha de seu dedo mínimo, colocando-as em uma bolsa, no cinto. Em seguida, verificou a bolsa do zamoriano morto, que continha quase a mesma coisa. Adicionando aquele saque ao seu próprio, puxou cuidadosamente as cordas. A espada, a bainha, a adaga e o cinto... ele conseguiria pelo menos quatro moedas de prata por tudo isso.

O jogo durou toda a tarde e até o início do crepúsculo. Seus ganhos foram equivalentes a cerca de uma semana de salário de um lanceiro comum e metade do que ganhava no mesmo tempo como batedor na Companhia de Zarallo... nas ocasiões em que todos eram pagos integralmente. Acrescentando o que havia conseguido do zamoriano, havia acumulado o salário de quatro meses, o que, por sua vez, significava que tinha tanto dinheiro quanto teria se os dias de pagamento fossem tão regulares quanto um relógio argoseano.

Para comemorar, tomou um longo gole da cerveja bastante azeda, fraca e granulada da taverna. Mesmo a cerveja ruim era melhor do que a água dos poços rasos e sujos da cidade, além de ser mais segura também. O maior dos heróis ainda pode morrer de diarreia.

Conan da Ciméria viu muitas tavernas, estalagens, antros de jogos de azar e cervejarias desde que havia deixado sua terra natal ao norte havia mais de... Ele contou nos dedos, então olhou para os dedos dos pés descalços em suas sandálias, marcando os anos por memórias e eventos... Havia muitos deles.

Mais de dez anos! Por Crom! Como as estações voam. As amigas e donzelas com quem me diverti devem estar criando suas famílias agora, e os homens, deixando as barbas crescerem. Aqueles que não foram mortos, quero dizer.

As tavernas eram uma característica da civilização em que ele havia se tornado um homem — ou pelo menos um jovem guerreiro com seus primeiros bigodes felpudos que ajudou a saquear e queimar a cidade-fortaleza de Venarium. Os cimérios fabricavam sua própria cerveja ou a negociavam com um vizinho. Trocavam a comida que eles mesmos criavam, produziam ou caçavam. Dinheiro cunhado era uma coisa rara entre suas colinas e florestas. Aqueles que viajavam contavam com a hospitalidade, que era oferecida livremente — a menos que houvesse uma rixa de sangue.

Ou se o saque foi pego à força, pensou. *Melhor ainda então!* Ele estalou os lábios com a lembrança agradável dos barris de vinho e conhaque nas adegas e armazéns de Venarium, de quebrar a tampa de um barril com o cabo de sua espada e depois enfiar o rosto nele até as orelhas.

As coisas ficaram embaçadas depois disso.

Poderiam ter matado todos nós, indefesos como bebês de colo enquanto dormíamos. Ainda bem que tínhamos matado primeiro todos os bastardos aquilonianos que não tinham clã.

Essa taverna em um beco no posto stygio avançado de Sukhmet era melhor do que outras em que ele havia bebido. Ninguém estava tentando roubá-lo ou matá-lo agora, por exemplo, e o fedor da latrina externa no beco além da porta não era *muito* ruim. Dois dias atrás havia caído uma chuva forte para limpar as coisas. Se não tivesse passado um bom tempo do lado de fora dos muros no campo e no deserto, poderia não ter notado o fedor. A maioria não reparava, depois de passar algum tempo na cidade — apesar de que, vindo de fora, o fedor fosse óbvio a quilômetros de distância.

Conan sorriu. Na primeira vez que ele se aproximou de uma cidade grande, estava convencido de que todos lá haviam morrido de peste e que estava sentindo o cheiro dos corpos apodrecidos.

Em uma grande panela de ferro, o taberneiro mantinha fervendo sobre o fogão um ensopado mais ou menos à base de carne de porco em que jogava vegetais, restos, acompanhamentos e até alguns temperos que estavam à mão. Ele poderia conseguir uma tigela disso por dois cobres, com um grosso pedaço de pão de milho e uma cebola jogada para mastigar.

Por uma moeda a mais, conseguiria uma fatia grande ou uma costela longa e carnuda da carcaça de porco que girava no espeto, ao lado do caldeirão. Na verdade, a comida era bastante saborosa e temperada com um bom molho forte de pimentas, embora o sabor diminuísse até ficar desagradável antes de terminar em um dia ou mais e outro animal ir para o espeto. A carne não se conservava bem neste clima.

Grandes tigelas rústicas de cerâmica ao redor das paredes continham frutas exóticas para ele, laranjas e mangas e coisas do gênero das fazendas dos colonos stygios que ficavam fora da muralha da cidade. Os clientes eram bem-vindos para provar, desde que continuassem comprando bebidas também.

A Taverna Garra e Presa também era *pior* do que alguns outros bares que ele frequentava. O vinho era tão terrível que até mesmo seu paladar nada exigente preferia a cerveja, que era a principal alternativa, embora fosse como beber um ralo mingau fermentado. O que não era surpreendente, na verdade; vinhas não cresciam aqui. Algum tipo de putrefação as atingia.

Sukhmet ficava muito ao sul do Styx, o grande rio cujo vale marcava a fronteira norte do vasto Império Stygio. Lá produziam vinho, regando as vinhas com água do rio naquela terra seca, e um pouco *disso* não era ruim. Artigos shemitas mais do que excelentes também podiam ser encontrados lá. Levar vinho para *este* posto avançado esquecido pelos deuses, no entanto, significava semanas em barcos fluviais e depois semanas em camelos, de oásis em oásis pelo deserto, e, então, mais de um mês em carroças de bois por estradas ruins que levavam ao sudeste através da savana cada vez mais verde em direção às marchas da fronteira de Darfar.

Também era um vinho ruim e *caro*. Todo aquele transporte custava prata, assim como os guardas necessários... e os mercadores precisavam contratar alguém em quem pudessem confiar para não beber muito da carga, o que também significava salários mais altos.

A Stygia era um império vasto e diversificado, com muitas terras e povos. Conan tinha quase decidido que, no que lhe dizia respeito, os adoradores de serpentes eram bem-vindos em cada centímetro do lugar superaquecido e amaldiçoado pelo Sol. Nessa região, nem esfriava à *noite*, como nos desertos. Os insetos eram ruins no vale do Styx, mas, aqui, ao sul do deserto, eram inacreditáveis; alguns dos escorpiões eram tão grandes quanto o pé dele, e a picada de suas caudas levava a uma morte lenta e dolorosa.

Eles também destilavam uma bebida âmbar a partir do sorgo de sua terra, que tinha o mesmo efeito na cabeça que um machado de guerra dos vanires, ou pelo menos uma machadinha de pedra lascada de um invasor picto. Com um aceno, Conan pediu um pequeno copo de barro da bebida. O taberneiro o trouxe pessoalmente, gatos se espalhando em seu caminho. Era um homem moreno de meia-idade, atarracado, que vestia um saiote simples de linho e tinha a cabeça raspada.

— Nossa conta — disse, mantendo seu dialeto stygio simples para forasteiros. — Jantar também. Você evitou uma luta muito ruim, evitou destruir o lugar.

Exceto pelo sangue que encharcava o chão de terra, a sujeira escondia uma multidão de pecados.

— Eu lhe agradeço — disse Conan, decidindo arriscar o porco assado. Comer as rações de Zarallo no quartel, antes de desenrolar o catre na cama de terra, significaria feijão, mingau e carne seca e talvez mais uma cebola. Fazia parte do salário, o que significava que poderia economizar para fugir daqui.

E ele contribuiu com um pouco da carne, caçando em missões de reconhecimento e montando estruturas para secá-la em tiras a fim de que outros pudessem transportá-la a granel de volta para a cidade. A caça aqui era excelente, animais comuns, meio familiares, e outros estranhos fervilhando em números surpreendentes, um esporte melhor do que qualquer coisa que ele já tivesse visto antes.

O que era praticamente a única compensação por ter sido esmagado pelas costas do Império Stygio.

Conan passava tanto tempo caçando quanto Zarallo permitia, argumentando que isso reduzia as contas de abastecimento do chefe mercenário, mantinha suas habilidades afiadas e permitia que conhecesse os meandros do deserto. Ele poderia vender as peles e chifres, mas, sendo mais comum, as peles eram vendidas por menos do que um cobertor de tecido por aqui. Havia mercado para o marfim, é claro, mas caçar elefantes exigia habilidades especiais e companheiros de confiança.

Assim, mesmo a caça perdeu a importância depois de um tempo.

Somos combatentes, mas não lutamos *há só Crom sabe quanto tempo,* refletiu ele enquanto bebia a cerveja miserável. *Em breve, o musgo que pende das árvores vai começar a brotar em mim.*

Quando o taberneiro se virou para ir embora, Conan fez sinal para que ele esperasse. Em seguida empurrou a espada do zamoriano sobre a mesa.

— Você compra? — perguntou. — Seis moedas de pratas.

— Três — disse o taberneiro rapidamente, então examinou a arma e o equipamento.

— Cinco — rebateu Conan. — Fique com ela, dela eu tiro o que comer e o que beber. — Isso seria consideravelmente mais seguro do que mantê-la sob seu catre e daria menos problemas do que o tesouro dos Companheiros Livres.

— Quatro de prata e doze de cobre.

— Feito — disse Conan, e eles bateram as palmas das mãos sobre ela. — Pode trazer carne de porco e pão?

A comida chegou pelas mãos de uma das filhas do taberneiro. Como a maioria das mulheres stygias, ela usava menos trajes do que os homens — apenas uma tanga. Ao contrário da maioria, tinha seios fartos e ancas as de como um cavalo de tração, provavelmente uma mertiça. Todas essas partes balançavam de maneira interessante enquanto ela se inclinava para servir os pratos. Então ela se afastou, olhando por cima do ombro; talvez a exibição de velocidade e força a tivesse impressionado.

Ou possivelmente a súbita ascensão das moedas de prata.

Uma voz cortou as reflexões de Conan, fazendo-o mover a cabeça levemente, mas com rapidez, inclinar-se sobre o banquinho, as sandálias embaixo dele, e apoiar o peso do corpo na ponta dos pés. De repente, estava perfeitamente ciente de cada contorno obscuro na grande sala enfumaçada com paredes de argila e chão de terra.

— Mantenha suas patas longe do meu traseiro, porco stygio — disse a voz — ou vou limpá-lo com seus dedos e enfiar o polegar da sua mão que usa a espada na sua bunda com a ponta da minha bota.

2

Duas lutas em uma noite seria algo incomum, embora não muito raro.

Era a voz de uma mulher... e falando não o idioma stygio ou o dialeto comum em Sukhmet, ou mesmo uma das guturais línguas nativas, mas uma variante marítima simplificada dos portos e rotas náuticas de milhares de milhas a noroeste. Um dialeto mestiço argoseano com palavras zíngaras, shemitas e sabe-se lá mais o quê. Era como o sopro de uma brisa fresca do mar na penumbra fétida e suada.

Ela falou em um claro sotaque do norte:

— E primeiro vou mergulhá-lo em cera de vela quente para lubrificar — acrescentou.

Houve um barulho de banquinhos caindo na terra batida, um borbulhar de figuras armadas e, mais uma vez, um círculo de ombros vigilantes. O burburinho de exclamações de contentamento em *outra* pausa na monotonia forneceu um súbito contraste com o zumbido sonolento de momentos antes.

Valéria!, pensou ele, com um sombrio sorriso de prazer. Espalharamse rumores de que Zarallo a havia contratado dois dias antes, direto de uma caravana em algum lugar a oeste.

Ele havia ouvido falar dela durante seu tempo de pirataria no Mar do Oeste, embora os dois nunca tivessem se cruzado. Era membro da Irmandade Vermelha e, a julgar pelas canções e histórias, tão perigosa quanto quaisquer três piratas juntos. A reputação de Valéria dizia também que ela era bela, embora ele tivesse considerado isso cuidadosamente. No entanto, ainda estava ansioso para vê-la em carne e osso.

O próprio Zarallo era um homem de negócios preguiçoso, ou a Companhia Livre não teria feito um contrato em um lugar tão remoto como Sukhmet, longe de toda a ação de verdade. Conan também não teria se alistado com ele se os argoseanos não tivessem afundado seu último navio. Um mergulho desesperado até a praia o deixou com nada além de uma tanga, uma espada e uma bolsa em que havia o valor de três dias de comida e hospedagem. Mas o capitão mercenário zíngaro também era um líder de guerreiros testado e comprovado, além de astuto, então ela devia estar à altura de seus padrões.

Conan levantou-se para ver melhor.

Os stygios eram um povo de estatura alta, especialmente as classes mais bem alimentadas, mas poucos se igualavam à sua altura de um palmo acima de um metro e oitenta. Sendo em sua maioria magros, poucos tinham seu peso de ossos e músculos também. Ninguém olhava para ele, o que era bom — a surpresa podia ser uma forte aliada.

A cabeça de uma mulher ergueu-se do outro lado do cômodo — cabelos loiro-escuros na altura dos ombros, presos na nuca por uma faixa de seda. Ela usava uma camisa de seda de mangas largas que, antes de manchas e remendos consideráveis, já tinha sido da mesma cor de ouro velho, agora amarrada em um nó abaixo dos seios. Logo abaixo, uma faixa vermelha em torno da cintura flexível e um cinto de couro que carregava uma espada reta de dois gumes e uma adaga. Calças de seda largas até os joelhos, estilo marinheiro, do mesmo corte que ele usava, mas manchadas de alcatrão do tipo usado nas cordas de navios, e largas botas de marinheiro de cano alto até os joelhos.

A adaga tinha trinta centímetros de comprimento e era usada na parte de trás do cinto, com o cabo virado para a esquerda. Isso era relevante, ele sabia. Marcava certos estilos de empunhadura que eram comuns nos portos do oeste e entre os marinheiros.

Ela era apenas dez centímetros mais baixa que Conan — tão alta para uma mulher quanto ele era entre os homens. E...

Pela primeira vez, as baladas não mentiram, pensou prazerosamente. *Isso é uma* mulher, *por todos os espíritos, e não apenas uma boneca bonita.*

Com a compleição de um leopardo fêmea de músculos definidos, Valéria tinha membros longos, seios fartos e mãos grandes e bem torneadas. Sua pele também era bronzeada como a de um marinheiro, embora ainda tivesse a clareza da juventude, com cabelo loiro, olhos azul-acinzentados e um rosto com sobrancelhas largas e nariz longo e reto. Muitos equivalentes masculinos com a lança longa dos gunderlandeses já o haviam perseguido, mas esses traços nela pareciam muito melhor.

Todo o conjunto teria sido impressionante em qualquer lugar.

Em Sukhmet, era exótico, quase inacreditável.

Um stygio que Conan reconheceu a encarava — Khafset, comandante dos Guardas da Fronteira de Setnakht. A última palavra do título regimental significava "Set é vitorioso". O nome grandiloquente não escondia a qualidade um tanto sofrível de segundo escalão da farda "oficial" do governo. Normalmente, um comandante bem-nascido de Khafset não seria encontrado em nenhum lugar perto daqui, e os guardas da fronteira seriam liderados por um oficial promovido ou, no máximo, de algum ramo da baixa nobreza.

Corria o boato de que algum escândalo na corte de Luxor, capital da Stygia, o obrigara a escolher entre esse exílio humilhante ou uma execução que envolvia cobras gigantes e hienas famintas. A atitude de mau humor de Khafset com seu posto era bem conhecida entre os soldados e mercenários.

Aparentemente, o homem *não tinha* ouvido falar de Valéria.

— Se uma mulher entra na taverna de um soldado, ela pode esperar um tapinha amigável de vez em quando — disse Khafset, e Conan estremeceu. — Venha, moça, sente-se e compartilhe este vinho comigo. É argoseano e de uma excelente safra. Meu irmão me trouxe uma caixa de Luxor na semana passada.

Ele estava usando a mesma linguagem mista de Valéria, a variante dos marinheiros, piratas e tavernas das cidades costeiras, com um sotaque argoseano ressaltado sobre seu linguajar nativo gutural. Isso apoiava os rumores de que ele viera de Khemi ou Luxor. Para um país tão grande, a Stygia não fazia muito comércio naval, mas, o que fazia, passava pelas capitais religiosas e reais ao longo do Styx, que se abria no Mar do Oeste e que mesmo os grandes navios podiam navegar a mais de mil milhas a leste da costa.

A navegação setentrional que vinha do Norte — para a Stygia e apontando para o Sul — na maioria das vezes passava pelas cidades costeiras do reino de Argos, inimigo e rival de Zíngara. Conan sabia disso com certeza, já que havia roubado muitos navios mercantes argoseanos em seu tempo com a Irmandade Vermelha, navegando para fora das Ilhas Barachas. E também com os piratas zíngaros, embora eles o tivessem disfarçado sob o título de *corsário*.

— Eu *sou* um soldado, seu cérebro de esterco — disse Valéria —, na lista dos Companheiros Livres de Zarallo e paga no cabrestante do navio quando me alistei. Estou aqui para beber, jogar dados e comer e posso escolher com quem vou me deitar. Alguém muito mais bonito que você, focinho de porco, e não com esse pênis minúsculo que está apodrecendo por causa do sarampo de Ishtar. Use sua porcaria argoseana para tratar as feridas que escorrem nos seus pés.

Conan riu disso, e ele não foi o único — alguns dos outros mercenários acrescentaram seus próprios comentários. Aglomerados levantaram-se das mesas, reunindo-se e organizando-se por fidelidade. O eclético bando de mercenários de Zarallo encarou o grupo de stygios, que, apesar de em menor número, retribuiu o gesto. Era incrível o quão rápido estar isolado aqui tinha feito dos mercenários um povo próprio. Uma briga entre si era uma coisa, mas ninguém de fora poderia atacar um deles.

Eles também não fugiriam de uma luta. Se fosse esse o caso, teriam escolhido uma maneira diferente de botar a mão na mesa. Restava apenas a Valéria provar-se digna de fazer parte dos Companheiros Livres.

Cerca de um terço dos quase oitocentos de Zarallo eram zíngaros como o comandante, quase tão escuros quanto os shemitas e afeitos a bigodes eriçados com cera. Eram ferozes beirando a imprudência e muito exigentes sobre questões de honra e respeito.

A maioria do restante era de meia dúzia de reinos, estrangeiros entre si e frequentemente inimigos hereditários, como kothianos e ophireanos, ou aquilonianos e nemedianos, mas irmãos na Companhia. O resto incluía uma porção de todos os lugares — um cimério chamado Conan, para começar.

Havia também alguns shemitas de barba encaracolada, astutos e ferozes, e quatro zamorianos... apenas dois no momento... que vagaram longe de seu reino sem litoral, na orla das estepes orientais. Ladinos de olhos astutos e dedos leves, apaixonados por dados viciados, mas perigosos como doninhas em um combate. Um par de irmãos gêmeos vanires ruivos que combinavam com a altura e os músculos de Conan, homens muito bons para se lutar ao lado... quando estavam sóbrios. Um picto tatuado tinha o estoicismo inexpressivo e as perspicazes habilidades de rastreamento esperadas de um homem daquela remota região selvagem do Oeste, embora chorasse de saudades de casa embriagado de cerveja e cantasse baladas incompreensíveis quando estava bêbado o suficiente, o que acontecia uma vez por semana.

Havia até alguns negros das Ilhas do Sul — que alguns chamavam de Ilhas dos *Corsários* —, alegres assassinos risonhos com cicatrizes nos rostos padronizadas como divisas. E um excêntrico de rosto achatado com olhos curiosos e pele cor de âmbar de algum lugar mais a leste do que Zamora, ou mesmo Hirkânia. Ele não falava muito, mas era a morte sob dois pés em uma luta corpo a corpo. Conan aprendera com ele alguns truques valiosos de luta livre.

Todos os tipos podem ser encontrados na maioria dos bandos de mercenários.

O que todos os valentões de Zarallo tinham em comum era o fato de serem duros como couro cru e desprezarem seus empregadores ainda mais do que os mercenários costumavam desprezar. Por sua vez, os soldados stygios da guarnição consideravam a presença dos mercenários um insulto, já que seu império só usava os estrangeiros para tarefas nas quais os generais não queriam desperdiçar combatentes realmente valorosos. Os soldados locais sabiam que era um julgamento sobre eles e suas capacidades.

Enquanto Valéria encarava o stygio, o dono da taverna e suas esposas, filhos e filhas se entreolharam e começaram a empacotar qualquer coisa quebrável que pudessem alcançar, preparando-se para recuar para trás de uma porta que poderiam fechar e proteger com uma forte barra de ferro. Tinham experiência com brigas de tavernas, que, em uma investida de soldados como essa, eram ainda mais arriscadas do que as comuns, já que *todos* os participantes estavam armados e haviam sido treinados para matar.

O oficial stygio...

Khafset, lembrou Conan a si mesmo.

O nome significava "ele surge como Set", e o homem tinha características de cobra. Claro, havia rumores de que toda a nobreza stygia tinha vestígios do sangue dos lendários homens-serpente da antiga Valúsia. Diante dos insultos de Valéria, o rosto de falcão esverdeado dele ficou vermelho-púrpura sob o nemés de linho dobrado que ele usava; havia duas caudas caindo sobre o peito liso e uma cabeça de cobra dourada com olhos de rubi fixos sobre as sobrancelhas. Era sua única vestimenta, exceto pelo cinto, pelo saiote de linho plissado e pelas sandálias. Sua mão se moveu em direção ao cabo de sua espada kopesh, uma arma peculiarmente stygia, com um segmento reto que continuava em uma curva semelhante a uma foice afiada do lado de fora.

Conan se levantou e caminhou casualmente para frente, a taça âmbar reluzindo em sua mão direita. Um stygio sentado um pouco atrás de Valéria tinha os olhos fixos nas costas dela em um desejo que era por sangue, não por sexo, e a mão direita dele se desviou para a faca curva enfiada na parte de trás do cinto que segurava o saiote.

A grande mão esquerda do cimério pousou no ombro musculoso do soldado, no que parecia ser um gesto amigável. Seus dedos se fecharam, apertando até o osso ranger como madeira em um torno na bancada de um carpinteiro. Ele se curvou para murmurar no ouvido do stygio:

— Vamos todos assistir, amigo — disse Conan, esforçando-se para soar cordial. — Porque eu odiaria ter que arrancar o seu braço e bater no seu crânio com ele. Isso interromperia a dama e estragaria o espetáculo que ela está preparando para nós.

O soldado stygio virou a cabeça rapidamente e olhou para Conan, então se inflamou em reconhecimento. Ele havia testemunhado o duelo anterior e sua conclusão espetacular. Os lábios estavam apertados e pálidos nas bordas, mas ele forçou um sorriso rosnado e assentiu. Por sua vez, Conan deixou a mão descansar levemente enquanto se levantava de novo e tomava um gole da bebida. Rasgar o braço do stygio, do jeito que ele havia feito com o traidor zamoriano, daria início a uma briga em grande escala entre os Companheiros Livres e os guardas da fronteira, o que poderia ser menos interessante do que o drama que estava assistindo.

Hissst!

Conan piscou ao ouvir o breve som de aço saindo de uma bainha de couro e madeira untada com óleo puro. Permaneceu em silêncio entre os aplausos e zombarias e franziu os lábios em respeito pensativo.

Rápida, pensou. *Ela é muito rápida.*

Valéria empunhou rápido o suficiente para impressioná-lo, considerando que ele vencera muitas lutas porque as pessoas não podiam acreditar que alguém de seu tamanho pudesse ser tão rápido. Muitos deles nunca tiveram a oportunidade de repetir o erro.

Khafset tinha um ponto de vista ainda melhor para julgar a qualidade do punho da espada da mulher. Antes que ele pudesse reagir, a ponta fina da lâmina de dois gumes de aço aquiloniano tingido de azul estava descansando na parte carnuda do lábio dele, logo abaixo de seu nariz de falcão. Enquanto Conan observava, uma única gota de sangue vermelho apareceu e depois escorreu pelo metal brilhante. Um forte empurrão com a força, velocidade e controle que ela havia demonstrado, e o stygio estaria morto antes mesmo de começar a cair, com trinta centímetros de aço no cérebro e a ponta enterrada na parte de trás do crânio.

No *interior* da parte de trás do crânio dele.

Khafset congelou, e seus olhos ficaram vesgos por um segundo enquanto tentavam instintivamente focar a ponta da espada que o havia furado. As mãos lentamente se abriram e se afastaram da própria espada e adaga. Gesticulou para seu grupo de parasitas, bajuladores e subordinados, para que se sentassem atrás dele. Eles se eriçaram como os gatos que tanto amavam, mas, ainda assim, obedeceram.

A cabeça dele começou a se inclinar para trás, afastando-se da ponta que tinha — apenas — espetado a pele, então parou quando a lâmina o seguiu, pressionando exatamente com o mesmo peso do toque de uma borboleta, nem mais pesado nem mais leve.

Controle rápido e perfeito, pensou Conan, seus olhos brilhando com uma admiração sincera que não se limitava — mas certamente incluía — à visão daquele magnífico corpo seminu. *Aposto que o suor dela cheira bem*, pensou. *E veja como a pele das costas ondula quando se move. Ishtar e Derketa! Seria como agarrar uma estátua viva.*

Enquanto os seguidores do stygio afundavam em seus tamboretes e bancos, Valéria deu meio passo para trás, arrastado e leve, como um esgrimista. Ela moveu a ponta da espada a fim de que fosse direcionada precisamente para o olho direito de Khafset, movendo-a em círculos delicados sobre a mesma circunferência da íris dele, pronta para entrar e sair como uma agulha perfurando um tecido. Uma gota de suor que não tinha nada a ver com o calor brotou na testa do stygio.

Ela levantou uma sobrancelha fulva, e seu pulso ficou tenso.

— Talvez eu tenha sido um pouco... menos que cortês — disse ele.

A morte nua traz à tona suas boas maneiras, pensou Conan, sorrindo silenciosamente mais uma vez. *E ele está olhando para a morte em pessoa agora, por mais aprazível que ela se apresente.*

O soldado cujo ombro Conan segurava olhou para ele novamente, murmurou algo sobre urinar, então se levantou e saiu pela porta, seguindo pela parede para não chamar atenção. Conan colocou um pé no banquinho para reivindicá-lo junto à pequena mesa redonda.

— O calor úmido aqui testaria a paciência de um adepto do Iluminado — disse Khafset. — Vou me retirar. — Ele abaixou a cabeça ligeiramente e começou uma volta lenta, mas digna, em direção à porta.

— E eu não vou levantar seu saiote, nem mesmo para bater em você enquanto se vai — disse Valéria no mesmo tom de solene cortesia, com um aceno de cabeça que combinava com o dele.

O alívio de Khafset foi grande o suficiente para que ele se virasse três quartos em direção à porta antes de entender o sentido das palavras que ela usara. Ele hesitou por meio passo, então se virou com um rosnado e pegou a espada novamente. Um homem não podia se dar ao luxo de perder muito prestígio, supôs o cimério, se quisesse que sua vida fosse qualquer coisa, menos uma miséria prolongada.

Bam!

O stygio soltou um grito agudo e caiu no chão, agarrando-se e rolando, a boca se mexendo como se não conseguisse decidir se vomitava ou berrava. Conan riu e estremeceu ao mesmo tempo. A bota de marinheiro que havia acertado a virilha não era suficiente para arruinar o stygio para sempre, mas ele se moveria com muito cuidado por algum tempo.

Valéria ergueu a lâmina e manteve o resto à distância por um momento, com a ameaça brilhante de sua ponta. Aproximando-se, chutou-o no rosto novamente, com força bem calculada. O nariz dele estalou audivelmente, mas não os dentes, o que significava que aquilo tinha sido uma lição, e não uma tentativa de aleijar ou matar.

Sempre chute um homem quando ele está caído, pensou Conan, divertindo-se. *É muito mais fácil assim.*

Valéria deu um passo para o lado, embainhou a espada, sem olhar para baixo, depois estendeu a mão e pegou a garrafa de vinho de fundo redondo que ainda estava sobre a mesa do stygio. Ela tirou a tampa com um movimento rápido do pulso e derramou um líquido escuro vermelho-sangue entre os lábios carnudos e vermelhos, inclinando a cabeça cada vez mais para trás enquanto sua garganta trabalhava.

— Ahhhhhh... — Jogando a garrafa pela cortina de contas para bater e tilintar no beco, ela limpou a boca com as costas da mão. — Ele estava meio certo. É uma boa safra e não estragou com a viagem, mas é coríntia, não argoseana, ou sou uma picto.

Os seguidores do stygio correram para levantá-lo. Valéria apontou o polegar na direção da porta, e um par deles o agarrou por baixo dos braços, levando-o para fora com os calcanhares arrastando pelo chão. Bolhas de sangue se formavam e estouravam em seu nariz quebrado.

— Meus agradecimentos ao capitão Khafset por me convidar para compartilhar de seu vinho!

Houve outra rodada de gargalhadas, que ficou mais alta quando ela fez uma reverência dramática. O restante dos stygios recuou cautelosamente em seu rastro, com as espadas meio desembainhadas para impedir que os mercenários os seguissem. Porém, isso seria improvável — estavam muito ocupados dando sugestões obscenas e fazendo sons de beijos zombeteiros, em vez de liberar o rosnado mortal dos verdadeiramente enfurecidos.

— Que mulher — sussurrou Conan para si mesmo. — E astuta também. — Essa performance provavelmente evitou uma série de problemas que ela enfrentaria como a mulher solitária em uma gangue de desordeiros como os Companheiros Livres. Evitou em pelo menos três quartos. Ela só teria que matar um ou no máximo dois antes que o resto recebesse a mensagem. Humilhar o stygio a concretizou como membro do clã, alguém que publicamente marcou um ponto em seus inimigos comuns.

Ela também evitou que a briga se transformasse em uma batalha letal, então Zarallo não precisaria entregá-la aos stygios para apaziguar a raiva. Se Khafset tivesse morrido, um nobre de alto escalão morto por um estrangeiro infiel, e ainda por cima uma *mulher*...

Khafset iria querer sangue de qualquer maneira.

Não havia como contornar isso.

Não será a primeira vez que ela lida com essa espécie, pensou ele. *A Irmandade Vermelha é uma gangue de assassinos durões, então, antes disso, ela aprendeu maneiras de sobreviver e prosperar.*

A maré e o fluxo da taverna voltaram ao normal. Valéria se sentou, e a mulher do estalajadeiro aproximou-se apressada, trazendo algumas costelas de porco cortadas com os acompanhamentos habituais e um grande jarro de cerveja. Conan voltou para sua própria refeição e observou com um sorriso enquanto os mercenários competiam para cortejá-la. Em troca, recebiam zombarias, piadas, bofetadas dignas de fazer a cabeça de um homem girar e um aperto meio amigável que dava ao destinatário uma sombra do aviso que Khafset havia recebido da ponta da bota dela.

O sujeito se afastou, mordendo os lábios e tentando não se curvar e se contorcer.

O taberneiro e sua família acabavam de repor o óleo de gergelim nas lâmpadas de barro e aparar os pavios pela segunda vez quando Valéria jogou algumas moedas — mais do que valia a refeição, mas não imprudentemente demais — e empurrou a cadeira para trás.

Conan se levantou e se aproximou dela com cuidado, pegando uma cadeira desocupada e invertendo-a, sentando-se com as costas de vime à frente, joelhos afastados e mãos apoiadas nas coxas. Ela notou isso e, estreitando os olhos, entendeu o significado. Ele estava se colocando deliberadamente em uma posição em que demoraria mais para alcançar a espada e teria que pular para trás para fazê-lo. Seu olhar o percorreu da cabeça aos pés.

— Um cimério — disse ela, com a voz ligeiramente arrastada. — *Você* está muito longe de casa, nortista.

Aguenta a bebida melhor do que a maioria, pensou ele e sorriu.

— Conan de Canach por nome — disse ele, no dialeto dos marinheiros — e um andarilho por disposição.

— Conan da Irmandade Vermelha?

— O mesmo, embora eu também tenha navegado com os zíngaros — respondeu ele. — Essa luta não é minha.

A Irmandade, piratas das Ilhas Barachas, roubou e invadiu com franca liberdade, sem preconceitos, desde o Styx até o Deserto dos Pictos. Os piratas zíngaros se autodenominavam corsários e, em teoria — já que não havia nenhuma testemunha, ou nenhuma viva —, evitavam atacar outros zíngaros. Os dois grupos não se davam bem.

— Eu ouvi falar de você, mas nós nunca embarcamos juntos — disse ele. — Infelizmente — acrescentou. E *não* acrescentou que os zíngaros haviam afundado seu último navio, deixando-o sem um tostão na costa de Shem, apenas com sua espada e suas sandálias. Foi quando ele soube que Zarallo estava contratando.

— Talvez felizmente... para você — afirmou ela cautelosamente.

Ele deu de ombros e abriu as mãos.

— Não sou Khafset — disse. — Para começar, consigo distinguir uma loba de um cãozinho.

— Está me chamando de cadela, cimério? — perguntou ela, mas com um leve sorriso.

— Só no *bom* sentido — respondeu ele. — A título de respeito. Ouvi falar de como fez o seu caminho na Irmandade. Você tem presas e pode morder forte, sem dúvidas.

Ela se levantou.

— E agora vou embora.

Ele levantou as mãos em uma pose ostensivamente desarmada de novo, dando a ela um olhar de franca admiração.

— Gostaria que eu caminhasse até o quartel com você? — ofereceu. — Estou indo para lá em breve.

— Essa noite não, cimério. — Seu olhar era friamente neutro. — Talvez nunca.

Ele baixou as mãos de volta para as coxas.

— Escolha sua, soldado.

Ela cambaleou ligeiramente, mas se recuperou sem problemas. Ele julgou por longa experiência que ela estava apenas no estágio em que ainda podia fazer quase tudo o que podia fazer sóbria... mas provavelmente tentaria fazer coisas que não faria em circunstâncias normais.

Você pode andar, porém mais uma ou três canecas e não conseguiria, pensou ele. *Mas não gostaria de ouvir isso. Sensível como um gato selvagem com uma pata dolorida, e não é nenhuma surpresa.*

Ela parou no banco onde estavam sentados Brocas e seus amigos, que ainda deliciavam-se da glória refletida do encontro com o zamoriano.

— Você — disse ela, apontando para um fundeiro jovem e bonito ao lado do lanceiro. — A menos que esteja bêbado demais para se pôr de pé.

Ele saltou ereto e curvou-se, corrigindo um cambaleio no final.

— Minha senhora, para você, uma *estátua* de mármore poderia se pôr de pé.

Ela ponderou, piscando.

— Isso seria desconfortável — disse ela. — Vamos.

Conan suspirou e ergueu a mão para pedir outra caneca.

3

Demônios de Crom!

Conan jogou a costela de porco desfiada nas ferozes brasas vermelhas da lareira e se levantou, agarrando-se ao cinturão da espada enquanto o osso crepitava e estalava, e o tutano rico em gordura era consumido pelas chamas.

Sukhmet é uma péssima cidade para perambular, estando bêbado ou não, pensou ele, dirigindo-se à porta. *Ela não pode se opor que um soldado vá para casa quando ele quiser, e quem sabe o que pode acontecer...?*

Se alguma coisa podia incendiar os ânimos de Valéria era uma luta, de modo que um homem que lutasse ao seu lado poderia muito bem ter uma surpresa agradável — ao contrário dos que lutaram contra ela. Ele acenou com a cabeça para o taberneiro, relembrando o que o homem lhe devia agora. Ao contrário de muitos de seus camaradas nos Companheiros Livres, ele geralmente não mantinha uma conta aberta com o dono da Garra e Presa ou de qualquer taverna. A longa experiência lhe ensinara que, se fosse pagar, era sensato pagar na hora.

Para começo de conversa, isso significava que o taberneiro gostava mais dele, já que não precisava arriscar que um cliente morresse ou "se perdesse", ou descobrir que os fundos da companhia estavam curtos naquele mês. Nesse caso, as posições foram invertidas; o homem estava segurando o dinheiro de Conan e gostaria de mantê-lo calmo para que este não lhe exigisse o dinheiro.

Lá fora, Conan sentiu a mesma decepção habitual. Ao sair de um cômodo que tivesse uma lareira e encarar a noite, sempre esperava que o clima estivesse mais ameno, e por ali isso não aconteceria. Indo para o outro lado do beco, desabotoou as calças e fez o que muitos haviam feito antes dele, educadamente direcionando o fluxo de urina para longe da taverna, e então caminhou para a escuridão crescente. Uma bexiga cheia pode distrair no momento errado, e a pausa permitiu que seus olhos se adaptassem totalmente ao escuro.

Apenas uma sombra do pôr do sol ainda aparecia no Oeste, na rua sinuosa. A noite caía como um martelo aqui, sem nada do longo crepúsculo de onde ele havia nascido. Os tambores estrondosos dos portões soaram, junto à vibração estridente de uma trombeta stygia. A alguns metros de distância, estariam empurrando os maciços portais de madeira de lei fechados durante a noite e deixando a barra de pau-ferro cair nos grossos suportes de metal forjado.

Ele próprio já tivera esse dever algumas vezes. A barra era um bloco de madeira de lei tropical envelhecida, tão grossa quanto uma das esplêndidas coxas de Valéria...

Isso mostra onde estão meus pensamentos, pensou ele, rindo em silêncio e caminhando na direção que ela provavelmente havia tomado. *Ishtar dos shemitas, que traseiro essa mulher tem.* Ele pegou o ritmo. *Vou atrás o suficiente para que ela e seu lindo brinquedo nunca me vejam. Só para garantir.*

A lenda aquiloniana dizia que um cimério poderia vir atrás de você, cortar sua garganta e estar a um quilômetro e meio de distância antes mesmo de você perceber que estava morto — além de roubar seu cavalo e sua bolsa de moedas também. Não era *bem* verdade, mas Conan muitas vezes se aproveitava dos rumores e aprendera da maneira mais difícil um modo de se mover silenciosamente.

Seu povo conseguia carne por meio da caça quase tanto quanto pelos rebanhos, e as florestas de sua casa abrigavam caçadores de quatro patas, do tipo que não fazia cerimônia para se banquetear daqueles que andavam sobre duas pernas. Se você queria sua pele inteira, crianças intocadas e comida na mesa... então na Ciméria deveria ser capaz de perseguir os lobos e lutar contra eles. Em comparação, os homens criados na cidade, ou mesmo os de origem campesina, eram ovelhas.

Ah, pensou Conan. *Isso foi mais rápido do que pensei que seria.*

Valéria estava assobiando uma alegre melodia enquanto caminhava com o braço em volta dos ombros de seu companheiro — eles eram mais ou menos da mesma altura. Ela provavelmente havia se refugiado em um beco para se aliviar também, algo um pouco mais complicado e demorado no caso dela, dando a seu companheiro a útil função de guarda. O assobio ajudava enquanto Conan se aproximava pelas paredes do sul, onde as sombras eram mais densas.

Este distrito era todo de construções de tijolos de barro, algumas rebocadas com estuque, outras não, a maioria com três andares de altura e as extremidades das vigas projetando-se das paredes. Não havia muito trânsito. Ao pôr do sol, o povo de Sukhmet, respeitável como era, abrigava-se e trancava as portas. Aqueles que tinham que se locomover após o anoitecer carregavam tochas e maças e se moviam em grupos.

A escuridão era profunda, quebrada apenas pela lua em quarto minguante e pelas brilhantes estrelas do sul que podiam ser vistas através da estreita fenda no céu acima, bem como por um ocasional vazamento da luz de uma lamparina. As janelas do andar térreo eram todas fendas estreitas nas grossas paredes de tijolo cru, muitas vezes barradas por grades.

Valéria e seu companheiro pararam uns dez metros à frente dele, onde a estrada estreita se abria em uma forma oval disforme com cerca de seis metros de largura e repleta de sujeira, no que poderia ser chamado de uma praça. Também estava um pouco menos escuro do que em uma caverna, já que as paredes não estreitavam tanto o céu, embora a névoa de fumaça fosse espessa devido à refeição noturna que estava sendo preparada ao redor deles.

Penetrou apenas luz suficiente para revelar seis bandidos de pé ao longo da largura daquele espaço e o brilho de três deles puxando longas adagas das bainhas sob suas axilas esquerdas. Um quarto sacou uma espada curta e ergueu um pequeno broquel na outra mão, enquanto um quinto brandia um porrete com um pedaço de metal atravessado na esfera da ponta. O último tinha um longo bastão de pau-ferro maior do que a altura de sua cabeça e o girava em forma de oito, produzindo um chiado contínuo.

— Ei, cabelo amarelo! — chamou alguém na língua de contato das ruas de Sukhmet. — Passa o dinheiro, e vamos deixar você viver.

— Passa a espada e a faca, e vamos deixar você viver — gritou outro.

— Passa a roupa toda e deixa a gente feliz, e *talvez* vamos deixar você viver — disse o último, agarrando a tanga com uma das mãos em um movimento ilustrativo do quadril. — Ou você morre na certa!

— Seu amigo pode se ajoelhar e deixar a gente feliz.

Conan podia ouvir venezianas sendo fechadas e trancadas em casas próximas.

Valéria riu e soltou um suspiro feliz, puxando o companheiro sem interromper o passeio, mas Conan podia ver a prontidão tensa no gesto. O fundeiro mercenário franziu a testa, até que a situação penetrou em sua mente confusa devido à cerveja; então ele sacou uma adaga com uma das mãos e puxou a funda do cinto, girando-a como um chicote.

Os bandidos se entreolharam surpresos, então deram de ombros e começaram a se aproximar, as pontas da formação em linha se curvando para dentro em um movimento que mostrava que já haviam trabalhado juntos antes. Valéria não havia sacado uma arma, e eles provavelmente pensaram nas chances de seis para um, em vez de seis para dois.

Isso ainda era ruim o bastante...

Conan considerava esse tipo de bandoleiro da mesma forma que um lobo encarava seus xarás de quatro patas. Ele tinha sido um ladrão profissional em sua primeira exposição às cidades, mas roubou comerciantes ricos e outros ainda mais perigosos, incluindo um mágico e um *deus* decaído. E geralmente na própria mansão, torre ou forte bem guardado da vítima. Ele não havia se rebaixado a atacar os transeuntes.

Invisível na escuridão, agachou-se para assistir ao espetáculo. Se os valentões levassem o trabalho a sério, *talvez* tivessem uma boa chance. Como dizia um velho ditado cimério, mesmo Lugh da Lança Longa não poderia lutar contra dois se um deles estivesse por trás de suas costas. Mas como estava...

Hisssst!

Desta vez, a loira não parou após o saque rápido. Quem quer que tenham sido seus professores — provavelmente seu pai gunderlandês, que era da guarda —, ensinaram-lhe a dar uma boa estocada, e ela aprendeu bem a lição, mantendo a parte plana da lâmina virada para o chão e menos propensa a encravar no osso.

A ponta atravessou a garganta do bravo que segurava a espada curta, cortando o grito dele com um breve gorgolejo agonizante de espanto enquanto a traqueia instantaneamente se enchia com jatos de sangue das artérias do pescoço.

Ainda assim, ela não parou, passando por ele rapidamente e torcendo a espada para o lado como quem quebra o pescoço de um ganso, espalhando sangue em um grande leque que lançava gotas nos rostos dos homens de ambos os lados. O sangue parecia preto na penumbra.

O fundeiro passou a arma pelo pescoço de um homem distraído pela velocidade desconcertante da mulher e o puxou para frente. Este se aproximou em um cambaleio rápido, quase caiu no chão e girou os braços... incluindo a mão da faca, que o deixou exposto a uma estocada sob o esterno. O vencedor teve tempo suficiente para começar a sorrir antes que o porrete perfurante atingisse seu ombro esquerdo com um som semelhante ao de um cutelo de açougueiro. Sua expressão se contorceu em um rosnado de agonia, mas ele enfiou a faca na virilha do homem do porrete, o que provocou um grito de dor.

A vantagem durou pouco, pois uma faca se enterrou em seu peito.

Valéria passou pelo homem que havia atingido e girou antes que seu corpo atingisse o chão com um baque flácido, de modo que sua adaga brilhou na mão esquerda. Os bandidos pararam em estado de choque por um instante crucial. Provavelmente não tinham visto os detalhes — mesmo à luz do dia, ela teria sido um borrão —, mas estava claro que o pescoço daquele que ela havia atingido estava aberto da traqueia até a espinha.

Na escuridão, parecia feitiçaria.

O fundeiro mercenário também estava morto, mas dois stygios estavam caídos ao seu lado. Isso significava metade do número deles, baixas chocantes até mesmo para lutadores experientes, posto que eram arruaceiros.

— Boa escolha, Valéria! — murmurou Conan para si mesmo. — Ele era o único que tinha equipamento de verdade e *talvez* soubesse como usá-lo. — Em sua experiência, até mesmo piratas em tempo integral podem ser brigões descuidados, pescadores ou marinheiros mercantes que acham que são guerreiros. A maioria não vivia muito. Apesar de ser mulher, Valéria durou vários anos, o suficiente para ganhar alguma fama.

— Vocês, corram agora — disse ela prestativamente, em um stygio muito básico. — Fujam, garotinhos, fujam.

Os três vivos se entreolharam e então correram para ela, dois homens liderando com facas. Conan ficou surpreso por um segundo quando Valéria se virou e começou a fugir. Até que, de repente, ela caiu de costas, enrolou-se para trás e rolou em direção aos tornozelos do bandido-líder, seus braços de aço ainda esticados para os lados.

Teria sido difícil desviar mesmo à luz do dia. À noite e tão perto, acelerando em uma perseguição total, o homem da faca mal teve tempo de grasnar quando suas canelas bateram nela, e ele caiu a toda velocidade, plantando o rosto na terra compactada. Instantaneamente, ele ficou mole, talvez quebrando o nariz, a mandíbula e vários dentes, possivelmente o pescoço também, a julgar pela forma como o corpo convulsionou.

O outro bandido que tinha uma faca mostrou um raro bom senso ao não tentar fazer nada além de se virar, seguir o conselho de Valéria e correr o mais rápido que podia enquanto ela se levantava com facilidade. De olhos esbugalhados, ele passou pelo esconderijo de Conan em uma corrida desatenta.

O homem do bastão que havia rido enquanto segurava a tanga se adiantou, girando a longa arma em volta da cabeça e uivando. Valéria saltou para o lado, esquivou-se de um golpe e investiu com precisão cirúrgica na parte de trás da articulação do joelho dele, torcendo a espada ao retirá-la. O homem caiu, e o próprio peso do bastão de pau-ferro e a força do golpe da arma fizeram-no girar no meio da queda. O uivo frenético de raiva se transformou em um guincho de desânimo e, depois, em um grito de dor.

Valéria esperou apenas tempo suficiente para verificar se o companheiro estava realmente morto, então se virou e correu para valer. Com todos os bandidos derrotados ou desaparecidos, provavelmente foi um reflexo adquirido em cidades civilizadas, onde o aparecimento do vigia noturno representaria um problema em potencial.

Ao contrário de Sukhmet, pensou ele.

Conan podia ouvir a risada rouca e imprudente da alegria dela enquanto corria a toda velocidade para a parede e embainhava suas armas. Saltando com leveza sobre o topo de um barril, mal tocando o pé na superfície enquanto se impulsionava para cima novamente, ela fechou as mãos no corrimão de uma varanda e, balançando-se com a agilidade de um acrobata — ou de um marinheiro —, escalou um cano de esgoto como um esquilo, desaparecendo no telhado plano.

O leve bater de seus pés foi interrompido pelos gritos de uma família que dormia ali sob as estrelas, como muitos faziam naqueles casebres quentes. Em seguida, um trinado risonho foi desaparecendo em direção à próxima rua.

Conan levantou-se e caminhou para frente. O homem do bastão estava se apoiando em um dos joelhos, gemendo e segurando um ombro machucado. A outra perna estava flácida e se contorcia enquanto sangrava.

— Não é a sua noite, rato — disse o cimério alegremente, agarrando-o pela nuca. O bandido não era um homem pequeno, mas o aperto forte quase o ergueu do chão, e também não lhe restava muita combatividade. Ele gritou quando dedos como hastes de aço ameaçaram separar a base de seu crânio do resto.

— Quem te pagou?

Quando não houve resposta além de um gorgolejo surdo, Conan deu três passos até a parede que Valéria havia escalado e bateu o rosto do homem nela. Não com força o bastante para atordoar ou matar, mas o suficiente para chamar a atenção dele, mesmo diante dos ferimentos.

Conan se aproximou.

— Quem te pagou? — repetiu ele, o rosto muito mais próximo da ratazana.

Os olhos do homem rolaram em sua direção, provavelmente vendo apenas um brilho de olhos azuis e uma sombra enorme, sentindo um aperto como o de arpéus usados para levantar cargas do porão de um navio em um porto bem localizado. Talvez tivesse pensado que estava nas mãos de algum espírito noturno ou de um monstro de uma lenda local.

— Não sei! — engasgou ele. Outra batida na parede, e disse mais apressadamente: — Por Set, é verdade! Ele usava um capuz! Pagou a gente, disse que a mulher estava vindo, que deveríamos pegá-la. Fala... Falava como um nobre, como um ricaço. Do Norte! Set e Derketa são minhas testemunhas!

— Obrigado pela verdade, amigo — disse Conan. Puxando o braço para trás, bateu mais três vezes o rosto do homem no tijolo de barro duro como ferro, com força total.

O corpo não se mexeu quando Conan o deixou cair. Vasculhando a bolsa do cinto do homem que tinha o porrete, encontrou um punhado de moedas de cobre, uma peça de prata... e uma coroa stygia de ouro, com a píton enrolada de um lado e, do outro, uma pirâmide com um olho no centro. Parecia recém-saída da casa da moeda — havia uma aqui, no complexo do governador, que usava a produção das minas locais antes de ser enviada para o Norte.

Conan assobiou baixinho. Se fosse genuína...

Ele a mordeu, e o ouro era macio e gorduroso entre seus dentes molares, puro, com apenas um pouco de prata nele. Era genuína *mesmo*, o que significava seis meses de salário para um batedor habilidoso como ele. As pessoas comuns não manejavam moedas de ouro mais de uma ou duas vezes na vida, e apenas se tivessem sorte. O ouro era para príncipes, nobres, comerciantes ricos, banqueiros e os templos de sacerdócios poderosos.

E para os exércitos, nos quais milhares de homens tinham que ser alojados, alimentados e armados, recebendo salários melhores do que os trabalhadores comuns jamais viram. E, de vez em quando, para piratas ou mercenários após o saque de uma cidade — se tivessem *muita* sorte.

Um exame rápido mostrou que cada um dos outros bandidos mortos tinha uma das moedas, além de um rolo de corda, um saco de pano com um cordão justo para passar sobre a cabeça de alguém e um cobertor dobrado para envolver a vítima. Essas poderiam ser apenas as ferramentas de um roubo intencional, mas Conan não achava isso, não com as moedas de ouro e a história do homem.

Alguém... quase certamente Khafset ou um de seus comparsas... havia pagado os homens para sequestrar Valéria, com a intenção levá-la aonde ele pudesse se vingar adequada e prolongadamente da humilhação, sem mencionar o lábio espetado, o nariz quebrado e os testículos esmagados. Ninguém ficaria muito chateado com o desaparecimento de uma mercenária estrangeira recém-contratada e muito menos acusaria o nobre mais bem-nascido do distrito. Nem o governador faria isso.

O cimério grunhiu, pensando muito enquanto arrastava os corpos pelo tornozelo ou pelo pulso para uma pequena viela que se abria para fora do espaço oval. Era um beco sem saída e tinha uma pilha de detritos que zumbia e estava enxameada de larvas, incluindo um ou dois cachorros mortos empilhados na parede transversal, em sua extremidade. Muitos olhinhos vermelhos e brilhantes olharam para ele e, então, desapareceram.

Com um giro de braço completo a cada vez, ele jogou os corpos no meio da encosta do lixo, e parte do conteúdo deslizou sobre eles. O fedor era tão ruim que ele deu um passo para trás por um momento e cuspiu de lado para limpar a boca. O porrete do bandido morto provou ser uma ferramenta útil para adaptar mais o cenário. Após um momento de trabalho, nenhuma parte humana óbvia ficou à mostra, e as chances eram de que os corpos não seriam descobertos por uma semana ou mais.

E ninguém se importaria quando fossem.

Sukhmet era esse tipo de cidade.

Por um momento, Conan lamentou ter que incluir o fundeiro, que não passaria pela cremação usual dos adoradores de Mitra, mas, se ele fosse encontrado, o alvoroço seria uma distração.

Voltando para a rua, Conan jogou o porrete para o lado, na terra dura. Melhor não deixar isso perto dos corpos. Alguém iria roubá-lo antes do amanhecer, nem que fosse por uma ou duas moedas de cobre que o ferro da ponta renderia. Falando nisso...

Não posso gastar *o ouro*, percebeu. *Seis peças! Não no dia a dia.*

Teria que ir a um agiota para trocá-las por prata e pagar caro para que este não informasse as autoridades que um mercenário estrangeiro estava ostentando uma riqueza que não poderia ter adquirido honestamente. Mesmo assim, estava em vantagem por um punhado de ouro.

Eu poderia conseguir uma passagem de volta para a costa em uma boa caravana, pensou ele, *de graça, se me alistasse como guarda. Isso me deixaria com um ano e meio de salário de batedor para me levar de volta às Ilhas, ou onde mais eu quiser.*

Era tentador. Ele estava completamente farto de Sukhmet.

Mas seu pensamento estava fixo nos olhos de Valéria enquanto ela mantinha o stygio com a espada nos lábios dele... A visão não o deixava.

Então teve um lampejo.

Em pouco tempo, ela estará tão enjoada deste lugar quanto eu.

4

COM O RUFAR LONGO E RÁPIDO DO TAROL DA ALVORADA E O SOAR DOS METAIS DAS TROMBETAS, Conan acordou em seu catre, no quartel. Espreguiçando-se, ele se levantou para procurar o lavatório, depois, uma casa de banho para se lavar. Vestiu-se e foi para a fila na praça do quartel quando o rufar dos tambores terminou, e a lista foi chamada. Nos Companheiros Livres, a regra era que você marcava presença primeiro, antes das tarefas do dia, o que parecia funcionar bem.

O oficial começou a chamar os nomes.

— Conan, batedor, ligado ao quartel general da Companhia!

— Presente e apto para o serviço — respondeu Conan em uma voz entediada e alta.

De pé no trecho de terra entre o quadrilátero de dois andares de alojamentos, arsenais e depósitos em estuque descascado sobre mais tijolos de adobe, a maioria bocejava e se coçava sob o Sol forte e quente do amanhecer. Eles responderam a seus nomes conforme eram lidos no rolo de pergaminho. Alguns relataram estar doentes e foram instruídos a ver o médico. Conan suspeitava que era principalmente ressaca procurando uma dose de casca de salgueiro ou algo parecido, embora as febres usuais e dores de barriga sempre fossem um problema.

Todos tinham suas armas pessoais — não andavam de armadura ou com uma lança pontiaguda ou elmo e besta, exceto para treinar ou lutar — e também não cheiravam tão mal.

Exceto por um zíngaro, que cambaleou no meio do caminho, caiu de joelhos e vomitou uma quantidade notável da bebida local, muito pior devido à roupa e ao cheiro das horas de permanência em seu intestino. Os lábios do oficial se comprimiram com a visão e o fedor. Ele próprio era um nortista e, pela aparência, poderia ser desde um kothiano a um nemediano. Ao contrário das histórias usuais sobre os homens habilidosos com a pena e o ábaco, tinha o aspecto de um poste musculoso e usava um tapa-olho. Seus cabelos eram grisalhos e cortados rente à nuca.

— Arparos, lanceiro de curta distância — disse ele com a voz do ferro se pudesse falar —, bêbado em serviço, multa de uma semana de pagamento e duas semanas de destacamento de trabalho no quartel. — O infeliz Arparos parecia ainda mais decadente do que antes, se isso fosse possível.

— Valéria, escaramuçadora. — A voz da grande mulher soou em seu contralto claro, embora Conan pensasse que ela parecia um pouco mais abatida. Ele assentiu interiormente, sem se surpreender com o papel que lhe fora atribuído. Zarallo não era tolo.

Como ela se sairia em um ataque de lança era uma questão em aberto, mas ele tinha visto o que ela era capaz de fazer no tipo de confronto aberto que se esperava para um escaramuçador — ou um pirata em um ataque náutico ou invasão costeira. Era necessário um conjunto diferente de habilidades que não apenas combate seco entre massas formadas.

Ela usava as mesmas calças e botas do dia anterior, além de uma longa camisa de linho com mangas e um chapéu cujo um dos lados estava dobrado e enfeitado com uma pena de pavão. Apesar de todo o bronzeado de marinheiro, o Sol aqui era forte para um nortista que não tomasse precauções.

Em seguida, vinham as tarefas do dia. Começando depois de amanhã, uma marcha de trinta e dois quilômetros que acontecia uma vez por mês, seguida por um acampamento fortificado, treinamento de batalha campal e, depois, uma marcha de volta.

Hoje não havia nada afixado no quadro de giz que ficava fora dos aposentos do capitão. Contanto que nada específico surgisse, Conan pretendia pegar uma tigela de mingau e um pouco de pão e depois passar algumas horas usando uma espada de treinamento de peso duplo e escudo nos fortes postes de madeira cravados no chão do outro lado do final do campo de treinamento. Essas atividades seriam mescladas com arremesso de lanças e puxadas de arco.

Então tentaria conseguir alguém com quem lutar em alguns duelos de espada, luta livre e vale-tudo e, depois do cochilo da tarde — um costume sensato em muitas das terras quentes que visitou —, percorreria o perímetro das muralhas da cidade algumas vezes, carregando seu equipamento de luta. Era o melhor remédio para a sensação de ranço de depois de uma folga de jogatina e bebedeira.

— Conan, batedor, e Valéria, escaramuçadora, apresentem-se no gabinete do comandante após a revista da tropa matinal — berrou o oficial.

As sobrancelhas de Conan se ergueram. Fosse o que fosse, seria menos enfadonho do que outro dia na guarnição.

A casa do comandante ficava na esquina do acampamento principal, margeando o espaço aberto dentro da muralha da cidade. Do lado de fora, parecia mais um bloco de adobe de dois andares, com apenas janelas estreitas no andar de cima.

Dois homens em camisas de malha montavam guarda diante da madeira polida e cravejada de cobre escuro das portas, suando impassivelmente e segurando suas lanças de dois metros, a ponta de apoio na bota direita, escudos redondos nos ombros e capacetes simples. Os elmos estavam embrulhados em tecido — neste clima ou nos desertos ao norte, o aço esquentava o suficiente para produzir bolhas.

Suas cotas de malha também eram cobertas por leves túnicas de algodão. Algodão era um luxo caro e exótico nos reinos do Norte, e Conan nunca tinha visto nenhum, até bem depois de deixar a Ciméria, mas era mais barato do que o linho aqui. A insígnia dos Companheiros estava sob o peito deles, uma letra "Z" dourada e ornamentada dentro de um círculo preto.

Eles cruzaram as lanças quando o par se aproximou.

— Quem vem? — rosnou um deles.

— Conan, o batedor, convocado pelo comandante.

Ele não mostrou sua impaciência com esse ritual, quando o homem sabia muito bem quem ele era. Cada lugar e povo tinha seus costumes, e raramente valia a pena ofender aqueles entre os quais você vivia. Zarallo havia aprendido suas práticas no exército real de sua terra natal, mas estas não diferiam muito daquelas dos outros reinos do Norte, e todos tinham uma semelhança familiar vinda de séculos de guerra constante.

— Valéria, escaramuçadora, convocada pelo comandante.

As lanças foram retiradas.

— Passem, camaradas — disse o sentinela. Conan gemeu interiormente, mas manteve o silêncio.

No interior, a estrutura tinha o aspecto esperado para um cavalheiro stygio — esse era o tipo de homem que a ocupava quando esta era uma guarnição puramente stygia. Dois pátios, um logo atrás das portas da frente e outro mais atrás, com um portão aberto entre os dois e colunatas em arco ao redor. À frente estariam os cômodos públicos e, mais ao fundo, os quartos da família.

Através do portão para o pátio interno rico em flores, Conan viu de relance a robusta esposa de Zarallo tomando café da manhã com os filhos e cercada por criadas. Então um ajudante — um dos primos mais jovens de Zarallo, lembrou-se — indicou uma grande câmara que Zarallo usava como gabinete.

Os ladrilhos do piso intercalavam-se entre azul e branco-creme, e as paredes suavemente rebocadas foram pintadas no estilo stygio. Painéis do chão ao teto retratavam cenas coloridas de cerimônias da corte, procissões religiosas e sacrifícios. Alguns dos últimos podiam ser um pouco enervantes, e esses eram os que tinham cavaletes com grandes mapas na frente, bloqueando grande parte das imagens. Seria ofensivo desfigurá-las — uma blasfêmia para o modo de pensar dos stygios.

Esse foi um compromisso sensato.

Para os mapas, os stygios usavam tiras de papel de junco coladas nas bordas, mas Zarallo manteve o hábito do Norte de fabricar mapas de campo em couro curtido e macio, em que se usavam agulhas quentes para desenhar as linhas. Havia cestas cheias de pergaminhos e dois atendentes — esses dois eram magricelas e covardes, como Conan esperava — que mexiam em ábacos e rabiscavam em mesas do outro lado. Um cofre aberto tinha o interessante brilho da prata, e moedas tilintavam ao serem pesadas na balança de um joalheiro, contadas e embrulhadas em pergaminho.

Todo o lugar cheirava a gesso quente, água e enormes flores tropicais vivas dos jardins, com um leve e persistente odor subjacente de aço engraxado e couro encharcado de suor que era inseparável de um acampamento de guerra, mesmo nesta parte.

— Conan! Valéria! — disse Zarallo, acenando para eles.

Ele estava sentado atrás de uma grande mesa coberta por uma toalha de linho bordada. Uma tigela vazia e uma travessa que continha peixe frito e rodelas de pão achatado haviam sido empurradas para o lado, lembrando Conan de que ainda não havia comido.

Zarallo era um zíngaro de origem um tanto nobre, mas originalmente empobrecida. Pele morena bronzeada, uma cicatriz que contorcia o nariz comprido, estatura mediana, ombros largos, mas ficando um pouco barrigudo aos 40 anos. A barbicha aparada formava uma ponta, os bigodes estavam encerados para ficarem como os chifres de um búfalo das planícies, e os longos cabelos pretos foram penteados em cachos que caíam até os ombros, misturados com os primeiros fios grisalhos.

A couraça polida e o capacete morrião de crista alta que ele usava ao ar livre também estavam sobre a mesa, com o florete surrado e a adaga sobre eles. Havia também pergaminhos abertos por manoplas e frascos de tinta, bem como pilhas de papiro stygio.

Seus olhos pretos foram para Valéria.

— Você sabe cavalgar, escaramuçadora? — questionou. — Quão bem? — perguntou ele, sem esperar por uma resposta. — E consegue usar uma espada enquanto monta? Plena ou razoavelmente?

Ela piscou surpresa.

— Sim, consigo fazer as duas coisas — disse. E acrescentou: — E muito bem, senhor. Minha família tinha uma fazenda, e meu pai me treinou quando deixei claro que queria. Ele não tinha filhos e desejava repassar suas habilidades. Eu posso lutar a cavalo. Ou seja, não vou cortar as orelhas da minha montaria ou cair, mas não me chamaria de soldado de cavalaria. A maior parte das minhas batalhas foi travada no mar ou em ataques em que desembarcamos em botes.

— Bom — grunhiu ele, remexendo os documentos. — Bom o bastante, pelo menos. Porque esta é uma reclamação formal — ele brandiu um pedaço de papiro embelezado com os hieróglifos stygios — do governador da província, dizendo que você atacou um dos oficiais dele sem provocação, quebrou o nariz e infligiu... “outros ferimentos”.

— Puxei a lâmina, espetei o lábio dele, chutei o saco e depois toquei o nariz com a ponta da minha bota para corrigir seus humores — especificou Valéria, e Zarallo lutou contra um sorriso.

— Por provocação?

Ela encolheu os ombros largos e bem torneados; mesmo assim, Conan achou o gesto fascinante e pensou ter ouvido um dos funcionários que estava do outro lado da sala errar o ritmo constante de um bico de pena no papel e depois praguejar quando corrigiu uma linha.

— Bem, ele agarrou meu traseiro e tentou enfiar dois dedos onde não deveria — respondeu ela. — Parecia pensar que eu gostaria disso, mas estava muito, muito errado.

Conan lutou contra uma gargalhada, e Zarallo não tentou.

— Eu estava lá, capitão Zarallo — acrescentou Conan. — É como ela disse, e ela deu conta com inteligência. Haveria homens mortos, começando pelo stygio, se ela não tivesse feito o que fez, o que resultaria em uma batalha campal entre nossos companheiros e os amantes de cobras. Em vez disso, terminou em espancamento e risadas, não em tripas e cérebros no chão. Alguns dos próprios homens do stygio queriam rir dele, dava para ver em seus olhos.

Valéria lançou-lhe um olhar rápido com os olhos semicerrados, então assentiu, em reconhecimento do relato sobre a sagacidade que ela usara para administrar o incidente, pensou ele. Isso deixou claro que ele não estava apenas bajulando-a para ganhar favores.

Ela também não era tola.

— Pensei que poderia ser o caso — disse o zíngaro, o sotaque sibilante de sua língua nativa mais forte enquanto ele tentava não sorrir. Eles estavam usando o dialeto misto dos bandos de mercenários do mundo ocidental, não muito diferente da variante marítima.

Zarallo voltou-se para Valéria.

— Se eu fosse ficar aborrecido por você educar um jovem ansioso demais, não a teria contratado. Qualquer um poderia adivinhar que isso aconteceria uma ou duas vezes com uma mulher em um ofício de homem... e um severo ofício de homem. Ainda assim, Khafset é um nobre e tem influência aqui nesta pocilga, por mais problemas que tenha encontrado na corte. — Ele bateu em outro papel. — Há um comboio indo para a mina de ouro de Wedi Shebelli amanhã de manhã.

Conan assentiu e disse, principalmente para Valéria:

— Esta é a razão pela qual os stygios se preocupam em manter este distrito, as minas. Tudo cobre cerca de cento e cinquenta léguas ao sul e leste.

Havia comércio de escravizados, marfim, esmeraldas, plumas de avestruz, madeiras ornamentais raras e coisas do gênero, mas o ouro era o que sustentava os outros. Conan nunca procurou ser um mercador, mas, para ser um predador, precisava conhecer sua presa.

Zarallo folheou o documento.

— Os stygios reivindicam um grande pedaço por aqui e têm controle ao redor de Sukhmet e dos pontos ao norte, mas, depois de um longo dia de marcha ao sul daqui, só controlam as minas e alguns postos avançados na fronteira de Darfar. Ainda há muitos habitantes locais nas colinas e nas florestas que os odeiam por causa das incursões escravagistas e dos impostos, de modo que os atacarão sempre que possível. Os comboios são um alvo óbvio. Eles estão inflexíveis, embora as chuvas tenham começado. Idiotas. Quem se importa se alguns mercenários morrem no caminho? — Ele bateu no papel novamente. — Estamos contribuindo com uma escolta, batedores montados e escaramuçadores que guardarão o comboio junto aos reforços stygios que se dirigem para a guarnição da mina. Os que estão estacionados lá agora voltarão com o comboio, mas aparentemente tiveram perdas e precisarão de ajuda. — Ele sorriu agora. — Ajude com os lingotes de ouro também... com certeza, com certeza.

Então suspirou quase imperceptivelmente. Os olhos de Valéria se estreitaram de maneira pensativa, e o polegar de Conan tocou o punho da espada. Se colher ouro com aço não fosse atraente, nenhum deles teria seguido o tambor mercenário ou sido pirata com a Irmandade Vermelha.

Zarallo continuou com praticidade abrupta:

— Vocês dois irão juntos. Você, Conan, porque é meu melhor batedor e conhece o interior daqui. Você, Valéria, porque será útil e porque não quero que ninguém em Sukhmet veja seu rosto *ou* esse cabelo amarelo pelo próximo mês. Fora da vista, fora da mente. Deixe o barulho desaparecer com os hematomas.

— Até lá, o rosto de Khafset estará menos dolorido, mas ainda cheio de protuberâncias — disse Conan, sorrindo. — E as bolas dele estarão inchadas como romãs. Talvez continue colocando as mãos *lá*.

Ele foi recompensado pela risada de Valéria.

Com esforço óbvio, Zarallo franziu a testa, e os funcionários que ouviam gargarejavam enquanto sufocavam a alegria.

— Acautele-se, mulher — disse o comandante. — Se você tivesse matado Khafset, eu teria que jogá-la para os lobos... ou aqui, para as hienas... por mais que os porcos adoradores de cobras merecessem. Portanto, não arrume confusão e faça o seu trabalho. Dispensados!

Eles performaram uma saudação e foram embora.

Assim que saíram, Valéria virou-se para Conan.

— Você já esteve lá antes?

— Não nessa mina, mas em algumas outras.

— De que equipamento extra vou precisar?

Ele grunhiu em apreciação. Essa era a pergunta certa, e, se ela se apressasse, teria tempo suficiente para fazer algumas compras rápidas.

— Bem, os cavalos vêm da cavalaria da Companhia, mas, se eu fosse você, daria uma coisinha ao cavalariço para obter o melhor. Vai precisar de alguma cota de malha, coisas leves, para isso. Os Companheiros têm algumas que você pode obter a crédito. E...

Muito de sua habilidade com cavalos, Conan aprendeu depois de ter saído de casa; na Ciméria, os chefes mantinham alguns pôneis, mas a maior parte da terra era muito montanhosa e densamente florestada para que as pessoas comuns se importassem. Seu pai havia sido ferreiro quando não estava cultivando, caçando ou lutando.

Parte de seu aprendizado foi feito em Zamora e em lugares a leste, onde as estepes sem fim significavam que ninguém andava se pudesse encontrar um cavalo, e ele aprendia rápido. A montaria alta e ossuda que ele pegou da cavalaria da Companhia era bem treinada, grande o suficiente para carregar o peso dele sem desmaiar e, depois de um pequeno ajuste de quem sabia o que e quem era o mestre, satisfatória. Ele garantiu que todos no destacamento de escaramuçadores também tivessem pelo menos uma montaria adicional razoável, enquanto o comboio se reunia na poeira da área movimentada do lado de fora do portão sul de Sukhmet.

Eles deveriam partir ao amanhecer, então naturalmente levou cerca de duas horas para que todos se reunissem, especialmente os empreiteiros da cidade que estavam alugando suas carroças e animais de carga para o comboio do governador.

Valéria escolheu um animal menor, com cerca de treze palmos, com mais da linhagem shemita do deserto que estava presente em todas as montarias stygias, de modo que ele pôde ver sólida competência, senão brilhantismo, na maneira como ela lidava com isso. A ex-pirata carregava um elmo de aço leve pendurado em seu arco da sela; amarrado atrás da garupa da sela, um colete de malha sem mangas, enrolado; sobre o ombro, uma besta e, no cinto, uma aljava de setas.

Ela lhe dirigiu o mesmo olhar profissional e rápido, notando a cota de malha mais pesada enrolada atrás da sela dele, o capacete redondo com um protetor de nariz rebitado e um protetor de pescoço de couro coberto por um leque de lascas de aço. Sentado, carregava um arco recurvo feito de chifre e tendão de um metro e meio no joelho esquerdo e uma aljava de flechas de penas brilhantes do outro lado.

— Você pode usar isso a cavalo? — perguntou ela. Não era uma habilidade comum nos reinos ocidentais.

— Um pouco, embora eu não seja turaniano — disse ele. — Porém, cavalguei com os kozaki perto do Mar de Vilayet por um tempo, e todos eles os usam. O combate é todo a cavalo lá, exceto quando se invade uma cidade ou forte ou algo parecido. Sem um arco, você apenas agita a espada e grita insultos.

Ela assobiou. Turan e o Mar Vilayet eram a orla oriental do mundo conhecido, embora, enquanto esteve lá, Conan tivesse ouvido histórias de reinos, tribos e impérios mais a leste. E de tesouros e maravilhas, e ele se lembrava melancolicamente disso de vez em quando.

Talvez um dia...

— Também há piratas no Mar de Vilayet — acrescentou. — Não há cavalos no mar, mas eles usam esses arcos antes de chegar ao corpo a corpo.

Valéria bufou.

— Se há água suficiente e algo para roubar, há piratas.

O restante da contribuição da Companhia para a escolta foi de trinta escaramuçadores e batedores montados, incluindo uma dúzia de arqueiros shemitas que tinham arcos muito parecidos com os de Conan.

O contingente stygio que ficaria nas minas era muito maior. Cem lacaios stygios carregavam lanças de lâminas largas e usavam elmos de bronze, cujo formato era muito parecido com o dos nemés de linho que os nobres usavam, e couraças e escudos em forma de caixão feitos de couro de elefante fervido e envernizado.

Mais cem eram arqueiros de alguma terra negra chamada Nubaka, que carregavam arcos de bambu laminado ainda mais compridos do que os longos membros de seus portadores e facas e machadinhas para trabalho corpo a corpo. Estavam nus, exceto por mantos de pele de cabra e adereços de cabeça feitos de juba de leão, e seus músculos eram impressionantes mesmo para os padrões cimérios.

Além disso, havia quarenta lanceiros em cotas de malha e meia dúzia de carruagens, veículos leves de vime de duas rodas que transportavam condutores e guerreiros-arqueiros de armadura, puxados por cavalos muito parecidos com os dos lanceiros e de Conan. Na maioria das vezes, as montarias eram mais bonitas e usavam enfeites emplumados na cabeça não muito diferentes dos capacetes dos guerreiros que carregavam.

Conan ergueu os olhos para eles.

— Ultrapassados — disse. Ninguém mais usava carroças de guerra havia muito tempo.

— Stygios — respondeu Valéria, que encolheu os ombros.

O que era verdade. A Stygia manteve costumes que eram antigos quando seu primo nortista, Acheron, caiu diante das espadas dos bárbaros fundadores dos reinos do Norte, nas profundezas do passado enevoado.

O restante do comboio era uma longa coluna de carroças puxadas por mulas ou bois com lonas e longas fileiras de escravizados, e cerca de quarenta estavam ligados por correntes de ferro rebitadas nos colares de metal em seus pescoços. As mãos dos homens também estavam presas por algemas de pau-ferro, e cada grupamento tinha um trio de condutores e capatazes com espadas curtas, porretes e chicotes.

Sukhmet era um centro de coleta para o comércio de escravizados, cativos de ataques stygios e compras de Darfar e outros reinos do Sul. O comércio foi dividido igualmente entre exportações para o Norte, para Stygia e Shem, e até Koth e Argos, e as minas próximas. As minas de ouro devoravam os homens, embora também houvesse um bom número de mulheres nos grupamentos. Valéria estudou o trecho de miséria fedorenta com o canto do olho, e sua expressão se tornou sombria.

— Muitos escravizados nos reinos do Norte — observou ele suavemente, embora as minas de lá tendessem a usar condenados.

— Não onde fui criada — disse ela com um tom obscuro. — Exceto alguns servos de homens ricos. — Ela olhou para ele. — Também não há escravizados na Ciméria, pelo que ouvi.

Conan sorriu de modo sombrio.

— Não. Matamos nossos inimigos em nossas rixas de sangue e pregamos suas cabeças nas portas ou as colocamos em uma prateleira diante de um santuário. Ou os vendemos para fora do país e deixamos que a garganta de algum estrangeiro seja cortada durante o sono ou que a casa dele seja incendiada. Tinha um chefe ao norte das terras do meu clã que gostava de manter os inimigos acorrentados. Não para o trabalho; para exposição. Ele os cegou e castrou primeiro, depois cortou as línguas fora.

Ela riu disso.

— Seguro o suficiente, então, eu acho.

— Não, quando ele saiu para se vangloriar, um o fez tropeçar e rasgou a garganta dele com os dentes antes que os homens do chefe pudessem arrastá-lo para longe. Cabeças são mais seguras.

— Eu não compraria você para capinar meus nabos — disse ela. Depois murmurou: — Para outras coisas, talvez, mas isso, não.

Ele não deu nenhuma indicação de que tinha ouvido, então ficou nos estribos e gritou.

— Os homens... — Ele se interrompeu antes de dizer *os homens de Zarallo*. — Os Companheiros Livres de Zarallo!

Todos olharam para ele enquanto os chicotes estalavam, os bois berravam, as mulas zurravam e as rodas começavam a ranger eternamente, embora não começassem a guinchar como porcos torturados até que a lubrificação matinal secasse.

Conan ergueu uma das mãos e pronunciou o lema dos velhos mercenários:

— Ao inferno ou ao saque, irmãos. Marchem!

5

ELES AINDA ESTAVAM NO CÍRCULO DE TERRITÓRIO NACIONAL ESTABELECIDO AO REDOR DE SUKHMET na madrugada do dia seguinte. As carroças não eram muito rápidas, mais lentas até do que os passos arrastados dos escravizados. Cada um deles carregava uma pesada cesta nas costas ou sobre a cabeça. As mulheres estavam acorrentadas pescoço a pescoço, mas não algemadas. Todos carregavam os sacos de ração que os alimentariam.

O clima estava estável, com apenas um indício de nuvens sinistras no horizonte, a oeste. Valéria se afastou de onde seu saco de dormir estava estendido, em que usava a sela como travesseiro e seus cavalos coxeavam por perto. Conan usava a cota de malha e um sobretudo de algodão, notou ela. Ao contrário dos sentinelas que ficavam do lado de fora do quartel-general de Zarallo, o dele era apenas verde-amarronzado.

— É hora para isso?

— Sim — disse ele, fazendo um gesto largo. — Dê uma olhada nas casas.

Ela olhou enquanto voltava para os próprios suprimentos e desamarrava as tiras de couro que prendiam seu colete de malha enrolado. Fora de Sukhmet, havia poucos vilarejos, apenas uma grande dispersão de chalés construídos com tijolos de adobe e uma ou outra mansão que tinha pátio central de algum comerciante ou oficial aposentado que decidira ficar no sul e ser um peixe grande em um pequeno lago colonial.

Entre as residências, havia faixas de terra cultivadas com inhames e painço, algodão e sorgo, e canteiros de vegetais com plantas vermelhas, verdes e amarelas que ela não conseguia nomear. Havia uma área descoberta com ervas daninhas e pastagens de capim para cabras, gado, porcos e alguns cavalos. Pomares de frutas cítricas, palmeiras e mangueiras, e carités e trepadeiras cresciam aqui e ali onde um córrego, ou uma picota elevada ao lado de um poço raso, poderia ser condenado a regá-los.

Quanto mais longe eles iam, mais as cabanas dos camponeses se reuniam em aglomerados que apresentavam um exterior de paredes incognoscíveis para o mundo, com pesados portões de madeira e espaço interno suficiente para encurralar o gado em caso de emergência. As mansões não *apenas* pareciam fortificadas, elas eram mesmo, e a maioria tinha torres de vigia com dez ou vinte metros de altura. Todos os stygios à vista, até mesmo os camponeses, carregavam arcos ou lanças e lâminas mais longas em seus cintos. Isso era diferente do que ela havia experimentado no vale do Styx, na Stygia propriamente dita, onde as pessoas comuns paravam e caíam de cara no chão sempre que os soldados passavam.

— Às vezes as tribos nativas atacam os colonos stygios aqui — disse Conan.

Valéria assentiu, guardando a informação.

— Por que eles se estabeleceram aqui em primeiro lugar, então?

— São principalmente soldados pagos, ou seus filhos e netos. Muitos deles se casam com mulheres das tribos locais, ou compram escravizadas e as libertam e se casam com elas. Muitas vezes, recebem um dote de terra se ficarem, sem impostos por toda a vida e apenas metade para os filhos. Não é a rica terra preta que você vê no vale do Styx, e as colheitas são diferentes, mas também não precisam pagar metade delas a um proprietário de terras. Muitos acham que vale a pena o risco.

— Será que os nativos iriam atrás de um comboio que tem uma escolta fortificada? — perguntou ela enquanto ajeitava o cinturão da espada de volta à cintura, agora que tinha colocado a cota de malha.

Ele observou com claro interesse o processo de meneio necessário para vestir a armadura. Conan nunca havia visto uma mulher tão inconscientemente à vontade em seu corpo quanto ela, suspeitava. Ou uma dada a ignorar olhares masculinos. Ela havia se acostumado a tal comportamento, embora ainda fosse irritante.

— Eu não sei — respondeu — e, enquanto eu não souber, vou usar a cota de malha e suar. O que *sei* é que eles podem disparar flechas de emboscada e fugir... o que é outra razão pela qual usarei a cota de malha.

— Uma flecha no peito vinda de trás de uma árvore pode arruinar todo o seu dia — concordou Valéria em tom alarmante.

Nas primeiras luzes da manhã, eles caminharam em direção às fogueiras dos mercenários, onde se assavam aves compradas dos moradores. Cada um pegou uma porção robusta, fazendo malabarismos de mão em mão até que esfriassem o suficiente para que cravassem os dentes nelas e as rasgassem. O cheiro apetitoso deixou Conan pronto para o dia — isso e o cheiro de cavalos e suor, os barulhos de engrenagem e ferro e o claro trecho diante deles, carregado de possibilidades.

Ele confiava que a unidade seguiria o seu exemplo — escaramuçadores precisavam ser capazes de pensar por si mesmos. Um tapinha amigável na nuca derrubou um homem que decidiu que ainda não precisava se equipar.

— Use seu equipamento, sue nele e goste dele, Darcarus — afirmou Conan alegremente. — Crom sabe que você não é muito útil vivo, mas morto só federia ainda mais.

O homem balançou a cabeça enquanto se levantava, sorriu e obedeceu. A armadura não era pesada; os escaramuçadores precisavam ser móveis e não sobrecarregar os cavalos quando estivessem montando. Eles verificaram os equipamentos e se os cantis estavam cheios da boa água da nascente deste acampamento. Então Conan ordenou que se organizassem e os conduziu para a frente da coluna. Ele ainda não havia colocado o capacete, mas por praticidade, para poder ver e ouvir melhor.

O comandante stygio estava em sua carruagem e conversando com um sacerdote — de cabeça raspada e sem a faixa de barbicha que os nobres stygios cultivavam, usando um manto de linho tingido de preto e uma pele de píton sobre um ombro, como uma bandoleira. Carregava um longo cajado de ébano com uma cabeça de naja de bronze e ouro assustadoramente realista no topo. O clérigo tinha mais ou menos a idade de Conan, era esquelético à maneira de um homem cujas chamas internas comiam por ele e o consumiam por dentro, e seu rosto era como o de um abutre faminto.

Ele o encarou com franca hostilidade.

Isso se transformou em ódio, seguido por um sorriso de escárnio, quando seus olhos pousaram em Valéria. Então deu meia-volta e se afastou em direção à carroça aberta de duas rodas que ele e seu criado ocupavam. Tinha uma equipe de pé ao lado do assento. O que tremulava não era uma bandeira como as que os militares stygios carregavam, seções triangulares de tecido penduradas de ponta para baixo em uma travessa horizontal. Em vez disso, era um tubo de seda na forma de uma serpente, montado em um anel de bronze no topo da madeira, em que se costurou um padrão de finas escamas de ouro e prata.

Uma rajada de vento quente vindo do Sul o atingiu, e a peça sibilou de forma alarmantemente realista enquanto se enchia e se contorcia.

— Que diabos foi aquilo? — perguntou Valéria com um grunhido. — Nunca vi o homem antes, mas parece que ele ficaria feliz em me ver esfolada e salgada.

— Eu não sei, mas é melhor você tomar cuidado — respondeu Conan — para não acordar e encontrar uma adaga nas suas costas.

O oficial stygio na carruagem, seu elmo de bronze emplumado debaixo do braço, acabou com uma coxa de frango. Ele a jogou de lado para as grandes formigas pretas que se enxameavam ali. Então, lambeu os dedos e dirigiu um olhar hostil, mas não abertamente, para Conan. Exceto por um rápido olhar, ignorou Valéria completamente.

— Sim, forasteiro? — Seu nome era Akhenset, que significava "Forte para Set".

Conan o saudou com o punho direito no peito. Precisava da cooperação do homem para realizar a tarefa que Zarallo havia confiado a ele, e Zarallo era seu chefe-guerreiro escolhido, a quem devia serviço leal enquanto estivesse com os Companheiros Livres. Contanto que o capitão mantivesse a parte *dele* do trato. O cimério usava uma abordagem de artesão para a guerra. Isso criou uma aversão ao desleixo ou esforço desperdiçado.

— Senhor — disse Conan em stygio —, nós somos batedores. Deixe ir em frente, por favor? Perigo aqui, encontramos. Alvejados primeiro.

O oficial abriu a boca para falar, de modo que Conan meio que esperava que ele dissesse "*Não, vá comer nossa poeira na retaguarda, estrangeiro adorador de demônios.*" Então ele fez uma pausa e reconsiderou visivelmente quando pensou em como seria se fosse emboscado enquanto seus batedores seguiam a ordem. Então assentiu.

Boa escolha, meditou Conan.

— Mantenha contato — disse o comandante, ampliando a simples frase stygia com gestos. — Entendeu?

— Sim, senhor — respondeu Conan. — Devo dizer o que encontramos, não é?

— Bom. Vá embora e faça isso, adorador do diabo.

Quando eles estavam fora do alcance da voz, Valéria perguntou baixo:

— Todos os oficiais stygios são tão arrogantes?

— Não. A maioria é pior — apontou Conan. — Só Crom sabe por quê. — Então ele acrescentou: — Você trabalhará sob a minha vista. Hoje e amanhã, pelo menos.

— Por quê? — perguntou ela sem rodeios.

— Porque estou no comando deste destacamento — respondeu com igual franqueza — e conheço os outros, mas nunca vi você trabalhar antes. Sei que pode *lutar*, mulher, isso eu vi com meus próprios olhos.

E vi mais do que você imagina, acrescentou para si mesmo antes de prosseguir, lembrando-se de como ela havia demolido os bandidos e depois pulado para o telhado.

— Preciso ver você trabalhando como parte de uma equipe. Se sabe receber ordens e fazer o que é necessário rapidamente, além de quão boa é em usar o solo e localizar coisas em terra, não no mar. Não quero descobrir isso quando nossas vidas estiverem em jogo.

Os lábios dela se firmaram, mas assentiu rapidamente. Foi uma resposta honesta, e ele percebeu que ela havia apreciado isso, em vez de lisonjas ou palavras doces.

As aldeias diminuíram em número, depois cessaram, assim como os campos arados. Agora havia gado sob a guarda de pastores armados e um último pequeno forte. Depois, apenas grama ondulante sem fim, na altura dos estribos ou mais alta, verde devido ao recente início das chuvas, em vez da habitual cor de palha.

Para onde quer que olhassem, havia uma dispersão constante de árvores espinhosas cuja copa era plana, geralmente de não mais de seis ou nove metros de altura, isoladas ou em grupos ou linhas curtas onde alguma característica subterrânea regava suas raízes. Às vezes os cupinzeiros eram quase tão altos, penhascos íngremes em miniatura do dobro da altura de um homem, feitos de terra vermelha compactada com suas excreções pegajosas.

Árvores e arbustos se erguiam mais espessos nas colinas rochosas que apareciam de vez em quando, muitas vezes crescendo em rachaduras nos penhascos de pedra avermelhada. Tropas de babuínos se enxameavam em muitos deles, pulando e gritando enquanto os humanos passavam, enviando aos céus pássaros que voavam com suas cores vivas e caudas longas.

— Vê aqueles? — apontou Conan a Valéria.

— Os babuínos? Como cachorros grandes e maus, só que mais espertos e com mãos — disse ela. — Vi muitos a caminho de Sukhmet, mas nunca vi um do qual gostasse muito.

— Eles odeiam os homens porque os fazendeiros os matam sempre que podem — elucidou Conan. — Mas por aqui... cerca de um dia de viagem mais ao Sul, na verdade... há uma espécie que vive em terreno plano e que é maior.

— Maior quanto?

— Um metro e vinte na altura do ombro — disse Conan, e ela fez um pequeno som involuntário como *yeee.* — Mais pesados do que eu, o peso de uma pequena leoa, rápidos e igualmente inteligentes e maldosos. Caçam, e em bando. São escassos, mas uma péssima notícia quando você os vê.

— Parece interessante — disse ela com firmeza.

A estrada de terra se transformou em uma trilha, e havia apenas um trecho ocasional de sulcos de rodas para mostrar que as caravanas vinham por ali. Rebanhos de caça distantes substituíram o gado, antílopes de uma dúzia de tipos, desde tímidos corredores da altura do tornozelo com chifres únicos em miniatura, passando por tipos redondos que disparavam como dançarinos maníacos, até elandes de olhos calmos maiores que gado, girafas imponentes em pequenos grupos ou sozinhas e, uma vez, a enorme ameaça de um rinoceronte. Foi repassado o aviso de não olhar para o animal ou fazer muito barulho, já que eles atacavam a qualquer provocação — ou nenhuma — e podiam ser tão rápidos quanto um cavalo galopando por curtas distâncias.

Várias vezes os leões pararam no topo das colinas ou na beira da mata, observando a caravana passar.

Aquele lambeu os beiços, por Crom!

Aproximaram-se de um rio, flanqueado por um amplo cinturão de árvores mais altas e arbustos espessos. Conan enviou um mensageiro de volta, instruindo o comboio a parar. Ele desmontou metade de seus escaramuçadores e liderou o caminho, espada na mão, para a mata à beira do rio, enquanto os outros mantinham guarda. Valéria o acompanhou e piscou devido à rapidez com que a visibilidade diminuiu. A vegetação rasteira era mais densa do que nas florestas das colinas de Tauran, onde ela teria caçado veados e javalis selvagens. Conan se esgueirava entre matagais que a atingiam com espinhos como anzóis farpados e podia se mover, de armadura, sem o farfalhar e tilintar que outros achariam inevitáveis.

— Como você faz isso? — indagou ela. — Ficar tão silencioso em equipamentos de combate?

Conan deu de ombros. Ele ficou agradavelmente surpreso com o quão bem ela se saiu nos matagais, bem como lembrou a si mesmo de que ela não havia se tornado uma mulher em uma cidade litorânea ou vila de pescadores, como tantos marinheiros. Nem grudada na lareira o tempo todo, tecendo e amassando o pão e evitando que as crianças caíssem no fogo.

— Prática — respondeu ele — e usando couro macio por baixo. Minha cota de malha é amarrada no verso a cada centímetro, para cima e para baixo, e eu a mantenho bem lubrificada. — E acrescentou: — Haveria menos homens mortos na fronteira da Ciméria e nas marchas dos pictos se vocês não fossem tão barulhentos. Você é melhor do que algumas de sua raça, mulher, mas ainda precisa de trabalho.

Antes que ela pudesse responder, a cabeça dele se ergueu devido a um som fraco, e a de Valéria, um instante depois. O picto tatuado deslizou por um cipó pendurado em um galho não muito à frente deles, ágil e aterrissando com leveza.

— Cimérios movem como búfalos — disse ele, sorrindo através do suor e da máscara diabólica de suas tatuagens, fazendo movimentos pesados com os pés. — Aquilonianos como *horda* de búfalos, se búfalos bêbados. — Ele acrescentou um cambalear à mímica. — Povos de longe muito pior.

Conan fez uma careta; a rixa entre seu povo e os pictos era mais antiga do que qualquer história registrada e desaparecia nas brumas do tempo e das lendas. Ele viajara para as fronteiras ocidentais da Ciméria para lutar, assim como muitos jovens de sua terra natal. De acordo com o costume, clãs em rixas de sangue entre si há gerações ainda recebiam tais voluntários. Quando comparada à luta com os pictos, a contenda mais amarga era apenas um desentendimento entre família.

No entanto, o homem foi útil, e milhares de quilômetros de distância deram a Conan uma nova perspectiva.

— Alguma coisa, Gahonre? — perguntou ao picto.

— Rastros humanos, mas antigos. Dias. — Seu arco preto estava na mão esquerda. Ele levantou a direita, com quatro dedos abertos e o polegar dobrado para baixo. — Pouco mais, pouco menos — afirmou, balançando o polegar para indicar uma pequena diferença. — Pequenas fogueiras, pés descalços, poucos ossos cozidos, cabeças de peixe.

— Ótimo — grunhiu Conan. — Volte e diga ao comandante stygio que podemos marchar até o rio e atravessar.

— Penas no capacete na pequena carroça? — retrucou Gahonre. — Eu vou.

Ele saiu trotando, correndo em um trote incansável e ágil em direção ao local em que seu pônei estava amarrado, usando apenas uma tanga, uma aljava de flechas, um cinturão com facas e uma machadinha de cabo longo. Duas penas coloridas estavam presas em seu próprio cabelo preto trançado. Conforme ele voltava, mais dos Companheiros Livres os alcançaram.

— Este seria um bom lugar para uma emboscada, não é? — disse Valéria, olhando em volta.

— Nada mal — concordou Conan. — Melhor se pudesse pegar o comboio no meio do vau, mas não há muito espaço perto da trilha neste matagal à beira do rio. É muito estreito. Se houvesse muitos homens, seria fácil identificar, pela maneira como os pássaros e animais fugiram ou ficaram quietos, se nada mais.

— Certo. O objetivo de uma emboscada é enxamear aqueles que você está atacando, de forma rápida, antes que eles se recuperem.

Ele assentiu e virou-se para o líder do esquadrão de arqueiros shemitas montados que havia parado na beira da mata.

— Zarkabaal, espalhe seus homens do outro lado.

— Quão longe? — perguntou o shemita, acariciando sua barba cuidadosamente encaracolada.

— À distância de uma flechada. — Em seguida, voltou-se para seus escaramuçadores: — Espalhem-se do outro lado também, mas perto da borda do mato. Intervalos de nove metros de cada lado do caminho. Gritem se virem alguma coisa e, se parecer que anda sobre duas pernas, atirem rápido. Não há elementos amistosos por aqui, não se preocupem com isso.

Não que se preocupassem, de qualquer maneira, pensou ao bater em sua besta e bufar sorrateiramente. Sendo homens contratados, não se importavam muito com coisas como a posição do governo stygio com os habitantes locais. *Não voltaremos aqui, pelo menos não até o regresso.*

O vau era um espaço de cerca de dezoito metros de largura onde as margens eram naturalmente baixas e comboios que passavam por décadas as tinham rebaixado ainda mais. Eles também jogaram cascalho e pequenas pedras na água, e os noventa metros entre as margens brilhavam com os raios de Sol onde a corrente batia sobre elas. Como as chuvas estavam apenas começando, a profundidade não era tanta nesta estação, mas, todos os anos, as enchentes abriam novos canais ou escavavam pontos profundos que poderiam engolir um homem inteiro.

Os shemitas tomaram a água em uma caminhada rápida, de pé nos estribos e segurando os arcos, as aljavas e as cimitarras embainhadas bem alto enquanto a água subia e quebrava no peito dos cavalos. Às vezes alguém atingia um ponto profundo, e o cavalo desaparecia, exceto pela cabeça e pelo pescoço. Mesmo assim, conseguiram manter as armas secas.

Então um chegou a um buraco e caiu do cavalo com um brado de alarme. Ele poderia não ter chegado à margem se dois dos outros não tivessem jogado uma das cordas que mantinham enroladas nas selas. Chegando à beira do rio, ele se sentou de lado e secou seu equipamento — xingando o tempo todo e olhando com raiva para as zombarias dos camaradas, embora eles tivessem salvado sua vida.

Quando o restante surgiu do rio, do outro lado, eles começaram a galopar, abrindo-se até que houvesse noventa metros entre cada um e quatro vezes isso entre eles e o rio. Isso os colocou no topo de uma elevação baixa, e Zarkabaal virou-se na sela para inspecionar cuidadosamente a área. Depois de um longo olhar e um pouco de consulta aos gritos entre seus homens, ele deu um aceno exagerado.

— Aqui, me ajude com isso — disse Conan a Valéria.

Ele pegou um longo feixe de corda da espessura de um pulso que estava pendurado na parte de trás de sua montaria e começou a amarrá-lo em torno de uma árvore na beira da água, no sentido da correnteza do vau. Era uma árvore reta tão grossa quanto a cintura dele, e suas raízes enormes estavam profundamente enterradas na rocha fraturada.

Valéria respondeu sem desperdiçar palavras, pegando a outra ponta da corda, puxando seu cavalo pela água. Por um breve momento, ele não conseguia vê-la no ponto mais profundo, mas ela voltou à vista, saiu da água e parou ao lado de uma árvore semelhante, na outra margem.

— Esta? — gritou ela com um gesto largo.

— Sim! — bradou ele de volta.

Valéria fez uma volta ao redor da árvore e deu um nó de correr que permitiu que ela prendesse uma das pontas no pito da sela. A fera recuou enquanto Valéria diminuía a folga com movimentos rápidos da outra mão. A corda grossa ergueu-se da água, pequenos jatos espremendo-se para fora dela ao ser tensionada, e, então, quando não podia mais ser esticada, ela deu um rápido nó de pesca.

Bem, ela é uma marinheira, pensou Conan, com um leve aceno de cabeça para si mesmo. Ela tinha que conhecer a corda naquela atividade, sendo mercadora *ou* pirata, e como trabalhar com outra pessoa para manipulá-la. Mesmo uma galé tinha muitas cordas, e as embarcações de alto-mar de três mastros que os barachans usavam tinham quilômetros do material.

Enviando seu próprio cavalo através do riacho, ele viu por si mesmo o quão fundo chegava — preocupante, mas administrável, desde que fossem cautelosos. Essa era uma das razões pelas quais os comboios partiam antes do início das chuvas; algum idiota deve ter cometido um erro. Juntando-se a ela na outra margem, Conan examinou seu trabalho da sela e deu alguns puxões de teste, enquanto ela se sentava em uma pedra e despejava a água de suas botas de marinheiro.

— Firme — disse ele com aprovação, ignorando o olhar que ela lhe lançou. — Isso ajudará a evitar que as carroças se percam se começarem a flutuar rio abaixo. Podem bater nela enquanto são puxadas para a margem sul. Muitos homens, muitos animais para puxar.

— Flutuar? — perguntou ela. — Tão carregadas como estão?

Ele balançou a cabeça.

— Atolariam se as levássemos carregadas, ou tombariam se batessem em um buraco ou pedra e deixariam tudo cair. Os stygios farão com que os escravizados carreguem a maior parte e empilhem, ou coloquem nas costas das mulas e depois recarreguem do outro lado. Só os fortes vão fazer isso, já que precisarão carregar tudo sobre a cabeça.

— Movendo-se como um relâmpago, não é? — bufou ela, obviamente pensando em quanto tempo isso levaria.

— Oh, esta é a parte fácil da jornada.

Conan manteve os escaramuçadores espalhados por toda a travessia. Isso significava que os stygios tinham que fazer todo o trabalho pesado, fato que lhe dava uma grande satisfação. Isso não faria seus empregadores amarem os mercenários mais do que antes, algo que deixou Conan profundamente impassível.

Ele cochilou sob uma árvore, usando um chapéu que cobria o seu rosto, mas levantou-se quando os escravizados foram soltos para carregar pelo vau os barris, fardos, trouxas e sacos. Havia ordenado que os trechos mais fundos fossem marcados com postes, mas o caminho ainda era traiçoeiro.

O comandante stygio deve ter pensado da mesma forma. Seus mais ou menos cem lacaios de infantaria estavam separados em linhas, prontos para ajudar a arrastar as carroças; os lanceiros, de prontidão ao longo de um perímetro amplo; mas manteve os arqueiros nubakos em duas partes iguais de cada lado, com flechas nos arcos.

Os arqueiros responderam ao seu próprio comandante e a dois oficiais subalternos marcados por penas de avestruz enfiadas em seus cabelos crespos e opacos. A cada poucos minutos, arrancavam punhados de grama e os jogavam para cima, uma forma prática de mantê-los conscientes do que o ar estava fazendo.

Apesar do risco, um dos escravizados fugiu assim que a corrente foi puxada pelo anel do colar de ferro e as algemas foram removidas de seus pulsos, saltando para frente e empurrando um capataz para o lado. O homem era alto, tinha pernas longas e era bem musculoso, saltitando agilmente de um lado para o outro enquanto corria para o mato. Os outros no jugo começaram a se mover inquietos, lançando olhares para ambos os lados.

Esse era o problema de enviar homens para uma morte certa, prolongada e agonizante nas minas, pensou Conan silenciosamente, observando o desenrolar do drama. Eles realmente não tinham muitos motivos para *não* tentar qualquer estratagema desesperada, por mais fútil que fosse.

Um dos oficiais emplumados gritou.

Dois arqueiros se levantaram e avançaram de suas fileiras agachadas.

Eles se moveram sem nenhuma pressa, até que o primeiro puxou a longa haste para além do ângulo de sua mandíbula, os músculos se contraindo nos braços e se contorcendo sob a pele de ébano de seus ombros largos. A flecha voou trinta metros em uma linha plana e borrada e atravessou a panturrilha do escravizado que estava fugindo.

O rosto de Valéria demonstrou surpresa.

— Eu achava que eles atiravam melhor do que isso — apontou ela. — Dizem por aí que caçam elefantes com esses arcos.

— E caçam — disse Conan, evitando o tom de aversão em sua voz. Eles tinham que matar o homem apenas para manter os outros sob controle, mas não havia razão para brincar com ele. — Observe um pouco.

O escravizado lutou para se levantar e continuou mancando, em uma paródia da velocidade original. Então o arco do segundo arqueiro disparou, e a flecha atingiu a *outra* panturrilha do escravizado. Ele caiu com um grito.

— Ah — disse ela com uma careta.

— É isso — disse Conan.

— Fazendo de exemplo?

— Isso e se divertindo um pouco. Eles também estão entediados.

O escravizado conseguiu se levantar novamente, embora gemesse alto de dor e mordesse o lábio até o sangue escorrer para se misturar ao suor e à baba em seu queixo. Desta vez, os arqueiros nubakos sacaram e atiraram com velocidade sutil, de modo que quatro flechas estavam no ar ao mesmo tempo. Conan ouviu o baque úmido dos impactos, um após o outro, som sobrepondo-se a som. Duas flechas mergulharam nos quadris do fugitivo e mais duas atravessaram seus ombros, fazendo-o se flexionar como um galho sob o vento forte antes de cair para frente, contorcendo-se e gemendo na margem do rio.

Plantas altas com flores vermelhas e azuis ondulavam sobre sua forma prostrada, cruelmente brilhantes.

Dois dos capatazes stygios correram para frente e o arrastaram pelos pulsos, os olhos brancos dele revirados para cima no rosto contorcido. Os arqueiros se aproximaram, libertaram as flechas e observaram com interesse ocioso enquanto os feitores de escravizados enfiavam ganchos de madeira nas axilas do homem, jogavam cordas em um galho e o içavam para balançar ali, sangrando e gemendo.

Houve um bater de grandes asas conforme urubus se reuniam, junto a um bando de algo como corvídeos carniceiros que tinham bicos de corvo e marcas brancas do peito aos ombros, interrompendo o preto. Quando os humanos recuaram, eles se aproximaram, brigando entre si.

Um longo guincho cortou o ar.

Corvos sempre atacam os olhos primeiro, pensou Conan. *Suculentos, suponho.*

O trabalho prosseguiu. As cargas foram empilhadas no chão seco da margem sul do rio, as parelhas de bois e mulas foram trazidas, e então os cem lacaios puxaram cada carroça, antes que toda a caravana fosse reunida e o comboio partisse mais uma vez.

— Bem, isso é mais divertido do que ver a lama secar — murmurou Valéria.

— Ou observar o horizonte em busca de um navio que nunca aparece — disse Conan, falando por experiência pirática.

— Não, observar é melhor — apontou Valéria. — Você até pode não lutar ou conseguir um prêmio valioso, mas sempre pode *esperar* um. Se não naquele dia, então no próximo. Ou uma fragata e algum perigo para apimentar a temporada.

— Não se preocupe — disse ele. — Há perigos aqui, e uma dúzia de tipos diferentes. Você só não os conheceu ainda. — Ele olhou para o Sol. Havia pouca variação entre as estações na hora do crepúsculo aqui. Foi algo que ele achou desconcertante no início.

Já era inverno em sua terra. O Sol apareceria tarde, faria um breve arco no horizonte sul e então desapareceria de vista... e isso supondo que o dia não tivesse sido ocupado por uma tempestade forte de areia.

— A hora certa para caçar cervos, lá em Tauran — disse Valéria. — Já teríamos o trigo debulhado nos silos. Os cervos ainda não estão magros e se agrupam em lugares onde pisotearam a neve. Qualquer veado que conseguíssemos, podíamos puxá-lo de volta em trenós e conservá-lo na despensa, e ele ficava bom até a primavera. Ou um porco selvagem, belo e gordo por causa das bolotas do outono. Minha mãe costumava cortar os dois, misturar a carne com temperos, sal e cebola picada e assar em várias tortinhas do tamanho de um punho...

Ela deu uma olhada na própria mão que descansava no arção da sela.

— ...bem, do *meu* punho, e nós os colocávamos na despensa também. Bastava pegar um quando quisesse e colocá-lo em um prato na lareira da cozinha, perto das brasas, depois voltar quando o molho quente estivesse borbulhando pelos buracos no topo da crosta. Ideal para se sentar com uma caneca de cerveja quente quando estivesse nevando lá fora.

Apesar do calor do dia, Conan quase gemeu com o pensamento — embora para ele incluísse uma mulher loira sentada nua em seu colo enquanto ele entornava uma caneca da bebida quente e as persianas balançavam com a tempestade.

Então...

— Talvez a gente se divirta hoje, se tivermos sorte. Tirei a ideia de como os kozaki caçam auroques selvagens perto da costa sul do Mar de Vilayet. A carne estraga rápido aqui, mas há bocas o suficiente.

Conan fez uma saudação e guiou seu cavalo.

6

— Sim, vá caçar se quiser — disse Akhenset. — Assim que chegarmos ao acampamento para descansar.

Conan seguiu seus pensamentos. A passagem barulhenta do comboio frustrantemente espantou a maior parte da caça. Ainda assim o stygio não ousou deixar seus arqueiros nubakos se dispersarem para forragear por medo de um ataque de guerrilha, ou fuga de escravizados, ou até mesmo uma revolta enquanto as tropas estivessem dispersas.

Mover mais de quinhentas bocas por essa distância era profundamente doloroso, muito parecido com carregar um pedaço de gelo no clima quente, mas eram os estoques de comida que derretiam. Apenas a pastagem abundante tornava isso possível.

Assim, se a tropa de Conan trouxesse carne, melhor ainda. Se não o fizessem, a culpa e a vergonha recairiam sobre eles. Em ambos os casos, corriam todos os riscos, e se algo desse muito errado... bem, mercenários mortos não recebiam pagamento.

Conan fez uma saudação, girou o cavalo, afastou-se e reuniu seus escaramuçadores.

— Temos a permissão de Akhen...

Houve uma onda de risadinhas quando Valéria fez um trocadilho vulgar com o nome do homem.

— ...para caçar. — Vários começaram a se mover, e ele gritou: — Esperem! — Metade da tropa estava pronta para explodir em uma dúzia de direções, a caça visível por toda parte e os homens distraídos por causa da monotonia. — Seus tolos, se nos dispersarmos, *nossas caças também se dispersarão.*

Gahonre, o picto, murmurou algo em sua própria língua. Provavelmente algo da ordem de "*seu búfalo vai assustar a caça... é melhor eu ir sozinho.*"

Conan olhou para todos intimidadoramente.

— Isso não é como caçar na floresta, *especialmente* sozinho. — Ele destacou o picto. — Isto é um pasto, e a presa será grande. Se forem sozinhos ou em duplas, mesmo que matem, passarão a maior parte do tempo antes do anoitecer recuperando carcaça por carcaça, provavelmente lutando contra leões, leopardos, hienas e babuínos. Ou espias nativos satisfeitos em nos pegar desprevenidos. Lembrem-se, não é nosso território.

Gahonre parecia pensativo.

Picto ou não, ele não se enganava facilmente.

— Se formos em peso — disse um dos homens —, tantos cavalos e homens juntos também não os assustarão?

— Não se fizermos direito — respondeu Conan. — Eu já cacei a cavalo em grandes pastagens abertas. Primeiro cavalgamos em coluna na direção sudeste. Parece que há muita caça nessa direção e é para onde estamos indo. — Os shemitas, que também vinham de campos secos, assentiram, enquanto ele prosseguia: — A caça apenas se moverá para o lado para nos deixar passar. Eles veem humanos passarem todos os meses ou algo assim, sempre nesta pista. Então, ao meu sinal...

Uma hora depois, uma multidão de herbívoros fugiu na frente do grupo de Conan, levantando uma nuvem sufocante de poeira que desceu e se tornou uma camada de lama fina ao se misturar com o suor dos caçadores, fazendo seus cavalos parecerem estátuas de terra. Então, as criaturas pararam. Os combatentes de Zarallo se moveram como uma coluna, depois se espalharam em um posicionamento em forma de foice e se voltaram para o norte novamente, em direção ao comboio stygio, gritando e urrando e empurrando à frente qualquer animal pego desprevenido.

Agora a massa de feras — a essa altura, chegando às centenas — viu e farejou o acampamento stygio. O cheiro alarmante de fumaça de madeira, junto a tantos humanos que povoariam uma pequena cidade, deteve as feras. Tudo o que podiam fazer era correr sem rumo.

O primeiro grupo à vista era a linha de lanceiros stygios posicionados em sentinela, mas havia grupos de arqueiros nubakos entre eles, e todo o acampamento estaria zumbindo com o aviso.

— Vai! Vai! Vai! — gritou Conan.

Ouviram-se novos gritos e, dos shemitas, altas invocações a Ishtar, a caçadora, uma das muitas facetas daquela versátil divindade. Ela também tinha muitos adoradores na Stygia. Os lanceiros colocaram suas montarias a galope, e Conan deixou suas rédeas amarradas caírem no pescoço do cavalo, acertando-o com o calcanhar novamente quando ele interpretou isso como um sinal para parar.

Presa entre dois temores, a massa de animais, principalmente comedores de folhas, entrou em pânico. Conan inclinou-se para o lado e pressionou um joelho para manobrar a montaria em torno de um grupo de búfalos-africanos — enormes criaturas pretas com chifres que começavam grossos em uma grande espiga de osso enrugado sobre a testa e, então, curvavam-se em pontas ameaçadoras. Às vezes, essa espécie atacava os leões por impulso e esperava um dia ou mais, decidida a pisotear e chifrar. Qualquer um que quisesse lidar com *isso* era bem-vindo.

Um dos combatentes não conhecia as histórias, ou não acreditou nelas. Ele se aventurou muito perto. De repente, uma cabeça abaixou, uma cauda subiu, e a fera atacou.

— *Saia do caminho, seu...*

Ele ia dizer "idiota". O homem provou que era um ao parar para mirar o arco na besta, percebendo no último momento que era tarde demais. A flecha se despedaçou na protuberância de osso na testa da fera assim que a acertou.

O cavalo caiu com um grito. Rolando, o homem caiu no chão e tentou correr. Ele poderia muito bem estar parado quando o peso de uma tonelada de animal enfurecido o atingiu, jogando-o para o alto e depois perfurando-o com um chifre de ponta curva que passou por baixo de suas costelas como uma ponta de lança.

Outro lançamento, e o corpo do homem caiu no chão como uma boneca quebrada.

Ninguém mais ousou se aproximar do búfalo depois disso.

De qualquer maneira, a carne de búfalos adultos era dura como sola de sapato.

Conan dirigiu-se para um grupo de elandes, belos e grandes animais com longos chifres em espiral, barbelas e enormes corpos carnudos de cor alaranjada em cima e branca embaixo. Alguns renderiam até um terço de tonelada de carne, e ele os caçou várias vezes desde que chegara em Sukhmet. O gosto era muito similar ao da carne bovina — uma carne muito boa. Naquele momento, estavam a uma boa velocidade, olhos esbugalhados de pânico, os chifres colocados na retaguarda ao longo de suas costas.

A dezoito metros, ele pôs-se de pé sobre os estribos, usando a flexão dos joelhos para equilibrar os movimentos do cavalo abaixo dele. Levantando o arco, puxou a corda até a orelha e disparou.

O poderoso arco de guerra tinha uma puxada de mais de quarenta e cinco quilos, muito mais do que o necessário para a caçada comum. A maioria das flechas em sua aljava tinha pontas largas, triângulos afiados como navalhas mais mortais contra inimigos sem armadura do que os estreitos estiletes projetados para perfurar cotas de malhas e — por uma feliz não coincidência — perfeitos para caçar. Homens ou animais, corpos eram corpos e sangue era sangue.

A flecha disparou em um arco borrado. Atingiu o elande atrás do ombro, produzindo um som seco, e o sangue jorrou em leque de ambas as narinas ofegantes dele, uma e duas vezes, antes de o animal desmoronar.

O disparo seguinte não foi tão bom — como disse a Valéria, ele não era turaniano nem arqueiro nascido para montar a cavalo e usar o arco ao mesmo tempo. Cada povo de nômades das estepes caçava assim três ou quatro vezes por verão, como treinamento para a guerra e para comer e produzir chifres e peles. Mas a flecha acertou outro elande na barriga; aleijar era tão bom quanto matar naquele momento, mesmo que isso ofendesse seu senso de habilidade.

Fiel à sua palavra, a caçada em massa em um campo aberto como este era diferente de perseguir um por um pela floresta. Eles poderiam recuar e acabar com os feridos à vontade, ou os homens do acampamento poderiam fazê-lo.

Lembrando-se da mulher pirata, ele olhou ao redor. Ela não estava longe; estava do outro lado do grupo de elandes, na verdade. Ele não podia ouvi-la por causa do som das muitas centenas de cascos e dos gritos animados de uma multidão que incluía cavalos selvagens — cuja aparência era estranha, listras pretas e brancas e crinas eriçadas como um corte de cabelo picto. A boca de Valéria estava aberta em um grito exultante enquanto ela cavalgava perto o suficiente para atirar com sua besta usando uma mão. Um elande caiu com a seta na pata dianteira esquerda, e essa foi outra carga pesada de carne. Então, ela pendurou a arma; era muito estranho recarregar a cavalo, ainda mais a galope.

Em vez disso, desembainhou a espada e a cravou na espinha de outro animal, aleijando-o. Alguém estivera ouvindo o breve discurso dele sobre o funcionamento de uma caçada em massa. Os shemitas matavam com vontade, esvaziando suas aljavas e os extras que haviam pendurado na sela. Eles haviam *nascido* para a sela e o arco, sendo recrutados nas bordas entre o deserto e o norte da Stygia.

Os cavaleiros do norte estavam, em sua maioria, emulando com suas espadas os golpes e estocadas de Valéria.

Conan disparou a última das quarenta flechas de sua aljava e começou a desembainhar a própria espada longa, quando, de repente, não havia nada à frente além de um grupo de stygios montados, equipes de trabalho e carroças do acampamento. Os lanceiros apunhalavam tudo o que podiam alcançar, e os nubakos disparavam flechas rapidamente e com grande desrespeito pelos combatentes de Zarallo.

— *Esperem!* — bradou Conan. — Esperem, Crom os amaldiçoe, não cavalguem na direção daqueles bastardos nubakos! — No entanto, um deles já havia disparado na garupa da montaria de um stygio incauto. O animal jogou o cavaleiro no chão duro, onde ele ficou gemendo enquanto a montaria corcoveava e saltava. Os nubakos sorriram e cutucaram uns aos outros enquanto observavam.

Conan se virou na sela e olhou para trás. Dezenas de animais mortos estavam espalhados pelo rastro deles, enquanto mais animais mancavam, impotentes enquanto os caçadores voltavam para acabar com eles. Até os escravizados comeriam carne com sopa esta noite, embora tripas e miolos cozidos no mingau.

Ele pensou em juntar-se à matança das feras machucadas, mas o restante parecia ter tudo sob controle. Em vez disso, certificou-se de que seus caçadores pudessem escolher os cortes que levariam de volta para as fogueiras, algo com que ele não poderia contar em um grande bando misto como este. Por costume, em todas as nações, era direito de quem encurralava e pegava a caça. Mesmo os stygios mais arrogantes sabiam respeitar aqueles que os apoiariam em uma luta. Estes eram seus seguidores — Zarallo o havia colocado no comando, o que o tornava responsável pelas atribuições.

Valéria conduzia duas mulas que lutavam contra o peso morto de grandes veados pendurados em suas costas. Conan havia se despido, deixando apenas a tanga. Estava generosamente coberto de sangue e jogou um fígado de elande bem gordo em um pedaço de couro cru recém-arrancado da mesma fera. Certo de que ela devia estar apreciando sua forma alongada e musculosa, escondeu o sorriso e acenou com a cabeça em direção à pilha de vísceras.

— A melhor parte.

— Se estiver fresca e assada na brasa antes de estragar — respondeu ela. — Veja bem, costeletas, assados e bifes também são bons. Quase tudo é, quando comparado a bolachas e carne seca.

— De fato, são — concordou ele, considerando silenciosamente outras coisas que faziam a vida valer a pena. Com sua tarefa concluída, dirigiu-se a uma nascente que ficava fora do acampamento, para se refrescar. Esta era uma parada comum para qualquer comboio destinado às minas, e o riacho havia sido bloqueado por uma represa tosca de terra e rocha para fazer um lago onde os baldes poderiam ser enchidos. O local para se lavar ficava na direção da correnteza, e o gado se refrescava mais adiante.

O acampamento naquela noite estava mais festivo do que a maioria das noites anteriores, com o cheiro de carne assada e o assobio e o crepitar de gotas de gordura caindo nas brasas de dezenas de fogueiras. Todo mundo pôde devorar sua porção. O comandante stygio teve o bom senso de abrir mais cerveja do que o normal, e, em troca, Conan enviou-lhe um presente de fígados nobres.

Uma coleção de ossos cresceu ao seu redor enquanto ele se apoiava na sela e comia, com uma caneca de cerveja ao lado. À sua frente, Valéria fazia o mesmo, embora estivesse ocupada com um longo espeto de pedaços de fígado misturados com pedaços de cebola e gordura. A carne de caça dos cimérios era muito magra, e os animais aqui não eram diferentes.

Ele jogou o osso no fogo e se apoiou em um cotovelo.

— Prometi que seria uma boa diversão, não é? — comentou casualmente.

Ela engoliu e enxugou os lábios em um pedaço de grama antes de jogá-lo no fogo.

— Boa diversão, de fato — respondeu ela. — Não é como nada que eu já tenha feito antes, embora caçar javalis seja mais parecido.

Caçar javalis era uma atividade feita em grupo, com redes e cães, porque porcos selvagens viajavam em grupos. Poderia ser suicídio enfrentar meia dúzia de massas pretas e eriçadas de cartilagem e peles mais grossas e pesadas que o caçador, cujas presas eram como facas curvas.

— Caçando em um cavalo a galope... — continuou ela. — Essa é nova.

— A caça é boa aqui — disse Conan. Então ele chamou a atenção dela e, com um movimento rápido, olhou para a escuridão.

Ela riu.

Conan ficou surpreso por um momento e lutou contra uma carranca. Por um único instante, sentiu pena de Khafset, antes que sua mente se revoltasse com isso.

— Estou entre as poucas mulheres livres neste acampamento — comentou ela em um tom não indelicado —, e a única solteira se você considerar os seguidores do acampamento e algumas das esposas dos soldados stygios. — Ela manteve as palavras baixas o suficiente para que fossem abafadas pelas risadas, as tentativas horríveis dos mercenários de cantar e o canto notavelmente bom e a dança dos nubakos.

Ela estava certa. As únicas outras mulheres no acampamento estavam nos jugos dos escravizados, e os capatazes vendiam o tempo com elas por alguns cobres. Conan nunca havia considerado isso; ele não sentia tesão por mulheres aprisionadas e relutantes.

— Você acha que sou tola, cimério? — continuou ela. — Decidindo que cada homem no acampamento merece uma chance?

Agora ele fez uma cara feia, levantou e se afastou, embora não procurasse as escravizadas. Em vez disso, pegou um machado emprestado e passou uma hora reduzindo a gravetos um robusto espinheiro.

7

— ONDE ESTÁ AQUELE SACERDOTE?

Conan se inclinou para frente, com as mãos no arção da sela. Haviam se passado cinco dias desde a caçada. A várias horas de distância de Wedi Shebelli, eles foram recebidos pelos próprios batedores da guarnição da mina, que estavam a cavalo, e depois escoltados por um caminho que quase poderia ser considerado uma estrada de terra. Visivelmente, vários pedregulhos haviam sido removidos.

Valéria colocou seu cavalo ao lado do de Conan. Ela se aproximou para que pudessem falar sem serem ouvidos.

— Eu não sei — disse ela —, mas encontrei uma coisa onde a carroça dele estava acampada ontem à noite, um animal morto do lado. Parecia um rato enorme de rosto achatado.

Conan grunhiu quando ela lhe mostrou algo na palma da mão. Era um amuleto, feito no estilo stygio. A forma de uma mulher costurada em miniatura, com um dos característicos cabelos loiros de Valéria enrolado em volta da cabeça, as mãos e os pés amarrados. Um longo espinho também havia atravessado o corpo dela.

— Isso é um feitiço de morte — apontou ele. — Doença, falta de sorte também... deixando você lenta quando precisa de velocidade.

— Imaginei que fosse — comentou ela —, embora não tivesse certeza. — Ela arrancou o cabelo, cortou as amarras da pequena estatueta e depois a rasgou.

— Por que o sacerdote teria algo contra você? — indagou ele.

— Porque não sou stygia e sou uma mulher — respondeu ela, e Conan balançou a cabeça, perplexo.

— Talvez Khafset o tenha induzido — disse o cimério depois de um momento. — Ele tem motivos para odiar você, e esses sacerdotes de Set são principalmente nobres também. Talvez os dois até sejam parentes.

— Seria uma pena se algo acontecesse com ele — comentou ela severamente.

— Cuidado com isso — alertou. — Se eles descobrirem que você tentou machucar um sacerdote de Set, vão esfolá-la, salgá-la e então tentar elaborar algo *realmente* desagradável. Entre na formação... e me avise se o vir de novo.

O caminho seguia pelos cumes neste trecho de savana sinuosa, fazendo desvios para evitar as descidas aos lugares mais densamente arborizados. Conan se virou na sela e chamou os outros batedores.

— Alguém viu o sacerdote?

— Sacerdote? — Várias vozes se levantaram.

— Aquele sacerdote de Set que começou conosco — respondeu. — Não consigo me lembrar de tê-lo visto, nem a carroça dele. O que está estacionado aqui deve sair e cumprimentar o novo, parte das cerimônias de entrega para a guarnição.

Os escaramuçadores se entreolharam e deram de ombros. Valéria franziu a testa e assentiu. A ausência do sacerdote era um mistério, e Conan não gostava de mistérios. Podiam acabar voltando e surpreendê-lo pela retaguarda quando ele menos esperava.

Quando chegaram, mais membros da guarnição apareceram, alinhados na entrada. As tropas que partiriam em dois dias pareciam tão alegres quanto os recém-chegados estavam taciturnos, muitos deles sorrindo e cutucando uns aos outros quando seus suboficiais não estavam olhando. Com o baque regular de pés em sandálias, as tropas socorristas do norte marcharam atrás de Akhenset. O comandante stygio cavalgava como uma estátua no esplendor polido de sua carruagem, ao ritmo dos tambores e do ocasional zurro de uma trombeta alta.

Conan pegou vários de seus homens observando o local, olhando uns para os outros e sussurrando, como se dissessem que ficariam igualmente descontentes se ficassem presos aqui. Comparado a um lugar como este, Sukhmet começou a parecer Tarantia ou Shadizar.

A comunidade ficava na base de uma série de colinas rochosas — onde antes havia árvores que os lenhadores colheram para fazer lenha. Estavam cada vez mais cobertas de espinheiros baixos. Aqui e ali, linhas brancas brilhavam onde o quartzo subjacente aparecia através da cobertura em tons de cinza e marrom-esverdeado. Onde a água caía na rocha branca nua e o sol batia no cristal úmido, essas estrias brilhavam como joias.

Era algo estranhamente belo.

Já o assentamento no sopé das colinas não era. Embora tivesse uma semelhança deprimente com Sukhmet, ao contrário das construções de barro ou taipa daquela cidade, os edifícios da mina eram feitos principalmente de pedra e argamassa ou entulho. Alguns faziam a Taverna Garra e Presa parecer um palácio.

— Este lugar parece que foi construído... e mantido... por idiotas que não deram a mínima — murmurou Valéria.

— Foi construído por escravizados, e as pessoas que os supervisionam são restos de penico dos stygios — disse Conan. — Até eles estão contando os dias para ir embora.

Havia um muro ao redor, de cerca de duas vezes a altura de um homem, formado de pedras de tamanho e forma irregulares com argamassa e argila e ameias de madeira atrás. Risível, em comparação às fortificações das cidades do mundo civilizado. Assim que passaram pelos portões — de madeira e desajeitados, mas muito fortes —, havia um grande anel de terra batida e um conjunto de alojamentos.

Um grupo de edifícios poderia ser um reflexo em meia escala da odiada base dos mercenários de Zarallo em Sukhmet. A guarnição estaria aquartelada ali. Uma espécie de mansão para o governador do assentamento; várias casas menores para supervisores e burocratas; e fileiras de cabanas para capatazes, trabalhadores qualificados e aqueles que estavam à disposição.

Apenas visível, a entrada da mina ficava no ponto mais alto da colina, um buraco escuro em forma de arco na lateral da encosta, brilhando em branco ao sol da tarde porque havia sido escavada em uma formação rica em quartzo em que havia ouro. Logo abaixo, havia uma dúzia de quartéis longos e baixos para os escravizados, meio afundados no chão e com paredes grossas e torres de vigia de madeira sobre a entrada única. Mesmo à distância, o cheiro de miséria humana podia ser detectado.

Tudo era monótono, manchado pela fumaça do carvão que saía de uma fundidora baixa com sua chaminé alta. Ali perto, estavam empilhadas enormes cestas de vime cheias de carvão vegetal, cobertas por um telhado de palha disposto em uma rede alta de postes.

O único toque de cor era o templo de Set. Não era muito grande, uma caixa quadrada de pedra coberta de estuque pintado, mas, à frente, havia uma fileira dos típicos pilares quadrados afunilados de baixo para cima e uma estátua alta de basalto preto que ficava em uma plataforma diante das colunas, mostrando a figura esbelta e musculosa de um homem de saiote. Ele dava um passo rígido com o pé esquerdo e calçava sandálias. As mãos levantadas seguravam um cajado torto e, pendurada pelos cabelos, uma cabeça humana decepada, quase certamente para representar a cabeça de um nortista.

Na frente, em blocos, ficava um altar da mesma pedra escura, em cujos cantos estavam esculpidas, em baixo-relevo, estátuas de figuras humanoides que tinham cabeça de lula. Incensários ardiam em cada extremidade; rastros de sangue preto apodrecido traçavam o caminho de uma depressão central até as sarjetas, que desaguavam na boca dos homens-lula. O sangue fervilhava com enormes moscas pretas.

Os muros sob o telhado plano mostravam padrões de cores vivas que contavam histórias em uma mistura de murais estilizados e a estranha escrita pictográfica stygia. Muitas das histórias se concentravam em cobras, ou coisas que em parte eram cobras, ou coisas que eram apenas *coisas*, na maioria das vezes comendo seres humanos ou em práticas menos distinguíveis, mas igualmente desagradáveis.

Nos cantos do templo, mastros da altura de árvores erguiam formas de serpentes gigantes, que inflavam e sibilavam na brisa quente.

Dos ombros da estátua, em vez do rosto de um homem, o capelo aberto, erguia-se a cabeça de uma naja. Observando todo o assentamento, brilhavam olhos de ouro e rubi, a pedra esculpida mostrando o nemés de linho de um aristocrata stygio em seu crânio estreito. As caudas gêmeas pendiam no peito.

O odor de incenso e sangue velho e a impressão de alguma forma metálica e orgânica do templo eram fortes mesmo em meio ao intenso fedor do alojamento de escravizados que ficava ali perto.

— Crom me golpeie até a morte — disse Conan para si mesmo. Ao lado do altar, cercado por clérigos e lacaios menores, estava ninguém menos que o sacerdote de aparência faminta que ele vira conversando com Akhenset no início da jornada. — De alguma forma, ele deve ter seguido em frente... mas por quê? — Virou-se para Valéria. — Pelo olhar que lhe deu, quase teve urticária só de estar perto.

— Talvez não goste de nortistas adoradores de Mitra? — sugeriu ela, balançando a cabeça. Com o elmo atravessado no arco da sela, sua cabeleira bronzeada balançava de um lado para o outro.

— Stygios não gostam de forasteiros, é verdade — concordou Conan —, mas já se passaram três mil anos desde que seus ancestrais derrubaram Acheron e saquearam o templo de Set em Python. Além disso, há uma dúzia de outros desses países neste destacamento.

— Talvez ele não goste de *mulheres* nortistas?

— Deve ser um stygio incomum, então. — Isso provocou risadas. O comércio de escravizados ocorria em ambas as direções, e mulheres loiras custavam caro em Shem e na Stygia. — De qualquer forma, uma semana de viagem sozinho, por um país hostil, em um carro de mula, apenas para evitar ver uma cabeça de cabelo loiro...?

— Provavelmente não é tão arriscado para ele — disse Valéria. — É um sumo sacerdote de Set... o que significa que é um mago.

Conan praguejou e fez um gesto com a mão — não implorando ajuda a Crom, pois essa divindade sombria não ajudava. Foi uma oração por força para lutar contra uma ameaça por conta própria. *Às vezes*, Crom conferia esse poder. Vários dos outros escaramuçadores também pareciam inquietos. Set era odiado nas Terras do Norte, mas, para seus seguidores, ele havia concedido riquezas — e grande poder.

Poder que poderia matar, e pior.

Todo mundo sabia disso.

O comandante da troca da guarnição da mina esperou na carruagem *dele* até que Akhenset se aproximasse. Ele era muito parecido em aparência e vestimenta, exceto por ser uma década mais velho, ou mais, e parecia que comer e beber eram suas defesas contra o tédio e a miséria deste posto. Seu nariz de falcão estava perdido em uma massa rechonchuda, com olheiras sob os olhos inchados. Akhenset parou ao lado, e os dois líderes stygios entrelaçaram os antebraços. O oficial gordo cerimoniosamente presenteou seu substituto com uma maça de cabo de bronze esculpida em padrões de escamas de cobra.

Todas as tropas comemoraram obedientemente quando Akhenset virou sua carruagem e brandiu a arma acima da cabeça, um símbolo do poder de vida e morte que ele exerceria no complexo da mina e seus arredores. Ao fazê-lo, suas tropas cantaram:

— Salve o mais nobre, ó, Akhenset, favorecido pelo imperador e por deus.

— Que esta maça atinja os inimigos de Set! — respondeu ele.

Conan reprimiu uma risada quando seus próprios seguidores se juntaram aos aplausos, brandindo as lâminas no alto e falando em suas línguas nativas. Ele entendeu algumas palavras e ouviu as "súplicas":

— *Para o inferno, nobre menor, ó, Akhen, amante de cobras!*

Cheia de entusiasmo, Valéria entrou na conversa e, com um largo sorriso, deu conselhos escatológicos enquanto brandia a espada:

— *Que sua maça o proteja bem!*

Conan levantou para o céu a própria lâmina mais pesada.

— Que Crom lhe conceda o que você merece! — berrou. Era bem ambíguo e muito improvável que alguém num raio de mais de mil quilômetros falasse o idioma cimério.

O oficial da troca parecia visivelmente mais feliz quando seu condutor voltou a carruagem para as próprias tropas. Aquelas carregavam nas costas seu equipamento de campo, enquanto os carrinhos de bagagem, famílias e seguidores do acampamento esperavam no lado sul do espaço aberto — seria um exagero chamá-lo de praça. Alguns começaram a sair no instante em que a entrega foi oficializada, deslizando lentamente ao longo da parede para evitar chamar a atenção, depois apressando-se pelo portão e desaparecendo de vista.

O sacerdote de Set estava ao lado do altar e gesticulava imperiosamente, com ambas as mãos no ar.

Os capatazes empurraram um bando de escravizados em direção a ele, alguns trazidos das tocas cavernosas onde eram mantidos. Conan piscou levemente ao vê-los, apenas porque não teria pensado que desgraçados tão magros pudessem andar. Estavam cobertos de imundície e tinham feridas ao redor das algemas e em outros lugares, alguns com olhos brilhantes de febre e outros com tosse tuberculosa. Esta foi a razão pela qual a tropa trouxe para o sul centenas de substitutos.

Esses desgraçados estavam prestes a servir a um último propósito.

Sons vinham de trás, e Conan olhou por cima do ombro esquerdo. As caravanas de escravizados que estavam chegando foram conduzidas para a parte noroeste do espaço aberto, perto da boca da mina. Eles estavam agachados lá.

Sob mínima guarda.

Isso é arranjar problemas, pensou Conan. *Eu não gostaria de tê-los aqui, especialmente se o sacerdote for fazer o que eu acho que vai fazer.*

A corrente que ligava os sacrifícios pelo colar foi destrancada e retirada. Os chicotes dos condutores de escravizados estalavam nas costas cheias de cicatrizes esbranquiçadas. Ao verem seu destino, os homens e mulheres condenados recuaram, alguns cambaleando e agarrando-se uns aos outros, mas o próprio sumo sacerdote deu um passo à frente e encarou o primeiro.

Ele começou a cantar.

Murmúrios surgiram dos Companheiros Livres e de alguns dos escravizados recém-chegados. Conan estava muito distante para entender completamente as palavras do sacerdote, mas, de alguma forma, não soava como a língua stygia comum ou como qualquer idioma que ele já tivesse ouvido — e ele havia cruzado com dezenas deles. Ele esticou as orelhas desenvolvidas na natureza para captar alguma coisa.

— ...y'mg shggath, ur-coei, *teliki*...

O rosto do escravizado líder ficou inexpressivo, e ele, ereto, avançou quase rapidamente. O sacerdote de Set sorriu. Conan rosnou com a visão, e vários de seus homens começaram a murmurar orações enquanto olhavam para o lado. Valéria observava solenemente, e seu rosto estava pálido, especialmente ao redor dos lábios. Parte dessa magia havia sido dirigida a ela por meio da pequena imagem coroada com um fio de cabelo seu.

Quatro acólitos musculosos em saiotes pretos agarraram o escravizado pelos pulsos e tornozelos e o esticaram sobre o altar. Sacerdotes menores balançavam as armações de seus sistros, metal batendo em metal, com um toque dissonante de uma harmonia que os homens normais não queriam ouvir.

— Io, Setesh! Setesh! *Setesh!* — gritou o sumo sacerdote.

— *Io, Setesh!* — A multidão stygia gritou de volta, balançando a cabeça para frente e para trás.

Como cobras, pensou Conan. Por um momento, ele poderia jurar que havia visto algo atrás do altar — uma planície em chamas, uma lua colocada em um lago de obsidiana líquida diante das torres ciclópicas de uma cidade...

Ele balançou a cabeça violentamente, e a imagem desapareceu como a sombra de uma lembrança de um sonho. Concentrou-se novamente quando o sumo sacerdote sacou uma adaga curva e golpeou, com velocidade e habilidade. O escravizado gritou, voltou a si por um instante, e então o som terminou em um gorgolejo. Mais dois golpes, e a mão livre do sacerdote disparou para o buraco que a faca havia aberto. Quando a retirou, ele estava segurando um coração, a mão estendida em direção à estátua.

O órgão ainda pulsou, uma, duas, três vezes.

O sacerdote abriu os braços e gritou outro conjunto coagulado de sílabas. A visão de Conan tornou a ficar turva, e, por um instante, ele poderia jurar que as monstruosidades de pedra com semblante de lula nos cantos do altar haviam virado as cabeças.

— *Lir e Manannán mac Lir!* — conjurou Conan.

Duas divindades de rios e córregos, mais dadas a ajudar os humanos diretamente do que o poderoso e distante Crom. O cimério estremeceu. Ele não se considerava um homem imprudente, e havia poucos homens ou animais que temia. As coisas do outro mundo eram uma questão diferente.

O corpo caiu do altar e rolou pelos degraus. Conan havia ouvido falar que em partes da Stygia os hierofantes festejavam com os corpos dos sacrifícios. Ele não sabia se isso era verdade ou o tipo de história sinistra que as pessoas adoravam sussurrar nos cantos. O que ele *sabia* era que, mesmo que fosse a favor do canibalismo, não gostaria de comer aquele corpo em particular.

Os acólitos agarraram outro escravizado, e o ritual recomeçou. Enquanto o sacrifício gritava, Conan pensou ter ouvido outros gritos, vindos de trás. Ele desviou os olhos do horrível espetáculo.

PARTE DOIS

REBELIÃO EM WEDI SHEBELLI

8

UM DOS CAPATAZES DEU AS COSTAS PARA OS ESCRAVIZADOS SUBSTITUTOS, OLHANDO DE ROSTO corado e boca aberta para o sombrio drama de sangue e sacrifício que ocorria sob a estátua imponente. Dois grandes escravizados aproximaram-se dele, esperando seu momento — e então pularam, enrolando no pescoço do homem a corrente que prendia seus colares de ferro.

Um olhar de espanto deu lugar a olhos esbugalhados de horror. Tudo o que ele podia fazer era gorgolejar sem palavras, e, então, morreu em questão de segundos.

Os olhos de Conan se estreitaram com o que se sucedeu. Os outros escravizados que estavam nas filas agarraram os capatazes mais próximos a si, enquanto os dois que haviam matado o primeiro roubaram uma machadinha e uma espada curta do homem morto. Eles estenderam a corrente sobre uma rocha. Um homem do bando seguinte agarrou as armas e desferiu uma sucessão de golpes duros. O macio ferro forjado dobrou, distendeu-se e quebrou. Então o homem agarrou a própria corrente, e os dois primeiros repetiram o processo.

Uma única quebra na corrente libertou um bando inteiro de quarenta homens — um elo fraco, percebeu Conan. Em segundos, os dois bandos se jogaram sobre os stygios mais próximos, e o processo ondulava por toda a massa de quinhentos homens e mulheres.

Os gritos dos stygios moribundos se perderam no rugido assassino dos rebeldes.

Mais escravizados libertos subiram a encosta, afastando-se do templo, carregando armas nas mãos. Não para fugir, pensou Conan, mas em direção ao alojamento dos escravizados, onde outros dois mil estavam presos.

Eles tinham um plano, pensou Conan. *Todos os malditos guerreiros stygios de Set estão aqui, na praça, em frente ao templo, com as mochilas nas costas e os equipamentos e mulheres nas carroças.*

— Irmãos! — gritou ele, sacando sua espada e usando-a para apontar. Ainda a cavalo, a maior parte do destacamento de Zarallo olhava para os sacrifícios com um magnetismo revolto. Alguns estavam deliberadamente olhando para o chão. Agora saltaram, como se Conan tivesse jogado água fria em seus rostos. Vários empalideceram.

Conan pensou rapidamente.

— Zarkabaal, não há espaço para lutar aqui — disse. — Leve seus homens até o portão.

O shemita entendeu instantaneamente, acenou com a cabeça e chamou sua tropa. Eles viraram as montarias e partiram o mais rápido que puderam, bradando. O comandante falava o idioma stygio claramente, Conan sabia, enquanto a maioria de seus homens sabia pronunciar frases simples. Eles golpearam os carroceiros e suas equipes, usando arcos e chibatas.

Um fluxo de carroças — civis e alguns membros da guarnição — começou a disparar pelo portão aberto.

Centenas de escravizados rebeldes invadiram o templo de Set. A estátua olhava para baixo com indiferença reptiliana enquanto os acólitos eram massacrados. Conan aguardou uma fração de segundo na esperança de que o sumo sacerdote também o fosse.

A mesma multidão enfurecida atingiu os dois comandantes stygios em suas carruagens. Akhenset teve o bom senso de tentar empurrar sua carruagem de combate de volta para as fileiras de suas tropas, mas a onda de escravizados foi precedida por uma nuvem de pedras arremessadas, que eles haviam pegado no solo árido. Assim que a parelha de dois cavalos passou de uma caminhada para um trote e começou a carregar a carroça, uma pedra atingiu o rosto do stygio e, com um respingo de vermelho, jogou-o de costas no chão.

Os cavalos pararam e relincharam, empinando e atacando com os cascos, mas muitas mãos agarraram seus arreios. Os escravizados arrancaram o condutor seminu da carruagem em um frenesi, arrancando mechas de cabelo antes mesmo de ele desaparecer sob o caos de membros encharcados de suor.

Onde Akhenset tinha parado, havia apenas um círculo de corpos nus, pés batendo e pedras caindo. O rotundo stygio na outra carruagem teve tempo de dar dois ou três golpes completos com sua espada kopesh antes que seu condutor e ele tivessem o mesmo destino.

— Sigam-me! — gritou Conan, conduzindo o cavalo bruscamente. A invasão ao templo havia dado aos combatentes mercenários alguns segundos cruciais para que se posicionassem. Conan olhou abaixo uma figura de olhos arregalados que agarrava as suas rédeas. À esquerda, a espada de Valéria balançava com a precisão de um bisturi.

Então eles passaram pela frente dos lanceiros stygios. Flechas que voavam alto assobiavam e aterrissavam entre os escravizados, fazendo-os recuar — os nubakos haviam sido pegos de surpresa, mas, a cada brado de seus oficiais, respondiam como guerreiros, espalhando-se em frente ao portão e atirando em saraivadas. Alguns deles correram para os vagões de suprimentos, pegando braçadas de flechas.

Os cavaleiros stygios ignoraram os mercenários. O jovem que os comandava era parente de Akhenset, lembrou Conan. Ele desembainhou a espada e gritou:

— Sigam-me!

Com isso, o jovem soldado colocou seu cavalo em movimento. Os quarenta lanceiros atrás dele fizeram o mesmo, trazendo os escudos redondos ao redor dos braços esquerdos e abaixando as lanças com ponta de aço.

— Não! — gritou Conan, mas era tarde demais.

Os arqueiros nubakos pararam de atirar quando os stygios bloquearam o campo de tiro. Os lanceiros mal tiveram tempo de começar a trotar; cavalos grandes carregando homens em armaduras de escamas podiam ser rápidos, mas precisavam de pelo menos uns cem metros livres para atingir velocidade. Aqui eles não tinham alcance.

Em um primeiro momento, os lanceiros ainda mataram um bom número de escravizados — corpos desnudos ficavam terrivelmente vulneráveis a homens montados que sabiam o que estavam fazendo. A maioria das lanças acabava ficando nos corpos que haviam acertado, então os cavaleiros desembainhavam as espadas e atacavam enquanto avançavam. Mas a velocidade do ataque diminuiu... diminuiu... e então parou. Embora cada homem de armadura fosse muito superior a um escravizado nu, logo os cavalos corcoveavam conforme facas, pedras, dentes e punhos cravavam-se na carne deles.

Os primeiros condutores caíram logo depois disso.

Houve um tremor quando os corpos os enterraram.

Pelo menos isso nos dá um pouco mais de tempo, pensou Conan enquanto o resto da multidão frenética convergia para a luta. Então, ele ouviu o som de madeira se estraçalhando.

Ao olhar para cima, observou uma das esqueléticas torres de guarda desabar. Logo milhares de rebeldes desesperados estariam aqui e, assim que saíssem, parariam para arrombar as cabanas onde suas ferramentas de trabalho ficavam. Isso lhes daria pás, picaretas e martelos feitos para quebrar pedras. Conan reconhecia o inevitável quando o via.

— São muitos! — gritou em stygio para o líder dos arqueiros. — Muito perto!

O líder nubako tinha cicatrizes estampadas na testa e pelos brancos no tufo de barba. Os olhos pretos emoldurados pelo adorno de cabeça feito com a juba de um leão estavam frios e destemidos quando ele olhou para a figura montada do cimério.

— Saiam, parem, atirem do portão! — disse Conan, fazendo gestos que ele esperava que direcionassem os arqueiros para a entrada, onde poderiam entrar em formação para conter qualquer ataque em massa.

O nubako deu a ele um aceno seco e gritou ordens em sua própria língua. Os arqueiros se viraram e correram em boa formação para fora do portão. Alcançando as carroças cheias de civis que gritavam e estavam em pânico, reduziram-se a uma fila única para passar pelo portal lotado.

É um milagre que não estejam bloqueando o portão, pensou Conan. *Um cavalo e uma ovelha para você por isso, Lir e Manannán mac Lir.* Os dois blocos de lanceiros stygios ainda estavam em estado de choque, e alguns deles, visivelmente vacilantes. Se fugissem, o portão *seria* bloqueado, e os escravizados os cercariam, despedaçando-os.

Uma pedra passou pela cabeça de Conan. Ele se virou e avistou Valéria trotando de volta, sangue escorrendo de sua espada e um escravizado caído no chão, esparramado enquanto sangrava de uma punhalada na clavícula bem dada.

— Obrigado! — disse ele.

— Coloque o capacete, seu cimério maníaco! — gritou ela, colocando o próprio capacete, o cabelo amarelo esvoaçando além da tampa de aço. Conan seguiu o exemplo enquanto cavalgava até as fileiras stygias. Usando a espada, apontou para o portão.

— Nós lutamos. Afastem quando eu gritar! — Então saltou da sela, caiu no chão e deslizou o escudo redondo no braço. Ficou diante da bandeira da serpente. — Lembrem das mulheres e crianças!

As fileiras endureceram. Podiam ser camponeses recrutados, mas todos estavam na fronteira sul havia tempo suficiente para saber o que esperar se fossem pegos pelos escravizados rebeldes. Muitas de suas esposas — ou mulheres, pelo menos — e filhos estariam entre a massa de gente que abria caminho pelo portão.

Esse fato fortaleceria a coluna até dos mais fracos.

— Valéria! — chamou Conan. Ela se aproximou e pegou as rédeas do cavalo dele. — Coloque os escaramuçadores em nossos flancos e elimine quaisquer carroças abandonadas. Não vou conseguir olhar muito para trás para ver onde estou pisando.

A infantaria stygia se realinhou, e o percussionista tocava em um ritmo complexo. Eles estavam formados em fileiras de três, seus grandes escudos em forma de caixão à altura dos olhos. A primeira fileira manteve as lanças baixas para o golpe destruidor. As duas seguintes as seguraram por cima do braço, para passar pelos ombros dos que estavam na frente, e estariam prontas para avançar se alguém caísse. Aquela fileira preparada media mais do que a largura do portão. Conan olhou por cima do ombro e avaliou quanto tempo levaria para a multidão sair.

— Segura! — bradou ele novamente em seu stygio limitado. Ele conhecia um bom número de comandos militares, além de frases essenciais como *dê-me uma bebida* e *quanto custa a noite?* Os lanceiros se prepararam, murmurando orações, ou rosnando, ou lambendo os lábios pálidos.

Com o fim do primeiro ímpeto, os homens e mulheres libertos se perderam. Mais e mais se juntaram às fileiras, no entanto, arrastando-se e curvando-se para catar pedras. Uma mulher correu para frente para arremessar uma, e, por trás de Conan, a besta de Valéria emitiu um zunido. A escravizada caiu de costas, com uma seta cravada no esterno.

Isso despertou uma fúria nova nos escravizados, que lançaram uma enxurrada de pedras. A maioria sacudiu escudos e elmos, e, com um golpe de escudo, Conan rebateu uma para o lado. O quartzo duro ressoou nas camadas de couro laminado que estavam esticadas sobre uma sólida estrutura de madeira.

As sombras se alongaram conforme a noite se aproximava.

O som do caos aumentou.

Vozes gritavam em meia dúzia de línguas, e os escravizados avançaram novamente, mas provocando impacto como um borrifo, não como uma barreira sólida em formação. Eram indivíduos contra uma máquina — nus e mal armados. Lanças espetaram, vozes gritaram e gemeram, aço golpeou carne e desencadeou aquele grito primal. Quando os atacantes finalmente recuaram, uma dúzia de escravizados jazia morta diante da linha de couro e metal. Mais alguns gemiam e se arrastavam, sangrando e aleijados.

A formação stygia mudou para substituir suas próprias baixas. Por cima do ombro, Conan observou Valéria e vários outros arrastarem os feridos para uma carroça abandonada que alguém havia deixado com as mulas ainda arreadas. Eficiente como uma camponesa, ela acalmou as feras assustadas.

— Dois passos para trás! — gritou Conan em um stygio áspero. — Dois passos e espera. Espera! — A formação obedeceu sem a menor desordem.

Ao fazê-lo, o rugido aumentou novamente. Outro avanço. Rosnados de selvageria corpo a corpo, sem qualquer pensamento de misericórdia ou pena de nenhum dos lados. Às vezes, os escravizados se jogavam nas pontas das lanças e abraçavam a haste que os matava, para que os que vinham atrás pudessem lutar contra os soldados. Homens cortavam, empurravam, esmagavam, davam um passo para frente ou para trás, sangravam e morriam.

Mais passos para trás, e a espada de Conan escorreu vermelha com o rastro de corpos que ele estava deixando enquanto recuava — isso também encorajou os lanceiros stygios. Outro olhar revelou que o portão estava vazio, exceto por alguns corpos inconscientes e escaramuçadores montados que atiravam sobre as cabeças da infantaria.

— Lado esquerdo, lado direito, para trás!

Ele só teve que dizer isso duas vezes. A formação mudou, tomando a largura de seis homens, o suficiente para sair do portão, movendo-se pelo caminho aberto pelos escaramuçadores. Os escravizados estavam entrando em formação novamente, e desta vez a linha de frente estava armada. Lanças, espadas, escudos e elmos, punhais e machados saqueados dos soldados mortos.

Havia um grupo cada vez maior de atacantes mais magros e de aparência mais selvagem armados com ferramentas de mineiro, os primeiros da massa avassaladora que sairia do alojamento dos escravizados. Muitos haviam lutado em suas próprias guerras entre as tribos e reinos ao sul da Stygia; os cativos de batalha eram uma fonte primária para os traficantes de escravizados. Esses empurravam e impeliam, às vezes dando tapas na cara, chutando traseiros e bradando ordens.

Quando os escravizados começaram a avançar novamente, pareciam estar organizados, mais ainda do que em alguns bandos de guerra dos vanires que Conan havia visto. De ambos os lados, alguns dos rebeldes subiram as escadas até as ameias que ficavam atrás do parapeito do muro. Havia pedras pesadas armazenadas ao longo de toda a parede. Se ultrapassassem o portão, poderiam arremessá-las pela borda e quebrar a falange da infantaria.

— De volta ao portão! — gritou ele, e todos se afastaram para a retaguarda, pisando cautelosamente e mantendo as lanças erguidas. Outra rajada de pedras arremessadas e, em seguida, o estrondo do impacto. Ele cortou um homem que carregava uma kopesh stygia, e as lâminas faiscaram. Um instante depois, a ponta de metal do escudo de Conan acertou o homem sob a mandíbula, quebrando os ossos. Pontas de lança passaram por ele em ambos os lados...

— *Recuem!*

Eles recuaram.

Conan também recuou e sentiu um vento forte quando um bloco de pedra passou perto de seu rosto, o suficiente para arrancar um pequeno pedaço de pele do nariz. A ferida o fez xingar suavemente. Então houve gritos vindos de cima, frustração e raiva evidentes onde não havia propósito. À medida que mais pedras caíam, os escravizados avançavam novamente, então a maioria dos projéteis os atingiu, em vez de atingir os stygios.

Ele tinha que aproveitar o momento...

— *Bater em retirada!* — berrou Conan.

Quando ele pediu, os lanceiros stygios seguraram suas posições. Agora Conan havia pedido que corressem, e assim também o fizeram, saindo pelo portão e pela linha de arqueiros nubakos que esperavam com flechas prontas para serem disparadas. Os lanceiros avançaram para os dois lados, gritando palavrões ao súbito brilho das pontas das flechas. Conan esperava que isso acontecesse — ou, pelo menos, tinha esperanças. Ele caiu no chão e girou de bruços para observar os resultados, sorrindo como um lobo feliz.

Os escravizados rebeldes lotaram o portão mais do que os refugiados stygios, dominados por uma fúria assassina que podia ser mais poderosa que o medo. O chefe nubako ladrou uma ordem, e dezenas de arcos foram puxados até a altura dos ouvidos...

À vista, uivos de sede de sangue cheios de ódio se transformaram em gritos de pânico bem fundamentados. O primeiro grupo de rebeldes se virou e tentou abrir caminho de volta pela multidão. No entanto, aqueles que não viram o que os aguardava continuaram tentando *avançar*. Uma massa inextricável de carne humana arfante.

Os longos arcos nubakos eram tão poderosos quanto qualquer um que Conan já tivesse visto, mesmo os dos arqueiros bossonianos que haviam guardado as fronteiras da Aquilônia por tanto tempo e tão bem. A apenas nove metros de distância, flechas feitas para caçar elefantes atravessavam corpos humanos, às vezes dois de cada vez. Três saraivadas dispararam, e então metade dos arqueiros passou a varrer os parapeitos.

Conan ficou de pé com um movimento ágil e correu abaixado. Assim que passou pelos nubakos, alcançou Valéria, pegou as rédeas do cavalo e saltou para a sela, limpando e embainhando a espada. Uma rápida olhada revelou que os refugiados stygios, suas carroças e animais de carga estavam — na maior parte — indo para noroeste ao longo da trilha, pastoreados pelos arqueiros montados de Zarkabaal.

Alguns correram estupidamente em várias direções, e ele os dispensou mentalmente para as mortes que sua burrice de certo traria. Logo seria noite, e, mesmo com a lua cheia, eles não sobreviveriam sozinhos.

— Valéria, pegue o resto dos escaramuçadores...

Imediatamente, a mulher guerreira deu a ele toda a sua atenção. Conan não ficou surpreso. Ela era perspicaz, sabia lutar e havia comandado navios e homens em seu tempo com a Irmandade Vermelha. Sangue escorria pela espada dela, e havia um longo arranhão na armadura de aço onde algo havia batido forte.

Os mercenários a seguiriam.

— ...e encontre um acampamento defensável para nós. À distância de uma hora de viagem. A distância que esta ralé estúpida que nos sobrecarrega pode percorrer em uma hora. Vai!

Ela foi.

Conan se virou para ver que os arqueiros haviam avançado um pouco, principalmente coletando flechas do chão e dos corpos dos caídos, enquanto alguns mantinham sob controle a multidão de escravizados rebeldes que estavam no parapeito. Enquanto ele observava, os arqueiros recuaram, e seu comandante os colocou em formação.

Gelete, esse é o nome dele.

Eles partiram atrás dos lanceiros stygios, que trotavam para alcançar o comboio de refugiados. Conan galopou até os arqueiros e se inclinou para oferecer a mão. Gelete ficou intrigado por um instante, então reconheceu o costume do norte e estremeceu.

— Bom trabalho — disse Conan. — Homens corajosos, lutam bem; lutam com *sagacidade*.

Gelete assentiu com orgulho contido. Ele disse algo em sua língua nativa, então parou e traduziu:

— Nós, filhos do leão. Lutamos elefante, lutamos rinoceronte, lutamos leão, lutamos homens. — Então sorriu, os dentes todos brancos, exceto por algumas lacunas. — Vocês também. Sagaz! Não como... — Ele fez um gesto sinuoso, como uma cobra, obviamente destinado ao falecido e não saudoso Akhenset. — Ele tolo, tolo, tolo — continuou o arqueiro nubako. — Você comando agora?

Conan deu de ombros.

— Precisa de comando, maldição, nós precisamos.

— Isso é... qual palavra... *necessário*, isso. Vamos morrer se não... — Ele estendeu a mão com os dedos abertos e então a fechou em um punho. Era frustrante falar em um idioma que nenhum dos dois dominava bem, mas os pensamentos que Conan tinha para expressar eram simples.

— Marchar Norte, acampar, montar guarda — disse o cimério. Ele hesitou, então puxou a palavra stygia que sabia que se encaixava. — Montem guarda *firme*. No caso... — Ele apontou para o acampamento fortificado da mina e então fez um gesto com a palma da mão para baixo e os dedos se mexendo para imitar muitas pernas correndo.

Colunas de fumaça subiam pelo acampamento. Ele apostaria que os escravizados estavam queimando seus alojamentos e muito mais. Compreensível, mas imprudente. Estariam morrendo de fome em alguns dias e brigando entre si em uma semana, julgou ele. A maior parte apostaria em esforços inúteis para voltar aos seus lares dispersos. Mas, no momento, ainda eram perigosos, e seu sangue ainda estaria fervendo pela emoção da vingança.

Eu teria feito a mesma coisa no lugar deles.

— Sim — disse Gelete. — Bom plano.

9

O COMBOIO MONTOU ACAMPAMENTO. FICAVA A APENAS ALGUNS QUILÔMETROS DO COMPLEXO DA mina, mas marchar depois do anoitecer seria muito arriscado. Livres, os escravizados rebeldes poderiam ter enviado uma parte de seu contingente para perseguir os stygios e mercenários, e a escuridão tiraria muito da vantagem. Enquanto estivessem em movimento, disciplina e equipamento falhariam contra números e ferocidade.

Conan não temia muito uma tentativa de invasão ao acampamento, embora mantivesse de prontidão todos os nubakos, os escaramuçadores e metade dos lanceiros enquanto o lugar estava sendo armado e protegido.

Gelete mostrou a eles um truque que seu povo usava para proteger os acampamentos itinerantes: cortar espinheiros e pequenas acácias — presas de forma perfeita com espinhos duros como ferro — e arrastá-los em um círculo ao redor do acampamento, amarrados juntos e presos por estacas fincadas no chão. As carroças foram colocadas ao centro desse círculo. Ele chamava de zariba, e, com muitas mãos, não demorou muito para ser erguida.

Olhando de fora, Conan decidiu que, mesmo para os homens que estivessem de armadura, seria doloroso romper a barreira, e isso atrasaria um ataque por tempo suficiente até que o acampamento despertasse. Para os rebeldes quase nus, seria um obstáculo muito mais sério.

No entanto, não era obstáculo para flechas, e os nubakos podiam atirar da cobertura das carroças. Nenhuma força de atrito como os escravizados...

Ex-escravizados, corrigiu ele.

...representaria qualquer ameaça.

Uma vez que o acampamento estava montado e razoavelmente seguro, eles improvisaram um mingau com pedaços de um par de bois pisoteados, carbonizados por fora e crus por dentro. Então, começaram a examinar o conteúdo de todos os vagões, carroças e alforges.

— *Aaaaaaah* — disse Valéria suavemente quando a tampa do baú balançou para trás, rangendo. — Ah, isso é *tão* bonito. Ohhhh, sim, sim!

Ela nunca olhou para mim com tanta deferência, pensou Conan — mas com uma risada interior, pois a visão restaurou seu bom humor também. Cansado e irritado, começou a sentir os efeitos das horas que havia passado xingando e empurrando refugiados aterrorizados para evitar a morte de todos ou que diminuíssem a velocidade, o que daria no mesmo.

Claro, não sou um baú cheio de ouro.

O excesso de bagagem também os retardaria, especialmente no calor opressivo, mas os stygios se agarraram a ela como sanguessugas. Daí essa triagem grosseira, com ênfase no *grosseira*. Ele teve que usar o punho ou a parte plana da espada ocasionalmente enquanto iam de carroça em carroça. Quando estavam na metade do caminho, por mútuo acordo silencioso, apenas expulsaram os proprietários e fizeram com que ficassem a cinquenta metros de distância.

De vez em quando, ele se sentia tentado a simplesmente deixar todo mundo, pegar seus combatentes e ir para o oceano...

Nunca quis tanto isso como agora, pensou ele, olhando para os últimos recipientes abertos, iluminados pela luz das fogueiras refletida na lona e pelo brilho de uma lamparina de barro que Zarkabaal segurava em uma das mãos.

Também iluminou o sorriso lento e encantado do shemita. Seus olhos escuros acariciaram o conteúdo como um amante que se despia para um entretenimento na cama. A maior parte do equipamento nesta carroça eram mercadorias da casa do comandante morto, o homem gordo que o igualmente morto Akhenset viera substituir. Na luta para passar pelos portões, dois baús — cada um grande o suficiente para conter um bebê recém-nascido — foram jogados entre eles, sob pilhas de roupões, roupas de cama e castiçais de latão em forma de cobras e escorpiões, além de pacotes de temperos de cozinha.

As especiarias eram leves e de alto valor e seriam despejadas no ensopado dos mercenários.

Mas esses baús eram outra questão. Feitos de pranchas curtas e grossas de madeira preta dura e brilhante, com tampas arqueadas esculpidas em uma seção de tronco, cujas bordas e amarras eram de aço martelado. As dobradiças ficavam na parte interna, a marca de um contêiner projetado para guardar objetos de valor.

O que eles guardavam...

O ouro vinha em discos de formato grosseiro, cada um do tamanho da palma de uma mão, da espessura de seu dedo médio e empilhados. Ele pegou um, ergueu o peso denso, marcou o metal macio com a unha do polegar e o jogou de volta no baú com um baque abafado de ouro contra ouro. A julgar pelo peso e pelos rumores que ouviram, essa era toda a produção de seis meses da mina de Wedi Shebelli — ou pelo menos tanto quanto o gordo comandante stygio pretendia colocar nos livros oficiais.

Presumivelmente, a parte *não oficial* estaria escondida em outro lugar. O ouro e sua mineração eram um monopólio real na Stygia. Isso significava que um pouco grudava na mão de cada funcionário que passava a caminho da tesouraria em Luxor.

— Não podemos simplesmente pegá-lo e fugir — disse ele com um suspiro quando Valéria se juntou a eles.

— Por que *não*? — perguntou Zarkabaal. Ele enfiou o pomo da espada na fechadura que lacrava o outro baú, murmurando novamente enquanto o abria e levantava a lamparina bem alto para revelar uma pilha duplicada de riqueza bruta.

— Por que *não*, por Chemosh da Pilhagem? — repetiu o shemita. — Todos nós poderíamos ser homens ricos! — Ele acariciou a barba preta encaracolada. — Tem uma vila fora da minha cidade, Dan-Marcah... com uma boa nascente, um vinhedo, olivais, árvores frutíferas, boas romãs, damascos e amêndoas. Nada desse esterco do Sul. Isso e uma casa na cidade, quotas em navios... Deitar no meu sofá, bebendo vinho e olhando o mar da torre, mulheres bonitas me abanando com plumas de avestruz em bastões de ébano...

Gelete lançou-lhe um olhar.

— Meus homens recebem parte! Muito gado, muita terra; dotes de noiva para esposas! Porque lutamos por... — O termo que ele usou em sua língua nativa continha a palavra "stygio", e, pelo gesto que a acompanhava, opiniões bem pouco elogiosas sobre a vida romântica deles.

— Calem a boca, vocês dois — rosnou Conan. Ele fechou as duas tampas, virou-se e olhou ao redor. Alguns de seus escaramuçadores e os nubakos de Gelete estavam por perto, mas não ao alcance da voz. Exceto pelos que estavam de guarda, grande parte dormia. Tinha sido um dia difícil.

Havia uma fila completa de lanceiros stygios que começaram a segui-lo com uma embaraçosa devoção canina desde que ele os havia tirado da insurreição da mina, lutado na frente deles e até salvado suas mulheres e equipamentos. Não restava nenhum nobre stygio, e os soldados estavam acostumados a ouvir o que fazer.

— Pense, Zarkabaal — disse ele enquanto se virava, a voz grave e urgente. — Você acha que poderia cruzar toda a extensão da Stygia, do norte até o Styx, descendo até Khemi e cruzando a fronteira para Shem, depois atravessando a maior parte de Shem... Dan-Marcah fica na costa perto da fronteira argoseana, não é? Tudo isso com a sua parte *disso* na bagagem? Nenhum de seus homens se vangloriaria em uma taverna?

O homem moreno de nariz adunco abriu a boca, depois a fechou novamente.

— Nós poderíamos ir para o oeste daqui... — sugeriu ele.

Conan cerrou o punho e esmurrou lateralmente uma das argolas de madeira que suportavam a inclinação da carroça. A peça rachou sob a força do golpe, que carregava a frustração dele junto. O que ele havia sugerido era exatamente o que ele *queria* fazer — e planejava fazer, em breve. Ainda não, no entanto, não até que houvesse uma chance de sucesso.

— Pense, homem! Não estamos muito a oeste da curva do Styx. — Ele apontou o polegar para o norte, onde o grande rio fazia uma curva fechada e se dirigia para o Mar do Oeste. — Mais de três mil *quilômetros* através dos reinos da savana até a Costa Negra, Darfar, Meroe, Kush, Bornu, os outros... e todos eles sabem o valor do ouro.

O shemita assentiu relutantemente. As cidades costeiras de Shem também estavam nesse comércio.

— Então, se você chegar à costa, sim — continuou Conan —, existem comerciantes que navegam nessas águas, e todos eles cortariam a sua garganta por isso, a menos que você embarque com um primo que *por acaso* esteja lá... e ele também pode cortar a sua garganta. Talvez não, se você lhe prometer metade... e esses são os capitães mercantes que *não são* piratas.

— A terra do meu povo fica no sul do Styx, leste daqui — disse Gelete, prolongando as palavras com gestos. — Talvez vamos lá? Vocês bem-vindos. Homens fortes, corajosos. Eu... como dizer... eu falo por você com os anciãos. Conseguir gado, esposas, campos. Os vizinhos ajudam construir cabanas para você. Cerveja, carne, sexo, boa luta, boa caçada, muitos filhos.

Conan suspirou. Para ele, isso era tentador — mas ele conhecia os shemitas e os mercenários do Norte em seu novo séquito. Eles considerariam isso um exílio entre selvagens. Ele não se importava tanto porque, de acordo com a visão deles, ele também era um selvagem. Mesmo que concordasse, ficaria tão entediado lá quanto na cabana de seu pai.

Valéria lançou um olhar de soslaio para o chefe nubako e então revirou os olhos para cima por um instante, como se dissesse que o mesmo valia para ela. Uma terra onde os homens trocavam gado por esposas e filhas nem valia a pena mencionar, não parecia muito atrativo para ela.

— Nubaka fica ao sul de Taia, não é? — perguntou Conan.

— Sim. A partir daqui... cruze Darfar, atravesse Punt, atravesse Keshan, atravesse Zembabwei, então a Terra dos Homens-Leões, dizemos, em nossa língua, Nubakaara. Colinas verdes, grama suave!

— Eles amam vocês, nubakos, em Darfar, Punt, Keshan e Zembabwei?

— Hummmm... não. Invasões, dos dois lados.

— Como você chegou à Stygia para o serviço... para lutar por eles?

— Vamos Norte pelo Styx, barcos, remo, muitas semanas. — Ele estava ficando visivelmente mais pensativo sobre uma jornada de quase dois mil e quatrocentos quilômetros por terra através de reinos hostis, enquanto carregava um tesouro.

— Você quer devolver tudo aos stygios, Conan? — explodiu Zarkabaal. — Ishtar! Pensei mais de você!

— Não, não — disse Conan, dando tapinhas no ar. — Apenas um *pouco* disso. Sem risco, sem lucro, mas também nada estúpido e ganancioso. Os stygios vão pensar que somos heróis por resgatar *todo* o ouro... e o povo, com certeza. Podem até nos dar uma recompensa. Aqui está o meu plano...

Uma hora depois, Conan procurou seu saco de dormir.

Os escaramuçadores tinham duas fogueiras e liberaram uma carroça de quatro mulas, enchendo-a com carne seca, farinha de sorgo e feijão, para levá-los para casa...

Ou pelo menos até Sukhmet, refletiu Conan. Ele não tinha certeza se algum lugar do mundo era realmente um lar para ele agora.

...se fossem cuidadosos. Também continha uma seleção de objetos de valor facilmente carregáveis que haviam acumulado de uma forma ou de outra. Não muito longe, havia uma linha de piquete com cavalos e montarias, o último incluindo todas as montarias sobressalentes dos lanceiros stygios agora mortos e da outra equipe de Akhenset. Os mercenários tendiam a ter a mão leve quando algo útil estava à mão. Ou apenas chamava a atenção.

O fogo brilhava com a parte inflamável das mercadorias que sua tropa e os nubakos haviam impiedosamente expurgado da bagagem do comboio. Ao queimar o excesso, garantiram que nenhum dos civis stygios tentasse contrabandear de volta quaisquer itens não essenciais, atrasando-os. Comeriam os bois, conduzindo-os pelo caminho para que servissem como alimento, em vez de deixá-los ditar o ritmo com jugos nos pescoços.

O destacamento de Zarallo havia perdido apenas dois homens. Um morto logo de cara, outro com um ferimento na barriga que seria infalivelmente fatal, e uma variedade de outros ferimentos que provavelmente cicatrizariam e não atrasariam muito os homens nesse ínterim. Esse foi um pequeno milagre, considerando a situação em que eles estiveram em Wedi Shebelli.

É melhor que pensem que, sem mim, estariam mortos ou sendo torturados até a morte pelos rebeldes, pensou Conan, retribuindo solenemente acenos e gestos respeitosos. *Desse jeito, estão se safando com uma boa pilhagem. Apesar de que, no próximo pôr do sol, metade vai estar convencida de que foi o próprio heroísmo e maravilhoso trabalho de espada.*

Valéria recolheu sua sela e saco de dormir de onde os havia deixado, ao lado de seu cavalo.

— Por quanto tempo você espera manter tudo isso em segredo, quando voltarmos a Sukhmet e você distribuir os quinhões de ouro? — perguntou ela, à meia-voz.

Ele virou a cabeça e sorriu levemente.

— Tempo suficiente para eu sair de Sukhmet — disse ele. — Você ama o lugar?

Ela devolveu uma risada em meio a uma tosse e balançou a cabeça.

— Não, mas me alistei com Zarallo para que a poeira abaixasse no Mar do Oeste. Contendas na Irmandade.

— Sukhmet tem a própria poeira agora — indicou. — E você é o vento.

— Homens! — Ela bufou e colocou a sela no ombro. Então se afastou, curvando-se para a direita e encontrando um lugar embaixo da carroça.

Conan fez uma última vistoria pelo perímetro. Estava muito cansado, mas não queria acordar em meio a gritos, chamas e uma horda de escravizados rebeldes fervilhando sobre a zariba, atirando coisas antes de chegar com lanças, espadas, facas, punhos e dentes.

Não muito longe, encontrou uma carroça, não muito bem escondida, mas discreta o suficiente para que seus olhos quase a perdessem.

Ele se assustou ao reconhecê-la. Poucas tinham um corpo de madeira fechado, mas esta tinha, decorada com o sigilo da linha ondulante de Set. Era a carroça do sacerdote, e o próprio estava sentado ao lado dela, seu rosto ilegível.

Ele se virou quando Conan lhe olhou.

Crom!, pensou ele. *De todas as pessoas que sobreviveram, por que tinha que ser ele?*

Acho que eu poderia...

Não, não tenho motivos para matá-lo ou expulsá-lo, não se vou voltar para Sukhmet.

10

Ao amanhecer do terceiro dia, Conan decidiu que os escravizados rebeldes não estavam seguindo seus rastros. Isso fez com que o gosto da tigela matinal de mingau arenoso e feijões secos malcozidos fosse um pouco menos preocupante. Ele a colocou de lado — um stygio se apressou em levá-la para a limpeza —, levantou-se da posição agachada e se espreguiçou, ajeitando o cinturão da espada.

O dia amanhecia claro, quente e úmido, o que não era uma surpresa, pois a temporada de chuvas estava apenas começando. Eles haviam progredido lentamente no dia anterior e, quando uma onda de tempestade os encharcou, foram forçados a parar durante a tarde. Pelo que tinha ouvido, mesmo no auge das chuvas, era mais uma questão de uma ou duas horas de chuva forte a cada um ou dois dias, como os deuses despejando um enorme balde de água do céu. Não a escuridão sem fim, o frio úmido e a garoa que os cimérios suportavam por semanas a fio, às vezes no final do verão, quando os grãos estavam amadurecendo.

A trilha não devia ficar *muito* lamacenta.

As alegrias de liderar um bando de guerreiros, pensou ele. *Toda investida e fogo e pilhagem e glória e bardos cantando o seu nome.*

Não era a primeira vez que ele ocupava o papel de líder dos homens, mas esta era a multidão mais mista que já tivera em seu encalço, e sua aldeia itinerante era, de longe, a maior. Os seguidores do acampamento, em particular, pensaram que poderiam procurá-lo para tudo, incluindo conselhos conjugais e sobre como evitar que os filhos pequenos se afastassem.

A seguir virão animais de estimação perdidos. Pelo menos eu posso cuidar de alimentá-los. Uma boa experiência também.

Conan tinha suas próprias ambições — um pouco vagas e sem forma agora, mas não envolviam retornar ao seu clã com nada para mostrar além de cicatrizes e uma espada, algumas bugigangas e umas histórias para contar aos jovens ao redor da fogueira, nas noites de inverno.

Longas noites de inverno frias e escuras.

Essas nunca faltaram na Ciméria. Todo o resto, sim; frio e melancolia, não.

Liderar um ataque era algo que ele sabia que podia fazer bem, até mesmo administrar uma retirada de emergência como a que eles haviam acabado de suportar. Os homens iriam segui-lo quando as lâminas estivessem para fora e o vinho tinto de Crom fluísse. Mas não o seguiriam por muito tempo se estragasse as outras partes do trabalho de um chefe. Homens famintos sabiam a quem culpar.

Agora, a caça.

Havia maneiras de fazer isso que não envolviam tirar o comboio principal do ritmo necessário, o que o lembrava de uma montanha em que sempre havia neve perto do seu local de nascimento, de qualquer maneira. Ele caminhou até onde Gelete estava terminando uma tigela de mingau com feijão e carne seca, conversando com seus subordinados. Pelo caminho, convocou Zarkabaal, o shemita ainda espanando migalhas da barba.

— Hoje vamos caçar de novo — disse ele —, mas será diferente. — Pelo menos ele *pensou* que havia dito isso. Seu stygio era muito ruim, e o de Gelete, só um pouco melhor. Dadas as circunstâncias, Zarkabaal ajudou, e Conan fez o possível para memorizar as traduções, aprendendo a falar stygio com um forte sotaque da costa norte de Shem. Xingando internamente, lembrou a si mesmo de que era um guerreiro, não um estudioso, e "compreensível" teria que servir.

Com sorte, não começaria uma guerra.

— Vamos escolher nosso próximo acampamento enquanto alguns estão explorando a caça e seus homens estão na retaguarda — disse. — Quando chegarem lá, deixe os stygios colocarem a zariba.

Alguns arbustos cortados serviriam para fazer com que a trilha ficasse inconfundível — os nubakos eram bons rastreadores, como ele esperava de homens que caçavam durante grande parte da vida e que, na maior parte do restante do tempo, pastoreavam o gado na savana.

— Deixo dois ou três homens para comandar isso no acampamento — disse o líder nubako. — Senão, os stygios... — Ele pronunciou uma frase em sua língua nativa. Houve olhares confusos, mas um pouco de vai e vem estabeleceu que ele quis dizer "*arruinarão isso*", embora mais literalmente parecesse ter a ver com engravidar uma cabra.

Conan assentiu.

— Quando você chegar ao local que escolhemos para o acampamento, pegue o resto de seus homens e se espalhe cerca de meio quilômetro além dele; a essa distância, o cheiro de fogo não estará perto o suficiente para assustar a caça que escolhermos. Esta turba certamente acenderá fogueiras assim que parar, a menos que desperdicemos homens para ficar de olho neles.

Eles procuraram as palavras que transmitiam o significado, e Gelete assentiu. Ele molhou o polegar e o ergueu, olhou para o céu azul brilhante e para as nuvens brancas que se espalhavam, depois consultou seus subordinados novamente.

— Bom plano — disse. — Além disso, vento sopra do nordeste hoje. — Ele acrescentou um aceno de mão para indicar *provavelmente.*

— Melhor ainda — disse Conan. — Você esconde seus homens a meio quilômetro do acampamento, então nós conduzimos a caça, e vocês atiram. Com cuidado! — acrescentou, e Gelete lhe ofereceu um sorriso branco.

— Bom plano — repetiu o nubako. Parecia ser a sua frase favorita. — Mais fácil guiar caça com cavalos, nós nubakos tem mais arcos. Trabalhar juntos, pegar mais carne. Sem acidente com tiro ruim. Porque vocês não são stygios. — Outro sorriso e um dedo em riste. — Tente não guiar nada muito grande. Sem elefante, sem rinoceronte, sem leões. Marfim muito pesado agora, de qualquer jeito.

Ele usava dois colares de garras e dentes de leão em volta do pescoço e tinha cicatrizes interessantes, no peito e em outros lugares, que pareciam ter sido causadas por garras, assim como lâminas. Conan olhou para as decorações.

— Você tem o suficiente desses?

O rosto de Gelete ficou sério.

— Este aqui... — Ele tocou em um dos colares, depois, no adereço de juba de leão que emoldurava seu rosto. — ...da minha caçada de passagem. Todos guerreiros nubakos devem se tornar leões quando jovens, tornar guerreiros.

Conan fez um gesto de concordância. Em muitos povos diferentes, havia muitos ritos que transformavam o jovem em um homem, mas esse era comum. Entre os cimérios, era menos formal, mas levar para casa a pele de uma pantera serviria. A cabeça de um inimigo do clã era ainda melhor. Então, quando uma luta séria acontecesse, você poderia ter certeza de que o seu colega não era uma flor frágil que deixaria o seu lado da espada desprotegido no momento errado.

— Este... — O dedo do arqueiro-chefe moveu-se para o segundo colar, e ele falou com orgulho comedido: — Este comeu meu irmão. Eu caço, só eu, tiro a pele dele, coloco o crânio no fogo, uso dentes e garras.

Conan assentiu novamente, reconhecendo uma ação que valia a pena. Para que serviam os laços de parentesco, senão para ter alguém que ficaria ao seu lado na vida e se vingaria se você tombasse?

Gosto destes nubakos, por Crom. Eles são, de fato, filhos de leões, pensou. Então disse:

— Ótimo. Nós conduzimos, vocês atiram, todo mundo come.

Ele deixou os nubakos discutindo o papel deles na caça e voltou para a sua própria fogueira, chamando os combatentes e explicando-lhes o plano. Desta vez, Zarkabaal traduziu para shemita em vez de stygio, já que alguns de seus homens não tinham nada além da língua nativa. Todos pareciam bastante satisfeitos.

Valéria estava esfregando sua tigela com um punhado de areia e um pouco de água. Eles escolheram o local do acampamento por causa de um riacho claro, e uma longa experiência os ensinara a manter limpos seus utensílios de alimentação. Acampamentos de guerra eram antros de doenças, e os movimentos deles as espalhavam por toda parte. Por que e como, nem mesmo os feiticeiros sabiam, mas assim era.

— Gosto tanto de carne fresca quanto qualquer um — disse Valéria —, mas vale a pena o esforço, se quisermos voltar para Sukhmet o mais rápido possível? Se as tribos locais souberem como a mina foi invadida...

— E vão saber — interrompeu Zarkabaal.

Ela assentiu.

— Eles vão ficar mais propensos a nos atacar. Não amam os stygios, ouvi dizer.

— Ninguém ama os stygios — disse Conan.

— Stygios devem amar ou não haveria nenhum pequeno stygio — disse Zarkabaal com um sorriso. — Mas, tirando isso, não. Ninguém em Shem, certamente, nem mesmo os que eles compraram e pelos quais pagaram nas partes do Sul.

O olhar brando de Valéria informou a Conan que ela sabia que ele queria dizer *"prostitutas e colaboradoras, se houver uma diferença"*. No entanto, Zarkabaal e seus cavaleiros estavam trabalhando pelo ouro stygio.

— Sim, vale a pena — afirmou Conan —, especialmente porque não diminui a velocidade do comboio. Pelo menos, não muito. Não se trata apenas de comer carne fresca porque tem um sabor melhor do que essa papa de esterco de vaca. Se conseguirmos o suficiente para secar um pouco, deixaremos mais grãos e feijões para as mulas e cavalos. Isso reduz o tempo que temos para deixá-los pastar e significa que podem trabalhar mais sem cansar. Vão ter menos coisas para carregar e puxar.

Muitos assentiram. Todos estavam familiarizados com animais de trabalho, a maioria deles desde a infância passada em aldeias agrícolas. Alguns pareciam surpresos antes de concordar, já que a troca não havia ocorrido a todos.

Eles se levantaram e se moveram para selar os cavalos.

— Estive muito tempo no mar — disse Valéria a ele — e me esqueci de como cavalos e mulas são importantes para tudo em terra. — Ela levantou uma sobrancelha para ele. — Você não é apenas grande e rápido, hein?

— E você não é apenas ágil e ligeira — disse ele, dando-lhe um olhar.

— Você é melhor com a espada do que com bajulação.

Isso o deixou um pouco furioso, mas, então, enquanto cavalgava até o início da longa coluna, ele notou uma fumaça de cheiro estranho saindo da pequena carroça fechada do sacerdote stygio. Um par de lacaios se encaminhou para a frente dela. Eles o saudaram batendo as lanças que seguravam na mão direita nos longos escudos em forma de caixão, semelhante ao gesto de punho ao peito que tantos exércitos usavam.

— Ele está fazendo magia de caça, capitão — disse um deles a Conan e estalou os lábios. — Ele nos fez coletar cabelo e fezes para enfeitiçá-los. Boa alimentação! Não como em casa, no Norte, perto do rio, onde você pode ser enforcado pela nobreza só por pegar um pato de um pântano.

A magia de caça também era familiar — todos os xamãs, chefes e bruxas herbalistas da Ciméria faziam o mesmo, e os caçadores individuais tinham seus pequenos ritos e gestos particulares. Ele viu coisas semelhantes em todos os lugares pelos quais havia viajado. Ainda assim, Conan sentiu a nuca formigar um pouco com o pensamento e o cheiro ao se lembrar dos sacrifícios cometidos sob o olhar reptiliano de Set.

Sacerdotes de Set ainda gostam de carne fresca, assim como os outros homens, disse a si mesmo. *Mesmo que não lhe arranquem o coração no altar.*

— Este é um bom lugar para o acampamento — disse ele na tarde seguinte. — Vou verificar, então deixamos os stygios aqui e seguimos em frente.

Eles estavam em uma área de colinas onduladas, embora houvesse um vão na que estava à frente deles, como se estivesse quebrada. A borda leste se erguia em um declive suave até um triângulo de terra, mas no lado noroeste havia uma queda abrupta, cheia de entulho, quase como um penhasco, especialmente bem no topo. Era o local perfeito, e, como um bônus, a três quartos da encosta íngreme, havia uma piscina alimentada por uma nascente de fluxo rápido. Isso provavelmente foi o que minou a rocha em primeiro lugar, corroendo-a até que desmoronasse.

O transbordamento da piscina escorria pelas rochas em meio a arbustos floridos, borboletas e pássaros brilhantes com caudas inaceitavelmente longas. Alguns deles construíram bulbosos ninhos comunais que pendiam dos galhos das árvores. Esses não se pareciam com nada que ele tivesse visto em qualquer outro lugar, surpreendentes construções de grama trançada e galhos com múltiplas entradas, e pássaros indo e vindo, como os moradores de um dos grandes edifícios que enchiam algumas das cidades populosas de Shem.

Conan olhou para eles e sorriu, balançando a cabeça. Se falasse disso na Ciméria, os ouvintes que tivessem mais de 6 anos simplesmente bufariam e iriam embora. O próprio teria feito o mesmo.

É bom viajar para longe e ver paisagens estranhas.

Ao desmontar na base da inclinação voltada para o oeste, ele enrolou as rédeas no galho de um arbusto. Então, escalou a rocha solta e desintegrada da encosta com a facilidade casual de alguém que havia brincado de escalar penhascos durante toda a juventude e coletado para a família ovos de alguns pássaros que faziam ninhos em rochas íngremes.

Fungando, pegou um punhado da água que escorria pela rocha íngreme, provou com cuidado, depois enfiou a cabeça e bebeu. Estava boa, fria pela profundeza da rocha, e fresca... e ele estava com sede. O cheiro da área da nascente também era limpo, cheiro de vegetação molhada, frescor e rocha úmida. Isso significava que nada havia rastejado para a água e morrido, pelo menos não ultimamente, embora ele pudesse ver o crânio branco e limpo de algo que tinha presas deitado na areia do fundo da piscina.

Ele subiu soltando o ar e balançou a cabeça como um lobo. Ao viajar com centenas de companheiros, água boa era a primeira coisa que se devia localizar em um acampamento noturno.

Não é à toa que estou com sede, pois suei muito, pensou, jogando punhados de água sobre o torso nu. *Também faz você ansiar por sal.*

— Vá ao redor da colina e traga meu cavalo até o topo — gritou por cima do ombro. — Vou verificar os acessos deste lado!

Manejando a espada até que ficasse pendurada na sua lombar, ele traçou um caminho com os olhos e saltou. A primeira parte da subida foi apenas um pouco mais difícil do que o sopé da encosta, mas os últimos cerca de seis metros foram quase retos. Em certo momento, um pedaço da pedra áspera e pálida cravejada com o que parecia ser conchas do mar quebrou sob seus dedos. Como a maior parte de seu peso estava naquela mão, ele teve que largar por cerca de metade de sua altura e agarrar de volta rapidamente, pairando por um momento no espaço vazio antes de retornar ao movimento.

— Boa escalada — disse Valéria depois que ele se içou até o topo. Ela já estava lá e entregou-lhe as rédeas do cavalo. Ele olhou por cima do ombro para a longa cobra que a caravana formava.

— Isso não é nada! — disse Conan, corado de alegria. — Tente fazer isso com uma carcaça de veado amarrada nas costas.

— No meio do inverno, com uma tempestade de neve soprando, dez pictos esperando no topo e um bando de lobos famintos lá embaixo, e... — disse ela, parando. — Pensei que os cimérios fossem homens de poucas palavras.

— Só quando não temos nada a dizer.

Com o Sol atrás de si, Conan examinou a área à frente. O terreno estava em uma inclinação ascendente, mas não íngreme o bastante para ser difícil neste lado voltado para o leste. A maior parte estava coberta por uma grama alta cuja cor era uma mistura de palha velha e verde fresco, com um ocasional monte de cupins vermelho-alaranjado. Havia árvores e arbustos suficientes para a zariba e para lenha. Ali em cima, as sentinelas poderiam manter tudo à vista por quilômetros, e alguns passos ao longo da borda do lado oeste mais íngreme dariam ampla segurança.

— Isso é *quase* bom o suficiente para caçar no penhasco — disse ele. Valéria lhe lançou um olhar indagador, e Zarkabaal a imitou. — Quando você conduz o rebanho de caça a partir de um penhasco. Então não há nada além de esfolar e esquartejar.

Os olhos de Zarkabaal observaram a encosta.

— Muito largo na base para isso — disse ele. — E muito íngreme. Eles veriam e recuariam, ou dispersariam para a esquerda e para a direita.

— *Quase*, eu disse. — Ele olhou para o Sol. — Está se pondo. Vamos deixar o marcador para Gelete e sair para pegar um pouco de carne. Os stygios podem começar a montar acampamento enquanto estamos fora. Os nubakos chegarão em breve.

11

Como aquele nobre aquiloniano o chamava?, pensou Conan uma hora depois. *Um embaraço de riquezas?*

Ele passou a mão na testa; poeira manchada de suor, em uma consistência de lama fina e gotejante, mas a ardência em seus olhos ficou melhor... por um tempo.

Na época, ele achava o aquiloniano um almofadinha irritante. Para um jovem da Ciméria, nada era *suficiente*, especialmente quando ele via as riquezas das terras do Sul e as comparava com a austeridade férrea em que crescera, onde o lobo que tentou comer você fornecia a carne que era um deleite do qual se gabar, depois de fervido um pouco do ranço.

O que estava à frente dele, no entanto...

— Mesmo neste país, é muito mais caça do que já vi — murmurou. — Mais do que podemos usar!

A carne não durava mais do que dois ou três dias aqui, a menos que parassem para secar ou defumar. Pior, desperdiçar os frutos da caça o repelia em um nível visceral. Eles não podiam nem salgá-la em barris, já que isso funcionava melhor em clima frio — uma das razões pelas quais o final do outono era a época do abate nos países do Norte.

Uma grande manada de cavalos selvagens listrados pastava bem na frente dele. Nas proximidades, mais antílopes saltitantes pularam três vezes a própria altura e mais. Estranhas criaturas barbudas, cuja parte dianteira era mais alta que a traseira, ostentavam chifres arrebitados em meio a tufos de pelo que os faziam parecer que estavam usando chapéus estranhos, e dessa vez *havia* um grupo de girafas, como escadas de cerco vivas.

Todos estavam apenas caminhando à frente da formação em foice de escaramuçadores montados, desaparecendo em uma névoa de poeira e espinheiros e grama que mal podiam ser vistos. Como Gelete havia previsto, o vento vinha na direção do rosto deles. Isso significava que a poeira que os animais levantavam também tinha um gosto vagamente salgado e farinhento, e o cheiro do bando reunido e de seus dejetos era fétido.

— Ishtar dos Caçadores! — disse Zarkabaal. — É uma caçada *monótona*. Não pensei que isso fosse possível, exceto quando *não* há caça.

— Melhor monótona do que... — começou Conan.

Seu cavalo relinchou em pânico, com os olhos esbugalhados.

O leão emergiu da poeira como se tivesse vindo à existência por um mágico, mas a maneira como os animais se espalharam à sua frente indicava uma realidade muito física. Estava em frenesi total, saltando seis metros com a cauda erguida e os olhos fixos em Conan. Um grande macho de juba enorme que variava do preto ao fulvo e combinava com sua pelagem ou o cabelo de Valéria. Facilmente duas vezes o peso dele, talvez três, adulto, mas jovem, rosnando como uma serraria movida a água cortando pedra.

Atirar-se do cavalo foi fácil, já que sua montaria teve tempo de dar um salto frenético antes que o leão atacasse. Caindo no chão, Conan ouviu o baque do impacto antes de aterrissar meio curvado, esperando que o punho da espada não o acertasse em nenhum lugar essencial.

Não acertou, e ele girou nos próprios pés, usando o impacto da queda rolante para aterrissar agachado. A espada brilhou em suas mãos; ele carregava o que chamavam de espada longa bastarda, feita para ser manejada pela pegada de duas mãos. Seu cabo era longo, e a lâmina, adequada para ser usada com uma mão se você fosse forte o suficiente, mas ainda longa o bastante para tirar proveito de um corte com as duas mãos.

O leão — surpreendentemente — não se incomodou com o cavalo que havia derrubado. Ele girou em um movimento rápido e suave. Alguns dos Companheiros Livres gritaram. Flechas e dardos de besta passaram voando pela fera.

Mais um pulo, e estava no ar novamente, indo direto para Conan, patas dianteiras do tamanho de pratos escancaradas para derrubar e imobilizar, a enorme boca vermelha e branca aberta para a mordida mortal. Conan não poderia ser mais rápido que um leão, não mais do que qualquer outra variedade de felino, e fugir de um era morte certa.

Uma vez que um grande felino começava, no entanto, seu peso garantia que o salto continuasse. Então Conan também saltou *em direção* ao leão, a espada abaixada, com a ponta virada para baixo e para a esquerda. A besta o viu chegar, curvado no ar, e uma enorme pata afiada com garras curvas do tamanho de uma faca veio batendo em seu rosto, pronta para arrancar a cabeça e metade do osso abaixo.

Conan tinha apostado nisso. Antes que o leão pudesse lançar o ataque, Conan transformou sua investida em um outro tipo de corte, girando para a direita, trazendo a lâmina pesada em um golpe arrebatador da esquerda inferior para a direita superior, atingindo ombros, torso e músculos intestinais enquanto seus pés aterrissavam. Ele quase podia sentir o poder fluindo da terra para as suas mãos.

A varredura do membro do leão, combinada com seu próprio grande esforço, fez com que ele sentisse que havia batido em uma parede que estava desmoronando. O impacto o derrubou novamente. O ar lhe escapou quando caiu de costas, e ele o puxou de volta para os pulmões com um esforço de vontade primitivo. A mão direita ficou dormente, então sacou a adaga com a mão esquerda.

O leão também caiu, a graça líquida do salto destruída pelo impacto da lâmina afiada. Por um momento, ele berrou e se contorceu, mordendo o próprio membro dianteiro meio amputado com uma selvageria cega voltada para o que quer que o tivesse ferido. Naquele instante, os shemitas, xingando, controlaram seus cavalos e dispararam uma segunda rajada. Quatro flechas erraram, mas o resto delas acertou os olhos, a garganta e a barriga; e mais cinco em partes do peito.

Uma das flechas pegou de raspão na perna de Conan e afundou dois palmos abaixo na terra dura, ao que Zarkabaal começou a bater com o arco no ombro daquele arqueiro. Através de uma cota de malha, era principalmente algo simbólico, mas sincero o suficiente, a julgar pelo som dos golpes e pelas guturais maldições shemitas que foram cuspidas.

O leão soltou um gemido longo e baixo e rolou para o lado. Então voltou a se levantar, fixou Conan com aquele perturbador olhar amarelo e começou a se arrastar na direção dele. No meio da curta distância entre os dois, jorrou sangue de sua boca e nariz, ele balançou, caiu, mordeu selvagemente ao chão e morreu.

Conan embainhou a adaga, ficou de pé e moveu o braço direito, balançando-o e flexionando os dedos até que a dormência passasse. Então pegou a espada e praguejou suavemente. Havia trincado no ponto do fio de corte que tinha atingido os ossos densos do membro dianteiro do leão.

— Vou ter que afiar isso — comentou antes de limpar e embainhar a lâmina. Em seguida, disse para Zarkabaal: — Obrigado... mas você e seus homens arruinaram a pele. — Procurando por seu cavalo, encontrou-o se contorcendo no chão, com as duas pernas quebradas. *Maldição.*

Inclinando-se na sela, Valéria olhou para o leão.

— Você quase arrancou a pata dele! — disse ela categoricamente, chocada e em espanto impassível. — E uma pata do membro dianteiro! É a primeira vez que vejo um homem atacar mais rápido que um felino.

Conan parou a confusa tarefa de cortar a garganta de seu cavalo. Era o último favor que poderia fazer ao animal.

— Não fui mais rápido — disse ele. — Apenas mais esperto. — Diante das sobrancelhas levantadas dela, continuou: — Feras são mais previsíveis que homens. Se você fizer uma coisa, elas terão uma resposta... e a usarão. Quando sabe o que elas vão fazer, você está um passo à frente delas, e isso compensa a velocidade. Grandes felinos usam aquele golpe de pata se atacados, então você pode começar cortando as patas antes que ataquem.

As sobrancelhas fulvas e desbotadas pelo sol ficaram mais altas na suave pele bronzeada dela.

— Tem leões na Ciméria?

A boca de Conan se curvou em um sorriso.

— Não, mas temos panteras em abundância, e felinos são felinos. — Ele se abaixou para desatar a sela do cavalo morto. — Alguém traga minha nova montaria — acrescentou. — Temos um rebanho para conduzir, ou Gelete ficará muito desapontado conosco.

— Parem de atirar! — gritou Zarkabaal quando Conan e o resto dos escaramuçadores chegaram cavalgando. — Não desperdicem flechas!

O shemita espiou a planície poeirenta abaixo da colina; o Sol estava baixo no céu ocidental atrás deles, projetando longas sombras. Gelete e alguns de seus homens vieram trotando, sorrindo, os longos arcos bamboleando em suas mãos esquerdas enquanto corriam em um passo renovado e incansável, apesar do calorento e abafado término do dia. O rebanho estava se dispersando agora que não estava sendo conduzido, o cheiro de sangue mandando-os embora.

— Nunca vi essa caça! — exultava em seu stygio ruim. — Você conduz bem, Conan.

— É muito fácil — respondeu o cimério. — Agora arrastamos as melhores carcaças até a zariba e...

Gritos aumentaram. Algo diferente estava acontecendo lá na nuvem de poeira. De repente, tornou-se evidente o que era.

Valéria apareceu, seu cavalo de olhos esbugalhados quase voando, a cavaleira curvada sobre o pescoço dele, incitando-o. Logo atrás...

Rinoceronte!, pensou Conan.

Ele não havia notado a belicosa besta grande e estúpida — ela devia estar no centro do rebanho, escondida pela poeira e centenas de outros corpos. Ele nunca os havia caçado — não valia a pena o esforço e o risco, na maioria das vezes —, mas sabia o suficiente para ver que aquele era grande, com cabeça em forma de clava e boca quadrada. Era enorme mesmo para a sua espécie, pelo menos quatro toneladas, com um chifre no nariz do tamanho e formato de uma cimitarra. O chifre estava abaixado para chifrar e arremessar e, provavelmente, poderia jogar um cavalo a duas vezes acima da sua altura, que dirá um humano.

A fera estava avançando sobre a montaria de Valéria; suas pernas grossas e atarracadas eram um borrão.

— *Saiam do caminho!* — gritou ela, agitando os braços. — *Saiam do* maldito *caminho!*

Um olhar para o chifre que se aproximava produzia obediência instantânea. O novo cavalo de Conan estava pronto para ser montado, mas empinou. Conan saltou, agarrou o freio, colocou-o nas quatro patas e saltou para a sela. Os shemitas de Zarkabaal se dispersaram, permitindo que o rinoceronte passasse, e agora seguiam atrás, atirando com entusiasmo.

Normalmente era o reflexo certo, aquele desejo instintivo de se juntar à ação e fazer o mal que pudesse ao inimigo, a marca de um verdadeiro guerreiro. Desta vez, foi catastroficamente *ruim*. Zarkabaal gritava para que eles parassem, mas era tarde demais.

O rinoceronte já estava tão rápido quanto um cavalo a galope, mas as feras eram tão estúpidas quanto beligerantes. Normalmente, simplesmente paravam quando não atingiam o alvo e então saíam para comer grama.

Agora, meia dúzia de flechas decoravam suas ancas maciças, e ele reagiu como se tivesse sido atiçado a uma fúria total. Pior ainda, a zariba se aproximava rápido. Soldados stygios e seus seguidores de acampamento estavam descendo para esfolar e cortar. Eles se espalharam, gritando pelo caminho.

O longo chifre curvo estava quase tocando a garupa do cavalo de Valéria quando — usando a mão, a coxa e a voz — ela reuniu a montaria para um salto. O cavalo respondeu nobremente, voando mais alto do que a altura de um homem alto e limpando o trecho de arbustos espinhosos. Conan soltou um suspiro para relaxar... e então o usou para amaldiçoar quando o enorme rinoceronte simplesmente abaixou a cabeça e rasgou a barreira como se fosse feita de panos de limpeza e palha.

Um espinheiro meio crescido voou para o céu enquanto a força de destruição avançava para o acampamento, deixando mais gritos em seu rastro. O cavalo de Valéria havia ganhado cerca de três vezes a distância entre eles, mas isso não ajudaria muito.

Conan esporeou o cavalo para que se movesse e pegou o que restava da zariba com um pulo e duas laçadas. Depois se firmou em um galope ritmado, desviando ocasionalmente para desviar de uma carroça ou de um humano encolhido enquanto Valéria e sua perseguição ofegante disparavam pelo centro do acampamento inacabado.

O penhasco!, pensou ele. *É tarde demais para ela desviar!*

O rinoceronte diminuiu a velocidade por um instante quando meia tenda se enrolou em sua cabeça e o cegou. Jogando o tecido para longe, o animal agitou suas pernas fortes e atarracadas mais uma vez. Conan estava perto o suficiente, atrás dele, e ficou tentado a desembainhar a espada, mas decidiu não o fazer. Provavelmente, tudo o que conseguiria seria irritar o animal.

O desfecho veio rapidamente.

Um arremesso final do chifre do rinoceronte atingiu a anca esquerda do cavalo de Valéria. No mesmo instante, ela tirou os pés dos estribos e saltou para a direita. O impulso de suas longas pernas e o salto convulsivo do cavalo a jogaram para o lado, fazendo-a desaparecer da vista de Conan. Ao passar pela borda e ver o que o esperava, o cavalo guinchou como uma centena de mulheres em trabalho de parto.

Quanto maior o animal, piores os resultados se ele cair. Um camundongo que caísse daquele penhasco iria embora, um gato poderia se machucar, um humano quebraria os ossos... e um cavalo se *esparramaria* ao se transformar em um saco de ossos, vísceras e sangue.

O destino reservado a algo de quatro toneladas era pior.

O cérebro lento do rinoceronte continuou funcionando até uma frenética tentativa de último minuto de diminuir a velocidade, mas a beira do precipício quebrou sob o peso dele, e ele caiu em um rugido rouco de volume inacreditável. O som cessou um instante depois, com um impacto que fez a terra tremer.

Conan saltou da sela, com o semblante sombrio enquanto caminhava para a *nova* borda do penhasco. Teria sido uma morte rápida para Valéria, pelo menos. Apreensivamente, ele olhou para baixo. O rinoceronte havia pousado em cima do cavalo, e ambos estavam dando suas últimas contrações, caídos em uma faixa de sangue que se espalhava a quinze metros de distância e um pouco abaixo da poça de água alimentada pela nascente. Ele não conseguia ver muito do cavalo, e o rinoceronte havia explodido devido ao impacto.

Se ela estivesse sob isso, também teria o mesmo destino.

— Que tal uma ajudinha? — chamou uma voz de contralto.

Um metro abaixo e vários para o lado, um pouco além da borda da recém-feita quebra, Valéria estava pendurada pelas duas mãos em uma planta frutífera anã que crescia em uma rachadura na rocha. Com uma risada, Conan se ajoelhou e estendeu a mão. Ela soltou uma das mãos e agarrou o pulso dele. Ele apertou a mão dela e se levantou, arfando; não era um grande esforço para Conan, mas ela não era exatamente uma garota esguia.

Valéria estava coberta de suor, sujeira e sangue que fluía livremente de arranhões e tinha um recente hematoma vermelho no rosto, de quando havia caído. Também estava magnífica, na opinião de Conan.

— Obrigada — agradeceu ela quando estava na rocha sólida, olhando para baixo. Dois dos arqueiros de Gelete já haviam alcançado as feras mortas. Estavam usando seus machados para cortar a base do chifre do rinoceronte.

— Que Mitra do Sol condene todos os rinocerontes à meia-noite eterna — cuspiu Valéria. — Era um bom cavalo!

— Sorte que não caiu na nossa água — disse Conan. — Eu me pergunto... qual é o sabor do fígado de rinoceronte?

— Já vamos descobrir — disse ela, afastando as mechas de cabelo. Então lançou um olhar para ele. — Me lembre de não caçar com você novamente. Minhas chances são melhores em um combate corpo a corpo em um tablado sangrento!

— Falando em sorte, não jogue os dados tão cedo — afirmou Conan. — Não com o seu salário em jogo. Você acabou de usar o suprimento de um ano.

— Sorte? — bufou ela. Estava visivelmente controlando a respiração, e uma bochecha se contraiu, o que mostrava um autocontrole admirável. — Sem sorte! — continuou. — Nada além de habilidade... e toda a agilidade de um gato!

— Quatro ou cinco de suas vidas também — disse ele, distorcendo um ditado stygio.

Valéria percebeu que havia perdido seu cantil. Conan entregou-lhe o dele, e ela derramou um punhado de água na palma da mão em forma de concha, esfregou no rosto e depois bebeu dele profundamente.

— Ahhh! Se alguém lançou feitiços de caça para nós, eles funcionaram muito bem.

Os olhos de Conan se estreitaram, e ele grunhiu, pensativo.

12

DOIS DIAS DEPOIS, CONAN AINDA ESTAVA PENSATIVO ENQUANTO OLHAVA DE PASSAGEM PARA A carroça do sacerdote stygio. Como sempre, o condutor inexpressivo era tudo o que podia ser visto, mas o filete de fumaça de incenso e o som de cânticos mostravam a presença do terror calvo que tinha rosto de caveira.

Quanto mais ele considerava a caçada, menos natural parecia.

Os feitiços têm peso... mas garanto que minha espada é mais rápida, refletiu o cimério. *Ele convocará poucos demônios se sua cabeça estiver caída a um metro e meio de seu cadáver.*

Por alguma razão, o mago-sacerdote parecia ter um ódio de Valéria — e agora de Conan — que ia muito além da aversão generalizada que muitos stygios nutriam por estrangeiros. Com o pensamento de decapitar o homem, ele deixou a mão cair do punho da lâmina e trouxe o cavalo de volta a um meio-galope enquanto acompanhava o comboio.

Matar um hierofante da Serpente significaria que ele teria que matar todos os homens, mulheres e crianças stygios da expedição. Mesmo assim, *alguém* falaria. Sukhmet podia ser o rabo da Stygia, mas isso os machucaria no traseiro, como os arqueiros de Zarkabaal com o rinoceronte. As notícias chegariam até Luxor e Khemi, provavelmente de maneira nada natural e muito rapidamente.

Mesmo que ele fugisse daqui para o Mar de Vilayet e se escondesse em uma caverna quando chegasse lá, os stygios — e seus feiticeiros — iriam caçá-lo. Sua morte, quando enfim chegasse, não seria agradável.

Não importa qual seja a traição dele, não há evidência de que salvaria minha pele, ou a de Valéria, pensou ele. *Talvez um assassinato furtivo, à noite, sem ninguém saber. Já fiz isso antes — Yara em sua torre —, mas ele nunca soube que eu estava a caminho até que fosse tarde demais.*

Meneando a cabeça, ele deixou o pensamento de lado.

Eles tinham um rio para vadear e, mesmo sem escravizados para vigiar e menos carroças pesadamente carregadas de ferramentas e suprimentos, seria complicado. No terreno mais alto onde o curso d'água sem nome havia nascido, haviam visto nuvens de tempestade aglomeradas a leste, e a água havia subido. O fluxo estava mais profundo e poderoso, flexionando-se sob a superfície lisa como os grandes músculos de um lutador.

O ar também estava mais espesso, então a orla com seu sopro de frescor era um alívio sob o brilho do Sol do meio-dia. Assim como uma rajada estranha de borrifos trazidos pelo vento. Gelete aproximou-se dele enquanto Valéria e outro cavaleiro atravessavam a água para o outro lado, com uma corda pesada presa entre os dois. A extremidade da margem sul já estava amarrada a uma grande pedra.

O comandante nubako estava carrancudo.

— Você vê? — perguntou, apontando rio acima e rio abaixo.

Conan olhou, sabendo que não deveria ignorar as preocupações de alguém que conhecia a localidade melhor do que ele, e Gelete não era tolo nem covarde. Esta não era, nem de longe, a terra natal dos nubakos, mas era bastante semelhante a ela.

— Vejo o quê?

— Areia, lama, margens — respondeu Gelete.

Conan olhou novamente. O rio se estendia do terreno mais alto para o leste, e as margens não eram tão bem definidas. Havia bancos de areia e lama em ambos os lados de um trecho de água a cem metros de distância — mais ou menos meio tiro de arco —, e aqui e ali rio abaixo ele viu trechos de juncos e pântanos.

— Pistas dizem muita caça aqui — disse o nubako, e Conan lembrou a si mesmo de não confundir fluência com inteligência. Ele mesmo frequentemente sentia a língua presa nas voltas guturais. — Movem duas vezes no ano. Estação molhada, estação seca, sul–norte, norte–sul.

O stygio de Conan havia melhorado um pouco nesta viagem, o que o fez levar apenas alguns segundos para entender o que Gelete estava lhe dizendo. Este era um corredor pelo qual a caça migrava, um ponto de gargalo onde os movimentos sobre uma frente que abrangia quilômetros se estreitavam para cruzar a água. Ele tinha ouvido falar dessas grandes caminhadas, embora não fossem uma característica das terras do Norte.

Os vanires e aesires dizem que há migrações desses grandes cervos — caribu, eles os chamam — ao norte de sua fronteira.

Tão ao sul, as migrações podem ser enormes, massas abundantes de animais mais numerosos do que os habitantes de uma grande cidade. Ser pego em tal movimento seria mais um inconveniente.

— Agora não? — disse ele.

— Não, acabou — disse Gelete, apontando os locais onde as margens haviam sido pisoteadas. — Mas...

— Mas o quê? — perguntou Conan.

— Onde caça cruza rio, espere... é... espere... são... — Desta vez, demorou um pouco para entender o que ele queria dizer, e, por fim, ele teve que chamar um de seus homens, que tinha uma aljava de couro de crocodilo para guardar as flechas. — Besta dessa pele — disse Gelete quando o líder dos arqueiros montados se juntou a eles.

— Crocodilos — disse Conan. Zarkabaal completou a palavra stygia.

Maldição, pensou Conan. Ele tinha visto os animais algumas vezes, uma vez no Styx. Feras asquerosas que ficam à espreita, às vezes maiores que um homem, e havia um par de crânios de crocodilo do lado de fora do portão sul de Sukhmet...

Crom, aqueles crânios tinham metade da minha altura ou mais, lembrou. *E isso era apenas a cabeça.*

— Qual é o tamanho dos crocodilos aqui? — perguntou ele.

Os nubakos conversavam entre si, acrescentando em gestos largos. Gelete voltou-se para Conan e encolheu os ombros.

— Quando sai do ovo, desse tamanho. — Ele manteve as mãos a alguns centímetros de distância. — Mais velho, mais grande. Mais grande, grande, grande... — suas mãos mostravam incrementos de tamanho — ...até crocodilo morrer. Grande eu vejo em casa... minha altura, metade de novo. — Ele marcou a terra com o salto da sandália e então percorreu um trecho de pouco mais de três metros de comprimento. — Pesado como boi. Mas Nubaka, terra das colinas. Rio maior, crocodilo maior. Styx maior. Borda leste.

— O Styx? — indagou Conan. — Em Khemi, no fosso, não tão grande.

— Stygios caçam os grandes onde eles muitas pessoas, para gado seguro, crianças. Em Styx, por Nubaka, extremo sul, muito grande. Eu mostro.

Ele chamou um nome, e um de seus homens se aproximou. Ele tinha uma correia em volta do pescoço, e nela estava amarrado um dente. Ligeiramente curvado, pontiagudo e quase do mesmo comprimento que havia entre o dedo indicador e mínimo de Conan, se ele os abrisse. Se o resto do animal estivesse em proporção, era um crocodilo *muito grande*, sem dúvida.

— Crom — conjurou ele.

Conan olhou para o rio. Se os crocodilos atacassem rebanhos de caça durante uma migração, havia pouca esperança de que ficassem assustados com vozes humanas e respingos! Voltando-se, ele perguntou:

— Como ele matou *isso*? E por quê?

O homem conversou com seu chefe. Gelete virou-se para Conan.

— Pegue madeira forte, madeira de arco, ponta de lança dos dois lados. Dobre ao meio. Coloque na carne. Jogue para o crocodilo. Ele come, a carne vai embora para o estômago, o aço vai... — Ele fez um gesto repentino, como se uma mola dobrada de repente se abrisse. — Crocodilo não leva mais gado, crianças, mulheres que vão buscar água.

Conan grunhiu. Essa parecia uma maneira apropriada de lidar com as feras traiçoeiras, que podiam disparar de dentro da água para arrastar alguém e afogá-lo.

— Este não é um rio muito grande — disse Conan. — Não é pequeno, mas...

Gelete apontou para o oeste.

— Lá é grande. Crocodilo vem pela caça. — Então ele sorriu. — Carne de cauda de crocodilo boa em ensopado — acrescentou. — Couro muito... — um momento para consultar — ...bom. Bom, forte? Sim. Use para isso, para aquilo.

Conan pensou por um longo momento.

— Gelete, metade dos seus homens na margem norte, metade aqui, procurando por crocodilos.

O nubako assentiu e deu suas ordens. Metade de seus arqueiros trotou para dentro da água, segurando seus arcos e aljavas acima da cabeça — o que era tudo que precisavam fazer, devido às escassas vestimentas. A outra metade esperava com flechas nas cordas, cobrindo-as até que espirrassem na outra margem. Lá eles se enfileiraram ao longo da margem, arcos prontos, olhando para o caminho de onde tinham vindo.

Conan ordenou que os lacaios stygios entrassem na água, parando em grupos nas partes mais rasas da travessia. A essa altura, a corda pesada estava esticada o máximo possível, e as carroças estavam prontas. Prendendo o equipamento na montaria, ele se despiu, ficando apenas de calça e cinto, em que carregava a adaga — a espada não seria muito boa se estivesse nadando. Ele acompanhou a primeira carroça, com um grupo de homens na mesma quantidade de cordas amarradas na margem de onde vieram, segurando firme para evitar que ela tombasse.

A água puxava suas pernas enquanto ele cavalgava, e seu cavalo avançava com dificuldade, afundando até o peito e nadando em alguns pontos. Ele se virou para a costa norte e voltou para uma jangada improvisada que carregava uma boa parte do que restava de seus suprimentos, menos importantes agora que estavam a apenas dois dias de marcha dos assentamentos stygios mais distantes. Lá a comida poderia ser comprada — ou requisitada, para aqueles que estavam a serviço do reino.

Com a travessia totalmente em andamento, carroças após carroças seguiram, assim como filas de seguidores do acampamento com as bagagens embrulhadas sobre as cabeças, alguns carregando crianças aos berros.

Os gritos começaram assim que a jangada alcançou a margem norte.

A jangada encalhou, com os homens que esperavam por ela entrando na água até os joelhos para descarregá-la. De repente, houve gritos e uma saraivada de flechas dos nubakos na margem norte. Seus arcos poderosos dispararam as longas flechas para a água, e formas em armaduras de escamas longas irromperam, membros se debatendo e gêiseres aparecendo.

Conan virou a cabeça. Seu cavalo também se virou, mas ele teve que mantê-lo sob controle enquanto a montaria mostrava os dentes em um relincho, revirava os olhos e abaixava as orelhas. Um grupo de lacaios stygios estava na água, mergulhando as armas no caos, sem se importar com as flechas que caíam perto deles. Houve outro grito quando um deles repentinamente desapareceu em um borrão.

No mesmo instante, algo se lançou para fora do riacho em uma onda espumante de borrifo; grandes mandíbulas, mais longas do que os braços de um homem, fecharam-se sobre um torso inteiro que estava de pé e afundando para trás em uma torção que, por um segundo, lançou na vertical as pernas da vítima que se debatia. Então, a espuma foi tingida de vermelho.

Isso criou uma lacuna, e mais assassinos reptilianos passaram pelos lacaios, apesar de seus golpes frenéticos. As criaturas eram visíveis apenas pelas narinas, olhos e rastros que deixavam na água rasa.

O cavalo de Valéria empinou, com um grande crocodilo preso à barriga. Ela entrou na água quando a fera começou a chicotear a cabeça para frente e para trás para arrancar um pedaço de sua vítima. A carne se rasgou, os ossos quebraram, e as entranhas da montaria se derramaram na água, que estava rapidamente passando de um lodo pálido para um vermelho vivo. Instigados ainda mais pelo frenesi, mais predadores se dirigiram para ele.

Uma carroça virou quando meia dúzia dos grandes répteis atacou as mulas que a puxavam. O coro de gritos aterrorizados ficou mais alto e mais frenético.

A menos de uma dúzia de passos, um soldado stygio corria de um lado para o outro ao longo da margem norte, gritando com alguém na água e visivelmente se preparando para mergulhar. Ele hesitou demais, ou suas pernas agitadas ao longo da borda da água eram muito tentadoras. Um crocodilo lançou à margem metade de seu comprimento considerável, prendeu as mandíbulas em uma perna e arrastou-o de volta para a água, descuidado enquanto ele esfaqueava o crânio do animal, que tinha uma armadura de osso, e uma dúzia de flechas perfuravam a cabeça e os quartos dianteiros do crocodilo à queima-roupa.

Deve haver dezenas de bestas atacando, percebeu Conan.

— Crom, dê força ao meu braço! — gritou ele em voz alta. Nada aconteceu, é claro. Crom não respondia às orações. Mas seus olhos se fixaram em uma rocha que dividia a corrente a jusante do vau.

Ele se perguntou onde o sacerdote de Set tinha ido parar. Agora ele sabia.

O homem estava naquela rocha.

Não se agarrava como um gato encharcado rastejando para longe da morte reptiliana, também. Estava ajoelhado na superfície da rocha, de algum modo em plena forma cerimonial, como havia ficado para os sacrifícios na mina. E havia um corpo diante dele enquanto, entoando, erguia a faca curva. Era uma criança stygia, nua, amarrada e gritando enquanto o aço perfurava seu torso.

Outra figura havia sido empurrada para o lado, estripada.

Mais dois lutaram inutilmente contra as amarras.

Crom! Desta vez, o berro de Conan foi sem palavras, mas por baixo dele corria um pensamento. *Ele está invocando-os!*

O cimério batia com os calcanhares nos flancos do cavalo e açoitava as ancas com a ponta solta das rédeas. A fera se esquivou, tentou se virar contra a pressão do freio — naturalmente, já que esta luta não era dela, e sabia perfeitamente o que eram crocodilos e o que eles queriam. Então, com um relincho desesperado, mergulhou na água.

Conan foi direto para a corda esticada a jusante do vau, que agora estava enfeitada com homens e mulheres em pânico ali agarrados. Um homem desapareceu abruptamente enquanto ele observava, livre de seu desesperado aperto de dois braços envoltos na corda. Outro tentou *subir* na corda, e até conseguiu de certa forma... até que o focinho blindado de um crocodilo o soltou e atirou de volta para as presas que esperavam.

Mais perto, Conan pôde ver as formas compridas sob a água, suas caudas blindadas balançando enquanto deslizavam sem esforço pelo seu campo de caça natural. Dois se dirigiam para as pernas agitadas de seu cavalo.

Antes você do que eu, pangaré, pensou Conan.

Ele chutou os pés descalços para longe dos estribos e os ergueu, agachando-se sobre a sela. Quando a rápida aproximação do réptil se transformou em uma estocada, liberou todo o poder de suas longas pernas em um salto desesperado em direção à rocha em que seu inimigo forjava a magia. Ele voou por cima da corda e suas mãos estendidas se cravaram na água.

Um choque de frescor, e ele estava deslizando em direção à base da rocha que mal dava para ver. Resistiu ao impulso de olhar em volta freneticamente enquanto nadava, mas uma sombra em movimento na areia do fundo do rio acendeu um alerta instantâneo. Ele desviou para o lado no momento em que o crocodilo disparou, vindo da margem sul, e fechou as mandíbulas.

Ele agiu sem pensar, em um movimento de nó giratório. Sua mão esquerda agarrou a pata dianteira da fera, enquanto a direita arrancava a adaga de trinta centímetros de seu cinto e a cravava no alvo. Ele mirou na pele pálida e macia da base da garganta. A maior parte de um crocodilo era blindada por placas e escudos, mas apenas escamas finas cobriam a pele mais macia de suas partes inferiores.

Ambos os braços foram quase arrancados de seus ombros enquanto a besta convulsionava, de modo que a adaga não atingiu a garganta. Em vez disso, a ponta acertou a barriga do réptil, logo abaixo do esterno.

Conan soltou a pata dianteira e prendeu as duas mãos no cabo da adaga cravada. Seus pés bateram na lama arenosa do fundo do rio. Preparando-se, virando a ponta na direção contrária à do movimento do réptil, ele puxou com toda a força quando a cauda do crocodilo passou por ele. A lâmina afiada se arrastou para baixo, abrindo uma fenda de um metro e meio do esterno até o ponto central da barriga do animal, empurrando-o selvagemente enquanto cortava músculos duros e órgãos.

Então, tudo acabou, chicoteando a superfície em um lençol brilhante acima dele e enviando uma nuvem de sangue que escondia a luz.

O cimério flexionou os joelhos e disparou para cima, soltando um longo suspiro quando sua cabeça emergiu da superfície. Ele manteve um aperto mortal no punho da adaga, agora presa entre seus dentes enquanto ele nadava para a rocha que era o poleiro do mago.

Seus dedos das mãos e dos pés agarraram a pedra, e ele se ergueu com uma velocidade desesperada. Tinha que atacar antes que o sacerdote de Set soubesse de sua presença... e sair de um rio cheio de dentes fornecia um estímulo adicional.

O lado fendido do pequeno rochedo deu-lhe bons pontos de apoio, e ele subiu ágil como um macaco, mantendo a respiração sob controle. Quando passou pela borda da rocha até a superfície inclinada do topo, viu que o acaso o colocara atrás do stygio. Melhor ainda, o sacerdote-feiticeiro estava alheio, balançando-se, cantando e concentrado inteiramente em seu ritual.

No entanto, o último que seria sacrificado o viu, e os olhos do menino estavam arregalados quando Conan pulou sobre a borda e cobriu a distância de um metro e meio que o separava de seu inimigo.

— *Ry'lla, aie Setesh, aie Cthu...*

Com sua grande mão, segurou o pescoço do stygio, sufocando as palavras que não lhe faziam sentido. A outra pegou o cabo da adaga quando ele a deixou cair de seus dentes e apunhalou o feiticeiro, uma e outra vez, com toda a força de seu braço direito. O feiticeiro caiu embaixo dele, mas se contorceu — como uma cobra — muito além do ponto em que deveria estar morto.

Eles rolaram sobre a rocha, cara a cara agora, e os lábios do sacerdote se moveram novamente, cuspindo sons e também gotas de sangue:

— Set... lhe... amaldiçoe!

Conan enfiou a lâmina novamente, desta vez sob o queixo do rosto de falcão faminto, para cima e para dentro do cérebro. O brilho antinatural dos olhos escuros finalmente cessou.

O cimério caiu sobre um joelho, ofegante.

— Você me amaldiçoa? Eu *mato* você, porco stygio — rangeu ele. Então um pensamento lhe ocorreu. Ele olhou em volta e pegou uma bolsa de linho que continha os instrumentos de sacrifício do sacerdote. Um momento de corte e torção, e então a cabeça do sacerdote estava ali dentro.

O corpo foi para a borda com um chute, e houve um tumulto final de crocodilos enquanto lutavam pelo petisco sangrento. Conan ficou parado, controlando o frenesi da batalha e olhando para o vau.

Quase todas as pessoas e equipamentos restantes estavam na margem norte agora. O ataque em massa havia parado, as bestas estavam retornando ao seu comportamento natural, que não envolvia ataques coletivos além do ponto de encher suas barrigas.

O frenesi parou no instante em que o sacerdote morreu, pensou Conan severamente. Ele pegou a última criança viva enquanto saltava. Eles chapinharam na água, e Conan avançou até a margem norte.

Uma ponta de lança veio na sua direção...

...e acertou a boca de um crocodilo atrás dele. Ele girou amaldiçoando e agarrando a espada. As mandíbulas da fera se fecharam, cortando a dura madeira seca da extensa haste abaixo da longa ponta em forma de pirâmide, mas o mesmo poder de corte dirigiu a cabeça da lança para algo sensível. O animal soltou um berro e recuou, virando-se e mergulhando na água vermelha de sangue e repleta de corpos flutuantes de homens e animais.

O jovem de Coríntia jogou no chão a vara inútil que a mordida do crocodilo havia feito de sua lança. Seu cabelo castanho estava grudado em um rosto pálido pelo esforço e salpicado com o sangue de alguém, mas ele sorriu quando estendeu a mão.

A criança agarrou-se a Conan com braços e pernas quando ele chegou à terra firme, berrando em um volume ensurdecedor, embora não mais alto do que o choro de sua mãe ao vir correndo. Ela levou um momento para cair de joelhos e saudá-lo à maneira stygia, jogando os braços para cima, e, então, agarrou a criança ao peito.

Conan bagunçou o cabelo do menino e, então, segurou a mão de Brocas.

— Golpe astuto, irmão — disse ele. — Sua dívida está paga. Essas mandíbulas teriam se fechado no meu traseiro se você não tivesse dado aquela estocada nele.

— Agora *você me deve* uma caneca de cerveja — afirmou Brocas.

— Vou pagar e beber outra com você.

Então ele viu que os olhos da multidão estavam sobre ele e franziu a testa quando eles começaram um coro de brados e salves.

— Ao trabalho! — berrou Conan. — Façam uma contagem do equipamento e de quem está faltando!

Eles saltaram em obediência.

13

Depois que se armou o acampamento naquela noite, Conan fez um balanço com os outros líderes — Zarkabaal e Gelete — e com Valéria, que sustentava um sorriso misterioso e tinha um saco de lona a seus pés. Conan tinha seu próprio saco menor; era aquele em que estava a cabeça do sacerdote, e todos deram uma olhada nele.

Ele pretendia jogá-la fora para ver se até mesmo as hienas e as formigas teriam estômago para comer aquilo. Faria em breve, já que neste clima o mau cheiro seria logo perceptível, mas isso tinha que ser feito onde não fosse notado. Aquela reunião era tão privada quanto o próprio acampamento poderia ser, a fogueira estando a dez metros de distância de qualquer outra pessoa. Eles estavam à vista de dezenas de olhos, mas ninguém conseguia acompanhar a conversa.

Alguns dos lacaios stygios estavam se certificando de que ninguém chegasse muito perto, fazendo isso com entusiasmo. O frenesi dos crocodilos no vau havia elevado a posição de Conan aos olhos deles. Sair das águas mortais carregando o filho de um soldado stygio também foi algo bem-visto, e o feitiço do poleiro sacrificial do sacerdote havia durado até ele estar morto.

Todo mundo presumiu que os répteis o haviam pegado.

— Vocês todos viram — disse Conan, sua voz grave e séria — como os crocodilos pararam quando ele se foi. Três mortos e outra criança a seguir. — Ele cuspiu no fogo, lançando faíscas.

— Por que ninguém mais viu o sacerdote? — perguntou Zarkabaal, seus olhos ficando distantes por um momento enquanto ele se lembrava da formação da terra e da água. — Aquela rocha saltava aos olhos e ficava apenas um pouco rio abaixo do vau, talvez um quarto da distância de um tiro de arco, mas não vi nada até você pular na água com o menino.

— Sumos sacerdotes de Set são feiticeiros. Todos eles um pouco, alguns deles muito — disse Conan. — Clamei por Crom pouco antes de percebê-lo... Crom, o Deus do meu povo. Crom não ajuda, mas lhe dá forças para lutar por si mesmo.

— Muito cimério — murmurou Valéria baixinho.

Conan continuou:

— Então ele me deu forças para ver através da ilusão. — Ao ouvir essas palavras, escondidos das vistas de intrusos, o círculo ao redor da fogueira fez sinais e murmurou orações protetoras.

— Por quê? Por que sacerdote *ye'ibabi liji inati* faz o que faz? — questionou Gelete. — A maioria daqueles que os crocodilos comem, eles também stygios.

Valéria deu de ombros.

— Filhos de... governantes como esse geralmente não se importam muito com as pessoas comuns, na melhor das hipóteses — apontou ela. — Na *Stygia*? Os plebeus têm sorte de nobres e sacerdotes não escolherem comer seus filhos como leitões, porque, se quisessem, eles comeriam.

O chefe nubako assentiu com uma careta. Ele pareceu reconhecer a verdade do que ela havia dito, mas achou revoltante. Em resumo, Conan também. Um chefe cimério não tinha nenhum poder que seus guerreiros de clã não tivessem lhe dado. Sem a lealdade e braços de espada deles, o chefe não era nada. Isso era verdade entre a maioria dos bárbaros e, pela reação de Gelete, também era assim na casa dos Filhos do Leão.

Conan estava em terras civilizadas havia tempo suficiente para se acostumar com o comportamento deles, embora isso não significasse que ele tivesse que gostar disso.

— Ele odiava Valéria, por algum motivo — disse Conan. — Não sei o porquê, talvez por ela ser do Norte e se parecer com alguém dos contos antigos.

As pessoas dos reinos do Norte que surgiram das cinzas de Acheron se misturaram por completo com o povo que seus ancestrais tribais haviam derrotado nas migrações e guerras naquela época, apenas porque os descendentes de escravizados gradualmente conquistaram sua liberdade e se fundiram à população em geral ao longo de dezenas de gerações. Os homens de Poitain, no sul da Aquilônia, em sua maioria se pareciam muito com os zíngaros. Os kothianos tinham uma grande dose de sangue shemita, e alguns deles poderiam ter sido primos distantes de Zarkabaal, no que diz respeito à aparência, senão à fala, vestuário e costumes.

— Então ele... — Conan usou o pé para cutucar a bolsa — ...provavelmente fez isso para matá-la, e talvez me matar também. Qualquer outra pessoa... eles eram o preço do sucesso. O que ele pagou para contratar os crocodilos como mercenários, por assim dizer. A feitiçaria poderia fazê-los atacar, mas eles não poderiam diferenciar um humano do outro.

Ou talvez Khafset tenha pedido que ele fizesse isso, pensou Conan. *Nobres e sacerdotes andam juntos na Stygia — muitas vezes são da mesma família.*

— Além disso, perdemos o ouro — disse Zarkabaal desanimado, cutucando o fogo com um pedaço de pau até que faíscas voassem para cima, como mais estrelas na escuridão de uma noite de luar. — Eu mesmo vi aquela carroça virar, e meia dúzia de feras a transformou em estilhaços enquanto eu atirava nelas. A única coisa boa que saiu desta maldita viagem, e foi desperdiçada nos excrementos de algum crocodilo ou espalhada por quilômetros no leito do rio assombrado pelos brutamontes feios.

— Não, não foi. — Valéria riu, uma risada suave e rouca. — Não graças a *vocês*, porém, seus ferozes heróis barbudos. — Ela cutucou a bolsa de lona maior a seus pés. — Meu cavalo foi comido, eu *quase* fui devorada... mas mergulhei e tirei isso da carroça. Ambos. Ainda bem que os amarramos depois que quebramos as fechaduras, hein?

Houve um momento de silêncio ecoante.

— Isso exigiu coragem — observou Conan.

Todos eles olharam para ela com admiração, e ela se deleitou como uma grande felina dourada — a irmã humana do leão que quase havia arrancado a garganta de Conan. Isso o fez pensar no sacerdote stygio novamente, o que ajudou a amortecer a reação que olhar para Valéria tinha produzido nele.

— Eu era uma pirata. — Ela deu de ombros e dirigiu a ele um olhar de soslaio cheio de conhecimento zombeteiro. — Não é a primeira vez que entro em águas perigosas em busca de ouro. Um tubarão-tigre das Ilhas Barachas pode matar tanto quanto um crocodilo, e o mar salgado arde ainda mais nos ferimentos.

Conan estendeu a mão e com um grunhido levantou o saco. Foi um esforço inesperado para ele e provavelmente pesava quase tanto quanto Valéria.

— Como, em nome de Manannán Mac Lir, você conseguiu isso? Eles são *pesados*, e aquela água deve ter... dois ou três metros de profundidade?

O sorriso de Valéria se alargou.

— Eu os amarrei com uma corda e usei um cavalo para puxá-los da margem norte — disse ela. — Ninguém estava prestando muita atenção enquanto corriam aos gritos... e eu sou marinheira. De cordas eu entendo, Mitra sabe.

Houve murmúrios de admiração mais uma vez. Aquilo exigia não apenas coragem, mas habilidade e frieza de espírito.

— E muita gente viu a carroça virar. — Zarkabaal se vangloriou, erguendo a garrafa em um brinde e parecendo que queria esfregar as mãos ao mesmo tempo. — Agora podemos ficar com tudo! — Ele disse isso com esperança, mas sem muita convicção.

Conan e Gelete balançaram a cabeça.

— Não, se disséssemos que tudo tinha se perdido, no minuto em que qualquer um de nós mostrasse um brilho de ouro, pensariam que havíamos roubado tudo — apontou Conan. Então ele se iluminou. — Isso significa que podemos manter *mais*, no entanto. Digo, metade. O resto, temos que devolver.

Levou um momento para se debater o assunto, então Gelete concordou.

Valéria ficou em silêncio.

— Podemos apenas dizer que a outra metade se perdeu na travessia — continuou Conan. — Muitas carroças e equipamentos foram perdidos, e todos no comboio podem ser testemunhas. Se formos cuidadosos, ninguém além de nós quatro saberá, e podemos compartilhar com nossos seguidores mais tarde, como planejamos. — Era exatamente assim que a Irmandade Vermelha dividia um prêmio entre capitão, contramestre e tripulação.

Então Valéria se irritou.

— Eu deveria ter uma parte maior — rosnou. — Eu salvei *tudo*. — Ela deu a si mesma uma aparência de virtude piedosa, e Conan reprimiu uma risada. — E está tudo aí. Pode contar. Então... quatro quinhões para mim, isso seria justo.

Ele bufou.

— Você *é* uma pirata.

Todos eles riram, e Valéria mudou para ressentimento fingido.

— Não, eu *era* uma pirata — protestou ela. — Agora eu sou uma mercenária. Há uma diferença!

— Sim — disse Zarkabaal, friamente. — Pés secos, às vezes, e menos vômito. — Houve mais risadas com isso.

Eles se animaram substancialmente.

— Todos devemos concordar em dar a ela o dobro — disse Conan —, como se tivéssemos ganhado como líderes, tirando um pouco de todos. — Ele olhou para eles, um de cada vez. — Isso é justo. — Quando obteve o consentimento, e sem resmungar muito, continuou, pensativo, coçando o queixo quadrado: — Temos que esconder antes de ultrapassarmos a fronteira da terra herdada, mas não muito longe de Sukhmet. Quando quisermos, um homem a cavalo pode sair e voltar em um dia, dizendo que é uma "viagem de caça", talvez.

Houve mais acenos de cabeça, mas também olhares suspeitos. O que estava escondido poderia ser recuperado...

Zarkabaal cerrou os dentes e suspirou.

— Acho que Conan deveria enterrá-lo, e só ele deve saber onde — sugeriu o shemita. — Se todos nós quatro aqui soubermos onde fica... bem, meu povo tem um ditado. — Ele pronunciou uma série de palavras guturais e traduziu: — "Dois homens podem guardar um segredo, mas apenas se um deles estiver morto." O cimério é um homem de honra... para um pirata e um mercenário.

— Eu sou — disse Conan, sério como a morte, mas consciente do sorriso de Valéria. — Não vou enganar minha própria equipe ou meus companheiros de armas.

Gelete assentiu.

— Nós temos mesmo ditado sobre segredos — concordou ele. — Conan esconde, mas só Conan! — Ele olhou para Valéria. — Você corajosa, boa lutadora, mulher. Inteligente também, mas não conheço como conheço Conan. Muito lutador inteligente e corajoso rouba, se ele pode. Se *ela* pode também.

Ela assentiu, de boca fechada.

Antes que ela pudesse responder, uma mulher stygia — talvez meio stygia, com feições mais suaves e morenas do que o habitual rosto aquiloniano castanho-claro — aproximou-se, carregando uma panela de ensopado quente.

— Antílope, feijões e algumas das nossas últimas cebolas e verduras silvestres — disse ela, curvando-se e sorrindo abertamente devido ao gesto de agradecimento de Conan. Eles serviram suas tigelas. Os pacotes de especiarias do falecido comandante stygio haviam sido bem aproveitados pelo cozinheiro, que também sobreviveu.

— Isso gostoso — disse Gelete, estalando os lábios depois de provar. — Bom como primeira esposa fazia, Deus a tenha. — O nubako suspirou. — Ficaria ainda melhor com carne de rabo de crocodilo.

Conan balançou a cabeça.

— Não aqueles crocodilos.

— Por que não?

O cimério olhou ao redor do acampamento; eles haviam perdido quarenta ou cinquenta no vau.

— Você não saberia dizer quem era conhecido daquele crocodilo, se é que me entende.

Gelete caiu na gargalhada, assim como Zarkabaal e Valéria. Conan refletiu que, se ele podia brincar com isso, então seu domínio da língua stygia estava melhorando.

14

NA MANHÃ SEGUINTE, CONAN CAVALGOU AO LADO DE SEUS ESCARAMUÇADORES. COM A MÃO, ele gesticulou para Zarkabaal e os conduziu enquanto todos se espalhavam à frente... incluindo Valéria, que lhe lançou um olhar significativo por cima do ombro enquanto colocava o cavalo para trotar.

Ele sorriu ironicamente para si mesmo.

Quem dera aquele olhar fosse para mim, e não para o ouro!

Conan virou o cavalo para o leste, longe dos demais. O terreno era mais alto por ali, e cavalgar em direção ao Sol dificultava que qualquer outra pessoa visse aonde ele estava indo. De vez em quando, ele se abrigava, geralmente atrás de um grande baobá de tronco grosso e galhos inchados e retorcidos que sempre o faziam pensar que a planta tinha lepra. Uma subida rápida e um longo olhar asseguraram-lhe que não estava sendo seguido.

Pelo menos, não por qualquer coisa humana, pensou ele.

Esse pensamento ganhou sentido quando vários leões se levantaram e o observaram passar. Quando Conan olhou por cima do ombro, um deles lambeu os beiços com uma grande língua vermelha. Encarou Conan e o cavalo, suspirou e caiu na sombra de um cupinzeiro, onde rolou de costas para tirar uma soneca, com as grandes patas para o ar. Eles caçavam com mais frequência ao anoitecer e ao amanhecer. Não muito longe, abutres que brigavam por ossos provavelmente estavam limpando os restos da refeição matinal.

Parece antinatural, grandes felinos caçando em alcateias como lobos, pensou ele. *Bem, aqui não é a Ciméria.*

Enquanto cavalgava mais adiante, o cavalo bufou em advertência — não assustado, mas em alerta. Conan subiu uma elevação e viu um trecho de pântano onde o escoamento das colinas a leste criava um grande lago cercado por juncos. Dois elefantes caminhavam com dificuldade pelo pântano, usando as trombas para recolher as plantas que cresciam na água e enfiá-las na boca, batendo suas enormes orelhas em forma de leque em nuvens de insetos que os provocavam.

Um hipopótamo flutuava na lagoa, olhos e orelhas giratórias aparecendo sobre sua enorme cabeça quadrada como as de um sapo gigantesco. Ele soltou um jato de ar pelas narinas. Ao longo da margem, vários antílopes inclinavam a cabeça para a água; afastaram-se enquanto Conan cavalgava pelo cinturão cada vez mais espesso de árvores e arbustos.

Conan ergueu o arco, manteve uma flecha na corda, e seus olhos vagaram enquanto a montaria inclinava a cabeça e sorvia o líquido lamacento. Ele não ficou ali mais tempo do que o necessário. Nem os animais de caça, exceto aqueles como o elefante e o hipopótamo e alguns dos enormes búfalos pretos parados no pântano, completamente fartos.

Eles não precisam se preocupar com predadores à espreita — pelo contrário, se houver.

Seria um pequeno consolo saber que uma fera não iria comê-lo depois de enchê-lo de buracos, mordê-lo e parti-lo ao meio, ou esmagá-lo sob os pés.

— Isso nos coloca no nosso lugar, hein, Caithaona? — disse ele, usando o nome cimério que havia dado à sua montaria. Significava "Corcel de Batalha". Em seguida, deu um tapinha no pescoço do animal.

Certo, pensou ele.

Meia hora havia se passado, e ele estava consideravelmente mais no alto — o suficiente para que o ar passasse de *muito* quente para simplesmente quente. Às vezes, grandes rochas nuas bloqueavam sua visão, e, abaixo dele, a planície ondulante verde-amarronzada salpicada de árvores se estendia até onde se podia enxergar, com um brilho ocasional de água ou o rastro de nuvem poeirenta de um rebanho em movimento.

Nenhum assentamento humano estava à vista. A guerra havia passado por estes territórios muito tempo antes, quando os stygios chegaram ao sul dos desertos para fundar Sukhmet. Desde então, a mão deles pesava sobre a terra, com uma política geral de reduzir a população de volta à inofensividade indefesa sempre que mostrasse sinais de crescimento. Mantiveram o controle escravizando e exportando, ou massacrando em nome de Set, ou alguma combinação dos dois.

Às vezes, também surgiam pragas muito convenientes, que misteriosamente contornavam os stygios. Eles não tinham feito isso recentemente, porque, depois das primeiras vezes, pragas lhes foram lançadas de volta. Prova de que os mágicos e as divindades dos reinos negros circundantes também não deveriam ser ignorados.

Às vezes, montes de rochas nuas equilibravam-se umas sobre as outras em colunas de granito desgastado de aparência sobrenatural, ou amontoadas como uma pilha de cascalho monstruoso. Sempre que havia solo, crescia uma densa cobertura de árvores, entrelaçada com trepadeiras. O alvo de Conan era um tridente de pedra visível por quilômetros e cujas rochas eram de um distinto rosa ruborizado.

Alcançando a formação, ele amarrou o cavalo a um arbusto convenientemente perto de um fio d'água, mas com um laço não muito apertado, para o caso de algum leão ou leopardo aparecer. Então pendurou o arco e a aljava sobre o ombro, pelas alças, com as flechas e o arco apontando para a direita, e jogou os alforjes sobre o ombro esquerdo. E começou a subir.

Sorriu ao sentir o peso nas sacolas, vinte ou trinta quilos e o suficiente para fazê-lo grunhir um pouco. Ouro não era volumoso, mas era pesado, mais pesado que chumbo. Provavelmente foi a imaginação que fez esse peso parecer repleto de possibilidades, em vez de apenas pesado. O suor era... diferente de alguma forma, quando escorria enquanto ele carregava um tesouro conquistado no fio da espada para um esconderijo que só ele conheceria.

Conan subiu a encosta cuidadosamente — ele não estava tentando chegar ao topo, estava apenas à procura de um bom local enquanto memorizava o caminho por onde viera. Essa parte não foi difícil. Ele sempre teve um bom olho para terrenos. O local em que pisava era mais duro; ele raramente havia encontrado esse tipo de região rochosa nua antes, mesmo nas colinas pedregosas da Ciméria. Testou cada pisada antes de transferir o peso. Por fim, chegou a um parapeito com uma beira perpendicular de quase dois metros e meio e outra saliência estreita acima dela. Mais adiante...

— Lir e Manannán mac Lir! — conjurou em deleite.

Acima dele, duas lajes gigantescas repousavam uma na outra. Onde elas se encontravam, havia um triângulo torto de escuridão, vinte passos de largura na base e metade disso de altura. Parecia recuar um pouco na encosta, o que era perfeito.

Recuando para a borda externa da saliência, Conan cuidadosamente jogou os alforjes na superfície seguinte. As bolsas eram de algum tipo de couro grosso e resistente, que, se tratado de maneira diferente, daria um bom escudo. Elas pousaram lá em cima com um baque surdo, bem para o lado. Dessa forma, ele não procuraria um ponto de apoio e, em vez disso, inadvertidamente pegaria as sacolas.

Só havia espaço para quatro passos entre ele e a elevação quase vertical de dois metros e meio, e ele analisou a rocha cuidadosamente — estava familiarizado com esse tipo de terreno. Dando dois passos rápidos, agachou-se e *saltou*. Seu pé pousou em uma crista fraca a um metro e meio de altura, e suas mãos bateram na borda inclinada, onde a rocha era lisa como granito, mas ondulada pelo uso. Ele não empurrou muito com o pé, mas o firmou enquanto segurava a rocha com os dedos e dava um rápido impulso.

Isso o levou a ficar agachado diante da entrada da...

Caverna!, pensou ele, exultante. Isso foi perfeito. *É* mesmo *uma caverna*.

Os alforjes não estavam totalmente cheios de ouro. Ele puxou uma tocha de um deles, um pedaço de pau-ferro de ponta lascada em que estava amarrada uma corda embebida no líquido preto que vertia do solo por ali — ele também o viu no Leste, perto do Mar de Vilayet. Às vezes, vertentes como essa pegavam fogo e queimavam eternamente.

Verificando o alforje, confirmou que também tinha uma segunda tocha. Puxando sílex, aço e uma pitada de musgo seco da pequena bolsa em seu cinto, usou-os e soprou com cautela. O musgo se acendeu, e ele trouxe a primeira tocha para mais perto, movendo as bordas alcatroadas e puídas da corda para a pequena chama. A faísca oscilou enquanto ele a soprava e se firmou, chamas azuis se espalhando sobre a superfície da corda encharcada e, em seguida, adicionando amarelo e vermelho enquanto cresciam.

Com um grunhido de satisfação, ele guardou o sílex e o aço de volta na bolsa e puxou o cinto para que a espada ficasse pendurada no lugar de sempre. Acender fogo dessa maneira era uma habilidade que seu pai, o ferreiro, havia lhe ensinado. Na maioria das vezes, a mãe de Conan tinha que ir buscar uma brasa na fornalha e levá-la à lareira. Valéria fazia o mesmo. Ela não conseguia acender uma fogueira mesmo com um balde de carvão já aceso.

Isso era uma desvantagem menor a bordo.

Não consigo parar de pensar nela, pensou Conan. *Inconveniência maldita*. Ele balançou a cabeça para clareá-la. *Agora, ao trabalho*. Pegando a tocha acesa com a mão esquerda, ele desembainhou a espada com a direita. Não era impossível que homens pudessem usar esta caverna e era bastante provável que *algo mais* — talvez ainda mais perigoso — estivesse se escondendo lá.

A luz avermelhada lançava sombras bruxuleantes acima e ao redor enquanto ele seguia cautelosamente o túnel em declive. Havia fuligem na rocha acima, mas era desbotada e antiga. O ar estava seco, e não havia infiltração de água que ele pudesse ver. Isso indicava uma certa quantidade de tempo, e mais. Humanos — ou algo que precisava de fogo para iluminar — vieram para cá, mas não por muito tempo.

Cada vez melhor, pensou. *Não é difícil de chegar aqui, mas há grandes chances de alguém tropeçar pelo caminho.*

A luz do Sol desapareceu atrás dele, principalmente depois que ele passou por um ponto estreito que fazia uma curva acentuada para a direita. Então o chão tornou a subir, entrando na massa rochosa da colina, e, por um trecho de metros, Conan teve que se curvar o dobro antes que as coisas se abrissem novamente.

Depois de um tempo, ele notou algo nas paredes e parou com um grunhido de interesse, levantando a tocha.

Havia pinturas que usavam habilmente as cores, saliências e protuberâncias naturais da pedra, mas em nenhum estilo ou maneira que ele tivesse visto em todas as suas viagens. Cenas da caça: pequenos bonecos com arcos e dardos caçando antílopes, ou leões, ou uma vez um elefante com a tromba erguida em um pântano. Vários animais, incluindo um gado com pintas pretas e brancas, representados com carinho.

Havia representações de guerra e cerimônia; batalhas em que arqueiros baixos pintados na cor vermelha lutavam contra figuras mais altas e escuras com escudos de couro em forma de amêndoa e lanças de lâmina larga e machados. Ou os arqueiros e lanceiros lutando juntos contra monstros — quimeras de homens e bestas, ou homens com cabeças de naja. Essas podiam ser representações simbólicas dos stygios, ou podiam ser os verdadeiros homens-serpentes dos quais se falava nos contos mais antigos, desde os tempos de horror antes de os oceanos beberem a Atlântida e as cidades dos sonhos.

Estes deram lugar a cenas de dança, ou de sacrifício, oferendas aos deuses do gado, das cabras e das ovelhas, ou fileiras reunidas levantando lanças em homenagem a uma figura maior e mais elaboradamente decorada que estava acima deles, em uma rocha. Podia ser um general, ou um grande rei... ou um deus, ou uma combinação deles.

Tudo parecia muito velho, ainda mais velho do que a última fuligem da tocha.

O túnel não se ramificava, embora ele não pudesse ver sinais de marcas de ferramentas nas paredes. Por fim, abriu-se para uma caverna, suavemente pavimentada com areia. Conan ergueu a tocha bem alto — ainda estava queimando bem, apesar de ele planejar acender a segunda para a viagem de volta. Ele percebeu que, pela primeira vez desde o desembarque na costa de Shem, estava bem refrescado. Havia uma temperatura primaveril que emanava dos ossos da Terra, longe do Sol escaldante acima.

O metal brilhava à frente, através da caverna. Ele enrijeceu e apertou mais o punho da espada, mas o brilho não se movia. Conan aproximou-se cautelosamente agachado, com a espada pronta; então, endireitou-se quando o círculo de luz da tocha deixou cada vez mais claro o que se apoiava naquela parede.

Não era apenas uma caverna: era uma tumba.

A tumba de um rei, ainda por cima, pensou ele.

O trono era uma massa maciça de marfim e ébano esculpidos; atrás, havia duas presas cruzadas uma sobre a outra, maiores do que qualquer outra que ele já vira antes. A figura sentada ali estava desidratada, mas de forma natural, não com a elaborada mumificação que os stygios praticavam. Estava quase nu, então a grande ferida no torso que o matara ainda aparecia. O corpo devia estar quase vazio de sangue mesmo antes de ser trazido aqui para seu lugar de descanso final.

Sobre as coxas do rei morto, repousava uma lança com cabo de pau-ferro que até mesmo Conan teria achado se tratar do maior peso que podia aguentar. A cabeça curvada trazia algo que não era bem uma coroa como ele tinha visto os reis do Norte usarem. Era mais como um diadema de ouro, cravejado de gemas polidas e não lapidadas em abundância bárbara e restos de plumas de pássaros raros. Diante de seus pés, havia tesouros espalhados — armas enferrujadas, escudos esfarrapados, mais marfim, joias, uma pilha de depósitos empoeirados misturados com coisas que poderiam ter sido pano ou madeira comum antes de se decomporem em pó.

Nada havia sido atacado por animais, pássaros ou insetos.

Isso não é natural, pensou ele com um formigamento na espinha.

A superfície alta atrás do trono expunha mais vívidos contos antigos de batalha e farra selvagem e, no centro deles, uma imagem enorme do que ele tinha certeza que era o próprio rei morto, lança e escudo erguidos acima da cabeça. O ar não tinha cheiro de decomposição, apenas um cheiro tranquilo de...

Antiguidade, pensou ele.

Ao se aproximar, Conan sentiu uma pressão — não hostil, mas uma voz de alma estranha e intransigente.

Vá embora, disse. *Não toque em nada e* vá embora.

O cimério se endireitou e ergueu a espada em saudação.

— Grande Rei, soberano e guerreiro, não tocarei em nada seu. Eu o saúdo, pois também sou um guerreiro, e ofereço este tributo, por sua autorização e proteção. — Ele se ajoelhou e largou os alforjes. De dentro, puxou um dos lingotes de ouro do tamanho da palma da mão e o colocou entre os outros tesouros.

Houve um momento de silêncio ecoante.

Então a sensação voltou, redobrada — de que ele deveria ir embora —, mas desta vez foi um aviso, como o grito de um companheiro de batalha.

Atrás de você!

Havia coisas que seria loucura ignorar.

Ele inclinou a cabeça novamente e se virou para refazer seus passos, deixando cair os alforjes do lado de fora da entrada da câmara da caverna. Deste lado, ele podia ver algo sobre o arco natural que não havia notado antes: uma enorme mão pintada, com a palma para fora.

Conan parou apenas para puxar e acender a segunda tocha, e então refez seus passos, desta vez mais rápido do que viera.

Obrigado pelo aviso, antigo rei!

O trono era uma massa maciça de marfim e ébano esculpidos.

15

O CAVALO DE CONAN AINDA ESTAVA ONDE ELE O HAVIA AMARRADO, MAS BALANÇAVA A CABEÇA E revirava os olhos, com um suor pelo corpo que não poderia ser resultado de ficar parado na água sob a sombra dos arbustos. Conan pendurou o estojo do arco e a aljava de volta na sela e apertou a cilha.

O cavalo estava nervoso demais para empregar seu truque usual de inflar a barriga para deixar a cilha solta. Conan saltou para a sela.

— Muito bem, Caithaona, vamos voltar para nossos amigos.

O caminho estreito e sinuoso os escondia dos observadores abaixo, mas Conan não gostou da *sensação* desta vez. As laterais altas e íngremes cobertas por vinhas e arbustos estavam quietas, quietas demais — poucos pássaros, nenhum disparo do minúsculo antílope do tamanho de um coelho que frequentava locais íngremes aqui, nenhum grito de um damão-do-cabo diante da toca. Cada detalhe era diferente daqueles das terras onde ele nascera, mas o efeito geral era muito familiar. Algo perigoso estava à espreita nesses desfiladeiros rochosos, e todos que podiam haviam se enfiado na terra.

Ele olhou para cima.

Largas asas pretas se mostraram no céu azul da tarde. Abutres e milhafres, em patrulha pelas matanças que eram uma constante da vida aqui, como na maioria dos lugares. Mas o que havia morrido provavelmente seria maior e mais carnudo do que em terras menos abundantes em animais.

A ravina se abriu, tornando-se rochosa, em vez de arenosa, e mais íngreme por um instante enquanto descia para o cinturão de árvores e arbustos no sopé das escarpas, onde começava a savana sinuosa e sua grama alta. O vento vinha de trás, quente devido à superfície das colinas rochosas aquecida pelo Sol, e ainda assim reinava um silêncio mortal, exceto pelo zumbido dos insetos.

Houve um *clique* de pedra sobre pedra.

Acontece que, ao descer o terreno inclinado, as ancas do cavalo estavam contraídas, e ele saltou, descendo a encosta e aterrissando em um tropeço, fazendo o cavaleiro prender as pernas com força ao seu redor. Conan captou um movimento com o canto do olho, mais um lampejo de sombra do que qualquer outra coisa. Ele puxou a espada e golpeou para trás, para a direita e para cima, em um rápido reflexo.

A lâmina pesada cortou o ar com um silvo, e então houve o baque do impacto em músculos e ossos. O ângulo era estranho, mas o cheiro salgado de sangue fresco indicou que ele tinha acertado em cheio, e houve um grito ensurdecedor que estava a meio caminho entre o de um homem e o de um grande felino.

O cavalo não parou, saltando pelos seixos rochosos e arbustos o mais rápido que podia, mas Conan podia sentir que ainda estava no controle. O lanceiro stygio que havia treinado o cavalo estava morto na mina de Wedi Shebelli, mas fizera um bom trabalho ao superar a natural característica dos cavalos de ficarem inquietos diante de sangue derramado.

Conan teve tempo suficiente para se curvar sobre a sela e virar a cabeça para olhar para trás. Era um animal, como ele pensava — um babuíno macho, mas da raça gigante da savana do sul da qual tinha ouvido falar, mas não visto. Era maior do que ele e mais pesado, com uma enorme juba em volta do rosto, que era como o de um lobo, até os olhos amarelo-âmbar, exceto pela testa mais alta. Ele devia ter estendido a pata esquerda para agarrar a presa, mas agora ela estava dividida até o pulso, entre os dois dedos médios.

O sangue jorrou, e o animal se debateu e rolou em uma nuvem de poeira, galhos e pedras, sacudindo o membro e gritando sem parar pela boca escancarada que se abriu, ladeada por dentes que um leão respeitaria. Então ele caiu, choramingando, e o fluxo de sangue diminuiu. A espada deve ter acertado as grandes veias ao cortar o pulso.

Eles caçam em bandos, dizem as histórias.

Conan e a montaria agora abriram caminho pelos arbustos espessos, onde as colinas encontravam a savana e o escoamento das encostas fornecia mais água do que mais adiante. Sentiram-se tremores de movimento de ambos os lados, e o pelo castanho-cáqui quase da cor do solo podia vislumbrado através de folhas, flores, espinhos e trepadeiras desgrenhadas. Ele fez uma contagem aproximada; pelo menos uma dúzia deles, e, se o cavalo caísse, eles o cercariam como abutres sobre um cadáver.

Eu também seria um cadáver, pensou ele, gargalhando aos berros, emitindo um grito de guerra cimério que também era uma provocação.

Ele se curvou sobre o pescoço da montaria, incitando-a. A moita ficou mais rala, e ele viu os babuínos mais claramente. Eles corriam nas quatro patas, em um ritmo oscilante, as dianteiras batendo no chão, e as ancas — mais baixas que os ombros —, impulsionando-os para frente em saltos que os deixavam tão rápidos quanto o cavalo, pelo menos por um tempo. O cimério limpou a espada e deslizou-a de volta para a bainha, uma tarefa nada fácil enquanto o cavalo galopava por um terreno acidentado.

Espuma começou a salpicar o pescoço da montaria ruana castrada, espalhando-se pelas coxas e pelo corpo. Caithaona também não poderia manter isso para sempre. Quando saíram para o pasto sinuoso, ele puxou o arco shemita para fora do estojo, depois uma flecha, e deixou as rédeas caírem sobre o pescoço do cavalo, no pito da sela. A montaria diminuiu um pouco quando Conan se inclinou para trás, permanecendo obediente mesmo com uma dúzia de grandes predadores atrás deles, a respiração trazendo-lhe o fedor de carne podre dos carnívoros.

O ranger do couro, o bater abafado e forte das ferraduras na relva, o estalo mais seco da passagem dos babuínos e os estridentes gritos de caça de suas gargantas.

Ele podia vê-los melhor agora; estavam espalhados em um semicírculo de pontas quase emparelhadas com ele. As fêmeas da tropa constituíam a maior parte dos perseguidores, e provavelmente mais algumas estavam em algum lugar atrás dele, cuidando dos filhotes, mas essas eram caçadoras formidáveis por si mesmas. A maioria pesava o mesmo que ele, e provavelmente era mais forte, todos eles. No meio da formação, um trio atrás dele era composto por machos, com jubas desgrenhadas ao redor de focinhos vulpinos, mas não tão grossos quanto o do primeiro que Conan havia derrubado — aquele provavelmente havia sido o pai deles, se outros caçadores de matilha servissem de parâmetro.

Todos tinham línguas vermelhas pendendo pelas presas, e aqueles olhos âmbar inteligentes demais...

Conan olhou para frente e praguejou. Havia uma crista íngreme, e o bando estava conduzindo-o para lá.

Seus joelhos guiaram o cavalo para a esquerda. A montaria obedeceu, mas os babuínos pressionaram mais para interrompê-lo. Ele teve que cobrir mais terreno, desviando-se de um salto em linha reta. As feras eram muito mais perspicazes do que lobos ou cães, mas tinham pouca experiência com arqueiros montados.

O babuíno que estava na ponta esquerda da formação do bando era uma fêmea grande e esguia que devia pesar meros noventa quilos. O porte dela lembrava as lendas dos lobos-homens, ou os espíritos que, diziam, assombravam as fronteiras de Argos e Zíngara. Sua boca ofegante estava escancarada, a língua, pendurada, fios de saliva soprados pela passagem de seu ritmo galopante. Conan ficou um pouco parado na sela e deixou os joelhos funcionarem como molas. Quando um shemita ou hirkaniano fazia isso, a parte superior do corpo mal parecia se mover.

Mas eles nasceram para isso, pensou Conan. *É para onde vai a flecha que importa, no final.*

A haste passou pelo ângulo de sua mandíbula, e um estalo seco se seguiu quando ele deixou a corda se soltar de seus dedos. Força bruta não era suficiente para puxar um arco pesado como este — ele precisava conhecer o truque de fazer uso do abdômen e da lombar, não apenas dos braços e ombros. E...

Snap.

A flecha chegou perto o suficiente do focinho da babuíno fêmea para dar-lhe uma pancada surpreendente no ponto sensível. Ela saltou quase dois metros no ar, gritando e batendo no órgão ferido, tropeçou meia dúzia de passos com o impulso e a aterrissagem ruim... e então ficou de pé e galopando duas vezes mais rápido. Talvez agora fosse um assunto pessoal para ela.

Conan perdeu menos de um segundo em pensamentos cruéis sobre arquearia a cavalo e colocou outra flecha na corda.

— Deixe que cheguem mais perto — murmurou ele.

O terreno se elevou, e o cavalo estava se esforçando ainda mais agora. Os babuínos não estavam carregando cavaleiros, mas a montaria, sim, e ele era um homem grande com um bom peso de equipamento. A queda íngreme para a qual o bando o conduzia estava à direita, mas a colina ainda era ruim o suficiente. Um pouco mais à esquerda, em direção a onde havia um barulho que estava ficando mais alto...

Os dois babuínos daquele lado se curvaram para ele, perto o suficiente para que ele pudesse ouvir sua respiração ofegante por cima do tamborilar dos cascos, o ranger do couro e o bater das próprias patas deles no chão. Eles ignoraram o arco quando Conan o ergueu — afinal, não havia machucado a companheira de matilha da última vez.

Snap.

A babuíno fêmea líder saltou novamente, mas desta vez houve um forte som molhado quando a flecha perfurou o torso dela. Ela caiu em meio a um turbilhão de poeira e pedaços de grama da savana e, então, em um gesto horrivelmente humano, arrancou a flecha e desabou, tossindo gotas de sangue e pulmão em um som torturante. O animal atrás dela tentou frear em uma nuvem derrapante. Isso a congelou enquanto Conan puxava outra flecha para o ângulo de sua mandíbula e atirava.

Snap.

Esta entrou e saiu da garganta da besta em um jato duplo de vermelho. Conan abaixou a cabeça e bateu com os calcanhares nos flancos de sua montaria. Subindo e cobrindo a colina, ele estava na savana sinuosa propriamente dita, com apenas alguns morros altos no horizonte, a noroeste, para que tivesse certeza de seu curso.

Ele olhou para trás e xingou.

Os babuínos estavam mais atrás, mas se espalhando na mesma formação de foice e mantendo a perseguição, embora um pouco mais lentos, o que era uma sorte, já que ele tinha que deixar o cavalo diminuir o ritmo também, ou o bicho cairia morto debaixo dele.

Conan mostrou os dentes diante da vista. Aquilo não era natural, porque os babuínos estavam agindo como se fosse uma *ofensiva*. Predadores não *lutam* contra suas presas, não em um sentido humano. Matam por comida, ou por diversão, se for fácil. Se a presa for muito perigosa ou se saísse do território deles, simplesmente iam embora e matavam outra coisa. Lobos e bandos de leões só lutavam contra a própria espécie por questões de alcateia e acasalamento.

Set... lhe... amaldiçoe. As últimas palavras do mago-sacerdote stygio ecoaram em sua mente; e com elas veio a lembrança do leão atacando-o.

E aquele rinoceronte indo atrás de Valéria, pensou.

Então lembrou-se do leão que apenas o olhou nesta manhã e lentamente sorriu. Podia haver uma maldição, mas não podia ter sido poderosa o suficiente para voltar *todos* os animais desta terra contra Conan. Ele teria sido feito em pedaços, esmagado até virar pasta, devorado, ou todos os três, se fosse assim. Aqueles leões o teriam atacado, em vez de apenas lamber os beiços.

Nesse caso, talvez ele pudesse pagar na mesma moeda.

Conan olhou para frente, examinando a terra e suas próprias memórias. Todos aqueles espinheiros de copa chata pareciam iguais, mas havia quatro perto daquela rocha, e lá estavam os abutres... Ele impulsionou o cavalo de um meio-galope para um galope cambaleante — tudo o que pôde fazer depois da corrida louca das colinas da caverna. O vento soprava do oeste, e o cavalo começou a relinchar e sacudir a cabeça ao farejar o predador, mas também sabia o que os perseguia.

Os leões cochilavam, espalhados à sombra das árvores. Ao som de cascos, um deles saltou de pé, e um filhote gritou e correu para o abrigo de uma pedra próxima. *Aquele* grito de medo e angústia fez com que todos se levantassem, e mais filhotes seguiram o primeiro. Dez pares de olhos amarelos — oito fêmeas e dois machos de grandes jubas, provavelmente irmãos — cravados nele e lábios puxados para trás sobre dentes que ele podia ver com clareza, provavelmente em meio a rosnados que não conseguia ouvir.

Conan soltou um grito de guerra cimério, do tipo usado em uma investida. Ele havia gritado o mesmo desafio quando subiu as escadas para o muro de Velitrium, quando ainda era um jovem de 15 anos.

Os leões andavam em círculos, zangados e confusos...

Então, avistaram e sentiram o cheiro dos babuínos das grandes planícies que o seguiam. Isso era algo que eles entendiam; um inimigo, como um bando de hienas, querendo pegar a comida deles e matar os filhotes.

Conan abaixou a cabeça sobre o pescoço do cavalo e o açoitou com as pontas soltas das rédeas, esquerda-direita-esquerda. A montaria mal precisava disso, com outro grupo de comedores de carne ao alcance da vista, da audição e do olfato. Um rugido saiu dos dois irmãos machos, espalhando-se alto a apenas alguns metros de distância, um som que fez os pelos se arrepiarem ao longo de sua espinha — porque, em um nível muito abaixo da consciência, dizia *esta fera devora homens*.

A postura na sela permitiu que Conan olhasse para trás enquanto os babuínos gigantes percebiam para onde estavam galopando. Uma leoa e um babuíno passaram rolando em uma nuvem de poeira, até que o grande felino conseguiu erguer as patas traseiras e levá-las para baixo em uma chuva de sangue e intestinos rosados. Todos os três babuínos machos pularam sobre um leão de juba e caíram em um emaranhado de patas e mandíbulas enquanto o irmão dançava ao redor do emaranhado, golpeando com ambas as patas em bofetadas rápidas — bofetadas com garras longas e afiadas.

Conan virou o rosto para o oeste e sorriu ainda mais quando o coro de rosnados e gritos, rugidos de raiva e gritos de dor ficaram para trás. Depois de um tempo, deixou o cavalo andar cambaleantemente e, mais tarde, desceu da sela para conduzi-lo por um tempo. Ele precisaria de alguns dias na manada reserva antes de poder ser usado novamente.

Isso se não morresse antes de Conan voltar ao ponto de encontro.

Ele deu sonoras gargalhadas em direção ao céu, fazendo com que uma revoada de pássaros alçasse voo de um matagal próximo.

— A maldição errou de novo!

16

Conan manteve o rosto impassível enquanto levantava o baú de lingotes de ouro, deixando-o cair sobre a mesa do governador com um baque surdo e abafado, e abriu a tampa.

Esse vazio o tornava muito menos conspícuo do que as elaboradas expressões de virtuosa ignorância que Valéria, Zarkabaal e Gelete haviam colado em seus rostos. Zarallo e o corpulento governador de Sukhmet e suas terras vizinhas...

Wenamun, esse é o nome dele, pensou Conan, arrancando-o da memória. *E não é como um parasita rechonchudo que só aparece quando se coloca ouro na mesa?*

... ambos olharam para eles com desconfiança. Qualquer homem que fosse um líder teria feito o mesmo, uma vez que haviam instintivamente adotado expressões usadas para disfarçar a culpa.

O governador era um stygio atarracado no final da meia-idade, seus olhos escuros e astutos em um rosto declaradamente grotesco aos olhos do cimério devido ao *kohl* que circundava a fonte daquele olhar suspeito. Wenamun passou os dedos em cada lateral de um nemés de linho cujas pontas pendiam em seu peito.

— Essa quantidade é insuficiente — disse. — Você deveria ter feito os lacaios vasculharem o fundo do vau após o ataque dos crocodilos!

O escrivão de Zarallo traduziu para o idioma do Norte usado pelos mercenários o que o burocrata stygio e nobre menor havia dito. Pelas cicatrizes, o escrivão já havia sido um soldado e lutou para não demonstrar seu desprezo e desdém enquanto traduzia as palavras do stygio. Havia muito de ambos na voz rouca de Wenamun também, mas Conan estava bastante confiante de que estavam direcionados a um alvo diferente.

Conan abriu as mãos grandes e maltratadas.

— Como… senhor? — indagou ele. — Eles não iriam voltar para a água sangrenta que tinha consumido seus camaradas e tantos seguidores do acampamento, confiando no meu comando. Eu não fazia parte da cadeia de comando deles. Eu comandava os batedores da companhia, não as tropas stygias, agindo como líder apenas porque os deles estavam mortos. Eles poderiam ter obedecido um líder stygio que lhes desse essa ordem. Não me obedeceriam, e eu não tinha como obrigá-los. — Ele gesticulou para trás. — A batedora Valéria aqui resgatou o único baú por iniciativa própria. Eu não disse a ela para fazer isso. — E acrescentou: — Senhor.

— Concordo com meu comandante batedor — disse Zarallo suavemente. — Ele não podia comandar as tropas stygias.

Wenamun inchou, parecendo que iria explodir no final do processo. A nata da piada era que ele não podia discordar do que eles estavam dizendo — Luxor condenaria tal deslealdade e difamação da superioridade divina dos stygios.

A ira do governador contrastava com a opulência suave e silenciosa de seus arredores. A câmara do segundo andar dava para um pátio com piscinas, flores de lótus e buganvílias dispostas sobre treliças arqueadas. Elas podiam ser claramente vistas entre esbeltos pilares de pedra esculpidos e pintados para se assemelharem a feixes de caules de papiro.

O resto da grande sala estava repleto de móveis baixos de madeira esculpida e incrustada em um piso de mármore, com figuras mais altas que humanos esculpidas e pintadas nas paredes estilizadas à moda da Stygia — os ombros sempre de frente, para começar, e o rosto sempre de perfil. Em grande parte, estavam envolvidas em caçadas ou rituais. Em uma parede, havia uma serpente de bronze erguendo a cabeça; água saía de sua boca com presas e caía em uma bacia de pedra esculpida.

Ser governador aqui não é um cargo de alto escalão, pensou Conan, *mas é bem pago. Não é surpreendente, quando o ouro é a razão deste posto avançado.*

Wenamun tirou um dos lingotes do baú e o empurrou sobre a mesa à sua frente.

— Capitão Zarallo — disse ele. — Acredito que seus homens salvaram o que poderia ser salvo. Tome isso como uma recompensa para eles e para você.

Ele falou como se as palavras machucassem a sua boca. Três funcionários stygios de cabeça raspada que usavam saiotes e sandálias estavam sentados de pernas cruzadas em esteiras ao lado da cadeira do governador. Um usou um cálamo para fazer uma marca no rolo de papiro que segurava, enquanto os outros dois se levantaram, esvaziaram o baú, contaram e pesaram os lingotes, embalaram-nos novamente e amarraram o baú com cordas e selos de cera com o carimbo do governador. Como isso estava sendo feito em público, Wenamun teria que enviar tudo para Luxor sem a habitual dedução conduzida por debaixo dos panos.

Atrás dele, três garotas que usavam apenas adereços de cabeça enfeitados com penas, cada uma com um colar de contas em volta da cintura, agitavam leques de penas brancas de avestruz em triângulos de ouro e turquesa montados em hastes de ébano para lançar uma brisa refrescante na corpulência suada de Wenamun. Os olhos de Conan se desviaram para elas. Duas eram garotas locais, negras como azeviche e esculturais, com mais penas coloridas nos cabelos, e a terceira era uma nortista loira, passável em aparência, mas uma raridade exótica aqui, o que provavelmente a tornava muito cara.

Valéria o viu olhando e ergueu uma sobrancelha.

Conan deu de ombros levemente.

Bem, se você *não está interessada...*

Ela bufou levemente quando eles saíram da mansão do governador, cujo olhar maquiado desmentia as palavras lisonjeiras. Zarallo evitou qualquer brincadeira enquanto dava alguns passos e se virou para confrontá-los, seu cavanhaque e bigode eriçados enquanto olhava para a inocência insípida e amena de seus rostos. Os poucos moradores nas proximidades formaram uma bolha de espaço em torno dos estrangeiros, que estavam armados e pareciam perigosos.

— Quanto? — perguntou ele.

Eles se entreolharam.

— Não tentem me enganar nisso — rosnou ele, mantendo a voz baixa. — Não sou um stygio que não pode fazer barulho porque não suportaria que os inspetores do rei chegassem de Luxor para examinar os livros. Quanto vocês esconderam?

Gelete deu de ombros e deu um passo para trás, como se dissesse *minha parte é minha parte*. Zarallo deu a ele um olhar de respeito relutante junto a um aceno de cabeça e depois voltou-se para seus próprios funcionários. Ele cruzou os braços sobre o peito.

— E então?

Conan trocou um olhar com Valéria e Zarkabaal e respirou fundo. O capitão Zarallo era perspicaz e não seria enganado por nenhuma história que ele pudesse criar. Improvisar não era um de seus pontos fortes, e ele não achava que Valéria seria melhor. Zarkabaal *seria* melhor nisso, mas Zarallo sabia disso e descartaria qualquer coisa que ele dissesse.

— Ficamos com a metade — disse Conan. — Havia dois baús. Nós os descobrimos depois que saímos da mina de Wedi Shebelli, na carroça do comandante da mina. O plano era dividi-los entre nós e os nubakos e depois dividir nossa metade de acordo com as regras da Irmandade Vermelha.

— Exceto para mim — disse Valéria, colocando os punhos nos quadris. — Fui eu quem mergulhou no vau dos crocodilos e os recuperou, enquanto Conan estava rebocando pirralhos stygios...

Sabiamente, ela não mencionou o sacerdote de Set.

Não enquanto eles estivessem na Stygia.

— ...então eu recebo a parte do capitão!

— Isso é justo — disse Zarallo, franzindo os lábios judiciosamente.

Ela se iluminou. Então, ele continuou:

— O dobro da metade que você guardou, depois que Gelete receber o dele. O resto vai para os Companheiros Livres, para a partilha.

Nenhum deles falou e nenhum estava feliz — certamente, Conan não estava. Mas essa era a regra da pilhagem quando se passava do ponto de roubar sapatos e alforjes dos mortos e de tomar uma garrafa de vinho.

A voz de Zarallo tornou-se cordial, na verdade, quase apologética.

— Os stygios são lentos como a peste com o dinheiro que prometeram por nossos serviços. E sempre ficam sem dinheiro depois que Wenamun termina de roubar.

Conan grunhiu, e os outros ofereceram ruídos equivalentes. Pagamentos atrasados ou moedas cortadas eram uma característica universalmente triste da vida de um mercenário. Essa era uma das razões pelas quais a maioria preferia se alistar em tempos de guerra. Os empregadores tendiam a chegar mais perto de pagar em dia, para evitar revoltas, deserções e trocas de lado. Na guerra, também havia mais perspectiva de pilhagem em massa. Para o padrão dos mercenários, Zarallo podia gostar de uma vida tranquila, mas era diligente em cuidar dos interesses de seus homens. Isso não era algo com que um soldado pudesse contar em todos os capitães.

Um décimo das patentes oficiais da companhia era de "guerreiros fantasmas" — nomes nas listas sem corpos anexos, e o pagamento deles ia para o capitão. Esse era um costume antigo, aceito por todos. Zarallo não tentou forçá-lo, muito, o que o tornou um modelo.

— Agora, onde está? — perguntou Zarallo.

Outra longa pausa, e o comandante bateu os dedos da mão enluvada na armadura de aço.

— Seja sensato — disse. — Você não pode transformar lingotes em moedas. Para isso, precisa de agiotas, banqueiros e qualquer um que encontre e que negocie com você, e eles o esfolarão vivo. *Se* você pudesse tirá-lo da Stygia em primeiro lugar, o que não é provável.

Conan e Valéria desenvolveram expressões azedas idênticas. Ambos haviam sido piratas, cientes de que os corsários perdiam metade ou mais do valor do saque quando brigavam por ele com mercadores dispostos a fazer negócios clandestinos.

— Um dos meus primos é banqueiro — disse Zarkabaal. — Ele negociaria honestamente, pelo bem da família, e não receberia mais do que uma comissão justa. Ele pediria dois décimos e se contentaria com, digamos, metade ou três quartos disso.

Dada a ferocidade implacável da expressão de Zarkabaal e o corpo musculoso sob ela, Conan achou difícil acreditar que um dos parentes próximos dele passava o tempo atrás de um ábaco, mas podia ser verdade. As cidades shemitas eram famosas colmeias de comércio e manufatura, e a astúcia de seus mercadores era lendária.

— Seu banqueiro está a três meses de viagem — disse Zarallo. — Posso cortar o ouro em pedaços menores, irreconhecíveis, e misturar com ouro e prata de *outras* origens num saco que já tenha uma boa quantidade. Posso passá-lo por fornecedores e agiotas para que não possa ser rastreado. Você receberá sua parte... agora e sem perguntas embaraçosas dos stygios. Se puder lidar com tudo isso.

O funcionário assentiu pensativamente, seus dedos fazendo movimentos involuntários de contração como se ele estivesse escrevendo.

Conan deu de ombros, concordando — embora sem querer. Ele não gostava de truques com ábacos, selos e carimbos. Golpear o oponente na cabeça e tomar os espólios era mais do seu gosto.

Não muito tempo atrás, ele não teria entendido nada do que o oficial mercenário estava falando. Mais provavelmente, teria pensado que era um esquema para enganá-lo — o tipo de coisa que os homens em terras civilizadas faziam assim como respiravam. Sendo um homem errante, no entanto, ele aprendeu como as coisas são.

Muitos sulistas haviam aprendido uma lição dolorosa — que ele não era um bruto sem cérebro do interior. Alguns sobreviveram ao ensinamento. Outros, não.

— Você determina nossa parte para nós? — perguntou Gelete.

— Meio a meio — disse Zarallo, e cuspiu na palma da mão. O chefe dos Companheiros Livres e o líder dos arqueiros nubakos firmaram o acordo com um aperto de mãos.

— Você homem honesto — disse Gelete e então sorriu palidamente. — Além disso, eu sei quanto ouro... e onde você mora.

E tenho dezenas de arqueiros que podem acertar um pássaro voando a cem passos, acrescentou Conan. O cimério poderia apreciar a esperteza disso. Tentar saber exatamente onde estava o ouro pareceria algo suspeito — que motivo ele poderia ter, exceto um plano de ir buscá-lo sozinho? Ele *sabia*, no entanto, a quantia que lhe era devida.

O nubako se virou e foi embora.

Zarallo virou-se para o resto deles. Conan abaixou a cabeça e deu uma descrição rápida e precisa de onde estava. Ele também lhes contou sobre o rei morto e sua tumba. Diante da descrição, Zarallo franziu os lábios.

— Estranho — disse —, mas o que não é na Stygia? — Ele ficou em silêncio por um momento. — Vamos colocar patrulhas ao sul daqui, para garantir que os vizinhos não se aproveitem do levante em Wedi Shebelli. O resto... o resto vai levar tempo.

O comandante e seu escrivão partiram.

Conan se espreguiçou.

— Estou a fim de uma bebida e de um jogo de dados — disse ele. — Gostaria de se juntar a mim? — perguntou para Valéria.

— Não — disse ela sem rodeios. Então virou-se e seguiu Zarallo.

Conan cerrou o maxilar. Zarkabaal sorriu, seus dentes retorcidos, mas brancos na barba preta encaracolada.

— Eu gostaria de um pouco de vinho e algumas partidas, cimério — disse ele, movimentando a mão direita em concha, como se estivesse jogando dados.

— Nem de longe você é tão bonito — disse Conan azedamente. Então deu um sorriso. — E não se formos usar os seus dados.

— Ah, mas eu conheço um lugar de uma mulher shemita onde o vinho não é ruim — disse o shemita. — E há garotas; limpas e não muito caras.

— Lidere o caminho — disse Conan, mas seus olhos estavam na visão cada vez menor da figura bem torneada de Valéria, que parecia provocá-lo com cada movimento.

17

Conan abriu os olhos e engoliu em seco uma onda de náusea.

A cama ao lado ficou turva em sua visão enquanto ele piscava com as pálpebras encrostadas e o tambor da manhã pulsava como se estivesse exatamente em seus ouvidos maltratados. Uma trombeta soou como agulhas em brasa na cabeça dele. Acordando nu, como sempre, ergueu-se e cambaleou até o lavatório para esvaziar a bexiga dolorosamente distendida.

À medida que avançava, o enjoo no estômago enfatizava o cheiro ruim da longa e escura sala do alojamento — um retângulo estreito de paredes de tijolos de barro e camas de taipa com esteiras de palha fedorentas. Principalmente porque as rações eram cheias de lentilha e feijão.

Os lavatórios eram piores, e Conan também esvaziou o estômago na trincheira. Isso o fez se sentir um pouco melhor depois, e ele estava um pouco mais firme quando caminhou... cuidadosamente... em direção ao espaço para ablução com seu áspero pavimento de pedra.

Zarallo garantiu que houvesse bastante água, e havia o suficiente para se molhar bem e depois enxaguar, cuspir e beber quatro conchas de um balde especialmente trazido de uma fonte que ficava do lado de fora dos muros. Por alguma razão, isso deixava os homens menos propensos a sofrer de febre abdominal, uma ameaça constante para as tropas estabelecidas em uma cidade.

Certa vez, ele se agachou nos calcanhares e ouviu um filósofo em uma cidade em Ophir falar eruditamente sobre espíritos que infestavam dejetos humanos e escapavam para a água potável. Isso o deixou balançando a cabeça com a loucura que afligia os homens civilizados. Todos sabiam que os espíritos em questão eram homenzinhos em cáligas e chapéus vermelhos — pelo menos, todos na aldeia de seu clã sabiam. Toda vez que matavam um porco ou novilho, colocavam tigelas de sangue para apaziguá-los.

As cidades eram insalubres porque eram desnaturais, uma perversão.

Lavar-se fez com que ele se sentisse bem o suficiente para voltar para a cama, colocar uma tanga nova e vestir um par extra de calças curtas. Ainda era doloroso sair à luz quente do sol enquanto afivelava o cinturão da espada e respondia à chamada matinal. Então caminhou até a área de treinamento, pegou um escudo e uma espada para praticar feita de alguma madeira dura local, ambas as armas de peso duplo, posicionou-se e encontrou um oponente.

E não sentiu o menor impulso de pegar sua tigela de mingau.

— Yaaaah! — gritou. E estremeceu quando o grito pareceu sair do topo de sua cabeça. *Agora eu sei como é ter 70 anos*, gemeu interiormente. Não que houvesse a menor chance de ele chegar a essa idade. *É mais provável que eu me torne o rei da Aquilônia*, pensou com um sorriso triste.

Uma hora de prática vigorosa fez suar a maior parte de seu sofrimento. Ele estava parando para outro longo gole de água — da mesma fonte — quando gritos e o barulho de cascos fizeram sua cabeça se erguer com um solavanco, fazendo voar o cabelo preto molhado de suor. Através dos fios, viu um cavalo galopando para o portão do quartel.

Valéria da Irmandade Vermelha estava curvada sobre o pescoço dele, açoitando-o com as pontas das rédeas, e seu rosto fixo em um sorriso de guerreiro. Ela passou por ele, os longos cabelos estendidos como uma bandeira dourada, então cruzou o portal e saiu para as ruas.

Conan calmamente terminou a concha de água e enxugou o rosto no antebraço. Levaria um tempo para refletir sobre isso.

Ele não era o melhor homem do mundo para criar uma trama, um esquema ou uma história no calor do momento. Mas uma caçada... uma caçada, agora, isso era um assunto diferente.

Zarallo parecia estar incomodado quando Conan entrou na sala que o comandante usava para reuniões relacionadas aos Companheiros Livres.

Um oficial stygio estava de pé diante da mesa dele, um homem que parecia vagamente familiar.

— Exijo que você traga a cadela desnaturada imediatamente, forasteiro! — disse o homem em voz alta. — Sabemos que ela, com certeza, voltou de Wedi Shebelli.

— Lorde Nebset — disse Zarallo —, simplesmente não posso. Apesar de eu ter ordenado que ela fosse confinada em quartéis para aguardar as acusações pelo crime, ela fugiu. Meus homens relataram que ela saiu a cavalo pelo portão sul da cidade não faz muito tempo.

— Então encontre-a — disse Nebset. — Encontre-a e traga-a para eu estripá-la!

— Garanto a você — disse Zarallo no que provavelmente pretendia ser um tom tranquilizador — que serão feitos todos os esforços para prender a criminosa.

— Se você não pode, eu farei isso, eu e meus parentes de sangue — disse o oficial stygio, a voz grave e ameaçadora. — Até os mortos vão se vingar.

O que isso *significa?*

Ele passou furioso por Conan, rosnando xingamentos guturais, tão zangado que o branco aparecia ao redor das pupilas de seus olhos escuros. Conan se aproximou, com a mão esquerda no cabo da espada larga, e bateu o punho direito no peito, em saudação.

— Ishtar no Submundo — rosnou Zarallo, folheando seus papéis. — O que você quer agora? Saia daqui... não, fique, vou precisar dos batedores. Aquela maldita cadela pirata nascida das entranhas do inferno aprontou de vez! Tudo está perdido.

— O que ela fez? — perguntou Conan, escondendo seu sorriso. *Seja o que for, não foi algo enfadonho*, pensou ele.

— Sabe o oficial stygio que ela chutou no saco? — perguntou o comandante mercenário. — Que se chama Khafset? — Ele cuspiu a palavra.

Conan riu e nem doeu muito.

— Eu estava lá — disse ele. — Que mulher!

— Que *mulher endemoniada* — resmungou Zarallo. — Por razões conhecidas apenas pelo cérebro viciado em veneno de um nobre stygio, Khafset decidiu tentar mais uma vez com a nossa Valéria.

Conan riu novamente.

— Alguns homens não aprendem o que significa um *não*, mesmo com uma bota no saco e uma ponta de espada no nariz — brincou ele. — O quanto ela bateu nele desta vez?

— Ela não bateu — resmungou Zarallo. — Ele esperou até que ela estivesse... qual é a expressão que os marinheiros usam para dizer que alguém está bebaço?

— Até que ela não conseguisse fazer o quatro — disse Conan, franzindo a testa em preocupação. Então se lembrou da expressão de Valéria quando ela passou trovejando. Aquele não era o olhar de alguém que estava fugindo da derrota. De jeito nenhum.

— Até que ela não conseguisse fazer o quatro e fosse a um beco para regar a sarjeta. Pegou-a enquanto as calças ainda estavam nos tornozelos, veio por trás e tentou meter nela. — Ele teve que reprimir um sorriso. — Em vez disso, *ela* meteu nele.

Conan franziu a testa novamente, e então sua fronte clareou, e seus dentes apareceram em um sorriso de aprovação, rosnando, como um lobo feliz.

— Por Crom. Você quer dizer que ela o esfaqueou desta vez?

— Duas vezes, com aquela adaga de trinta centímetros que ela carrega. Apunhalou atrás de si mesma uma vez e o acertou na parte interna da coxa, provavelmente mirando nas bolas dele. — Conan assentiu, imaginando em sua mente onde estaria o cabo da adaga quando as calças dela estivessem abaixadas.

Tão perto da mão esquerda quanto quando estão para cima — e a parte interna da coxa... é um ponto vulnerável, cheio de coisas essenciais e a caminho da virilha.

— Então, quando ele a soltou e se curvou para agarrar o ferimento, ela se virou e o golpeou nos olhos. Ele sangrou como um porco preso.

Ambos ficaram em silêncio por um momento, imaginando a cena em suas mentes, com a longa experiência de guerreiros veteranos... e lutadores veteranos de tavernas e becos. A irritação de Zarallo continha um respeito relutante. Esse movimento funcionaria... *se* ela fosse rápida como uma cobra e se não hesitasse, mas atacasse como uma naja.

— Então o quê?

— Então ela levantou as calças, voltou para a taberna e acabou de se embriagar! — As grandes mãos calejadas de Zarallo, repletas de pelos pretos, agarraram-se à escrivaninha à sua frente. — Ela apareceu para a apresentação matinal bocejando e se esticando, quase quando a vigilância da cidade encontrou o cadáver sangrando no beco.

Conan soltou um grunhido evasivo.

— Ele caiu por seus próprios atos — disse ele. — Na Ciméria, qualquer mulher que fizesse isso seria homenageada em uma canção. Embora possa começar uma rixa sangrenta — admitiu ele. — Ou talvez não.

Forçar uma mulher ciméria livre é um ato covarde, então você não pode reclamar se ela te cortar. Isso também não vincula seus parentes à vingança, especialmente se eles não gostarem do homem, para começar.

Zarallo ficou roxo.

— Wenamun não pensa assim! — berrou ele. — O irmão burro de Khafset, *Nebset*, não pensa assim!

Ah, é por isso *que ele parecia familiar*, pensou Conan, erguendo uma sobrancelha e apontando o polegar por cima do ombro na direção em que o oficial stygio havia ido.

— O próprio — rosnou Zarallo —, e ele *não* está em desgraça em Luxor. Estava apenas visitando. Khafset era irmão dele, e pode haver outro irmão aqui. Não tenho certeza. Esses senhores stygios se reproduzem como coelhos. Entre esposas e concubinas, vinte descendentes não são nada para eles. Nebset me disse, em poucas palavras, que, se não parecer que estamos fazendo tudo o que podemos para encontrar Valéria, os mestres dele em Luxor podem nos dispensar. Seria algo "infeliz", disse ele, se tivéssemos um fim sangrento quando partíssemos de Sukhmet.

Conan grunhiu pensativamente.

— Você quer que eu leve os batedores?

— Para começar — disse Zarallo. — Vou ter que enviar uma dúzia de patrulhas para varrer os arbustos. — Então parou por um momento, e uma pálpebra caiu levemente. Conan ficou intrigado por um instante, então inclinou a cabeça, também muito levemente.

Zarallo prosseguiu em tom explosivo.

— Você não se importa com isso? — questionou em voz alta. — Pensei que quisesse se deitar com ela! Quanto a mim, prefiro dormir com uma raposa que tenha raiva, mas não vou questionar gostos.

— Eu não teria me importado — disse Conan, mantendo casual o tom da voz. — Mas ela é arrogante, e você está certo, a Companhia está em perigo.

— Bem, vamos lá, então! — disse Zarallo e depois se virou. — Gavrillo! — gritou. — Traga-me essa lista!

Conan fez uma saudação novamente — Zarallo ignorou — e se virou, saindo enquanto batia o polegar no queixo.

Se há uma coisa que pode me levar aonde eu quero é resgatá-la disso, pensou ele, ao passo que seu sorriso se alargou. *Além disso, de qualquer maneira, estou farto dessa pústula nojenta nas nádegas fedorentas e sujas da Stygia.*

Apesar de todo o barulho que fez, Zarallo não havia tentado colocar Valéria na cadeia antes que ela escapasse.

Ele não quer pegá-la, pensou. *Zarallo só quer fazer os stygios* pensarem *que ele quer pegá-la. Faça com que todos corram por aí parecendo ocupados, batendo nos arbustos e fazendo muito barulho.*

Falando nisso...

Ele saiu para o pátio da praça do quartel, rugindo para os batedores e para Zarkabaal. O shemita apareceu alguns minutos depois, parecendo tão decadente quanto Conan se sentira ao acordar. No entanto, o sorriso dele era sincero.

— Vocês, cimérios, são homens de ferro — disse com admiração. — Metade das garotas da casa de Madame Jetzabaal vão elogiar vocês...

— A perversa Valéria esfaqueou e matou traiçoeiramente o grande nobre stygio Khafset — disse Conan em voz alta. — Porque ele se dignou a notá-la, a cadela!

Zarkabaal olhou para ele inexpressivamente por um momento e começou a dizer algo. Conan piscou, obviamente. O shemita espantou o bafo de vinho, e sua astúcia habitual voltou.

— *Abominação* — proclamou com um olhar ostensivo de ultraje horrorizado, levando a mão à testa e estremecendo com o impacto. — Ela deveria ser açoitada com escorpiões!

Conan estremeceu também.

— Devemos preparar os batedores para persegui-la — apontou. — Prepare-os *cuidadosamente*.

— Sim, sim, esta é uma tarefa de grande importância — concordou Zarkabaal. — Devemos vingar o nobre Khafset. Nenhum esforço será grande o bastante.

Para que Zarkabaal se preparasse cuidadosamente, Conan sabia, isso envolveria um banho, café da manhã e uma viagem para que o cabelo e a barba fossem aparados e cacheados com ferros quentes no melhor estilo shemita.

Conan passou a manhã cuidando dos cavalos — selecionou três para si — e enchendo as albardas com suprimentos, tudo debitado na conta da Companhia. Era pouco antes do meio-dia quando Zarkabaal se juntou a ele, mastigando a perna de um frango assado.

— Está tudo em ordem? — perguntou Conan, novamente em voz alta. Zarkabaal arrotou, também alto, jogou a coxa de frango de lado e, como se pensasse, acariciou a barba recém-enrolada com sua leve camada de óleo perfumado. Então, seus olhos se arregalaram.

— Ahá! Pelo grande deus Chusor, patrono dos ferreiros, negligenciamos a ferragem dos cavalos. Abençoe a sabedoria de Chusor. Seria péssimo se caíssem as ferraduras enquanto perseguimos a criminosa Valéria, uma verdadeira filha da perversidade de Lamashtu.

O shemita o entoou piedosamente e se curvou para tocar a terra e marcar a testa.

— Para o ferreiro!

Isso, sim, *é inteligente*, pensou Conan. *Verdade o suficiente para ficar bem em um relatório. Todos os espíritos bem-intencionados, lembrem-me de nunca tentar ganhar uma competição de astúcia do meu bom amigo Zarkabaal.*

Como na maioria dos lugares, a ferraria mais próxima do quartel ficava onde os moradores se reuniam para trocar fofocas e histórias fantasiosas. A forja ficava no pátio aberto de um prédio, cercado por cabanas de palha, e as pessoas ficavam afastadas do carvão.

O ferreiro ficou encantado por ter duas dúzias de cavalos novos para ferrar, e ele e seus aprendizes começaram a trabalhar com vontade. Estavam nus, exceto pelos aventais de couro, e suavam enquanto trabalhavam com foles e martelos em meio a um cheiro de metal queimado e óleo crepitante, o silvo do banho de resfriamento e os sons de pregos sendo cravados e comprimidos.

Depois de uma hora, o ferreiro ficou ereto.

— Isso é tudo o que precisa ser feito — disse ele. — A maioria dos outros são quase novos.

Conan balançou a cabeça e fez uma cara séria.

— Temos uma missão importante — disse. — Não podemos arriscar. Preparem todos eles.

O ferreiro lançou-lhe um olhar, mas fez o que a honestidade exigia. Reunindo seus trabalhadores, partiu com vontade para os outros animais. Um vendedor trouxe cerveja, e Conan o pagou para entregar uma caneca a todos os batedores.

Zarkabaal fez o mesmo pelos arqueiros montados.

O Sol descia para o oeste quando eles passaram pelo portão sul, e uma névoa de poeira pairava sobre a terra da estrada esburacada que levava ao sul para a savana e para as minas.

Uma mina a menos agora, é claro, pensou Conan.

Ele não tinha dúvidas de que uma força expedicionária stygia chegaria em um ou dois anos. Eles retomariam a mina, executariam quaisquer rebeldes que pudessem capturar, de maneira adequadamente prolongada, e reuniriam novos escravizados suficientes para retomar a produção. Os stygios nem sempre eram rápidos; em sua rigidez, os órgãos do Estado eram como musgo cobrindo uma estátua, produto de uma história que se estendia além do tempo das lendas.

No entanto, sempre foram muito, muito pacientes.

Todos montados e conduzindo pelo menos um cavalo sobressalente por cavaleiro, a coluna de duas dúzias de batedores percorreu dezesseis quilômetros antes de acampar à noite. Foi um bom momento, especialmente porque deixaram margem de tempo suficiente para comprar duas ovelhas de um fazendeiro stygio, junto com vegetais, queijo de cabra e pães grandes.

Assar as ovelhas era uma mudança agradável em relação às rações em Sukhmet e fez Conan sorrir ao ver como aquela era uma viagem de caça agradável e descontraída — especialmente sem búfalos ou rinocerontes. Ele inalou o cheiro saboroso.

Zarkabaal aproximou-se e sentou-se, usando os dentes tortos para arrancar a carne de uma costela.

— Notei que você trouxe três montarias extras com você e suprimentos suficientes para manter um homem por um mês — apontou calmamente. Os homens na fogueira seguinte estavam deixando a noite horrorosa com suas tentativas de cantar.

— Você é inteligente, quando não está bêbado ou de ressaca — respondeu Conan em um tom calmo parecido. — Se por algum motivo eu não voltar para Sukhmet, você estaria disposto a garantir que meus batedores recebam a parte deles do ouro? Até mesmo — acrescentou a contragosto — aquele maldito picto?

Zarkabaal se inclinou e estendeu a mão. Conan a pegou, um aperto forte e rápido.

— Eu vou garantir — disse o shemita seriamente. — Por Ishtar que ama a fidelidade e Melquart, Senhor das Batalhas, que preza pela honra de um guerreiro, eu juro. Que eles virem as costas para mim se eu não o fizer.

18

— Sim, eu a vi — disse a esposa do fazendeiro.

A fazenda à beira da estrada permitiu que eles dessem água do poço aos cavalos por meio da picota — um poste articulado e alto ao lado do muro baixo que facilitava o manejo do balde de madeira depois de cheio. Os olhos de Conan se moveram rapidamente para se certificar de que seus cavalos estavam recebendo a parte deles e então voltaram para a dona de casa gorda.

Havia algo estranho no tom dela.

Eles estavam se aproximando da fronteira do controle stygio, e as cabanas de tijolos de barro tinham telhados de palha que os protegiam das fortes chuvas sazonais. Algumas chuvas pesadas já haviam retardado o progresso. O ar estava carregado de umidade, e às vezes as estradas estavam tão lamacentas que ficavam quase intransitáveis. Conan não se arrependeu dos atrasos, porém, e, nesta região, as chuvas secavam rapidamente.

As habitações eram cercadas por uma barragem de terra de um metro de altura, coberta de grama e ervas daninhas. No topo, havia estacas da espessura de um braço e três metros de comprimento cravadas na terra e entrelaçadas com galhos de espinheiros secos, duros como ferro e cravejados de espinhos afiados como agulhas, tão longos quanto os dedos de um homem grande.

Através dela, ele podia ver os aldeões fazendo suas tarefas, uma dúzia lidava com um bando de galinhas que passavam a noite em galinheiros trançados pendurados nos galhos de um grande baobá. Outros usavam potes com muitos furos pequenos para regar fileiras de plantas em uma horta, moíam algo em um pilão — provavelmente grãos — e tentavam impedir que um monte de crianças cometesse suicídio das muitas maneiras que as crianças dessa idade são capazes.

Sob o Sol branco do meio da manhã, tudo cheirava a poeira quente, fumaça de cozimento acre e forte esterco de vaca; havia outros cercados espinhentos próximos para guardar o gado, e parecia que o fazendeiro passava tanto tempo com seus animais quanto nos campos de milho, sorgo, mandioca e algodão. Homens e algumas mulheres capinavam enquanto as ervas daninhas se animavam com as chuvas e tentavam ultrapassar as plantações, em busca da luz do Sol.

— Uma mulher alta, de pele branca e cabelo amarelo? — perguntou Conan mais uma vez, e ela assentiu de maneira fervorosa. Então, surpreendentemente, começou a chorar sobre a cesta que carregava, seu rosto largo e moreno contorcendo-se de dor. Ela tinha muitos traços do povo local, assim como de stygios.

— A pobre, pobre mulher — disse, enxugando os olhos. — Eu não queria que ela me pagasse pelos ovos, mas coloquei a cesta no chão e saí de fininho. — Conan refletiu que, devido ao seu peso, ela provavelmente saía de fininho como um hipopótamo, e ela se mexeu um pouco enquanto inconscientemente combinava ação com palavras.

— O que havia de errado com ela? — perguntou Conan, um pouco preocupado.

Ela o olhou desconfiadamente, parecendo achar que os olhos azuis dele eram desagradáveis.

— Lepra, é claro! — respondeu. — O que mais poderia deixar um ser humano tão pálido? Coitadinha, logo estará morta, apodrecendo viva. Tão feia... e aqueles olhos estranhos, parecendo cegos, como se estivessem cobertos de catarata... embora ela conseguisse ver pelo menos um pouco.

Zarkabaal, de pele morena e bronzeado pelo sol, riu. Conan o silenciou com um olhar. O shemita beliscou a ponte de seu nariz adunco com força, para evitar que a risada se transformasse em uma gargalhada.

A camponesa havia confundido uma compleição do norte com uma doença de pele letal. Conan supôs que ela teria pensado o mesmo dele, se não fosse pelo modo como se bronzeava sob esses sóis do sul. Ela provavelmente pensou que a cor dos olhos dele significava que *ele* também era meio cego ou sofria de catarata.

Enquanto Zarkabaal lutava contra o riso, Conan franziu a testa, pensativo.

— Alguém digno de nota passou por aqui recentemente? — perguntou ele, entregando uma moeda à mulher. — Isso é para um leitão. — A mulher olhou para a peça de cobre, e sua expressão se voltou para o deleite. Era um bom preço para um porco jovem, ainda mais tão longe da cidade.

— Claro, nobre senhor. Temos um pronto para ser cortado, um belo e rechonchudo porquinho. — Então ela se concentrou. — Mais alguém... mais alguém passando... — Ela franziu a testa.

Zarkabaal entendeu a dica e passou a ela outra moeda de cobre pela cesta de amendoins, um preço claramente exagerado. Ele colocou a cesta sobre o arco da sela e começou a descascá-los, depois os enfiou na boca. Conan pegou um punhado e fez o mesmo, apreciando a riqueza oleosa que se triturava entre seus fortes dentes brancos. Comida como essa era uma das coisas boas de ser um homem errante.

Eles seriam perfeitos para comer sentado em frente à lareira em um dia de inverno, em casa, pensou ele, *com hidromel e a neve caindo.*

De fato, sinto falta de nozes.

A dona da fazenda hesitou por mais um momento, depois falou com evidente cuidado:

— Um nobre apareceu, não muito depois da pobre, pobre leprosa. Nós, súditos leais, demos a ele tudo o que queria e não ousamos questioná-lo, é claro. Ninguém pode duvidar de nossa lealdade ao Ungido por Set! — Ela desenhou uma linha sinuosa no ar e sibilou. Não parecia verdadeiramente sincera.

Outras divindades — como Derketa, o avatar local de Ishtar, deusa da paixão e da fertilidade — frequentemente atraíam devotos mais fervorosos entre os plebeus da Stygia do que o remoto e terrível deus-serpente do clero, dos nobres e de generais e do distante rei divino em Luxor.

— Ele não ficou?

— Não, senhor — respondeu ela. — Passou rápido, com dois cavalos na frente, pegou apenas uma galinha e algumas mangas.

Conan agradeceu com um movimento de cabeça quando dois dos batedores trouxeram o leitão condenado que protestava, cutucando as costelas dele e sorrindo enquanto amarravam os membros do porco e o jogavam sobre um cavalo de carga.

Ao anoitecer, a coluna estava muito mais ao sul. Conan estava pressionando-os, e alguns resmungaram devido à mudança repentina de passeio de férias para negócios de verdade. Ele recebeu olhares de soslaio dos pictos, por exemplo, porque haviam entendido que a *busca* por Valéria era uma questão de formalidade.

Estavam se perguntando por que ele havia mudado de ideia.

Antes de eu saber que Nebset estava atrás dela, não importava onde eu encontrasse Valéria, contanto que ela estivesse de bom humor quando eu encontrasse. Agora é uma questão de chegar nela antes dele, porque ele quer vingar o sangue de seu irmão.

Eles obtiveram mais três confirmações a respeito da mulher de cabelos amarelos que estava se movendo para o Sul durante o dia, e rápido, embora ninguém mais chorasse pela lepra. A maioria apenas achava que ela parecia estranha e feia, embora alguns dos homens estivessem entusiasmados com sua estranheza. Nenhum deles achava que uma mulher armada era algo digno de nota.

Mulheres guerreiras eram extremamente raras entre os stygios, ainda mais raras do que entre os reinos do Norte e *muito* mais raras do que entre os cimérios ou pictos, mas os costumes de alguns dos reinos negros por aqui eram diferentes. Em um deles, Abomey, o regimento de guarda-costas de elite do rei era composto apenas por mulheres, teoricamente suas esposas, mas, na verdade, um corpo de amazonas celibatárias.

Apenas dois dos camponeses estavam dispostos a dizer qualquer coisa sobre Nebset. Plebeus espertos não se preocupavam com os hábitos ou ações de seus superiores — certamente não com estranhos, embora localmente fosse um boato a ser espalhado por meses. A cautela era ainda mais comum aqui do que no vale do Styx, onde os nascidos da Serpente eram muito mais numerosos. O mais provável é que a escassez tenha sido uma das razões pelas quais os stygios comuns se estabeleceram aqui, e a aristocracia evitava lugares como este sempre que podia.

Na manhã do terceiro dia, eles ainda estavam se movendo diretamente para o sul em relação a Sukhmet, e a estrada se transformou em uma trilha de caça. Não havia sinal de humanos, exceto um monte de vacas e um cercado de arbustos abandonado onde alguém havia encurralado o gado durante a noite. A caça estava ficando mais abundante — havia algumas centenas de antílopes com chifres em formato de lira e manchas brancas na testa, agrupados em torno de um lago sazonal. Eles levantaram os focinhos da grama verde para olhar os humanos cautelosamente, e outros rebanhos se espalharam à distância.

— Batedores! — Conan ergueu-se nos estribos. — Vocês estão sob o comando do líder Zarkabaal por enquanto. Eu mesmo vou fazer uma varredura de um homem só, para cobrir mais terreno.

Ele virou o cavalo e sorriu. Eles sorriram de volta, presumindo que ele queria caçar sem ser incomodado por outras pessoas, e estavam suficientemente dispostos a comer os resultados.

Zarkabaal veio a meio galope.

— Nos veremos ao pôr do sol, Conan — disse ele em voz alta. Então, aproximou-se e falou baixinho: — Ou na vida após a morte. Ou em DanMarcah, onde você será bem-vindo na casa da minha família, se vier me visitar. Vou guardar para você a sua parte do ouro.

Conan riu, sentindo um grande peso sair de seus ombros com a ideia de estar sozinho novamente.

— Não se preocupe — respondeu ele. — Guarde para você. Eu provavelmente não vou passar por aquelas bandas. Depois de encontrar Valéria, irei para a costa e, então, para um navio e a Irmandade Vermelha, ou os corsários zíngaros. E mais ouro.

Zarkabaal deu de ombros.

— Vou ficar com ele de qualquer maneira. Posso usá-lo como garantia para empréstimos, para que o dinheiro não fique ocioso, ou farei com que meu primo, o banqueiro, o aplique com juros. Estará pronto para você se vier ou mandar buscá-lo. — Um lampejo de um sorriso. — Mas eu *ficarei* com os rendimentos dos juros, meu amigo. Existem limites para o que posso fazer, mesmo para um camarada. Mas as bebidas serão por minha conta, se você vier!

Conan assumiu sua montaria com seus três cavalos na rédea, acenando enquanto Zarkabaal levava para o noroeste aqueles que agora eram os homens *dele*. Eles foram diminuindo e desapareceram, e ele estava sozinho.

PARTE TRÊS

MORTE ALÉM DA STYGIA

19

— Sozinho — disse Conan em voz alta. — Finalmente livre!

O cimério rugiu em jubilosa alegria, sozinho sob o céu azul repleto de nuvens brancas. Então virou a cabeça do cavalo para o sul, o arco no punho esquerdo, olhos e ouvidos bebendo o silêncio da solitude, interrompido apenas pelo barulho de cascos, o ranger de couro e o vento sussurrando pela grama alta, arbustos e árvores.

Enquanto cavalgava, emergiam cantos agudos de tecelões de cauda longa construindo seus fantásticos cortiços e um som triturante enquanto uma girafa inclinava a cabeça até o topo de uma árvore e enrolava a longa língua retentora para trazer folhas e galhos à boca antes de, da altura de uma torre de cerco, dirigir o olhar para ele. O estrondo de uma manada de gnus ao fugir, os grunhidos suínos de um grupo de javalis no matagal perto de um pequeno riacho sazonal, as cabeças em disparada e o riso maníaco de um bando de hienas galopando ao longo de dois disparos de arco antes de se virarem.

O ar quente também estava livre do fedor da civilização. Não era a Ciméria, porém, e ficar sozinho em qualquer lugar selvagem era arriscado — o menor ferimento poderia matá-lo, e ele precisava dormir em *algum momento.*

E aquela maldição infernal.

— Nunca mais quero ver ou sentir o cheiro de uma cidade — declarou a ninguém. — É assim que se vive. Muita terra, sem políticos, muitos animais, ar puro. — Sua exultação durou muito mais do que ele esperava.

Em seguida, estava imediatamente de volta à ação.

A trilha de caça virou em direção a um riacho, com um fluxo maior do que o normal agora que a temporada havia começado. Conan desmontou, enrolou as rédeas em um galho e deixou os cavalos beberem. Segurando a espada e ajoelhando-se, examinou os rastros no solo úmido que descia até a água.

— É isso — murmurou.

Seu dedo traçou uma marca de casco. Tinha um entalhe na ferradura — uma imperfeição que ele já havia visto durante a busca. Era de Valéria. Pelo estado da marca, ela ainda estava cerca de três dias à frente, seguindo reto e rápido, enquanto ele havia demorado deliberadamente.

O que enrugou a sua testa foi a cobertura de *outros* cascos em ferraduras. Ele tinha quase certeza de que eram de Nebset, no encalço da assassina de seu irmão. As marcas não eram muito mais antigas que as de Valéria, o que o deixou consternado. Nebset estava muito mais próximo dela do que ele, e Conan teria que se esforçar para compensar a diferença.

Isso também o surpreendeu. Ele não esperava que o homem seguisse uma trilha tão bem.

Os nobres stygios caçam, mas geralmente têm rastreadores para fazer o trabalho duro, pensou. *Ele está se saindo melhor do que eu gostaria, maldição... e maldito seja.*

Valéria não esperaria ser perseguida, não em um lugar selvagem como este. Certamente não por homem solitário, que poderia atingir uma velocidade maior do que a de uma unidade de batedores. Porém, ela não seria tão indefesa no deserto como a maioria dos marinheiros, já que havia sido uma camponesa e uma garota que caçava nas florestas de Tauran. Ela havia aprendido um pouco mais desde então, na longa jornada para Sukhmet e na volta.

Ainda assim, quando se tratava de ser selvagem, isso era como ser capaz de matar uma vaca em um estábulo em vez de caçar leões.

Conan grunhiu. *Nebset também é um homem civilizado, da mais antiga das terras. Como ele está indo tão rápido?*

Era hora de cruzar o vau e pegar a trilha do outro lado. Ele começou a se levantar... e então transformou isso em um salto frenético para trás, liberando todo o poder de suas longas pernas.

As costas nuas do cimério derraparam na grama quando ele pousou, mas não houve tempo para parar e recuperar o fôlego quando o crocodilo saltou para fora em uma explosão de água, um hálito de fedor de carniça soprando sobre ele quando a grande boca se fechou a poucos centímetros de seu rosto.

Conan rolou freneticamente para o lado quando o peso de meia tonelada do réptil carnívoro acertou o local onde ele estivera deitado no instante anterior. No mesmo movimento, Conan rolou de ombros para se levantar, então transformou isso em um salto para cima de metade de sua altura quando a cauda blindada e serrilhada se agitou para o lado em um golpe que teria quebrado os ossos de sua perna se o tivesse acertado.

Então se seguiram golpes, movimentos e esquivas. O crocodilo parecia desajeitado, mas era veloz como uma cobra, podia atacar mais rápido do que Conan poderia correr e pesava quase o mesmo que um touro de tamanho razoável. A investida para fora da água era exatamente o que ele tinha ouvido falar que eles gostavam de fazer, agarrar a presa e arrastá-la para dentro, mas a perseguição obstinada não era algo esperado.

Aquela persistência causou um calafrio estranho em Conan.

Isso não é natural.

A ação o empurrou para longe da água, de volta para uma colina rochosa e baixa. Num piscar de olhos, ele soube o que deveria fazer se quisesse viver. Então, virou-se e subiu a encosta em uma corrida saltitante. Em terreno plano, o assassino reptiliano era mais rápido do que ele, mas suas pernas atarracadas não foram feitas para escalar. Conan virou-se e largou a espada. Ela bateu nas rochas, e ele se curvou e pegou uma pedra do tamanho de seu próprio tronco, arrancando-a do solo com um esforço que fez seus tendões estalarem. Era mais pesada do que ele também.

O réptil subiu a encosta atrás dele, quase perto o suficiente para dar uma estocada no momento em que ele posicionou a rocha acima da cabeça. O predador era empurrado pela cauda musculosa que ocupava um terço de seus quatro metros de comprimento. A mandíbula de mais de um metro se abriu mais uma vez, como um portal para um mundo de carne podre, vermelha e branca de pus. A criatura berrou enquanto se lançava em sua direção, e ele gritou de volta, um som de grunhido sem palavras que parecia levar força para suas costas e braços musculosos.

Toc!

O pedregulho acertou bem na parte de trás da boca do crocodilo, onde se fundiam a mandíbula e o maxilar, que tentaram acertar o alvo por reflexo. Então o animal estava convulsionando a cabeça para frente e para trás, seus gritos transformando-se em um gargarejo estrangulado enquanto a rocha preenchia sua garganta.

Conan agarrou a espada com as duas mãos e acertou a articulação do ombro esquerdo do monstro com um golpe retorcido que combinou a força dos ombros, das costas, da barriga e das pernas em uma estocada cortante. O impacto cortou as escamas e, então, produziu o familiar *crack* de aço martelando ossos.

Um instante depois, a cauda da besta passou por baixo dele, e ele caiu em cima dos próprios ombros, rolando encosta abaixo em doloroso contato com as rochas, que rasgaram sua carne quase nua. Com isso, ele soube que teve sorte de ter sido atingido nas panturrilhas e por trás. Se fosse pela frente, teria quebrado o osso, porque as pernas não se dobravam naturalmente dessa maneira.

Ele aterrissou na base da colina, sem fôlego, ferido e sangrando, mas forte o suficiente para se levantar rápido. Um olhar mostrou que a besta assassina estava morrendo e que seus espasmos de morte eram perigosos por si só.

A concentração rígida de uma luta de vida ou morte não permitia que prestasse atenção no resto. Abruptamente, ele percebeu que um de seus cavalos havia se soltado da rédea principal e estava coiceando em círculos enquanto se livrava da sela em suas costas. A montaria espalhava bolachas e carne seca em chuvas de comestíveis e, quando Conan se aproximou, saiu correndo, cortando o ar com a versão equina de gritos de pânico.

Os outros três cavalos estavam empinando, bufando e balançando a cabeça, mexendo o traseiro com o reflexo de animais cuja arma principal era um coice. Ele xingou, então avançou com as mãos abertas.

Acalmá-los com sua voz levou um quarto de hora, além de carícias em seus pescoços molhados de suor e punhados de biscoito, o que eles acharam tranquilizador. Os olhos deles ainda estavam se revirando quando ele terminou, mas já não estavam tão propensos a tentar seguir o irmão castrado em sua corrida impetuosa pelo campo.

— Que terminará na barriga de um leão — rosnou — e serve bem à besta covarde. — Ele manteve o tom baixo, no entanto, para não assustar as outras montarias. Então, olhou para o vau, para cima e para baixo no rio ladeado de árvores, e suspirou.

— Um homem vive enquanto estiver vivo — disse a si mesmo. — Nem um dia a mais nem um dia a menos.

Os cavalos não estavam entusiasmados em molhar os cascos, não depois de ver e cheirar o que havia saído daquela extensão de água.

— Caaaalma, rapazes, caaaalma — sussurrou ele, enquanto os conduzia para frente. — A fera cruel está morta.

Uma olhada na encosta mostrou que era verdade, exceto por alguns movimentos leves da cauda enquanto o crocodilo estava deitado de costas com a barriga pálida virada para o céu. A boca ainda estava aberta, o fluxo de sangue diminuindo para um fio que combinava com o local onde sua pata dianteira havia sido cortada perto do que teria sido um ombro em algo menos primitivo. Estava pendurado por um pedaço de couro duro.

— Cortei a perna dele, enfiei uma pedra de noventa quilos na garganta, e ainda está se contorcendo — disse Conan, com um sorriso que desmentia seu eu sangrento, coberto de lama e maltratado. — Este país é interessante, mas, quando eu me estabelecer, não será em um lugar onde tenha crocodilos nos rios.

Enquanto ele caminhava pelo riacho com a mão firme na rédea do cavalo da frente, a água fria era boa para as partes de seu corpo que estavam raladas. No meio do caminho, afundou e emergiu soprando, embora estivesse dolorosamente consciente de que estava enviando o cheiro e o gosto de sangue rio abaixo. Pelo que tinha ouvido, crocodilos eram caçadores solitários, com os maiores vigiando o melhor campo de caça, cavando ninhos nas margens dos rios e patrulhando para cima e para baixo, especialmente contra a invasão de rivais de sua própria espécie, exceto durante a temporada de acasalamento.

Dada a maldição do mago morto, porém, os animais podem não estar seguindo seus comportamentos naturais. Aquela pilha monumental de catástrofes quando estavam pastoreando os refugiados stygios certamente justificava esse pensamento.

Cortar a cabeça do mago resolveu o problema imediato, observou ele, *mas não parece tê-lo detido a longo prazo.*

Do outro lado do riacho, ele verificou os rastros novamente. Como antes, Valéria seguia direto para o sul, e Nebset ia rapidamente atrás.

Quando estavam de volta à savana e seguramente longe da água, ele remexeu por um momento em um dos alforjes e encontrou um frasco de pedra com uma pomada, que passou sobre os ferimentos. Isso doeu muito, mas os homens que estavam com Zarallo há mais tempo juravam que funcionava. Infelizmente, para o curandeiro argoseano que misturou tudo, não o ajudara quando ele se envolveu com uma prostituta em um beco de Sukhmet e depois foi esfaqueado pelo cafetão da mulher.

Ironicamente, disseram que também era bom para a sífilis que se pegava das mulheres da noite.

Ele transferiu a sela para um dos cavalos sobressalentes. Conan era uma carga mais pesada do que as albardas, e os animais durariam mais com o peso compartilhado entre eles. Os cimérios mantinham cavalos, mas não muitos — suas terras eram muito desoladas e densamente arborizadas e montanhosas para que eles fossem úteis. Bois puxavam arados, carroças, trenós e madeira, e os desgrenhados pôneis locais serviam principalmente a chefes ou mensageiros apressados.

Homens podiam desgastar cavalos de qualquer maneira, em um percurso mais longo do que alguns dias.

Desde que deixou seu clã, Conan adquiriu uma considerável habilidade com cavalos e sabia o quão frágeis os grandes animais podiam ser. Ele tinha trinta quilos a mais que Valéria, que era uma mulher grande, digamos cinquenta a mais que Nebset, que era sete centímetros mais alto que ela, mas esbelto como os nobres stygios geralmente eram. Aquele peso extra nas costas do cavalo iria atrasá-lo, e perder aquele terceiro cavalo piorara tudo, porque ele não conseguia trocar de montaria com tanta frequência.

Manter um ritmo seria complicado.

— Uma perseguição severa é uma perseguição longa — disse ele. Essa era uma máxima que aprendera enquanto pirateava no Mar do Oeste.

Depois de uma hora, Conan parou sob uma ampla acácia para esperar o meio-dia e seu intenso calor passarem. Deixando os cavalos pastarem e alimentando-os com mais biscoitos, ele mastigava bolachas, carne seca e frutas secas que tinham gosto de couro levemente adocicado, engolindo-os com goles mornos de um odre. Depois tirou uma soneca.

Quando acordou, o Sol estava mais a oeste. Ele olhou ansiosamente; o mar era para aquele lado, e a rota marítima levava aonde você quisesse.

É melhor que Valéria seja mais amigável quando eu a alcançar.

Depois de matar Nebset.

Conan pegou os cavalos, mas desta vez não subiu neles. Em vez disso, pendurou a espada no arco da sela e caminhou ao lado do cavalo, com os próprios pés, primeiro andando rapidamente, depois trotando, depois, numa corrida lenta e, depois, a mesma coisa ao contrário. Uma e outra vez, a grama longa e áspera roçando em suas coxas. Esse era o ritmo do caçador, o ritmo que poderia levar qualquer animal à morte se mantido por tempo suficiente. Isso pouparia os cavalos, compensando a perda da montaria para o pânico inspirado pelo crocodilo.

Foi um alívio realmente esticar as pernas dessa maneira, e sua respiração profunda inchou e afundou no ritmo com o bombear de seu punho direito. A mão esquerda descansava na sela, ajudando a estabilizar a corrida. Os olhos estavam no chão à frente, lendo os sinais — uma fogueira sob uma árvore que deixou uma cicatriz de queimadura, excrementos de cavalo, marcas de cascos e arbustos cortados para fazer lenha.

Ele sufocou uma risada ao mesmo tempo em que pisava e avançava levemente como uma pantera. Havia uma coisa boa em ser o último na linha de perseguição. Valéria provavelmente não havia percebido que estava sendo perseguida, nem Nebset.

Nebset quer matar Valéria; eu quero matar Nebset. Cada pessoa nesta cadeia quer matar aquele que está na frente.

É uma corrida de assassinos.

Seu sorriso cresceu como o de um tubarão. Ele tinha visto um mosaico uma vez — naquela cidade-Estado entre Zamora e Coríntia, onde havia sido contratado para invadir a mansão de Nabondius, o Sacerdote Vermelho. Isso ocorrera tanto tempo atrás que ele havia esquecido o nome da cidade, embora algumas lembranças ainda fossem vívidas. Houvera bandidos suficientes, mas foram algumas das artes que o impressionaram, por mais jovem e desatento que fosse.

Uma pintura mostrava uma cena submarina — embora, naquele tempo, ele ainda não tivesse visto o oceano. Mostrava uma fila de peixes, cada um maior que o anterior e perseguindo o que estava à frente, com a boca escancarada e fileiras curvas de dentes.

Aquele era Nabondius, pensou Conan. *Por mais que afirmasse ser apenas um estudante das artes da natureza, era uma cobra traiçoeira. Mas tinha um olhar para a comédia.*

Ele montou acampamento horas após o pôr do sol. Isso foi dois dias depois, quando a Lua crescente se pôs e estava muito escuro até mesmo para seus olhos noturnos terem certeza de que não havia se desviado da trilha.

— Estou alcançando — disse para si mesmo. — Três quilômetros até o acampamento de Nebset, e ele ainda está três dias atrás de Valéria, aposto. Vou chegar nele primeiro, e, depois, o reencontro.

O cenário havia mudado ao longo de sua viagem. As coisas ficavam cada vez mais verdes conforme seguia para o Sul; a grama estava mais alta do que seu umbigo agora e de uma cor mais brilhante, salpicada aqui e ali com arbustos floridos que tinham enormes botões carmesim do tamanho de sua mão. Estavam cobertos pelas ferozes abelhas do sul, mas exalavam um perfume suave e lânguido que o fez recuar, apesar da doçura.

A caça era mais intensa e incluía mais elefantes — havia manadas com dezenas ou centenas de enormes animais marrom-acinzentados, como colinas que andavam, e ele mantinha distância. Esperava que não tivessem sido apanhados pela feitiçaria e poderia ter feito uma prece para Crom, mas, como sempre, isso não teria feito nenhum bem a ele.

Os trechos de floresta estavam maiores e mais altos, menos os das acácias espinhosas, dos baobás bulbosos e outros gigantes imponentes. Suas bordas eram densas com arbustos e trepadeiras cheias de flores, seus interiores sombrios, mas abertos onde o alto dossel sombreava plantas menores.

A chuva tornou-se mais frequente, mas sem trazer grandes dificuldades; ele estava acostumado a viajar no terreno molhado, e o frescor era agradável quando as gotas grossas caíam.

O acampamento que Conan escolheu era óbvio, na encosta de uma colina e sob uma saliência semelhante a um penhasco que forneceria um pouco de abrigo, se necessário, o que as altas nuvens a oeste disseram que poderia ser o caso. Mais colinas se estendiam ao leste. Uma pequena fonte vazava de uma rachadura logo acima da altura da sua cabeça, e a rocha vermelho-escura estava quase toda escondida por uma espessa parede de vinhas.

Era tão óbvio que se tratava de um local que havia sido usado para acampar, repetidamente... desde as pegadas e as cinzas frescas até o mato que havia sido uma latrina improvisada tinham sido usados por ambas as pessoas que ele estava seguindo.

Bom o bastante para eles, bom o bastante para mim.

Ele mesmo regou o arbusto, sorrindo ao pensar em como alguns povos que conheceu consideravam o número três sagrado. Amarrando novamente a tanga, voltou a se agachar ao lado da fogueira — havia uma pilha semicircular de pedras para impedir que a luz aparecesse para alguém que estivesse mais longe, muito necessária uma vez que ficava um pouco acima do nível do terreno cheio de colinas.

Por volta do meio-dia, pelo que pôde estimar, pegou uma pequena panela e despejou punhados de carne de caça, encheu-a com água e acrescentou um pouco de sal. A carne seca ao Sol, dura como tábua, virou mingau, e ele acrescentou bolacha ressecada, que quebrou com o cabo da adaga.

Era mais combustível do que comida, mas fez sua barriga parar de roncar depois de um dia árduo de corrida e cavalgada. Ele esfregou a panela, bebeu profundamente da fonte e deitou a cabeça em seu cobertor enrolado. Não havia necessidade de se cobrir neste clima, apenas fechar os olhos...

20

Eles se abriram naquilo que nariz e olhos julgaram ser o cinza de pouco antes do amanhecer. O horizonte leste estava atrás do penhasco e da cadeia de colinas além dele, mas havia um pouco de luz vazando daquela direção para o que, de outra forma, seria escuridão absoluta, já que as nuvens haviam coberto as estrelas.

Nas brasas da fogueira, havia um cheiro de cinzas que tinham esfriado. Os cavalos abriram os olhos depois do cochilo no piquete que ele havia montado, bufando e se mexendo.

Por longos instantes, aquele ruído encobriu o som que o acordara. Então ele ouviu de novo, a inconfundível batida de pés na terra, alguém correndo... e correndo em sua direção, a áspera respiração de cansaço. Um estranho som agudo de um animalzinho veio por trás dele, o baque de patas. Atrás disso, dois cavalos começando a galopar.

Conan tirou a espada da bainha e avançou como um fantasma. Nesse momento, os primeiros dedos de luz da manhã apareceram no cume das montanhas pedregosas atrás dele, e ele pôde ver uma figura humana correndo em sua direção. Negra — uma nativa —, alta e de membros longos, correndo como alguém que sabia como fazer isso, mas que estava quase no limite.

Uma mulher, ou eu sou picto!, pensou ele.

Atrás dela, vinham dois animais movendo-se muito rápido; felinos do tamanho de um leopardo e malhados, mas com pernas mais longas e cabeças menores.

Guepardos!, pensou Conan.

Aqueles eram curiosos felinos caçadores das savanas, mais rápidos do que qualquer outro animal de caça, e, ao contrário de qualquer outra espécie de felino, tinham estranhas patas caninas com garras cegas que não se retraíam. Os nobres stygios os usavam para se entreter, treinando-os desde a infância e carregando-os em almofadas atrás das selas como falcões que só ficavam no chão e eram soltos para pegar antílopes. Provavelmente as classes superiores de outros reinos também, já que os animais eram nativos daqui, mas não do vale do Styx, ao norte.

A mulher estava indo direto para o penhasco, talvez para conseguir um lugar onde suas costas ficassem protegidas. Ela não ia conseguir, por pouco. Evidentemente, a própria também pensava assim, pois se virou e se agachou, pegando um grande galho caído para usar como taco.

Talvez tenha sido isso que levou Conan à ação; ou talvez o brilho do metal de vários cavaleiros que seguiam atrás dos felinos caçadores. Os guepardos não agarravam suas presas com garras e mandíbulas como outros grandes felinos. Em vez disso, avançavam contra eles em velocidade, derrubando-os e atordoando-os, e só então focavam a garganta. Não era uma estratégia sutil, mas, pelo que ele tinha ouvido falar, eram estúpidos a ponto de fazer um bichano doméstico parecer um filósofo coríntio em comparação.

Os guepardos o ignoraram enquanto ele avançava, focado na mulher que estavam perseguindo. Quando ela se virou, passaram de rastros muito rápidos para borrões que viajavam ao dobro do ritmo de um cavalo veloz, mais rápido do que qualquer coisa que não tivesse asas. Não poderiam manter isso por muito tempo, mas não precisavam.

A mulher se jogou para o lado no último instante possível, balançando o taco improvisado. Houve um baque, e então os dois guepardos passaram por ela enquanto ela rolava na encosta gramada.

Então notaram Conan. Deviam ter sido especialmente treinados para caçar humanos, porque não tentaram desacelerar e voltar para matar. Vieram direto para *ele* após fazer a curva.

Conan decidiu atacar antes da mulher. Antecipar as ações de um inimigo fazia você ser efetivamente mais rápido do que o normal, e essas feras pareciam ter apenas uma tática — uma corrida precipitada, um salto, um golpe e passar do alvo.

Ele ficou ereto quando os guepardos se aproximaram. Então, quando estavam empenhados na corrida de ataque, ele caiu abruptamente sobre um joelho, mesmo enquanto a espada cantava em um silvo de ar fendido.

Crack!

A lâmina pesada da espada encontrou os membros dianteiros do guepardo logo abaixo de onde se juntavam ao corpo semelhante ao de um galgo. Bater em um leão era como esculpir em madeira viva; isto era muito mais leve, como se fosse um corpo mais frágil que o de um homem, pois foi construído para ser extremamente rápido.

Ele poderia jurar que havia uma expressão de espanto imbecil no rosto do guepardo quando ele virou de cabeça para baixo no ar, com as duas patas dianteiras cortadas. Aterrissou cinco passos atrás dele, deu um berro e um guincho final enquanto se debatia em uma poça do próprio sangue e morreu.

O outro felino bateu em Conan.

Como uma pedra peluda de trinta quilos lançada de uma catapulta.

Conan caiu para trás com um grunhido e depois soltou outro quando suas costas bateram no chão. Ele não deixou que o quase-rodeio o impedisse de se torcer freneticamente e levantar a espada, com a ponta em direção a onde o guepardo havia ido. Como esperava, o animal veio até ele da penumbra moribunda, investindo contra a sua garganta de onde deveria estar esperando no chão após o impacto atordoante.

A ponta da espada entrou sob a base do crânio do guepardo, e seu próprio ímpeto e a braçadeira dura como pedra formada pelas pernas dobradas do cimério afundaram o aço até o cabo. O guepardo mordeu ferozmente a guarda da arma e, então, ele também morreu.

Conan girou em uma volta de três quartos e o lançou para fora do aço, com um movimento semelhante ao do arremesso de martelo nos jogos da feira da colheita, em casa. Como o martelo, o guepardo voou da espada para cair a uma dúzia de passos de distância, com uma suavidade lubrificada pelo próprio sangue.

Então os dois tratadores montados estavam sobre ele.

Ou sobre *eles*, pois a mulher estava de pé novamente. Eles usavam pelegos leves, e havia um cobertor amarrado atrás para os guepardos. Estavam levemente equipados com capacetes de couro com tiras de aço, coletes e calças curtas de pele curtida. Estavam montados em bestas esguias e ossudas que pareciam rápidas, embora não sofisticadas. Mas também tinham espadas pesadas e de pontas cortantes. Eles as puxaram e as apontaram; talvez estivessem enfurecidos com a morte de seus animais.

Conan ficou de pé e girou para enfrentar o primeiro. Com as duas mãos, segurava a espada apontada para baixo, à direita, sua respiração ofegante diminuindo. O cavaleiro era tão esguio quanto a montaria, sua pele escura brilhando de suor, quase invisível à luz do amanhecer. Sua boca se contorceu em um rosnado enquanto segurava a lâmina pronta para um golpe cortante com o peso de um homem e uma montaria atrás dela.

Equilibrado na parte frontal dos pés, o cimério ficou imóvel como uma estátua por um instante, enquanto seu pretenso assassino batia com os calcanhares descalços nas costelas do cavalo e avançava com um grito de raiva. Conan esperou até que o golpe da lâmina começasse.

Então se abaixou e dobrou o joelho direito ao mesmo tempo. O aço passou por cima de sua cabeça com um silvo maligno. O joelho tocou o chão, mas o peso ainda estava na fronte do pé, e a força da panturrilha e coxa impulsionou o golpe que ele desferiu no jarrete do cavalo. Seu próprio peso e velocidade foram adicionados à força do golpe, que percorreu mãos, pulsos e braços para fazer o corpo girar.

O que foi bom, já que era para esse lado que ele queria se virar. O cavalo caiu com um grito de dor ensurdecedor, e então suas costelas bateram na terra rochosa. Sob elas, estava a perna direita do cavaleiro, e ele mesmo gritou. Então gritou novamente, com o rosto contorcido de terror enquanto Conan saltava e atacava, conduzindo a ponta da própria lâmina pesada por completo através do torso de seu alvo, da esquerda para a direita e no chão abaixo, então arrancando-a em uma chuva de sangue. Conan girou com uma pressa frenética para ver onde o outro cavaleiro estaria.

Não precisava ter se incomodado, pensou ele.

Esse movimento foi bem a tempo de ver o outro homem cair sobre a traseira da sela quando uma pedra do tamanho de um punho se chocou em seu rosto. A mulher que a havia atirado seguia com outra nas mãos, uma maior. Ela aterrissou de joelhos no peito do cavaleiro com uma força que por si só teria quebrado ossos, e suas mãos se agitaram para cima e para baixo como uma pessoa que moía grãos com um almofariz e um pilão, batendo a pedra maior no rosto dele meia dúzia de vezes.

O homem se esparramou e morreu quando seu crânio rachou e seu rosto se transformou em uma massa horrível com dois globos oculares soltos pendurados para fora. Então ela se levantou, jogou a pedra para o lado e olhou para Conan. Seus olhos estavam em chamas, mas a voz estava uniforme e calma enquanto falava através da respiração ofegante após a ação de vida e morte.

— Mais estão vindo — disse, apontando para o oeste. — Lanceiros darfari, uma dúzia. Mais lacaios. Aqui, em breve. — Ela falava stygio, que era a língua comum por aqui, com quase a mesma proficiência elementar que ele. — Não consigo correr — continuou ela. — Mais guepardos, mais rápidos que cavalos. Esconda. Por aqui!

Ela disparou em direção ao penhasco, e ele a seguiu. Ele havia matado o homem, o homem *darfari*, mais ou menos por reflexo. Isso não significaria nada para os camaradas do homem, é claro. Pelo que Conan sabia, a mulher podia ser algum tipo de criminosa vil, alguém que envenenava ou sequestrava, mas ele estava do lado dela agora, gostasse ou não.

Evidentemente, ela sabia algo que ele não sabia.

Ela arrebatou a espada, a adaga e o cinto do caçador que havia matado e, com um movimento, cortou o piquete que segurava os cavalos de Conan. Foi um movimento certeiro; os perseguidores pensariam que eles os estavam montando e perderiam tempo perseguindo-os enquanto os dois se escondiam. *Se* houvesse um lugar para se esconder.

Havia.

Com cuidado e rápido, a mulher empurrou para o lado uma cortina de trepadeiras floridas que escondia a rocha sob uma profusão de púrpura e amarelo pálido. Então, caiu de bruços e, empurrando as armas à sua frente, contorceu-se por uma abertura que parecia um triângulo torto, abaixo. Conan se curvou para o lado para pegar sua lona e os calções e, então, mergulhou na entrada estreita.

Ele seguiu, mas não sem algumas referências pouco elogiosas às entranhas, partes inferiores e vida amorosa de várias divindades. Seus ombros deixaram a passagem muito menos confortável, e, ao passar, ele teve que deixar um pouco de pele na áspera rocha de arenito. O fato de o lugar estar úmido, com infiltrações e, portanto, escorregadio e viscoso, ajudou-o a passar.

A luz desapareceu rapidamente. Ele podia ver à frente as solas ligeiramente mais pálidas dos pés de sua companheira acidental. Então não havia nada além do som da respiração dela, a passagem de seus corpos no fundo do túnel e o cheiro ligeiramente almiscarado do suor dos dois. Abruptamente, havia areia sob ele — julgou que tinham percorrido uma dúzia de vezes o comprimento de seu corpo e sentiu mais do que viu o espaço se abrir ao redor deles.

Ela pôs a mão no braço dele e falou baixinho:

— Vire. Ouça. Mate, se algum vier depois.

Ele se virou, consciente da presença ao seu lado. Então, tateou a rocha e estreitou os olhos para captar a luz fantasmagórica que podia ver, agora que haviam se acostumado. O túnel que haviam percorrido estava à frente deles, apenas largo o suficiente para um homem rastejar, mas não para seus braços se moverem muito. Um intruso poderia usar uma lança um pouco, mas teria que trazer uma lanterna também. Daqui eles poderiam atacar homens tão indefesos quanto um peixe em um barril.

Conan finalmente deixou a respiração diminuir e teve tempo de começar a sentir os arranhões e as coceiras de onde o suor estava secando. Havia também o frescor bem-vindo e o cheiro de rocha úmida e areia.

Isso o lembrou de recolocar as calças, o que seria essencial se não quisesse deixar pedaços valiosos de si mesmo esfolados na rocha. Isso exigiu algumas contorções, mas ele se manteve em silêncio.

Houve um leve farfalhar ao lado dele. Logo atrás, vinham os sons de fora, estranhamente abafados e distorcidos enquanto desciam pela estreita fenda sinuosa na rocha. A batida de cascos e o chilrear agudo que soava para todo o mundo como o indagador miado de um gato, mas ampliado dez ou vinte vezes. Vozes, em uma linguagem borbulhante e líquida da qual ele não entendia uma palavra, mas ouviu o desgosto universal de homens que esperavam encontrar um inimigo e haviam descoberto que ele tinha partido.

Ou que ela *havia partido*, pensou Conan.

Houve um protesto estridente de um guepardo, que ele imaginou que havia sido provocado pela ponta de uma bota, e então um rosnado de ordem muito humana. O ruído maciço de cascos, e então o silêncio caiu novamente.

Conan sorriu na escuridão.

Por um lado, ele havia perdido três cavalos e seus suprimentos. Por outro, não havia sido esfaqueado por meia dúzia de lacaios, ou derrubado da sela e atingido por um guepardo perseguidor que podia correr o dobro da velocidade de um cavalo. Mais do que o dobro da velocidade de qualquer cavalo que Conan montasse, considerando o que seu peso fazia com uma montaria.

A mulher deu um tapinha no braço dele de novo, depois tocou os lábios e orelhas com um dedo. Ele entendeu o significado. O mais inteligente para os perseguidores darfari era cavalgar ostensivamente e deixar alguns guerreiros para emboscar quem quer que surgisse, indefeso como um bebê recém-nascido enquanto eles se contorciam para fora da rocha.

Depois de um tempo, eles se viraram novamente, e Conan seguiu sua companheira acidental. Ela o tocou com um sinal quando era seguro ficar de pé e andar — embora, quando o fizeram, ele tenha se inclinado e mantido uma mão na frente e acima da cabeça.

A mulher era alta, mas não uma gigante. Ela parecia saber para onde estava indo, nunca hesitando quando chegavam a uma ramificação. Ele tateou as curvas que fizeram e acenou com a cabeça — sem ser visto — para si mesmo quando encontrou um padrão de três lascas horizontais retiradas da rocha no lado para o qual se viraram. Essas cavernas haviam sido marcadas.

— Seu nome? — perguntou ele depois de um tempo, em seu stygio básico. — De onde?

— Nome Irawagbon — respondeu ela. Havia um sorriso em sua voz quando ela acrescentou: — Significa "O inimigo tentou matar e falhou".

Ele riu abertamente, e o som ecoou. Esse era um bom nome para alguém com o espírito e as habilidades que ele tinha visto na breve luta selvagem.

— Eu de *Ahasu*, significa Rei... Osakwe, nome é "o Senhor Concorda".

Ah, Abomey, pensou. Era um vizinho a sudeste de Darfar, menor, mas conhecido pela ferocidade e ausência de medo de lutar.

— Esposa do rei Osakwe, eu — acrescentou ela. — Dama de lança do rei. — Isso o intrigou, até que se lembrou do regimento da guarda amazona do rei abomeano e a ficção legal de matrimônio com seu suserano.

— É Abomey? — perguntou ele, batendo o pé em um pedaço de pedra para mostrar o que queria dizer. Desta vez, *ela* riu.

— Coisa que muitos sábios quebram a cabeça — disse ela — e guerreiros quebram a cabeça um do outro. — Isso exigiu um momento para que ele entendesse. Conversar em um idioma estranho para ambos era um problema com o qual ele estava familiarizado. — Isso Abomey, isso Punt, isso Darfar, isso Stygia — continuou. — Todos dizem minha terra, minha terra, mas não tem homem aqui, nem fazenda, apenas animais. Talvez reino do leão, da hiena, do elefante.

Ele assentiu, então grunhiu concordando, porque ela não podia vê-lo. Pelo que ouvira, muitos dos reinos negros ao sul da Stygia eram grandes — tanto em território quanto em população —, mas seus povos eram ilhas em um vasto mar de selva, separadas por grandes trechos onde iam apenas nômades, caçadores e invasores.

— Quem é você? De onde?

— Conan — disse ele —, um cimério. — Então teve que explicar que a Ciméria ficava muito ao norte dos grandes reinos ocidentais, o que a surpreendeu. Argos e Koth e o resto eram mitos para ela. — Uma amiga minha estava no mesmo bando de guerra que eu — comentou —, mas um stygio tentou tomá-la à força. — Irawagbon bufou como quem não estava surpresa. — Ela o matou e fugiu, e o irmão dele está perseguindo-a, indo para o sul.

— Correu para o sul, passando aqui? — Desta vez, ele pôde ouvir a surpresa em sua voz.

— Sim. Isso é estranho?

— Muito ao sul aqui, floresta... selva, dizemos. Ruim para viajar. Então terras amaldiçoadas. Vai lá, é comido por... — Eles tiveram que ir e voltar várias vezes antes que ele entendesse que ela queria dizer algo reptiliano e enorme, ou, como ela disse, *"mais alto que quatro homens, pesado como elefante, come pessoas"*. Depois de seus encontros com crocodilos, Conan não estava ansioso para encontrar o tal dragão-besta. Por outro lado, podia ser apenas um mito, e certamente era um boato. No entanto, acreditava na floresta-selva, uma vez que havia visto a terra crescer cada vez mais e se encher de árvores à medida que sua perseguição devorava os quilômetros.

Conan deu de ombros. O que quer que estivesse ao sul, ele o seguiria.

— Estou farto da Stygia — rebateu.

Ela riu.

— Hienas de deuses vomitam almas stygias fedorentas como carne de cobra. — Ele não ficou surpreso. Ninguém gostava muito de stygios, exceto outros stygios. E nem sempre.

— Eu os segui para matar o stygio — continuou ele — e viajar com ela de volta para nossas terras. Por que você está aqui? Você foi pega em uma incursão?

— Não — respondeu ela. — Em um...

A maldição do vocabulário limitado atacou novamente. Por fim, ele pegou que ela e algumas outras de seu regimento tinham vindo visitar um santuário de Derketa há muito abandonado — que era rainha das batalhas e do submundo, bem como deusa do amor e da fertilidade —, onde os darfari as encontraram enquanto dormiam o sono do lótus-negro, buscando visões. Atacar peregrinos era algo tão condenável aqui quanto em qualquer outro lugar, mas eles não conseguiram resistir ao encontrar as odiadas damas de lança indefesas.

— Derketa me diz para acordar, mas eu desacelero com suco, sou pega — explica ela. — Então, mais tarde, uma faca... faca emperrou... — isso trouxe um murmúrio do que provavelmente eram maldições em sua língua nativa. — ...então eu fugi. Os velhos boatos falam dessas cavernas; levam ao santuário.

Eles entraram em uma caverna maior, uma com uma fenda no alto que se abria para o lado de fora. A luz que entrava era fraca, ofuscada por arbustos grossos, árvores e longas gavinhas de cipó que pendiam para dentro da caverna, ficando mais esbranquiçadas à medida que desciam quase até o chão arenoso e cravejado de rochas. Depois de quase uma hora na escuridão total, mesmo a luz escassa parecia uma chama.

O cimério e sua nova companheira se entreolharam longamente, a primeira vez que tiveram tempo para fazê-lo.

— Homens grandes na Ciméria — disse ela, dando-lhe uma olhada franca.

— Mulheres ferozes em Abomey — respondeu ele.

Ela também parecia um leopardo grande como Valéria, com um porte semelhante, considerando a diferença entre loiro pálido e o preto da meia-noite. Seu cabelo crespo estava cortado como um gorro de zibelina, e ela tinha bochechas altas, lábios carnudos, um leve arco no nariz largo e cicatrizes em forma de V em cada bochecha.

Aquele rosto tinha uma aparência que ele também conhecia; alguém que recentemente havia sido espancado por punhos, e o resto do corpo dela estava comparativamente machucado, embora os hematomas não aparecessem tão bem em sua pele quanto em um nortista. Ela não se preocupava nem um pouco com sua nudez completa.

Bem, as pessoas nestas terras andam bastante nuas, ou apenas com uma tanga, pensou ele. *Com o clima deles, não estou surpreso, e essa pele protege melhor do Sol do que a de um cimério.* Ele aprendera isso por meio de duras experiências.

— Onde agora? — perguntou ele. — O quê?

— Resgatar minhas irmãs de lança — respondeu ela. — Então, nós ajudamos perseguir o stygio. Cavalo, equipamento, ajuda pelo caminho até voltar para casa.

Conan hesitou. Ele odiava a ideia de desistir do tempo que havia ganho avançando com tanto esforço, mas não podia simplesmente voltar por onde viera, embora tivesse memorizado cuidadosamente as curvas na escuridão. E, mesmo que voltasse, não tinha cavalos.

Os darfari provavelmente o cortariam quando ele saísse, a menos que esperasse muito tempo... muito tempo sem comida, porque não havia nada comestível nessas cavernas. Mesmo que não o fizessem, seguir para o sul provavelmente o levaria direto para os braços deles, o que significava direto para as pontas de suas lanças.

— Por Crom, por que não? — questionou ele. — Atacar peregrinos em um santuário é uma blasfêmia, de qualquer maneira. Os deuses vão odiá-los.

Ele estendeu a mão. Isso exigiu uma explicação, então ela a apertou, e ele passou pela versão do povo dela daquele gesto.

— Por onde então? — indagou ele.

Irawagbon apontou para cima.

— Siga. — Então ela amarrou a espada e adaga capturadas em um cipó cuidadosamente escolhido e saltou para agarrar um dos mais grossos, balançando-se mão após mão, o que era um feito de força atlética impressionante.

Acho que não vou contar a Valéria sobre isso quando eu a alcançar, pensou Conan. Ele cuspiu nas mãos e, por sua vez, subiu.

21

Ambos estavam ofegantes novamente quando alcançaram o teto da caverna. Irawagbon foi primeiro, de costas para um lado da fenda na rocha e os pés apoiados no outro. Conan estremeceu levemente ao pensar em mais escoriações nas costas e ombros, em que as feridas da dura luta com o crocodilo e da queda que havia levado quando o segundo guepardo o atingiu naquela manhã já haviam criado casquinha. Mas não havia nada a ser feito sobre isso, e, na Ciméria, ele tinha escalado muitas rachaduras e fendas usando essa técnica.

Arrastando-se para dentro da fenda, firmou os pés e esperou até que sua companheira estivesse a três metros de distância. A luz mais brilhante perto da superfície o fez semicerrar os olhos. Houve também uma lufada de ar quente, e ele gemeu por dentro quando pensou em trocar o agradável frescor das cavernas pelo calor do lado de fora.

Então seguiu; ele era mais lento do que ela, porque era mais apertado para ele. Os últimos três metros eram estreitos o suficiente para que ele mudasse de postura, conseguindo levantar a cabeça e levantando-se com os pés e as mãos e, ocasionalmente, outras partes do corpo.

Pouco antes de sua cabeça sair, ele esperou um momento, deixando os olhos se ajustarem à luz do dia mais uma vez depois de tanto tempo na escuridão. Então se empurrou para cima, lentamente, para não atrair nenhum olhar hostil. Irawagbon estava deitada de bruços, dando uma olhada cuidadosa ao redor. Conan se levantou e fez o mesmo.

Ela puxou para si o cipó que segurava as armas e as colocou no cinto.

Ao leste, as colinas desapareciam à distância, expandindo-se a partir da que eles estavam, como a superfície de uma cunha. Como esta, o topo era plano, mas eram divididas ao meio por encostas rochosas e íngremes e faixas estreitas de planícies margeadas por rios como se tivessem sido um planalto, uma planície nivelada, então à época cortadas em pedaços por rios. O processo estava incompleto, e muitas das colinas ainda estavam unidas por pontes estreitas de rocha não erodida.

A grama dos topos planos era baixa e verde-amarelada à altura dos joelhos, com arbustos ao redor de pedras e um estranho espinheiro, também de topo plano e muito parecido com os da savana mais ao norte.

As encostas entre as colinas variavam — rocha pura, grama rala, arbustos mais densos e, aqui e ali, um trecho de floresta mais alta. As valas à beira do rio eram densamente arborizadas, com árvores altas de troncos retos entrelaçadas por trepadeiras, todas espessas o suficiente para que apenas um brilho de vez em quando revelasse a água em movimento. O vento quente estava excepcionalmente úmido, e nuvens empilhadas a leste indicavam uma tempestade passageira.

A grama parecia um pouco molhada sob os seus pés, e ele podia ver um lago extenso e raso ali perto, com mais árvores pequenas ao redor, provavelmente um pântano sazonal.

Havia um cheiro intensamente verde no ar, um pouco empoeirado, e também um leve cheiro de faísca e enxofre que era outro indício de que havia relampejado há pouco tempo. Ele olhou para os escombros empilhados ao longo da borda do cume plano, e o conhecimento de ferreiro de seu pai lhe disse que aquilo era minério de ferro, provavelmente rico o suficiente para ser fundido se alguém quisesse fazê-lo neste enorme trecho despovoado.

Ele carregava duas facas consigo; uma multiuso de acampamento com cerca de doze centímetros de lâmina e uma adaga de vinte e cinco centímetros. Com um polegar, Irawagbon indicou que ela queria a ferramenta em vez da arma, e ele a ofereceu, estendendo-lhe o cabo primeiro, descansando-a na palma da mão. O rosto dela se iluminou em um sorriso conforme a pegava, testava o gume e assentia para ele.

Depois de alguns minutos de escrutínio silencioso, a abomeana se ajoelhou e usou a faca para cortar punhados de grama e lianas, seus dedos trabalhando habilmente enquanto os emaranhava no cinto e numa bolsa e jogava por cima do ombro, abaixando-se para pegar pedras lisas do tamanho certo para serem arremessadas e algumas menores. Ele ofereceu sua lona, e ela a cortou em uma tanga, enrolando-a habilmente em torno dos quadris, tendo calma para abrir um novo buraco no cinturão da espada do darfari morto para que se ajustasse perfeitamente à sua cintura.

Isso a permitiu embainhar as armas e carregá-las com mais facilidade. Então ela olhou para ele criticamente enquanto devolvia o canivete.

— Me dê este tanto de couro — disse, apontando para as calças dele, e então indicou algo do mesmo comprimento de seu braço. — Faz arma... — Ela mimetizou algo girando em torno da cabeça e seguiu com um braço estendido. Ele *entendia* stygio suficiente para isso.

— Funda — disse ele.

— Funda — respondeu ela, assentindo e olhando como se estivesse memorizando o termo.

Ele deixou as calças caírem e jogou-as para o lado. Irawagbon habilmente cortou tiras em espiral da parte inferior que cobria as pernas, atou-as em um nó e, em seguida, usou um pedaço do tecido grosso de algodão da lona para fazer o bolso. Ela colocou uma pedra nele, girou-a uma vez ao redor da cabeça e soltou.

A pedra se chocou na borda de uma rocha a cinquenta metros de distância com um estalo agudo, e uma chuva de faíscas e escombros confirmou a suposição dele sobre a composição das pedras por aqui. Ela exibia um sorriso satisfeito, e ele assentiu sobriamente enquanto ela amarrava a funda em volta da testa como uma faixa, prendendo-a com um nó de correr que ele sabia que permitiria que ela a colocasse em ação em um único movimento de mão.

A bolsa improvisada dela poderia conter tantas pedras adequadas quanto a aljava de um arqueiro poderia guardar flechas. Isso seria muito útil mesmo. Fundas não eram muito comuns na Ciméria ou nos reinos do noroeste, mas ele as vira em ação em outros lugares, e os projéteis eram armas mortais nas mãos dos habilidosos... e ela obviamente era.

Seria útil para caçar também.

Então ela jogou as calças de volta para ele. Quando ele as vestiu novamente, ficaram um pouco acima do joelho em ambas as pernas, mas funcional o suficiente. Enquanto ele fazia isso, a mulher abomeana riu. Ele ergueu os olhos interrogativamente enquanto afivelava o cinturão da espada mais uma vez.

— Um belo... — Ela disse uma palavra em seu próprio idioma e deu um tapa em sua própria nádega direita musculosa, mas bem torneada.

— ...traseiro — completou ele prontamente.

— Seu belo traseiro — disse ela, e piscou. — Só pálido como barriga de peixe morto. Talvez traseiro te mate, não pode ver porquê?

Ele bufou. Ela também tinha o senso de humor de um soldado.

— Para onde agora? — perguntou ele.

— O santuário por aqui — disse ela. — Blasfemadores darfari ainda lá, provavelmente. Poucos para guardar tantas damas de lança, devem parar para... prender? Acorrentar? E pegar comida para viagem. Vamos topo da colina, ali, ali, ali.

Ele olhou para cima. Era cerca de meio-dia.

— Quantos sóis?

— Dois — respondeu ela, prestativamente levantando os dedos. — País dos kerchaki no meio — acrescentou, então encolheu os ombros com uma expressão de que não se podia fazer nada.

— Kerchaki?

— Fera. Como homem, mas peludo, grande. *Dentes* grandes...

Eles conversaram sobre isso por um tempo enquanto avançavam. Ela parecia estar descrevendo algum tipo de grande macaco.

— Ah, gorilas — disse ele.

Ela conhecia a palavra em stygio. Conan só sabia porque o governador Wenamun tinha um em seu zoológico e permitia que os cidadãos de Sukhmet o vissem ocasionalmente. Mas ela balançou a cabeça.

— Gorila mais ao sul, florestas profundas. Grande, mas não feroz, só mata se atacar. Parece mas não é kerchaki. Diferente. Esperto. Come mais carne. Perigoso. Muito astuto, não tem barulho quando ataca.

Conan grunhiu pensativo. Ele teve experiências com macacos perigosos mais de uma vez, nas colinas ao redor do extremo sul do Mar de Vilayet, bem a nordeste, e em outros lugares... especialmente na casa de Nabondius, o Sacerdote Vermelho, que mantinha um como bicho de estimação que servia de guarda-costas. Por fim, ele se voltou contra seu mestre.

E ainda tem aquela maldição, pensou ele, inquieto, mas não deixou isso transparecer em seu rosto.

Eles trotavam em silêncio — usando o ritmo do caçador, caminhando e acelerando gradualmente até uma corrida lenta e depois diminuindo novamente, parando por alguns minutos a cada hora ou algo assim. Na terceira pausa, Irawagbon desatou a funda da testa, carregou-a com uma pedra do tamanho de um ovo, girou-a uma vez ao redor da cabeça e soltou. Uns cem metros à frente, um pássaro que se parecia um pouco com uma codorna saltou e caiu mole com a cabeça quase arrancada.

Um bando do mesmo pássaro saltou de um trecho de arbustos com bagas vermelhas e azuis, e a funda zumbiu mais três vezes, derrubando-os a quase cem metros.

Eles estriparam os pássaros rapidamente, depenaram-nos enquanto caminhavam e depois cada um enfiou dois pares de pés em seus cintos. Os pássaros foram drenando enquanto a dupla caminhava-trotava-corria-trotava-caminhava. Fazia uma bagunça, mas ela não era nada fresca.

Algumas vezes, parou e arrancou alguma erva ou raiz. Ele silenciosamente agradeceu pela sorte de ter encontrado alguém que conhecia a vegetação local.

Eles correram pelo crepúsculo que caía rápido nessas terras do Sul, depois durante a noite, enquanto a Lua estava alta. Estava em sua fase crescente e oferecia mais luz. Conan estava procurando um bom lugar. Ele já havia começado a apontar um, quando Irawagbon falou:

— Ali, lugar certo.

Eles sorriram e se dirigiram para o pequeno declive que ele tinha visto. Um espinheiro morto fornecia madeira seca que se podia queimar; Conan arrancou os galhos como se não fossem nada, consciente dos olhares de admiração da mulher. Quando acendeu o fogo — a luz não poderia ser vista além da borda da pequena depressão no topo da colina, e nada nos arredores era mais alto — ela havia cortado os pássaros à la crapaudine e os colocado em espetos feitos de galhos e gravetos. A fumaça não importava na densa escuridão, já que não podia ser vista.

Quando as chamas se reduziram a brasas, a abomeana colocou os pássaros em suportes improvisados e os pôs para grelhar, posicionando nas bordas as raízes que havia colocado.

Assim que a comida estava pronta, eles enterraram o fogo sob montinhos de terra cavados com suas facas e depois engoliram a refeição. Ele saboreou o rico gosto defumado dos pássaros assados e a qualidade saborosa das raízes. Uma boa pisoteada garantiu que o fogo estivesse bem e verdadeiramente apagado.

Depois que lamberam os dedos, Irawagbon sorriu para ele de onde ela havia colocado sua metade da lona.

— Ei, Conan — disse ela. — Pergunta?

— Qual pergunta?

— Eu vejo o traseiro bonito de novo? — Ele mal conseguiu ver o gesto de agarrar que ela fez com as duas mãos, junto a uma piscadela larga. Então ela acrescentou: — Sentir também?

Não, definitivamente *não vou contar a Valéria sobre esta parte da viagem*, pensou ele enquanto se aproximava.

Algum tempo depois, ele bocejou e parou quando um pensamento lhe ocorreu.

— Você não tem medo...

Sua mão moldou o ar sobre a barriga dela.

Irawagbon gemeu baixinho, revirou os olhos e deu um tapa no braço dele.

— *Agora* homem pergunta? — Ele encolheu os ombros. — Dama de lança tem casamento... — começou ela. Outra pausa para encontrar as palavras. Por fim, eles se contentaram com "rito". Ele não tinha certeza se isso estava correto, mas não conhecia a palavra stygia para "cerimônia". — Sacerdote coloca feitiço. Essa palavra? — Conan assentiu, e ela continuou: — Tem bebê apenas com o marido. Rei, né? Rei tem muitas esposas de cama. Não toca damas de lança. — Ela suspirou. — Nós, quatro mil irmãs de lança, sem bebê.

Conan sorriu, uma expressão preguiçosa.

— Você não... — Ele alterou o sorriso para uma máscara cômica de tristeza e saudade. — ...para o rei?

Novamente Irawagbon revirou os olhos.

— Rei tem... — Ela abriu as mãos seis vezes, indicando 60 anos. — E... — Repetiu o gesto que representava uma barriga enorme e abaixou a cabeça para imitar uma papada. — ...como hipopótamo... e cheiro. Algumas damas de lança, todas boas com mulheres, não é contra a lei. Eu gosto... — Com um braço, ela fez um gesto gráfico de penetração. — ...melhor. Não tenho muito. Qual palavra stygia, mulher vai... — ela fez o gesto de penetrar novamente — ...com homem casado?

— Adultério. — Forneceu Conan, após um momento de reflexão.

— Adultério — concordou ela —, ser enterrado vivo. Por isso tem cuidado. — Então ela olhou para ele, erguendo uma sobrancelha que ele mal podia ver na penumbra. — Você não é como homem-abelha — disse.

— O quê? — perguntou ele.

— Abelha pica uma vez e morre — disse ela, agarrando-o estrategicamente. — Você, não! Nenhum ronco agora.

Irawagbon pegou o primeiro turno da vigília.

Algo tirou Conan de um sono profundo, de modo que ele ficou totalmente alerta, como sempre ficava — ressacas à parte, em que era necessário certa força de vontade.

Foi o barulho.

Na verdade, ele percebeu que, suspeitamente, havia *pouco* barulho, dado como a noite deveria ser alta aqui, com o zumbido e chilrear dos insetos, o canto dos pássaros, os gritos das feras, dos rugidos dos leões e as gargalhadas enlouquecidas das hienas.

Não estava totalmente silencioso, mas muito mais quieto do que deveria, e muito escuro. Metade das estrelas estava obscurecida pelas nuvens, e a Lua estava baixa. Ele sibilou baixinho, esperando que Irawagbon surgisse imediatamente. Ela já havia demonstrado que era tão boa quanto ele em se mover no escuro.

Nada.

O alarme disparou através dele como um balde de água fria no estômago. Ele se agachou, espada em uma mão e adaga na outra. A densa escuridão pelo menos oferecia a vantagem de que ele não seria delatado por um brilho das bordas afiadas. Ele farejou o ar parado e quente da noite, então avançou suavemente.

Irawagbon havia lhe mostrado os pontos de onde ela pretendia observar, quatro deles. Caminhar ao redor de um perímetro era um tipo inútil de sentinela, praticado apenas por idiotas e homens civilizados — se é que havia alguma diferença.

Então, mais uma vez, o silêncio foi interrompido por um longo pio que berrava alto, mas a cerca de quatrocentos metros ao norte. Não era humano, não exatamente, mas também não era inteiramente o grito de uma besta caçadora.

Kerchaki, pensou, e sentiu o pelo da nunca eriçar quando se lembrou do que ela havia dito. *Muito astuto, não tem barulho quando ataca*. Ele passou as mãos pelo chão ao redor da rocha que Irawagbon havia escolhido como um de seus postos de escuta. Sua mão roçou o couro.

Era a funda dela.

Ele a enrolou rapidamente e enfiou no compartimento do cinto. Em seguida, uma mancha de umidade. Ele a levou ao nariz; sangue, embora tenha provado para confirmar. Conan tateou cuidadosamente. Havia mais alguns respingos, mas nenhuma das poças que ele esperaria de um ferimento mortal. A explicação mais plausível era a de que o que quer que fosse havia surgido, golpeado Irawagbon forte o bastante para deixá-la inconsciente, ou pelo menos sem condições de resistir, e, então, levado-a embora.

O cimério voltou para as brasas do fogo e acendeu um pequeno galho. Então, caminhou cuidadosamente de volta para a rocha e se manteve abaixado, olhando em volta por alguns momentos. Isso lhe mostrou as pegadas de Irawagbon em alguns lugares e, depois, outras impressões. Semelhantes às de um homem, mas maiores que as de Conan, mais largas e mais profundas do que suas próprias pegadas seriam... o que significava pelo menos uma vez e meia o peso dele. E com o dedão do pé um pouco aberto para um lado e os outros mais compridos do que deveriam.

Ele abafou a tocha — nessa elevação, mantê-la acesa era como agitar uma bandeira. Ele tinha visto pés assim antes, principalmente em coisas que estavam tentando matá-lo e chegando muito perto de serem bem-sucedidas. Era muito raro para ele lutar contra alguém mais forte, ou que tivesse sentidos mais aguçados. No entanto, quando expandiu as possibilidades de qualquer um para qualquer *coisa*, isso deixou de ser verdade.

— Kerchaki, com certeza — murmurou para si mesmo, baixinho.

O cinto de armas quebrado que ela usava confirmou seu palpite. A única questão agora era o que fazer a respeito. Poderia esperar mais algumas horas até o nascer do Sol, mas isso talvez permitisse que Irawagbon fosse morta, se já não estivesse. Ou poderia começar a perseguição agora, com apenas aquele pio para seguir uma direção e inimigos que seriam mais fortes do que ele e, mais importante, que teriam audição e faro muito mais aguçados. Além de possivelmente mais capazes de ver na escuridão.

Para além disso, em seu próprio terreno.

Conan respirou fundo e encolheu os ombros enquanto enrolava o cinturão da espada e o pendurava no ombro. Irawagbon era uma camarada, e ele concordou em ajudá-la. Isso significava que não havia realmente nada a fazer a não ser seguir, e sem esperar.

Bebendo bastante água, ele prendeu o cinturão da espada para que fosse menos provável de enganchar em alguma coisa, improvisou um copo a partir de um pedaço da lona e o encheu de terra para manter algumas brasas, a fim de que pudesse levar o fogo sem que a luz aparecesse.

Então, virou-se, até que uma voz interior lhe dissesse que estava olhando para a direção de onde ouvira o longo grito selvagem e caminhou noite adentro, com a espada na mão direita e o fogo na esquerda.

Aço e fogo...

22

Uma hora depois, Conan parou.

Pela primeira vez, não foi porque algum galho espesso e invisível quase havia arrancado o seu olho. Até onde sabia, havia chegado ao lugar de onde o grito tinha vindo — em sua melhor estimativa, estava a cerca de cem passos dele, mais ou menos, e não tinha como saber para que lado a fonte havia ido.

Ele rosnou silenciosamente ao pensar isso, mas se agachou um pouco mais e fez sua respiração lenta, profunda... e silenciosa. Estava na floresta densa do fundo do vale íngreme, e havia farfalhos, cliques e pios em abundância. Aqui embaixo, além da borda da cobertura de árvores, a vegetação rasteira não era tão densa.

Tum.

Tum.

Tum-tum-tum...

Tambores? Era um som fraco, mas não o suficiente para ser o eco do sangue em seus ouvidos.

Não, não exatamente, pensou. *Algo* como *um tambor, no entanto.*

Malditos sejam esses penhascos! Os ecos dificultam...

Por aqui, sim.

Ele se moveu tão rápido quanto se atrevia, então parou novamente quando um cheiro forte revelou uma videira que derramava uma seiva parecida com piche. Alguns cortes, e ele fez um trio de tochas cujas cabeças eram feitas de videiras enroladas em longos galhos, que ele pôs nas costas em uma bandoleira improvisada.

Enquanto avançava pela floresta noturna, havia um pouco mais de luz se infiltrando. As nuvens se separaram, expondo uma Lua quase cheia que ainda subia no céu. Faltava cerca de uma hora para o pico. Mesmo com a copa das árvores, isso facilitou o avanço.

As guerreiras abomeanas.

O pulsar do não-certo-de-ser-um-tambor ficou mais alto, embora os ecos ainda o obscurecessem — mais alto e mais insistente. A batida estava acelerando, gradualmente, mas com certeza. Ele mostrou os dentes de novo, desta vez frustrado com o pouco que sabia. Teria algo a ver com a Lua? Os pictos matavam seus inimigos em determinadas fases da Lua, às vezes. Ou era acaso?

Mais alto ainda, e pelo tempo entre a batida e o eco, ele podia dizer que estava perto. Caindo e continuando de bruços, rastejou para frente, arbusto a arbusto, atrás de um tronco podre que havia caído — e que acabou abrigando muitos insetos pungentes que picavam como pequenas lanças de fogo. Isso não alterou sua abordagem cuidadosa e ritmada, e o luar na clareira circular à frente estava cada vez mais brilhante.

Tum.

Tum-tum-tum-tum...

Cuidadosamente, ele usou um dedo para abrir a grama alta — ou possivelmente algum tipo de junco da floresta — à sua frente.

Macacos, pensou. *Kerchaki*, ela os chamava.

Macacos assassinos.

Eles não se pareciam exatamente com os monstros de Vilayet que ele tinha visto antes. Mais ou menos do mesmo tamanho, o que significava grande, mais altos do que ele, mesmo quando eretos sobre pernas curtas e arqueadas. E, como aqueles, os braços que desciam até os joelhos, densamente peludos, embora o pelo fosse preto, em vez de cinza-prateado. Cristas de ossos semelhantes a prateleiras sobre mandíbulas pronunciadas e fendas nasais em cima, lábios finos puxados para trás, para mostrar que aquelas mandíbulas estavam cheias de presas que não ficariam para trás em relação às de uma pantera.

Pelo que ele podia ver, uma dúzia de fêmeas e seus filhotes estavam localizados em um grupo, amontoados no que parecia ser um grande ninho feito de grama e galhos empilhados.

Ah, pensou ele. *Como uma pilha gigante de gravetos.*

Um plano começou a se formar em sua mente.

Os cinco machos adultos dançavam em círculo, girando, pulando, gritando, agitando bastões toscos ou batendo grandes pedras umas nas outras, resultando em chuvas de faíscas. Baba escorria por suas mandíbulas, e seus rostos eram emoldurados por pelos — grandes tufos nas bochechas que desciam até as clavículas e madeixas no topo das cabeças longas em forma de pão, quase como a juba de um leão.

O cheiro deles se espalhava pelo ar quente e úmido, impregnado de almíscar e sujeira.

A dança não era exatamente o tumulto animal que parecia. Moviam-se ao redor de um ponto central, e Irawagbon estava lá, amarrada a um tronco de árvore caído por uma confusão desajeitada de videiras. Ele podia ver os olhos dela brilhando ao luar, o rosto rígido, mas com um medo cuidadosamente controlado. Os músculos longos e magros do braço tensionavam-se e relaxavam enquanto ela trabalhava para tentar mover a espiral sobre os ombros.

Não deu certo, mas fez bem ao coração de Conan ver isso, prova de que ela era uma verdadeira guerreira e nunca desistia. A dispersão de ossos nas proximidades, mastigados e frequentemente quebrados, mostrava o destino que a esperava. Alguns deles eram humanos, outros, de animais, grandes felinos na maioria. Os crânios estavam alinhados em fileiras, há muito tempo perfeitamente limpos por insetos, alguns começando a desmoronar na terra.

Este local vinha sendo usado como um lugar ritualístico há muito, muito tempo.

Havia um macho que não estava dançando. Ele era o maior e, considerando o grisalho em sua pelagem preta, o mais velho. As plumas gêmeas que caíam de suas bochechas eram totalmente brancas. Ele se agachou perto de Irawagbon e bateu na terra com dois bastões pesados.

Não apenas terra, pensou Conan enquanto cuidadosamente colocava de lado o copo de couro duro que estava cheio de terra e continha as brasas ainda quentes. *Isso deve ser oco... talvez enterraram toras ocas?*

O som explodiu e trovejou através da noite quente e cheia de insetos estridentes. Um morcego passou por cima, ocupado com suas próprias preocupações, como qualquer criatura de casa... exceto que este tinha uma envergadura tão longa quanto o braço de Conan estendido. Ele atingiu alguma coisa, e partes dela choveram ao redor de Conan enquanto o animal batia as asas.

A dança mudou. Em vez de andar em círculos, os machos começaram a correr para dentro e recuar, os gritos intercalando-se com rosnados e os pelos eriçando-se, os braços estendidos acima da cabeça. Conan ergueu os olhos. Sim, a Lua estava quase no zênite, o que os homens-macaco provavelmente podiam dizer pela forma como as sombras caíam neste lugar que visitavam todos os meses à noite. Eles continuariam a dança e então, depois de uma investida final, rasgariam a vítima do sacrifício em pedaços e, crua, devorariam-na.

Agora não...

Agora não...

Agora!, pensou ele.

Ele agarrou uma das tochas da bandoleira às costas e a enfiou na tigela de brasas.

Whoosh!

A tocha se acendeu instantaneamente, queimando. Com cuidado, Conan não olhou para o fogo, para manter o máximo possível de sua visão noturna. No mesmo instante, ultrapassou o arbusto à frente em um único passo rápido, avançando para o outro lado da clareira.

Perdidos em sua dança frenética de sangue, os kerchaki levaram segundos cruciais para reagir. A essa altura, Conan havia acendido outra tocha, jogando-as no meio do ninho das fêmeas, e acendido outra para manter à mão enquanto girava freneticamente para enfrentá-los.

A grama seca e a madeira queimaram com um rugido. As fêmeas agarraram os filhotes e fugiram em todas as direções, gritando. Uma delas também estava pegando fogo e foi para a escuridão sob as árvores como um cometa uivante com uma cauda de chamas.

Os machos que estavam dançando se viraram e o viram.

Eles reagiram quase em uníssono com uma investida, que abortaram devido ao calor do fogo que cada vez mais sentiam nas costas. Conan rosnou de satisfação. Havia apostado que os kerchaki tinham um medo animal do fogo, e parecia estar certo. Eles andavam em círculos em torno dele, à luz da queimada, rosnando e murmurando e avançado quatro passos e depois recuando novamente. Conan se virou suavemente para enfrentar cada um, brandindo a tocha, a luz do fogo avermelhada no aço da espada em seu punho direito.

O *tum-tum* parou. Isso provocou uma leve gagueira mental, pois a batida havia se entrelaçado ao seu próprio batimento cardíaco durante o breve feitiço de ação frenética. Conan lançou um rápido olhar ao que havia sido o centro da dança do sacrifício.

O mais velho ali — provavelmente o chefe do bando — havia despertado do transe. Agora todos os pelos do corpo e da cabeça estavam eriçados, enquanto ele batucava novamente — mas desta vez com os punhos no próprio peito. Em contraste ao pano de fundo da noite, o eriçar o fez se erguer ainda maior. A luz do fogo tingiu de vermelho-sangue os olhos, as presas e as pontas prateadas do pelo dele enquanto ele atacava, batendo uma palma para baixo a cada três passos, ou algo assim.

Os outros se afastaram de seu caminho.

Este não vai parar por medo das chamas, pensou Conan enquanto se posicionava. A investida terminou com um salto, braços bem abertos e mãos do tamanho de cabeças prontas para agarrar e rasgar, grandes mandíbulas abertas.

Conan mergulhou nele, movendo-se para frente quando, em algum canto de sua mente, soube que as grandes pernas arqueadas estavam se tensionando ao aterrissar. Sua mente de guerreiro desenhou a curva do salto para que ele soubesse onde estaria o homem-fera. A mão esquerda avançou como a de Valéria quando ela usava a lâmina esguia, mas a dele não carregava aço. Era um metro de madeira dura com uma bola de seiva acesa na ponta, e foi direto para a boca escancarada cheia de presas.

O grito do patriarca kerchaki foi alto, mesmo com aquela mordaça, e ele perdeu um segundo crucial arrancando a coisa atormentadora da boca, agarrando-a com aquelas duas patas enormes.

Conan usou aquele momento para atacar vertiginosamente rápido, a mão direita correspondendo ao golpe que dera com a esquerda. A espada disparou para frente — não havia tempo para precisar o alvo — exatamente através do torso abaixo da enorme caixa torácica. Uma resistência suave e pesada que ele conhecia há muito tempo desacelerou seu pulso por um instante, e então um aperto com a força de um deus o agarrou com uma força contundente e letal.

Ele soltou o punho e teve tempo suficiente para apoiar os joelhos e os braços no corpo maciço do homem-fera enquanto os braços da besta se fechavam em torno dele. Por um momento, ele se sentiu como uma criança ou um rato na boca de um cachorro. Uma tensão que grunhia, músculos estalando ao longo de seus braços, ombros e costas arqueadas, uma sensação como o tensionamento antes de ele quebrar.

Então o kerchaki o jogou de lado.

Conan voou pelo ar como um boneco que havia sido arremessado, mas conseguiu se recompor e rolar, sem perder todo o fôlego. O homem-macaco agarrou a espada larga e arrancou-a. Parecia uma mera adaga na pata gigante, embora fosse pesada o suficiente para que a maioria dos homens só pudesse usá-la com as duas mãos, e longa o suficiente para que o topo do cabo ficasse acima do umbigo dele quando a ponta estava no chão. A criatura começou a rugir outra intimidação, mas esta foi acompanhada por gotas de sangue em forma de leque que se estenderam à metade da distância que ia até Conan.

Então os pequenos olhos vermelhos sob a prateleira de ossos se reviraram, e ele tombou para frente como uma árvore em queda. Conan podia sentir o enorme impacto no chão sob seu corpo, e o braço estendido da fera quase chegava a seus pés.

Erguendo-se, lutou para recuperar o fôlego em seu peito e agarrou a espada mais uma vez, ignorando os espasmos moribundos do chefe kerchaki e a nuvem do fedor de morte. Ele assentiu uma vez, respeitosamente. Este tinha sido um inimigo digno, e ele anotou os detalhes — um dia suas mulheres cantariam sobre essa luta e sobre o oponente que ele havia matado como um chefe inimigo, não apenas uma besta.

Passos largos o levaram onde Irawagbon estava lutando mais veementemente contra os cipós em volta dela, seus dentes e olhos brancos aparecendo na escuridão iluminada pelo fogo. O braço esquerdo estava quase livre quando Conan chegou ao seu alcance.

— Fique parada! — rosnou ele, e balançou a pesada espada com o movimento preciso de um cirurgião. Longos pedaços de cipó caíram para trás, soltos pela ponta da lâmina. Ela sacudiu o resto, e ele lhe jogou o cinturão da espada. Ela pegou.

— Estou sempre dando armas a você — disse ele.

— Preciso muitas — respondeu ela, dando-lhe um sorriso, e, então, respirando fundo e soltando o ar lentamente enquanto afivelava o cinturão de volta. — Velho ditado — continuou em seu stygio básico — corajosos morrem uma vez; covardes, muitas vezes.

Ele assentiu, familiarizado com isso. Versões desse ditado estavam presentes em todas as línguas e terras que já havia encontrado.

— Baita mentira — disse ela. — Eu brava como esterco e morri muitas vezes esta noite!

Ele respondeu ao sorriso dela, e ela olhou para as estrelas.

— Santuário para lá — continuou ela, apontando para o sul e um pouco para o oeste. — Vamos! — Com isso, correu facilmente sob a noite de luar, e Conan foi atrás. Emparelhando com ela, ele pegou seu cantil.

Ela bebeu avidamente, sem diminuir o ritmo.

23

ELES ESTAVAM *QUASE* DISCUTINDO QUANDO SE APROXIMARAM DO SANTUÁRIO DE DERKETA NO crepúsculo da madrugada. A estrutura religiosa...

Em ruínas, pensou ele, pelo que podia ver.

...ocupava a cabeceira de um vale voltado para o sul. As colinas haviam diminuído, e eles observavam do alto de uma pilha de rochas de formato estranho que os séculos haviam arrancado do solo e empilhado umas sobre as outras.

Havia uma enorme plataforma atrás de um muro de contenção. Outras podiam ser vistas como fantasmas que subiam o vale, embora não tão grandes quanto esta. Eram todas feitas de blocos de granito solto encaixados com incrível habilidade e fendas que mal permitiam a inserção de uma lâmina de faca. O estilo era estranho aos olhos dele, com cantos arredondados e, às vezes, semicírculos de degraus construídos em uma lacuna, ou uma grande escultura em pedra-sabão de algum tipo de pássaro — talvez uma águia.

Era um belo trabalho em pedra, mas totalmente diferente dos estilos com os quais ele estava familiarizado nos reinos do Norte, ou em Shem ou na Stygia. Os terraceamentos estavam cobertos de arbustos e às vezes árvores altas que um dia podem ter sido cultivadas... ou suas ancestrais remotas devem ter sido. Torres do mesmo estilo erguiam-se aqui e ali, algumas quase intactas, outras parecendo que haviam sido arrancadas ou transformadas em montes. Várias flanqueavam a estrada que conduzia ao centro do vale.

Eles evitaram isso, é claro.

Certa vez, esquivaram-se de uma patrulha darfari a cavalo, uma pequena, de quatro homens, pelo simples expediente de permanecer imóvel e deixá-los passar aos bocejos, conversando em seu linguajar que soava como líquido. Conan estava consciente de como os lábios de Irawagbon se repuxaram ao ouvir o som e da força de vontade de que ela precisou para não se lançar neles.

Chegando mais perto, afundaram atrás de uma pilha baixa de pedras que originalmente poderia ter sido qualquer coisa. Podiam ver as espirais de fumaça das fogueiras. Irawagbon as contou e suspirou aliviada.

— Não foram embora, ou não muitos. Tem tanto fogo que nem quando escapei.

Conan fungou. Ele podia sentir o cheiro de um pouco de comida, principalmente carne, e havia uma leve confusão de vozes, o relincho de um cavalo.

— Nenhum som de dor — afirmou ele de forma neutra.

Isso significava que, naquela situação, eles poderiam esperar que os captores estivessem abusando das cativas conforme o humor os ditasse. A mulher abomeana sorriu com um rosnado.

— Dentes — disse ela, apontando para os seus.

— Dentes? — perguntou ele.

— Darfari são bastardos. Também, todos-todos-todos são só *bastardos ignorantes.*

Estava claro o suficiente para vê-la fazer uma expressão idiota como se estivesse babando enquanto coçava a cabeça e o traseiro ao mesmo tempo.

— Pensa que magia faz damas de lança ter dentes... — Ela apontou para a virilha. — Morde as partes do homem.

Conan conseguiu não estremecer. Ele tinha ouvido falar disso em contos populares em todo o mundo, uma coisa de bruxas e mulheres-demônios. Evidentemente, eles levavam isso *muito* a sério por aqui. Ou pelo menos em Darfar... e quem sabe talvez fosse verdade. Ele tinha visto coisas muito mais anormais do que isso entre os feiticeiros.

Vi um homem afundar em uma joia e sua forma minúscula ser esmagada por um deus caído, pensou Conan. *Comparado a isso, o que é um conjunto de dentes no lugar errado*, muito *errado*? Mesmo assim, o pensamento era grotesco.

— Homens darfari, pequenos-pequenos-pequenos — disse ela, e ergueu o polegar e o indicador a cerca de sete centímetros de distância. — Não pode esperar muito.

Ele escondeu uma gargalhada.

Evidentemente, os abomeanos e eles tinham mais ou menos o mesmo tipo de ódio mútuo comum aos cimérios e pictos. Era algo quase caseiro, mesmo que pudesse matá-lo. Havia os laços de parentesco e clãs, havia os inimigos de sangue e havia os laços de juramento, explícitos e implícitos.

— Não vamos simplesmente correr — disse ele.

— Você correu contra kerchaki — apontou ela.

— Kerchaki são mais bestas do que homens — respondeu ele. — Pude assustá-los com um incêndio.

— Libertamos irmãs de lança, tudo certo — afirmou ela. — Só vinte darfari. Acabar com eles.

Ele grunhiu. Isso era verdade — se pudessem magicamente fazer os grilhões caírem. As abomeanas podiam sobrepujar homens armados em número e ódio; os escravizados da mina de ouro de Wedi Shebelli tinham demonstrado isso. Custou, no entanto. Custou muito, e, para funcionar bem, isso exigia o elemento surpresa. Conan conseguiu reunir os stygios antes que fossem enterrados e tirou de lá a maioria deles.

Aqui haveria vinte homens armados contra quatro dezenas de cativas, e todas lutadoras experientes, não camponeses que não tiveram sorte quando escravizados invasores passaram por eles.

Ainda...

— Silêncio agora — disse ele.

Eles avançaram por etapas lentas. Os darfari eram apenas vinte homens — subtraindo-se o grupo que perseguira Irawagbon e que, ao encontrar Conan da Ciméria, morrera.

Os soldados provavelmente estavam ficando ansiosos por causa disso.

Também poderiam estar se perguntando se Irawagbon havia alcançado seu povo e montado uma equipe de resgate. Este território ficava na fronteira entre Abomey e Darfar. O centro habitado de cada reino era cercado por uma grande área onde as pessoas desapareciam no deserto. As fronteiras indefinidas significavam que estes eram lugares terrivelmente disputados.

O antigo santuário de Derketa era um terreno neutro.

Em teoria.

Conan e Irawagbon chegaram a um baobá alto com um tronco absurdamente inchado. O ramo de galhos a quinze metros de altura parecia ter sido transplantado de uma videira menor, embora ainda substancial. Se a casca fosse lisa, teriam que fazer cortes na madeira macia e carnuda, mas havia muitas feridas naturais que tinham crescido na casca.

— Vou primeiro — disse Conan baixinho, puxando o cinturão da espada para que a longa lâmina pendesse para trás. — Espere pelo meu sinal.

Tirando as botas, ele saltou e se agarrou ao tronco. Usando os dedos das mãos e dos pés, Conan sorria um pouco enquanto subia. O salto havia sido mais enérgico do que pretendia — não era sempre que alguém beliscava suas nádegas por trás, e Irawagbon sorriu impertinente enquanto ele olhava para baixo.

— *Belo* traseiro — murmurou ela.

Ele continuou subindo, a severidade atenuada por um momento. O tronco grosso o escondia bem. Para que os darfari protegessem sua posição, a melhor maneira seria fazer uso de sentinelas sozinhas ou em pares espalhadas em uma ampla rede, mas, mesmo com as cativas acorrentadas, isso reduziria perigosamente suas fileiras.

Em vez disso...

Ele espiou cautelosamente entre as folhas, a cabeça sob um dos galhos mais baixos que se projetavam em todas as direções a partir do topo do tronco bulboso. A cem metros de distância, sobre a última das paredes de pedra dos terraceamentos — essa em forma de ferradura —, havia um complexo de quartos abertos no topo, expostos ao céu da manhã, onde telhados que provavelmente eram de madeira e palha haviam se deteriorado havia muito tempo. Esse processo ocorria mais rápido nesta terra de calor selvagem e torrentes de chuva.

A maioria das câmaras permanecia desmoronada e vazia. Parecia que os darfari estavam usando algumas para guardar cavalos e equipamentos. O cheiro de animais e de esterco de cavalo evidenciou-se no vento quente, junto ao de homens, vegetação verde, pedras e umidade. Havia menos do que ele esperava. Este grupo de lanceiros estava viajando com pouca bagagem, sem muitos dos cavalariços e criados que homens de tal posição normalmente exigiam.

A plataforma alta que comportava a imagem de Derketa, representada como uma mulher com uma flor estranha em uma das mãos e uma lança na outra, ficava rigorosamente separada. Que um homem fosse até lá seria blasfêmia para os povos de ambos os reinos, e Conan não olhou muito para ela.

Ofender divindades estranhas nunca era uma boa ideia.

O salão principal que se estendia para o sul da plataforma estava cheio de gente. Irawagbon havia dito que oitenta de suas companheiras guerreiras do regimento de guarda-costas tinham sido capturadas, e parecia haver a mesma quantidade de indivíduos agachados, deitados ou em pé em uma extremidade, entre paredes de blocos de granito de seis metros de altura. O fim do muro tapava a visão de todos eles, mas

Conan podia estimar o total supondo que o espaço oculto estava tão densamente compactado quanto o que ele podia ver.

O nariz de Conan também lhe contou sobre como seus captores estavam lidando com o problema dos dejetos humanos. Ou melhor, como não estavam.

Sua companheira havia dito que as cativas estavam acorrentadas. Conan virou-se e acenou para ela, que subiu no tronco tão facilmente quanto ele, embora mais rápido. Ao lado dele, um pouco mais alto, ela se sentou em uma curva nos galhos e rosnou ao olhar para o templo em ruínas.

— Não mudou muito — disse ela. — Mas você vê?

Ela apontou, e, do lado de fora do corredor, havia suportes feitos de madeira amarrada. Ele assentiu. Eram familiares, suportes para secar carne de caça até que a textura ficasse como a de madeira velha e durasse para sempre, se não molhasse. Fogueiras baixas lançavam fumaça para cima, e um homem cujo braço esquerdo estava em uma tipoia agitava um galho de vez em quando para desencorajar as moscas que não se intimidavam com a fumaça e o cheiro. Não havia sinal de abate além de uma tira de couro e um gancho pendurados em um tripé de suportes da altura de Conan e um palmo a mais.

— Quando tiver o suficiente, vão partir, marchar para o norte — disse Irawagbon.

Ela falou baixinho. O ar ao redor deles estava cheio de folhas sussurrantes. Enquanto o brilho escondia as formas atrás deles, a vibração abafava o som. Nenhuma voz chegaria longe em um vale onde o vento soprava em volta das rochas, sacudia os galhos das árvores espinhosas e fazia a grama alta ondular nos pontos mais planos. Ainda assim, era uma boa prática não arriscar.

— As mulheres não estão acorrentadas — disse ele. — Estão naquelas coisas que parecem um laço cambão. — A frase exigia muitas idas e vindas, a irritação usual de ambos falarem em uma língua estranha para eles, e não muito bem. Por fim, ela afirmou que ele pensava que ela se referia a correntes de metal.

— Quem teria esse gasto? — perguntou ela, ou algo parecido. — Tem muito pau-ferro.

Pau-ferro era uma árvore comum aqui, especialmente perto das águas, e, de fato, muito dura, embora não tão dura quanto o ferro. Podia ser cortada com um bom machado, embora não sem muito trabalho árduo e afiação constante, mas *durava* como o ferro, e isso era uma grande virtude em terras onde a podridão chegava rapidamente, e os insetos abundavam, muito parecidos com os vermes que se enterravam nos cascos no Mar Exterior.

Ela não sabia o que era um laço cambão, e ele percebeu que havia trocado uma palavra aquiloniana por uma grosseira palavra stygia; era um garfo na ponta de uma longa vara que os vigias da cidade às vezes usavam em terras civilizadas, com um colar em mola que se encaixava quando você o acertava ao redor da garganta de um criminoso em fuga. Conan havia arrebentado um que um cachorro nemediano tentara usar nele e depois espancou o homem até a morte com a peça, no início de seus dias de errante e antes de crescer totalmente.

Era assim que as prisioneiras estavam amarradas. Em pares, em suportes que tinham uma forquilha em formato de Y em suas extremidades. Uma forquilha passava em volta de cada pescoço, presa no lugar por uma vara da mesma madeira, amarrada na extremidade aberta e presa com entalhes e amarrações de couro cru, úmido, esticado e seco até que obtivesse uma resistência quase metálica. Suas mãos estavam presas atrás das costas com uma versão menor do mesmo instrumento, como se fosse uma versão de madeira das algemas que ele tinha visto no caminho da Stygia à Hirkânia.

— Ferro caro — disse Irawagbon. — Guarda para ferramentas, armas.

Conan assentiu. Metal também era escasso entre seu povo e entre os aesires e vanires, ao norte. Embora não tão escasso. Os pictos, esses selvagens bastardos...

Desculpe, Gelete.

...que realmente nem mereciam o título de bárbaros, não o conseguiam. Usavam pedra lascada ou cobre, quando não podiam comprar ou roubar de povos mais nobres.

Os reinos ao sul da Stygia conheciam a arte de fundir metal, mas seus métodos eram mais primitivos do que aqueles usados em terras civilizadas, e os resultados, mais escassos. A Stygia obteve muito de seu ferro do Norte, Shem ou Argos. Eles sabiam muito bem como construir uma fornalha, mas árvores que originavam carvão eram escassas no há muito cultivado vale do Styx, onde apenas o deserto absoluto se estendia além da terra preta regada pelas inundações anuais.

Conan sorriu.

— Isso facilita as coisas. Sou filho de ferreiro e aprendi um pouco da arte dele. — Ela lançou-lhe um olhar perplexo, mas ele o espantou com um gesto. Eles não tinham tempo. — Durante a minha vida, não consegui descobrir um jeito de libertar rápido tantas pessoas dos grilhões, mesmo se eu tivesse as ferramentas, o que não tenho. Mas madeira... mesmo madeira muito dura... isso é outra questão.

O rosto de Irawagbon clareou.

— Eu *falei* — disse ela. — Não sabia palavra "acorrentado" significava ferro. Estava pensando, belo traseiro, mas pensando com ele também. Não sabia... — ela fingiu espanto — ...que pensava assim, estúpido.

Só então houve uma comoção entre os darfari. Ambos ficaram em silêncio e observaram atentamente. Dois dos homens de armadura entraram na seção com as cativas, chutando algumas para o lado e amaldiçoando o quer que estivesse entrando em suas botas de cano alto. Eles agarraram uma mulher, arrastando-a pelos pulsos e cabelos, e sua companheira de jugo a seguiu, caindo de joelhos e depois se levantando obstinadamente. A que tinha uma mão travada em volta de seu pano velho se abaixou e pegou outra coisa para levar também.

Eles a jogaram na frente de outro darfari de armadura, um em que os elos da cota de malha eram alternadamente folhados a ouro. Conan percebeu que a prisioneira era atarracada e achou que havia fios grisalhos em seu cabelo, embora fosse difícil ter certeza, devido à distância e à imundície que a cobria.

Irawagbon cuspiu.

— Aquela chama Nawi. — Ela recaiu em seu próprio idioma para falar alguma coisa, então disse: — Regente das Cem Lanças.

Comandante de uma companhia, pensou Conan. O captor da oficial abomeana mostrou algo a seu comandante e a segurou pelos laços que prendiam as algemas de madeira.

— Ah — disse Conan. — Ela estava usando um pedaço de pedra para tentar abrir as amarras. Corajosa e teimosa. Muito difícil fazer isso do jeito que está amarrada.

O darfari jogou a pedra para o lado e pareceu que pretendia desembainhar a espada e cortar a mulher. No lugar disso, contentou-se em usar a bota para chutá-la com força total algumas vezes, provavelmente movido pelo pensamento de quanto ela valeria no mercado de escravizados se ainda estivesse viva quando aquela tropa de cavalaria retornasse em glória carregada do saque.

Irawagbon sibilava a cada chute.

Quando o comandante darfari terminou, fez um gesto raivoso, e um de seus homens se abaixou. Ele parecia estar amarrando tiras novas de couro cru úmido para substituir aquelas que haviam sido desgastadas pela pedra. Então Nawi e sua colega de jugo que estava agachada levaram mais chutes enquanto eram arrastadas de volta para a massa fedida de miséria.

O dia se arrastou. Conan permaneceu pacientemente em seu poleiro, os olhos sempre se movendo para notar qualquer variação na rotina. Um pouco depois do meio-dia, os darfari jogaram para as cativas pedaços de carne seca e o que parecia ser junco.

As mulheres não brigavam pela comida — sua disciplina ainda estava valendo; em vez disso, dividiam-na, sem desperdiçar nada, depois descascavam os talos que pareciam junco e comiam o interior. Seguiram-se baldes de água, e foi ainda mais impressionante que o primeiro se destinou às que estavam feridas, inclusive a comandante, que acabava de recobrar a consciência.

Apesar do abuso que testemunhou, Conan sorriu para si mesmo. Os darfari tinham quatro dezenas de prisioneiras destinadas ao mercado de escravizados da capital e foram reduzidos ao trabalho servil de mantê--los nutridas e alimentadas. O fato de não tentarem obrigar as cativas a fazer o trabalho pesado indicava um respeito relutante — ou medo.

Ele disse isso a Irawagbon. O sorriso dela era ácido.

— Ir para as minas — disse ela. — Nunca mais veja o Sol. Ou lute com leão, grande babuíno, para o costume anual dos darfari. — Transmitir isso exigia mais tradução, o que pelo menos servia como passatempo. — Fezes de cachorro darfari, costume para os deuses deles. Mas assiste, grita, faz apostas.

O cimério refletiu que estava obtendo uma visão muito unilateral do império darfari. Se um gunderlandês fosse questionado sobre os cimérios, ou um nemediano sobre os aquilonianos, a impressão seria a de que eles também eram adoradores de Set depravados e inúteis.

Após o sono de depois do almoço, um costume que Conan tinha visto desde Poitain, no sul da Aquilônia, até... bem, aqui... os guerreiros darfari começaram a trabalhar seriamente.

A carne seca que eles haviam acumulado foi embalada em recipientes de couro cru feitos a partir das peles esticadas sobre armações até endurecerem como tábuas, algumas pensadas para caber nas selas e outras que pareciam pesar de vinte e cinco a trinta e cinco quilos em conjuntos disformes, provavelmente para que as cativas as carregassem na cabeça. Essa era a maneira padrão com que as mulheres transportavam cargas nestas terras. O restante dos preparativos foram tarefas como revisar armaduras, afiar armas e fazer pequenos reparos em couraças, arreios e roupas.

— Eles partem amanhã de manhã, cedo — disse Irawagbon. — Duas semanas de marcha até o forte da fronteira darfari, com as filas de escravizados. Seguir e emboscar? Ou atacar esta noite? — Estava claro o que ela preferia, mas era astuta o suficiente para saber que eles precisavam entrar em um acordo.

A decisão estava firmada na mente de Conan.

— Esta noite. Quando a lua começar a descer — disse ele. — Vamos descansar um pouco.

Irawagbon grunhiu sua aprovação.

24

Quando a Lua finalmente mergulhou no horizonte, tudo o que era necessário era pegar os equipamentos e se mover, com não mais do que algumas palavras murmuradas. Estava densamente escuro, apenas algumas fogueiras no acampamento darfari lançando uma luz trêmula na parte de cima das ruínas.

Derketa, pensou Conan. *Viemos para libertar seus adoradores e punir aqueles que blasfemaram contra seu santuário. Ajude-nos agora — ou seja condenada como uma cadela preguiçosa!* Ele não era exatamente devoto, mas esperava que isso pudesse trazer resultados.

Eles deslizaram pela noite crepitante, cheia de zumbidos e odores, em direção à base da última parede de terraceamento. Logo acima da borda, ele podia ver uma suave fagulha de luz vermelha provinda de um incêndio. O sentinela darfari não se moveu, e Conan, sensatamente, manteve-se perto do buraco onde antes estivera o portão, agachando-se em uma rocha saliente que lhe permitia olhar logo acima da crista sem expor mais do que a cabeça e parte do pescoço.

Irawagbon movimentou-se em absoluto silêncio, um pouco afastada da base da parede, com a funda carregada na mão direita. Conan escalou a face da rocha com uma habilidade que recebeu muito auxílio do fato de que as pedras nem tentaram se encaixar tão bem quanto o estilo de alvenaria que ele estava acostumado a enfrentar. Apesar da idade, no entanto, era sólida sob seus dedos, como um penhasco irregular — e o cimério havia escalado muitos penhascos. Quando menino, antes de sua voz mudar, fazia isso com uma cesta de tecido agarrada entre os dentes, coletando ovos de pássaros para a família.

Ele seguiu diretamente para baixo do parapeito e usou os pés para garantir pontos de apoio que o permitiram ficar agachado com a cabeça a apenas alguns metros do topo. Então sacou a adaga e a agitou em um amplo arco que sua camarada podia ver, apesar da escuridão.

Silêncio, e ele esperou pacientemente, apesar da tensão nos músculos. Irawagbon agiu como haviam combinado, jogando uma pedra, que caiu rolando e batendo. Conan ouviu o *barulho* de sandálias na terra, e o sentinela caminhou até a parede, espiando na escuridão para ver se aquele era o som de algum animal aleatório ou de algo que precisaria resolver. Ele bocejou e se coçou enquanto se aproximava.

— *Hissssst.*

O homem sobressaltou-se violentamente e se inclinou sobre a parede para olhar para baixo. Estava tão próximo que Conan pôde ver seus olhos se arregalarem, brancos no rosto moreno e abaixo da bandana branca de algodão. Ele abriu a boca para gritar, e o cimério se preparou para esfaqueá-lo.

Chuak!

Uma pedra do tamanho e formato de um ovo de galinha atingiu o rosto do homem, bem acima de seu nariz, e houve um esguicho que pareceu preto na escuridão. Algo respingou no rosto de Conan, o familiar gosto salgado e metálico de sangue. O cimério passou por cima do parapeito em um único salto enquanto o homem caía para trás. Houve um baque surdo e um chocalhar, não muito alto, e ele aterrissou ao lado do homem. Ao lado do corpo, no caso, pois não havia necessidade da mão preventiva que ele usou para apertar a garganta do sentinela. Mesmo assim, podia sentir a traqueia se dobrar sob seu controle.

Poucos instantes depois, houve um som leve quando Irawagbon saltou sobre o parapeito. Conan já havia arrancado o cinturão de armas do morto, que tinha uma espada e uma faca. Ela pegou a lança que o guarda havia encostado na rocha onde estava sentado, uma coisa de dois metros com uma lâmina larga. Um momento estudando os contornos irregulares das ruínas ao norte, as silhuetas em contraste com as estrelas, e então estavam avançando novamente.

Dezenove, pensou ele.

Dos darfari que eram qualquer tipo de guerreiro, isso é o que restava, sem contar o homem cujo braço esquerdo repousava na tipoia. Os dois deslizaram para frente mais uma vez. Além desse ponto, o plano era bastante simples, e ele ficou aliviado por isso. Planos complexos podiam falhar de mais maneiras.

Havia outro sentinela no topo da parede em ruínas do grande retângulo que tinha sido algum tipo de grande salão ou área de reunião. Este era o maior perigo. Se ele os visse, as coisas poderiam ficar muito ruins, e muito rapidamente.

A parte boa era que aquele sentinela — como os predecessores que eles haviam vigiado o dia todo — achou que deveria prestar mais atenção às prisioneiras que estavam lá dentro, e não em algum invasor inesperado vindo do vasto deserto lá fora. Conan parou e esperou enquanto Irawagbon rastejava para cada vez mais perto, então ambos congelaram quando um brilho da lança do homem mostrou que ele havia se virado.

Conan contou suas respirações; trinta e duas, até que o guarda se virou para olhar o tapete de damas de lança lá dentro.

Irawagbon não perdeu tempo.

A funda dela zumbiu de novo, e novamente houve um *chuak* de impacto — mais forte desta vez, porque atingiu a parte de trás da cabeça dele.

Dezoito.

O homem e a lança cambalearam para frente, e houve um coro de lamentos das mulheres abaixo quando o corpo pousou sobre elas. Ouviu-se um choro de dor e susto quando algum dorminhoco acordou com uma lança cortando sua carne. Elas tendiam a cair de ponta-cabeça.

Seguiu-se uma ordem rosnada na língua abomeana, e mesmo assim Conan sorriu devido ao contraste do tom inconfundível de um líder, uma ordem como um *cale a boca* combinada com alguma obscenidade, e ao fato de que era um rosnado grave, mas ainda inconfundivelmente feminino.

Sua companheira amazona correu para alcançar a parede e a escalou a uma velocidade que produziu um momento de parar o fôlego quando ela estava a quatro metros de altura sobre os blocos caídos na base da parede e errou um ponto de apoio. Ela se recuperou, chegou ao topo, trocou de lado e desceu provavelmente ainda mais rápido do que havia escalado, porque houve uma breve troca de palavras em sua língua nativa e depois uma palavra em stygio.

— Vem.

O cimério subiu rapidamente, girou de bruços e desceu. Quando ainda estava a três metros de altura, falou baixinho, mas com firmeza:

— Saia do caminho.

Aterrissou e caiu agachado, sentindo uma respiração — e um forte odor — perto de si. Já havia sons de lâminas martelando a madeira dura. Irawagbon não estava ociosa, e cada mulher livre ajudaria as outras. Lá estavam sua espada e adaga, a espada e a faca do sentinela morto no penhasco e as que o homem no topo dessa parede havia segurado.

Um murmúrio rosnado percorreu as mais de setenta prisioneiras quando seus membros e pescoços foram libertados, e ouviram-se xingamentos murmurados quando a pura força de vontade fez os músculos contraídos voltarem à ação.

Madeira estalou quando outras quebraram os jugos por pura força assim que suas mãos estavam soltas. A cada som, entretanto, Conan temia que os soldados acordassem.

— Deixe-me passar — sibilou Conan, e correu para frente. Isso exigiu alguns encontros de ombro e empurrões, mas ele sabia que as abomeanas tinham ciência de que ele estava vindo. Sabiam o bastante para não tentar acertá-lo, pelo menos. Então ele passou pelo último dos prisioneiros que estava prestes a ser libertado.

E quase não deu tempo. Dois darfari em um conjunto completo de cota de malha, capacete e escudo entraram na grande sala, brilhando e ficando visíveis no escuro, até que um deles ergueu uma tocha acesa na mão esquerda e gritou desanimado ao ver o fervor da ação. Então houve um rosnado quando viu o cimério. Seu companheiro ficou boquiaberto, mas o homem que segurava a tocha era mais perspicaz.

Ele jogou a coisa em chamas em uma pilha de galhos e lenha que se incendiou com uma rajada sibilante e estalante, deu um tapa nas costas de seu camarada com a parte plana da espada e atacou. O outro estava em seus calcanhares, não tímido, mas simplesmente mais lento.

Ambos deram gritos de guerra ululantes e atacaram, as longas espadas de cavaleiro em suas mãos. Dois homens alertas usando armaduras contra um que estava nu, exceto por calças de couro, forneciam poucas chances, mas as chances nunca haviam incomodado muito o cimério.

Conan também não deixou que a escuridão ou os passos incertos abaixo de si o retardassem. Pedras quebradas estavam espalhadas pelo interior, algumas cobertas de dejetos humanos, e viravam sob seus pés várias vezes, quase jogando-o para o lado. Um tornozelo torcido significaria morte rápida. A luz da pilha de galhos estava rapidamente ficando mais forte.

Uma espada darfari se lançou contra ele, e a lâmina o encontrou em um movimento ascendente, um clangor de aço, chuva de faíscas e um choque no pulso.

Foi pior para o outro homem, que grunhiu e deu meio passo para trás quando a força do golpe de Conan quase arrancou a arma rudimentar de suas mãos. O escudo do darfari subiu, enquanto Conan batia a mão esquerda no cabo da espada larga dele e desferia um golpe arqueado com toda a força de seus ombros e braços maciços.

Houve um *crack* estrondoso quando o aço aquiloniano se chocou contra a pele de rinoceronte laminada e a madeira resistente. Bem no centro, a lâmina afundou quase até o meio, e a estrutura de pau-ferro rachou... O mesmo aconteceu com o osso do braço abaixo dela, e o darfari gemeu.

Conan puxou a arma, despedaçando o escudo quebrado na articulação do ombro, que foi quando o homem desmaiou. Então ele girou em uma velocidade desesperada. Mesmo um deus não poderia lutar contra dois, como dizia o ditado. O peso do escudo e do homem preso a ele arrastava o seu braço, mas isso acabou sendo inútil, porque as pedras atiradas à mão atingiram o segundo darfari na cabeça, fazendo o elmo dele retinir.

Ele cambaleou para trás, voltando a se agachar para lutar e erguendo o escudo contra mais pedras arremessadas.

De pouco adiantou quando cinco demônias aos gritos atacaram. Três seguravam varas de jugo quebradas como se fossem lanças. Outra era Irawagbon, com uma lança darfari de verdade, e a quinta era a atarracada comandante da companhia que eles haviam visto ser subjugada naquela manhã, empunhando outra. Não havia nada de submisso nela agora, e a ponta de sua lança passou pela borda do escudo do homem e entrou na garganta desprotegida dele, assim como a de Irawagbon, que passou pela fenda abaixo da cintura e atingiu a coxa.

Ele deu um único grito gorgolejante e caiu.

Dezessete, pensou Conan, recuando e finalmente libertando a espada com um pé plantado no cadáver.

Mãos ansiosas arrancaram dos cintos e das costas o equipamento dos guerreiros inimigos, mesmo quando a última das cativas foi solta das amarras. Gritos de batalha estridentes começaram e, então, ecoaram pelas paredes altas de pedra. O homem cujo braço Conan havia quebrado se recuperou bem a tempo de sentir a mão de uma dama de lança no seu escroto e ver o brilho de uma faca. Seus olhos esbugalhados se ergueram com um último grito. Pela quantidade de sangue, ele não acordaria *disso*.

Dezesseis.

Outro par de homens darfari tentou guardar a ampla entrada vazia na extremidade norte do salão em ruínas. Seis das damas de lança se curvaram, levantaram pedras e correram para eles, lançando-as com perfeição maligna nos homens que tentavam controlar a brecha. Mais uma dúzia entrou na retaguarda, esfaqueando e cortando. O resto enxameou em seguida, e Conan se levantou, controlando a respiração e limpando a espada, ouvindo o choque de armas em outras partes das ruínas. Ele havia perdido a conta.

Uma explosão final de aço contra aço e o grito rouco de agonia de um homem que pareceu durar muito tempo.

— Não sobrou nenhum — disse ele quando o grito finalmente acabou.

25

A PRIMEIRA COISA QUE AS TROPAS ABOMEANAS ALFORRIADAS FIZERAM FOI LIBERTAR AS ARMAS que haviam sido capturadas. Em seguida, revezaram-se para se limpar da sujeira endurecida, cada grupo montando guarda sobre os outros. Então, vestiram sua indumentária.

O que na verdade era calções de couro, túnicas leves de algodão duro que iam até logo acima do joelho, tudo tingido de verde com brasões vermelhos em padrões que denotavam patentes, sandálias amarradas nas panturrilhas e cintos em que se carregavam a adaga e a espada curta, bem como cartucheiras para itens pequenos. Todas usavam capacetes de couro apertados nas cabeças quase raspadas, amarrados com latão e aço, e guardas semelhantes nos antebraços.

Cerca de metade carregava lanças. Estas adicionaram peitorais de couro de elefante e escudos altos e estreitos do mesmo material — Irawagbon explicou que havia uma lenda de que, nas brumas do tempo, suas fundadoras eram mulheres que caçavam elefantes e que acabaram por resgatar um rei lendário, tornando-se suas guarda-costas.

A outra metade era de fundeiras e também carregava pequenos escudos circulares pendurados nas costas, parecidos com broquéis. A funda de cada uma ficava amarrada em torno do capacete. Depois disso, e enquanto as curandeiras tratavam as suas feridas, elas comiam. Os captores fizeram-nas passar fome, para reduzir os riscos de vigiá-las.

Conan notou com aprovação suas prioridades e juntou-se à refeição, devorando um ensopado de carne assada, raízes silvestres assadas, verduras e bolos achatados de farinha sem fermento. Os darfari estavam bem abastecidos. Irawagbon traduziu para sua comandante enquanto preparavam o jantar apressado.

— Chefe das Cem Lanças Nawi diz que você nos dá uma chance, então a honra ordena nós ajudemos também.

Conan assentiu e levou o punho direito ao peito, em saudação à mulher de rosto duro que estava do outro lado da fogueira, no lado de fora das ruínas, no espaço aberto ao sul da parede do perímetro. Nawi sorriu suavemente.

— Além disso, ela diz você segue mesmo caminho para casa, pelo menos parte.

Ele havia esperado que essa fosse a reação delas, mas não achou que nada estivesse garantido — supôs que havia tantos bandidos infiéis aqui entre o povo de pele negra quanto em qualquer outro lugar e que havia tantos entre mulheres quanto entre homens. Foi bom descobrir o contrário com as guerreiras abomeanas.

— Primeiro, porém, Gagooli te abençoe. Ela... anda com espíritos.

Gagooli era uma mulher mais velha, mas magra e forte o suficiente para acompanhar as jovens que compunham a maior parte da unidade. Encarregada da braçadeira que curava ferimentos, ela havia vestido sua indumentária também, mas um tipo diferente; usava pintura corporal, incluindo uma mancha branca nos olhos e na testa, uma manta macia de pele de cabra tingida de vermelho e cravejada de ornamentos de ouro, um adereço de cabeça que incluía grandes penas e um chocalho de cabaça na ponta de uma vara. Ela deu um tapa no ar ao redor da cabeça dele antes de se sentar de pernas cruzadas ao lado de Nawi.

Ali ela falou, primeiro em sua língua e depois em um stygio consideravelmente melhor que o de Conan. O que ela disse suscitou sussurros, olhares e sinais de invocação.

— Derketa me fala de você. Ela diz que você é o vingador Dela!

Bem, isso vai ajudar, pensou ele.

Eles se moveram para a parte de trás do templo em ruínas, onde ele abaixou a cabeça e tocou a testa na direção da estátua do culto. Ela não era uma deusa que ele adorava, mas não a odiava do modo como alguém que não foi criado como stygio detestava Set. Pelo que ouvira, Derketa era uma divindade do amor, do prazer e da fertilidade — mas também da guerra e do submundo dos mortos, como Ishtar.

— Agradeço a ela pelo seu favor — disse ele. Neste tempo entre as terras civilizadas, ele havia aprendido que nunca era demais ser educado, e não havia nada de que as pessoas se ressentissem mais do que uma demonstração de desrespeito aos seus deuses.

Por falar nisso, deuses também podem ser sensíveis.

— E Ela diz que você está sob uma maldição. Uma maldição de um seguidor da... — ela cuspiu na terra — ...Serpente do Inferno.

Isso significava Set, mas elas provavelmente estavam relutantes em dizer o nome, para que a divindade não fosse convocada. Atrás dele, houve mais gestos e invocações murmuradas — todas as abomeanas, exceto as sentinelas postadas, estavam reunidas para observar e ouvir. Era a primeira vez que Conan participava de uma reunião de guerreiros em que ele era o único homem, e isso parecia um pouco estranho.

Ou muito estranho, pensou depois.

Ele havia gostado da companhia de Irawagbon, às vezes muito mesmo, e aquele tinha sido um bom começo. No entanto, de modo geral, ficaria feliz em estar de volta, sozinho, no rastro de Valéria o mais rápido possível. Ou no do de Nebset, o não saudoso irmão de Khafset, que já tinha ido tarde, e *depois* no de Valéria, e esperançosamente mais.

Conan fez uma careta e disse:

— Eu matei um sacerdote de... do Deus Serpente. — Houve suspiros. — Ele tentou me matar, enviou crocodilos para mim e meus companheiros enquanto cruzávamos um rio. Sacrificou crianças, crianças de seu próprio povo, para reunir poder. Então abri caminho entre os crocodilos e cortei a cabeça dele. Acho que era parente de outro stygio, um oficial que tentou se forçar para cima de uma amiga minha, que é uma guerreira, como vocês. Ela o matou, mas teve que fugir das terras stygias e está sendo perseguida pelo irmão dele. A maldição ainda parece me seguir, mas não vou deixar que ela me desvie do meu dever de salvar uma camarada. Eu estou indo... — ele decidiu não dizer *resgatá-la* — ... avisá-la, para que ele não a mate em uma emboscada.

E ganhar a... gratidão dela, acrescentou ele, mas para si mesmo, e não em voz alta. *As mulheres podem ser estranhas sobre essas coisas.*

Suas palavras provocaram mais murmúrios, e algumas mulheres se inclinaram para lhe dar tapinhas nos braços e nas costas. Uma bagunçou o cabelo dele, e ele teve que se conter para não lhe enviar, com seus olhos azuis, um olhar assassino. Ele nunca havia gostado disso, nem mesmo quando menino, embora seu pai estivesse pronto para destruí-lo com um tapa na orelha se ele se opusesse.

— Você pode quebrar a maldição? — perguntou à Gagooli.

Ela respondeu com uma rapidez desencorajadora, um aceno brusco de cabeça:

— Não — disse. — Foi colocada por um poderoso mago que invocou... o deus dele. Mas é estranho. A maldição de um homem morto está... morta. Pode funcionar, mas não é uma coisa que emana de uma mente viva. Esta está a meio caminho entre aquele e o trabalho de um homem vivo. Está ancorada na terra dos dias comuns, de alguma forma. O que *posso* fazer é protegê-lo dos olhos do feitiço, por um tempo. Posso?

Conan assentiu enfaticamente.

— Eu ficaria muito agradecido.

Nawi falou, e Irawagbon traduziu:

— Comandante diz sim, faz isso, devemos muito a você.

As abomeanas cumpriram sua palavra.

Com Conan, partiram na manhã seguinte, trotando tão incansavelmente quanto Irawagbon mostrara que podia, rumo ao sul, com o Sol nascente à esquerda. Os cavalos dos mortos darfari foram reservados para as feridas, mas Conan não achou muito difícil. As damas de lança eram, em sua maioria, mais leves do que ele, mas ele tinha pernas mais longas do que qualquer uma delas e estava em condições igualmente difíceis.

Ainda poderiam fazer muitos estragos a exércitos com os quais ele havia marchado. Como vantagem, não tinham bagageiro, seguidores de acampamento e vagões de suprimentos. Com quarenta fundeiras habilidosas, nem precisavam parar para caçar; pássaros e pequenos animais, gazelas e afins caíam ao seu redor durante todo o dia, então, ao pôr do sol, eles simplesmente tinham que cozinhar o que haviam matado ou arrancado do chão e dos arbustos e árvores ao passar.

O terceiro dia foi perdido por causa de um aguaceiro tão forte que não havia como enxergar para prosseguir. Já era noite, e eles acamparam.

No quarto dia, levantaram-se, lavaram-se, comeram e encheram os pulmões com o ar limpo e quente. Enquanto ele amarrava o saco de dormir, Nawi e Irawagbon vieram, ao lado de Gagooli. Ela parecia um pouco cansada, como se não tivesse dormido, e ofereceu-lhe uma pulseira. Ele aceitou, uma faixa de couro com desenhos em miçangas costuradas na superfície externa.

— Este é o Braço de Derketa — disse a-que-caminha-com-espíritos. — Protege você. Clarifica as pegadas de seus inimigos. — Ele a pegou com gratidão, enrolou-a em seu grosso pulso esquerdo e amarrou a tira. Provavelmente não faria mal e poderia muito bem ajudar.

Nawi conduzia um cavalo selado, e Irawagbon conduzia mais dois com selas carregadas. A mulher mais jovem parecia um pouco triste, e Conan achou que sabia o porquê. Ela estava voltando para uma vida de celibato involuntário, o que bastava para deprimir a alma mais alegre. Ele sorriu para ela, e, quando Nawi virou a cabeça para consultar a-que-caminha-com-espíritos, ela mostrou a língua e deu-lhe um chute rápido no tornozelo.

Ele reprimiu um ganido.

A comandante das damas de lança virou-se para ele, e eles apertaram os pulsos. O aperto dela era firme e rígido.

— Agora vamos lá — disse ela através da dama de lança mais jovem, apontando para o sudeste. — Caminha-com-espíritos diz você vai lá. — O braço dela moveu-se diretamente para o sul, onde a savana se erguia em ondas verdes, salpicada de feras isoladas, ou duplas ou em grupos, e árvores cada vez mais abundantes e maiores à distância.

Antecipando a pergunta, Gagooli deu de ombros.

— Não, não estou vendo sua amiga — disse a xamã. — Ela não é desta terra. Nem o seu inimigo... mas ele está ligado à maldição que foi lançada sobre você. Ligados pelo sangue, talvez; e talvez seja parte do feitiço, parte do que a mantém presa a este mundo. Ou possa ter algo do mago, um amuleto ou ícone. Ou todos esses. Ele segue sua amiga, você diz, então vê-lo é vê-la. — Ela acrescentou: — Por ali. Está vendo a montanha alta e bifurcada?

Ele o fez quando seguiu o braço que ela usava para apontar, embora apenas por pouco. Não teria pensado que alguém daquela idade pudesse se igualar à agudez de sua visão. Então ele estremeceu.

Ela provavelmente não estava vendo da forma como descrevia.

Gagooli sorriu para ele como um lobo, mostrando fortes dentes amarelos e provavelmente adivinhando seu pensamento.

— Vá até lá, você encontrará os rastros dele a oeste.

Ele assentiu.

As damas de lança empacotaram as coisas com sua velocidade usual. Irawagbon virou-se e gritou, ao passo que todas ergueram os braços e gritaram:

— Conan! Conan! *Conan!*

Ele acenou, montou na sela e colocou a montaria em um trote galopante, dois animais de carga seguindo atrás. Quando olhou por cima do ombro, alguns momentos depois, apenas o fato de que elas estavam trotando em uma elevação permitiu que ele visse as figuras minúsculas das abomeanas. Suas túnicas verdes se misturaram à grama da estação chuvosa. A luz do sol brilhava nas pontas das lanças.

Ele voltou para a trilha do sul.

Havia uma trilha que ia mais ou menos na direção da montanha que Gagooli havia indicado. O caminho provavelmente fora esculpido por patas e cascos, não por pés humanos, mas ainda assim estava lá, serpenteando para se manter em um terreno mais alto.

De repente, Conan jogou a cabeça para trás e riu, um som estrondoso e despreocupado que assustou um bando de brilhantes pássaros de rabo longo azul e verde de algumas árvores à frente. Ele tinha um bom cavalo e uma estrada aberta, um inimigo para capturar e...

E Valéria, pensou ele.

26

— Crom! — conjurou Conan.

Ele estava no sopé da montanha bifurcada, contornando-a para o oeste, onde Gagooli havia dito que ele encontraria os rastros daqueles que perseguia.

Não se primeiro eu for batido até virar mingau, pensou.

As encostas rochosas eram como espinhas cobertas de arbustos na savana, com a montanha atrás delas na floresta densa. As árvores cresciam mais altas bem na base das colinas, bem como ao longo de um rio que corria para sudoeste, que ele podia ver que seguia por quilômetros.

O que ele também podia ver era uma perturbação no mato a apenas cem metros ao sul e o nariz longo e torto de um grande rinoceronte — a variedade de boca quadrada — saindo da vegetação. O animal saiu trotando e parou, erguendo a cabeça enorme e fungando, balançando as orelhas compridas e ovais. O vento soprava diretamente de norte para o sul naquele momento, levando o seu cheiro até o animal. O chifre se abaixou. A besta andou... e trotou...

...e então começou a correr.

Aparentemente, havia limites para o Braço de Derketa. Conan havia passado a reconhecer os sinais da maldição do sacerdote stygio. Este rinoceronte não estava apenas perdendo o juízo porque estava muito perto e não parava quando sua mente minúscula perdia o interesse ou ficava um pouco cansada.

Conan virou a cabeça do cavalo e bateu com os calcanhares no flanco dele. Era uma besta alta, quinze palmos, já que a cavalaria darfari também tinha homens grandes. Sacudidos em uma corrida com a velocidade que suas longas pernas permitiam, os dois cavalos de carga seguiram, com a cabeça e o pescoço estendidos, abaixando as orelhas e revirando os olhos aterrorizados com o baque de pés atrás deles.

O rinoceronte tinha três vezes o peso de um cavalo grande, com quatro toneladas e quase a altura de Conan na corcunda. Podia se mover rápido quando queria — mais rápido que um cavalo por um tempo... e o que buscava fazer levaria apenas um pouco de tempo.

Um alto grito equino fez Conan virar a cabeça. A longa ponta do chifre do rinoceronte marcou a garupa do último cavalo. Ele girou, tentando se desviar do caminho da grande fera, mas a rédea principal o freou, e ele quase caiu. Então o chifre entrou na barriga dele com todo o impulso de um peso de quatro toneladas de rinoceronte encantado.

Conan tinha alguma ideia da força daqueles ombros e pescoço maciços, mas seus olhos ainda se arregalaram quando o cavalo foi jogado para cima e para trás do rinoceronte, pedaços voando da sela quando girou e caiu. Havia uma razão para os cavalos terem medo de cair; um animal tão grande seria esmagado se caísse a qualquer distância, o que este agora estava fazendo, seus gritos de pânico interrompidos abruptamente por um respingo de sangue e pelo estalo de ossos e pescoço quebrados.

País ruim para cavalos.

Conan sacou a faca e cortou a rédea principal. O primeiro cavalo de carga escapou com nada além de um ferimento de uma banda lateral do chifre do rinoceronte. Isso também estourou a tira da sela, que se derramou quando o animal fugiu para a savana, ocasionalmente resistindo e dando coices no ar, em histeria.

— Boa sorte com os leões! — rosnou Conan por cima do ombro. Ele estava começando a pensar que Set *realmente* não devia gostar dele, especificamente. O sentimento era mútuo. — Mas *eu* não sou um deus.

A trilha de caça que ele seguia mergulhava no mato à beira do rio, dividindo-se de cada lado dele enquanto seu cavalo galopava cada vez mais entremeado por árvores de verdade que cresciam mais altas. Os galhos ameaçaram arrastá-lo para fora da sela, e ele se inclinou para frente, sobre a montaria. A respiração do cavalo estava começando a soar difícil, como um fole cansado em uma fundição, de modo que espuma espirrou em seu rosto.

A trilha descia em direção à água. A respiração do rinoceronte atrás, muito perto, também parecia difícil, mas o propósito antinatural em seus olhinhos de porco o mantinha adiante. Em pouco tempo, Conan alcançaria o rio — um riacho largo demais para o cavalo saltar, decidiu ele. A besta estava em pânico e mergulharia na corrente, e então seu perseguidor mais pesado iria atacar *o cavalo*.

E a ele.

Se eu me jogar rio abaixo, posso nadar rápido o suficiente. Não havia mais nada que pudesse fazer. Ele mostrou os dentes em um sorriso de luta.

Mais ao sul, o som dos cascos do cavalo e os impactos maciços das patas de três dedos do rinoceronte mudaram o ritmo deles, que se tornou mais suave, apesar do esforço dos pulmões de ambos. A água estava se aproximando, e os arredores ficavam mais escuros e um pouco mais frios à medida que as árvores fechavam as copas sobre as cabeças deles, trepadeiras penduradas batendo em Conan. A floresta estava barulhenta com macacos e pássaros fugindo em tagarelice, grasnando aterrorizados devido à investida das feras.

A trilha se nivelou...

...e havia um homem moreno à frente, quase nu, agitando os braços e gritando em stygio, embora com forte sotaque:

— Morte! Morte à frente! Cova, cova, cova!

Em seguida, houve um grito de terror sem palavras quando o sujeito viu o que estava seguindo o homem montado.

Conan teve apenas alguns segundos para reagir. Desviou o cavalo para a esquerda, o máximo que pôde, dada a trilha estreita e a densa vegetação ao redor. Ele se inclinou bem na direção oposta, para a direita, seu peso caindo sobre aquela perna no estribo. Com as rédeas na mão esquerda, estendeu o braço direito como uma foice e agarrou a pessoa que o avisara.

Taque.

O impacto não foi tão ruim quanto ele havia temido, embora essa técnica fosse frequentemente usada pelos turanianos para pegar pessoas que estavam *fugindo* deles — geralmente mulheres, durante ataques —, e os kozaki a copiaram. Conan aprendera com eles; aqueles bandidos da estepe incluíam em suas fileiras homens desviados e errantes de todas as terras. Qualquer um que quisesse pilhar e lutar contra os turanianos e não se incomodasse com dificuldades ou perigos.

Mesmo assim, o esforço quase arrancou Conan da sela. Seu pé esquerdo ficou livre, e ele se salvou apenas acertando o pito da sela com o calcanhar esquerdo, outro truque dos kozaki. O cavalo cambaleou enquanto corria pelo lado esquerdo da trilha, o chão escorregando sob seus cascos do lado direito.

Ele se recuperou com um esforço doloroso que permitiu que a investida desesperada de Conan voltasse à posição vertical. A trilha, que parecia tão sólida quanto a terra, revelou-se um grande buraco coberto apenas por uma estrutura de galhos e gravetos trançados coberto com alguns centímetros de terra.

Isso ele viu num piscar de olhos quando passou correndo. Atrás dele, ouviu-se um crepitar, um enorme guincho de terror e, em seguida, um baque combinado com um estalo úmido e carnoso. O guincho terminou em um alarido gorgolejante, e Conan freou a montaria.

O homem que ele havia agarrado caiu de volta no chão enquanto Conan empurrava o cavalo para trás. A montaria empinou, agitando o ar com os cascos, e então parou depois de mais meia dúzia de passos. O próprio cimério deslizou para fora da sela, segurando-a por um momento com a mão grande no freio do cavalo enquanto a montaria dançava de lado ao seu redor, como se Conan fosse uma cerca de madeira.

Então algo próximo à sanidade voltou aos olhos do cavalo, que ainda rolavam enquanto Conan amarrava o animal a uma árvore à beira do caminho. A montaria estava parada com as pernas afastadas, ofegando como um fole, a cabeça pendendo e espuma e saliva caindo da mandíbula feroz, o cheiro fétido do suor que empapava sua pele circulando ao redor.

Conan se virou com cautela rápida. O homem — ou menino? — havia salvado a sua vida, mas a experiência o ensinara a não confiar em ninguém até que se tivesse um bom motivo.

A figura se levantou e se limpou, ou pelo menos raspou a sujeira úmida do torso. Voltou e pegou seu equipamento. Não havia muito. Ele era baixo — mal chegava a um palmo da barriga de Conan, o que representava os quarenta quilos ou mais de peso que o cimério havia levantado. O traje era uma tanga de couro, com uma aba caindo na frente e atrás, enfiada em um cinto de tiras de couro retorcido. Isso e um cordão de contas azuis em volta do pescoço eram todas as suas roupas.

Seu equipamento consistia em, presos no cinto, um alforje e uma das facas de comércio baratas que eram moeda de troca por aqui, além de um arco curto e uma aljava com um gorro que ele pegara de onde os havia jogado de lado.

Ele sorriu para Conan, uma expressão envolvente que mostrava dentes muito brancos. Sua pele era morena, mais clara do que a da maioria das pessoas da região, mas seu cabelo curto era ainda mais rente, as maçãs do rosto, muito salientes, e os olhos oblíquos eram como os de um hirkaniano das terras a leste além do Mar de Vilayet. Um pouco de cinza nas têmporas fez com que Conan revisasse sua idade em relação ao que a magreza e o tamanho sugeriam. Apesar de seu um metro e meio de altura, ele parecia forte de uma forma musculosa que sugeria uma resistência sem fim, sem um grama de carne sobrando no corpo, e tinha as proporções de um atleta.

Ou é um anão ou seu povo apenas tem baixa estatura, pensou Conan.

— Você me salva — disse o homem.

— Você *me* salva — respondeu Conan.

Ambos riram com o riso fácil dos homens para quem o perigo de vida e lesão corporal eram uma coisa normal.

— Você não stygio.

— Não, pelos deuses — cuspiu Conan, depois deu um tapa no peito. — Conan, um cimério. — Como de costume, ele poderia muito bem ter alegado que era do outro lado dos confins desconhecidos do oceano. Em vez de tentar explicar, empurrou o queixo para o homem magro.

— Ich'keomon — disse o local por sua vez, apontando o polegar para si mesmo. — Sākhoen — acrescentou, o que provavelmente era o nome de seu povo, já que ele fez o movimento do polegar novamente em direção a si mesmo e depois indicou os arredores. — Sākhoen — repetiu, como se dissesse *"estamos aqui"*.

O nome tribal continha um som de clique estranho, diferente de tudo que Conan já ouvira antes, e que ele tinha certeza de que não poderia replicar se praticasse por meses. O mesmo tipo de som havia aparecido no longo aviso que ele deu. Era um golpe de sorte...

Para variar, de boa *sorte.*

...que o homem falasse um pouco de stygio, já que era a língua comercial nessas terras.

Conan caminhou até a beira do poço; tinha cerca de três metros e meio de comprimento, razão pela qual a garupa do rinoceronte ainda estava meio saliente na extremidade norte. Algo mais se projetava; uma grande estaca de pau-ferro afiada que penetrara o peito do animal, uma pata ensanguentada saindo de seu corpo bem na base do pescoço. Conan pensou que havia outra na barriga.

Enquanto observava, a gigantesca besta deu uma última contração e morreu, seu sangue escorrendo para fazer lama no fundo úmido do buraco no chão.

Sem aviso ou som, mais pessoas saíram de ambos os lados da trilha. Seis homens como Ich'keomon e oito ou mais mulheres que pareciam ser da mesma família — mas, ao contrário dos homens magros e musculosos, suas costas tinham proporções espetaculares. Todas as mulheres, exceto uma velha enrugada de cabelos brancos, carregavam ou levavam pelo menos uma criança, cujas idades variavam de bebês de colo a um menino com idade quase suficiente para ser um guerreiro.

Todos se moviam com naturalidade pela mata, até mesmo as crianças, em silêncio quase perfeito, tão bons quanto os cimérios e pictos em sua terra natal. Isso confirmou o palpite de Conan: essas pessoas caçavam e coletavam para viver e não eram fazendeiras — nem mesmo fazendeiros que caçavam bastante, como seu próprio povo.

As mulheres usavam tangas mais largas e carregavam cestos trançados nas costas, muitos deles cheios de verduras e frutas silvestres. Também carregavam varas de madeira dura habilmente esculpida feitas para cavar e tinham enfiado em seus cintos o que provavelmente eram varas de arremesso para uma caça menor. Todo adulto tinha uma faca; oito do mesmo tipo de ferro comum que Ich'keomon usava, o resto de pedra lascada ou vidro vulcânico.

Todos olharam para ele cautelosamente, até que Ich'keomon fez um breve discurso, cheio de acenos de braço, e muito dele com um dedo apontado para Conan.

Isso suscitou sorrisos amigáveis.

Então eles tiraram as roupas escassas, enxamearam-se na cova e começaram a massacrar o enorme animal. Longas faixas de couro grosso foram arrancadas e colocadas na terra da trilha, e então a carne e os órgãos foram postos sobre elas. As crianças acenavam para afastar as moscas. Homens e mulheres colocavam pedaços na boca enquanto trabalhavam, particularmente de guloseimas especiais como o fígado ou a língua.

Conan não se juntou à carnificina — não por melindres, já que, desde que aprendera a andar, havia comparecido ao desmembramento funerário de tudo, de galinhas a alces — mas simplesmente porque não havia espaço para alguém de seu tamanho entre as pequenas pessoas nos confins apertados do poço.

Por fim, Ich'keomon emergiu, portando o chifre da besta, que tinha dois terços de sua altura. Ele parecia uma estátua brilhante de sangue, mas ficou orgulhoso ao apresentar o chifre nas palmas das mãos.

— Para você; você me salva — disse ele. — Mercador stygio quer. Ele paga facas, miçangas.

Os chifres de rinoceronte eram muito procurados. Em Shem e na Stygia, magos os usavam para ajudar os homens a se fortalecerem, e eram polidos para ter um brilho âmbar com estrias coloridas, para se fazer ornamentos valiosos — coisas como cabos de facas e xícaras sofisticadas. Peso por peso, valia muito mais que marfim.

Conan não poderia carregá-lo por aí, é claro... então, novamente, se houvesse uma maneira de usá-lo para enfiar no traseiro de algum oficial stygio...

— Quanto o mercador dá pelo chifre?

O homenzinho franziu a testa e listou várias coisas que seu povo queria dos nortistas. Ele notou de quantos chifres de rinoceronte precisariam. Como Conan havia presumido, estavam sendo enganados, mesmo considerando os perigos e custos de levar mercadorias daqui de volta para Sukhmet ou um dos outros postos fronteiriços.

Ele deu ao chefe dos sākhoen um resumo sobre exatamente o que o chifre de rinoceronte traria quando o mercador stygio ou darfari o vendesse em Sukhmet. Não mencionou quanto custava na Stygia propriamente dita, ou em Shem, muito menos em Tarantia ou Zíngara. De Sukhmet aos mercados do Norte, os aumentos eram bastante comuns. O grande lucro consistia em obter o material desses filhos da floresta e da mata.

O rosto de Ich'keomon ficou mais sombrio enquanto Conan falava, e ele se virou e traduziu para seu bando. Todos eles pisaram e fizeram o que provavelmente era um xingamento em sua língua de cliques. Ele se voltou para o cimério:

— O que ganham para...? — começou, e o que se seguiu levou um tempo, durante o qual a carnificina continuou. Fogueiras foram acesas, e as mulheres começaram a defumar a carne, além de grelhar pedaços escolhidos. Conan aceitou um espeto de fígado, saboreando os sucos de sabor forte que escorriam da boca, quase queimando os lábios.

Descobriu-se que os sākhoen também vendiam marfim — não tinham outro uso para ele, exceto para ferramentas — e penas de pássaros exóticos, além de ervas como pétalas secas e pólen do lótus-negro. Conan não sabia exatamente o que alguns deles valeriam, mas sabia mais sobre isso do que seus novos amigos.

— Cachorros stygios! — praguejou Ich'keomon. — Lambedores de esterco!

Conan assentiu, concordando. Muitos stygios comuns não eram tão ruins, mas ele achou que era uma descrição justa dos nobres, sacerdotes e mercadores. É claro que essas categorias eram repugnantes o suficiente na maioria das terras civilizadas, mas as castas superiores da Stygia carregavam a fama até onde ele sabia — e sua experiência era ampla e variada.

O rosto de Ich'keomon desfaleceu um pouco quando Conan recusou o chifre, mas ele lutou para explicar o que estava fazendo. Todos os sākhoen assentiram em solidariedade enquanto seu líder traduzia. Perseguir um inimigo era perfeitamente compreensível para eles, assim como maldições e resgatar uma mulher.

— Eu vai, ajuda você rastrear. Por dias... — Ele abriu uma mão, mostrando os cinco dedos. — ...ou até encontrar rastro.

27

Pela manhã, eles partiram. Conan havia comido da carne de rinoceronte o máximo que pôde, mas não poderia levar mais do que um dia de carne fresca naquele clima. Em vez disso, seus alforjes estavam cheios de raízes e nozes — algumas delas surpreendentemente boas — e frutas secas. Esse era um dos benefícios de obter ajuda de pessoas que realmente conheciam o país.

Ich'keomon — cujo nome significava algo como "rápido e feroz" — era outro. Ele tinha apenas uma vaga ideia do mundo além de uma semana de viagem a pé. A Stygia ficava ao norte; outras terras, ainda mais ao norte daquela; Darfar ficava ali, Abomey, a sudeste daquela, e assim por diante. No entanto, cada rocha, árvore, colina e vala, animais, clima e água estavam ali para ele, da mesma forma que o pai de Conan conhecera as peculiaridades de sua forja, porta-ferramentas e tonalidades de metal aquecido. Ich'keomon explicou enquanto falava:

— Ninguém vai lá — disse, apontando diretamente para o sul. — Muito alto, muito íngreme, sem saída. Vai sul, *dá a volta*, aquele caminho. — Ele fez um gesto curvo, como se estivesse indo para o leste do sul e depois para o sul novamente. — Vê rastros lá, porque poucos lugares bons atravessa rios, pega água, viu?

— É verdade — disse Conan, e estava extremamente feliz por ter agarrado Ich'keomon quando ele quase caiu no poço.

Ele teria seguido quase o mesmo caminho, mas, sem o conhecimento do homem local, teria demorado *muito* mais. Ou Nebset provara grande habilidade em rastrear ou havia algo mais estranho. Isso significava que o cimério não tinha tempo ilimitado para pegá-lo antes que o stygio pegasse Valéria. O que aconteceria então dependia da sorte e dos espíritos, mas as noites de Conan eram preenchidas por pensamentos sobre a loira guerreira.

Os dias passaram, com Conan cavalgando ou trotando ao lado de seu cavalo e impressionado com a resistência do homem diminuto, que pôs à prova até as amarras de ferro do cimério. A montanha assomava à esquerda, e as árvores cresciam mais densas. À frente, uma linha azul de colinas aparecia, primeiro como um mero indício quando o terreno subia e ele tinha uma visão clara naquela direção, depois como uma linha definida no horizonte sul.

— Árvores — disse Ich'keomon, apontando para elas. — Na colina, em cima da colina. Árvores grandes, muitas, muitas.

Conan sabia que ele queria dizer floresta... ou selva, e uma das grandes, estendendo-se além do conhecimento do caçador sākhoen. As informações detalhadas sobre plantas e animais deram lugar a contos de monstros e demônios, o que podia muito bem ser verdade também.

No meio da manhã do quarto dia, Ich'keomon parou. Ele olhou ao redor, para o céu, e então farejou.

— Alguém acampa por ali — disse, apontando para um grupo de árvores abaixo da encosta de uma colina. — Talvez dois dias, talvez quatro dias. — Ele trotou para frente.

Conan seguiu com um passo mais lento, porém mais longo, ignorando as correntes de suor que escorriam por seu torso. Pelo menos enquanto se mantivesse no espaço aberto e se movesse, ele secaria... em algum momento. Havia desmontado para poupar o cavalo, mas este ainda estava cansado — se tivessem tempo suficiente, os homens podiam levar os cavalos à morte, e a grama áspera aqui não era a melhor forragem do mundo. Felizmente, estava fresca e verde, pelo menos.

Também estou cansado, pensou. *Valéria, é melhor que você aprecie o que estou fazendo por você! Lutei contra rinocerontes, homens-macaco gigantes e lanceiros darfari para resgatar o seu traseiro.*

O local era cheio de sombras, e havia uma piscina de água boa nas proximidades, embora Conan tivesse notado que a fogueira e outros sinais estavam a uma boa distância da piscina. Isso era algo sensato — se não fosse assim, algum animal poderia vir tomar água nas primeiras horas da noite e ficar para uma refeição rápida, se não houvesse alguém para vigiar. Alguém como o caçador sãkhoen.

Ainda mais com a maldição, pensou ele sombriamente.

Pegar o stygio seria um prazer.

Havia um local ligeiramente cavado, onde repousavam as brasas de uma fogueira. Conan ajoelhou-se ali e estendeu a palma. Isso lhe deu menos informação do que daria no norte, já que o contraste entre as brasas e o ar era menor nessas terras quentes. Ele olhou e provou também.

— Dois ou quatro dias desde a última fogueira — concordou ele, cuspindo de lado. Ich'keomon grunhiu em concordância e começou a se acomodar ao redor da fogueira. Por duas vezes, parou, examinou o chão e farejou profundamente.

— Usado duas vezes. — Ele olhou para o companheiro. — Talvez uma mulher, depois um homem no dia seguinte, dois dias — disse. — Como aqueles que você caça. — Conan lançou um olhar interrogativo, e o caçador continuou: — Xixi de homem, xixi de mulher, cheiro diferente, um pouco. Xixi de mulher mais velho, um pouco também.

O cimério ficou impressionado, embora tivesse notado muitas vezes que os sentidos do sãkhoen eram muito aguçados, mesmo para seus padrões. Eles provavelmente pareceriam feitiçaria para um homem da cidade.

— Stygio é bom rastreador — adicionou Ich'keomon. — Segue rápido.

Bom rastreador ou guiado por um mago morto, pensou Conan.

Por tácito acordo mútuo, Ich'keomon deixou Conan dormir a noite toda, e seria a última vez que ele poderia fazer isso com segurança por algum tempo. Ele acordou naturalmente ao amanhecer e assentiu em agradecimento ao sãkhoen, que tinha a cortesia comum ao que o povo civilizado chamava de bárbaros.

Então ele deu uma olhada ao redor. Pendurada em um tronco próximo, estava uma cobra... com cerca de três metros e meio de comprimento, suas escamas verdes no topo com divisas vermelhas na cabeça e na parte superior do pescoço. Estava morta, as costas quebradas em dois lugares.

— Cabeças para você! — disse Ich'keomon.

— Veneno? — indagou ele, acenando para a cobra e fingindo engasgar-se e desmaiar.

— Muito, muito — disse o pequeno caçador alegremente. — Morde animal grande, sangue sai todo lugar. — Ele indicou olhos, orelhas, nariz, boca e ânus. — Morra mal, mal, rápido, rápido. O veneno deixa macio, fácil de comer.

A maldição, pensou Conan e amaldiçoou a si mesmo — em sua língua materna.

— Estamos quites — disse ele.

Ich'keomon deu de ombros.

— Somos amigos. — Então agarrou as duas mãos de Conan no gesto de despedida de seu povo. — Os espíritos passam por você, dão boa sorte.

Conan assentiu sombriamente.

— Crom concede a você a força para lutar pela vida — respondeu, embora soasse mais estranho em stygio do que em cimério. — E para proteger sua família, sua mulher e seus filhos.

Ich'keomon sorriu.

— Quando encontrar homem stygio, mata duas vezes, uma por você, uma vez por mim — disse ele. — Lambedores de esterco. Trapaceiros!

Ele se virou e trotou para longe, quase desaparecendo na grama e no mato altos que transformavam as áreas abertas em trechos isolados entre a mata fechada. Conan observou-o partir, então encolheu os ombros para se concentrar no trabalho do dia.

Seria difícil se encontrasse Nebset antes que o stygio alcançasse Valéria. O cimério o mataria de qualquer maneira... mas ele preferia ter uma Valéria viva, grata e bonita para agradecê-lo de uma dúzia de maneiras diferentes, em vez de apenas cumprir a obrigação de um camarada de vingar o sangue dela.

Rastrear nesse nível era, em parte, uma questão de sinais e, em parte, uma questão de apenas calcular o caminho que qualquer pessoa sensata escolheria. Valéria não era muito esperta na floresta, mas tinha bastante sensatez... exceto para escolher homens, mas ele poderia ajudá-la com isso. Ele teria que manter os olhos principalmente para cima, fitando o chão a uma certa distância, ou não teria chance de sucesso.

Rindo, ele guiou seu cavalo pela trilha. Dois conjuntos de rastros sobrepostos estavam visíveis... aqui e ali, onde um casco com ferradura marcara uma pedra, ou pisara em um local onde algum embuste do terreno protegeu a marca das fortes chuvas que haviam caído nos últimos dias.

As colinas à frente estavam muito mais visíveis agora, a apenas alguns quilômetros de distância. Colinas ou, em alguns pontos, montanhas baixas. Isso ajudaria, se ele pudesse determinar qual trilha haviam tomado. O terreno íngreme tornava o acompanhamento um pouco mais fácil, porque geralmente havia muito menos maneiras de atravessá-lo.

Lá.

A ferradura com o entalhe havia deixado uma marca nítida. Ele subiu na sela e manteve sua montaria em um trote lento.

28

A TRILHA LEVAVA A UMA ÚNICA PASSAGEM SINUOSA. UMA VEZ QUE ESTAVA A ALGUNS milhares de pés de altura, Conan apreciou o relativo frescor, mas, quando chegou a hora de acampar durante a noite, viu-se estranhamente relutante em parar.

— Aquela maldita cobra — murmurou para si mesmo, procurando por um bom lugar. Até a paisagem ao seu redor era estranha. Partes dela o lembravam da parte acidentada da Ciméria, onde ele havia crescido, e outras eram totalmente desconhecidas. A inclinação geral e as rochas eram familiares, assim como a fenda profunda à sua esquerda com um rio correndo sobre pedras, borrifando água a trinta metros, na direção dele. O cheiro de rocha molhada era familiar, mas não havia neve no alto.

A vegetação havia mudado, por vezes abruptamente, outras, de forma mais sutil. O cheiro em geral era novo para seus sentidos, de algum modo mais picante e sem o sabor fresco dos pinheiros.

Cobras, pensou ele. *Este lugar tem mais cobras venenosas no espaço da fazenda de um lavrador do que toda a Ciméria*. Fora isso, a vida animal era relativamente escassa, e o que ele via era... diferente — como a grande águia que passou voando, olhando para ele e depois se afastando com as asas abertas inclinadas.

Conforme ele se aproximava de sua presa, a urgência deu velocidade à empreitada.

Não vim apenas salvar a vida de Valéria, ele sabia. *Se eu não encontrar Nebset e não descobrir uma maneira de acabar com a maldição, quais são minhas chances de sair vivo desta terra?* Nem tudo era seu inimigo, e ele não estava sob ataque constante. Se fosse o caso, estaria morto há muito tempo. Então a maldição não poderia ser *tão* poderosa. Mas, se toda criatura *pudesse* buscar o sangue dele, dia ou noite, seria apenas uma questão de tempo...

— A morte é sempre apenas uma questão de tempo — murmurou para si mesmo com um encolher de ombros. — Ainda assim, é melhor tomar precauções.

A luz desaparecia mais rápido em um desfiladeiro estreito como este — era o mesmo em todos os lugares —, e, conforme escurecia, Conan procurou um lugar adequado onde parar. Avistou uma fenda profunda na rocha, quase uma caverna, embora não exatamente. Uma árvore morta brotou da rocha não muito longe. A partir dela, ele acendeu uma tocha e fez uma inspeção; pedra sólida em três lados, algum tipo de granito avermelhado e denso, erodido pela água em um passado distante.

Na fenda, jaziam os detritos dos anos, incluindo o crânio de algum tipo de macaco grande. Ele o chutou para fora do espaço, recolheu forragem para o cavalo e a combinou com um punhado de grãos acumulados. Então Conan usou sua machadinha para cortar mais madeira, assou o resto do rinoceronte — não havia estragado, não por completo — e comeu, ignorando o leve ranço. Também comeu algumas das raízes e nozes que as mulheres sākhoen haviam colhido para ele.

Elas haviam sido generosas. Conan estendeu seu cobertor de tiras de couro curtido macio ainda com a pele, o que eles chamavam de kaross. Era surpreendentemente confortável, mesmo em uma rocha como esta.

Ele aumentou o fogo também, bem na boca da fenda. Quase a preenchia e só seria visível diretamente do outro lado do vale. Não havia nada além de pura formação rochosa, então ele estava razoavelmente seguro.

Isso deixou tanto o fogo quanto o cavalo entre ele e a noite, então ele se deitou com a espada, uma vara forte e uma pilha de lascas e gravetos ao lado do fogo. Não havia sinal de chuva, apenas nuvens altas de vez em quando. Uma luz vermelha brilhava através de suas pálpebras enquanto ele se preparava para dormir impassivelmente.

Um sonho o levou. Conan sabia que estava sonhando, mas era algo distante, abstrato, como o próprio mundo acordado. No entanto, o sonho parecia intensamente *real*. O sacerdote stygio que ele matara estava lá, dançando. Acima da cabeça, ele segurava... a cabeça dele. Agarrou-a com as mãos mortas, ao passo que atrás estava um homem que dançava como se fosse a sombra do sacerdote.

A cabeça no corpo esguio e gracioso da sombra era a de uma naja, e seus olhos amarelos estavam fixos em Conan. Os passos daquela dança eram lentos, sinuosos, graciosos... e totalmente malévolos, encharcados de ódio por todos os que viviam e possuíam sangue quente. De alguma forma, para ver o cimério, aqueles olhos penetravam através do brilho morto e vidrado do sacerdote falecido.

Havia música tocando durante a dança, tambores e algo como uma flauta... mas uma flauta que *sibilava*. Então o homem com cabeça de naja *atravessou* o sacerdote morto, suas formas se fundiram ou ele foi sugado e absorvido pelo homem-serpente. A boca da naja se abriu, as presas afiadas para atacar, uma gota de veneno brilhando em cada uma. Algo mais se moveu nas entranhas da figura dançante, um falo que também era uma serpente...

Conan acordou com um sobressalto e um grito. Seu cavalo estava relinchando e gritando, empinando contra a linha forte e as cordas que o seguravam. Seu próprio movimento convulsivo o fez chutar a pilha seca para o fogo, e ela se acendeu com um crepitar e uma onda de luz, brilhante e vermelha na intensa escuridão da madrugada.

Uma cobra havia se esgueirado pelo espaço estreito entre as brasas quentes da fogueira e a parede de pedra. Estava se preparando para atacar quando o cimério se levantou em um salto elástico que o deixou agachado diante dela. A serpente era grande, com mais de um metro e oitenta de comprimento, e tinha um capelo aberto como a figura em seu sonho. Olhos amarelos com fendas que eram janelas para uma escuridão infinita, farfalhando com o movimento, como escamas em ossos secos.

Conan saltou quando ela atacou e a cabeça chata passou por baixo das solas de seus pés por uma fração de polegada. Ela se enrolou novamente quando ele pousou e avançou...

Rápido como uma cobra, pensou uma parte remota de sua mente.

Conan saltou novamente, mas, desta vez, para trás, em toda a profundidade da fenda na rocha, sua pele na pedra. A cobra avançou como um borrão, e ele nunca poderia evitá-la novamente, não encurralado como estava.

Mas seus braços podiam se apoiar e ele podia balançar as pernas para cima. Isso fez com que ela errasse, e, mesmo quando ela estava debaixo dele, ele conseguiu mirar o calcanhar para baixo. Seu pé golpeou, com força suficiente para disparar um clarão de dor desde o calcanhar até a virilha e na parte inferior das costas.

Mesmo com o pé esmagado, ele se jogou para frente, rolando sobre o kaross e esquivando-se ereto, de costas para o fogo, perto o suficiente para que o brilho chamuscasse os pelinhos na parte de trás de suas pernas musculosas. Com as costas quebradas, a cobra se contorceu. Ele checou para ter certeza de que ela não tinha conseguido acertá-lo naquele breve instante de contato.

Então ele pegou a vara ao lado do kaross, aquela que ele não teve tempo de pegar quando algo — provavelmente o cavalo, ou talvez seu sonho terrível, ou ambos — o acordara. Com considerável satisfação, bateu com a vara na cabeça da cobra, repetidas vezes. Isso deixou uma mancha úmida na rocha, uma combinação de sangue, matéria cerebral e veneno.

Evitando isso cuidadosamente, pegou a faca e cortou o corpo logo atrás do que supostamente era o pescoço dela. Então se agachou perto do fogo e começou a esfolar e eviscerá-la. A carne seria seu café da manhã. De alguma forma, consumir a carne de seu oponente lhe dava uma satisfação adicional.

Uma intuição interior e a sensação do ambiente lhe diziam que faltava cerca de uma hora para o amanhecer. A hora do nascer e do pôr do sol mudava muito menos aqui do que em sua terra natal. O ar tinha aquela qualidade particularmente parada e morta que essa hora da noite geralmente evocava. Isso permitiu que o rugido de um leão se propagasse claramente por quilômetros, um som solitário. O riso soluçante de um bando de hienas se seguiu.

Conan continuou sua tarefa até ter alguns gramas de carne prontos para grelhar em espetos tirados da pequena pilha de lenha. Então jogou o resto do corpo na noite, na beira da trilha e descendo a encosta quase vertical. Isso provocou outro bufar e o revirar dos olhos de seu cavalo sofredor.

Os restos esmagados da cabeça da cobra seguiram depois disso. Ele usou dois gravetos para pegá-los e depois os jogou fora.

Enquanto fazia seus preparativos simples para o início do dia, sentindo o cheiro bom de carne grelhada, refletiu sobre o que estava por vir.

— Valéria não pode estar sob a mesma maldição, senão, como ainda estaria viva? — murmurou para o cavalo, que lhe deu pouca atenção. — Ela deve estar viva, ou aquele cão stygio não estaria seguindo para o sul. — Então riu. — Não, Nebset quer matá-la ele mesmo, e não deixar uma cobra ou um leão fazer isso por ele — disse ao primeiro sinal cinza do amanhecer. — Os stygios dão grande importância à vingança de sangue. Ele não aceitará menos. — A não ser que Conan pudesse detê-lo.

Ele começou a comer a cobra grelhada, depois quebrou uma noz com um triângulo alongado entre o polegar e o indicador antes de enfiar o miolo branco na boca.

— Provavelmente quer estuprá-la antes de matá-la também — disse, e riu alto. — Já que seu irmão comedor de esterco nunca conseguiu ficar em cima dela antes de ela matá-lo.

Se tentasse isso, mesmo com a surpresa de uma emboscada ao seu favor, o stygio provavelmente estaria morto antes que Conan chegasse ao alcance da espada dele. Embora não pudesse ser tão estúpido.

De qualquer forma, Conan tinha suas próprias contas a acertar, e matar Nebset provavelmente deixaria Valéria mais receptiva a seus avanços.

— Quero matá-lo para o meu próprio bem — acrescentou, e o cavalo assentiu. — Eu provavelmente poderia ter persuadido Valéria a se acomodar comigo de outra maneira, se a cria de um cachorro e uma cabra não tivesse me conduzido nessa caçada.

Conan riu de novo — se todos os "se" e "mas" fossem nozes cristalizadas, todos seriam gordos, como dizia o ditado argoseano. Ele caminhou até a beira da trilha, olhando para o rio lá embaixo. Provavelmente havia muitas cobras lá também, na encosta rochosa. O pensamento o levou a jogar água sobre o declive, depois de verificar se o vento não a sopraria de volta para ele.

Então vestiu a tanga, as calças, cinturão e botas e selou o cavalo. Conduziu-o nos primeiros quilômetros — poderia ter cavalgado, mas não havia necessidade de se arriscar naquele caminho estreito, e o cavalo estava exausto. Passaram pelo topo dessa linha de colinas, e, então, o terreno à frente se aplainou um pouco e a trilha se alargou, contorcendo-se pela lateral.

Conan deu um longo assobio.

A vista para o sul se desenrolou. A colina se estendia à direita e à esquerda e terminava a uma curta distância à frente. Adiante, havia um mar verde enquanto a selva se estendia até onde os olhos podiam ver. As copas balançavam com a brisa da manhã, que, por incrível que pareça, não estava desconfortavelmente quente. Enormes revoadas de pássaros levantaram voo, girando para o céu em confusão como fumaça torcida, e tropas de macacos-de-cauda-longa passaram como cardumes de peixes em um verdadeiro oceano, surgindo de vez em quando.

A estranha árvore mais alta atravessava as copas, e sua enorme circunferência, mesmo no topo, mostrava a ele o quão grandes eram até as mais comuns. Lá embaixo, com a mata se elevando densamente a quarenta e cinco ou sessenta metros de altura, o ar estaria parado e úmido, mas pelo menos fora do alcance do sol escaldante.

— Hoje ou amanhã, Nebset! — gritou ele. — Hoje ou amanhã você morre. E seu primo morto, o sacerdote, com você!

29

Conan piscou.

Estava indo para o sul nesta trilha... só que agora estava indo para o norte, de volta para as colinas. Ele parou o cavalo e ignorou sua bufada ressentida, balançando a cabeça. Então, conteve-se antes de colocá-lo em movimento novamente.

— Feitiçaria — disse em voz baixa.

Até a palavra sussurrada soava muito como uma cobra.

Era uma das poucas coisas que ele realmente temia. O impulso de esporear o cavalo e simplesmente *deixar* tudo isso era forte. O suor escorria de seu corpo e descia por seus flancos, mais do que o calor úmido da selva poderia causar. Ele se jogou para fora da sela, caminhou até uma árvore gigante de casca lisa com contrafortes na base do tronco e bateu com o punho nela, repetidamente, até que a dor o trouxe de voltou a si.

Olhou para os nós dos dedos ensanguentados, lamentando.

Bem, eu já tinha muitas cicatrizes aqui mesmo. Então ele se virou na escuridão profunda e pensou consigo mesmo: *Sul. Eu marcho para* o sul.

Cada passo era como andar na água, depois, no mel âmbar. Ele parou para descansar, exausto. Quando olhou para o norte, percebeu que havia percorrido apenas três quilômetros desde a última pausa. Ele se levantou, deu uma dúzia de passos...

...e viu que estava conduzindo o cavalo para o norte.

Seu rugido de frustração e raiva fez um bando tagarela de macacos pretos com golas brancas em volta do pescoço fugirem aterrorizados, subindo pelas grandes árvores até se tornarem pontos que desapareciam no mar de verde estrelado por flores na borda inferior do dossel. Papagaios brancos e cinzas também se moviam pela penumbra quase sólida da selva.

Insetos zumbiam e zuniam, inclusive alguns que picavam.

Conan os ignorou. Ele tinha que manter sua mente em apenas uma coisa. *Continue indo para o sul.* Felizmente, havia apenas esta trilha — ele pensou que fosse cortada por elefantes. Não precisava mais rastrear muito.

Ocasionalmente, parava e prestava atenção no rastro. Nebset estava reduzido a um cavalo, como ele... e Valéria. O contraste entre os rastros da mulher e os do nobre stygio havia diminuído novamente. Ele agora pensou que ela estava um dia à frente.

Por mais que a achasse atraente e quisesse levá-la para a cama, Conan sabia que era mais do que isso. Ela era sua companheira de armas, ficara na sua retaguarda quando necessário. Às vezes irritante, por certo, mas havia um código que eles compartilhavam. Isso exigia que ele continuasse.

Sul. Sul. Sul.

Ele parou com um grunhido. Estava indo para o *norte.* Felizmente, só havia errado por cerca de cem metros. O cavalo bufou ressentido quando ele o virou novamente. Ele não poderia se decidir?

Talvez eu pudesse simplesmente deixar que ele escolhesse seu caminho, pensou. Então, *não.* Se deixasse sua mente vagar assim, viraria o cavalo sem perceber até que quilômetros tivessem sido percorridos. Então ele se arrastou para frente.

O cavalo soltou um guincho aterrorizado.

O animal empinou, e as rédeas queimaram dolorosamente a mão de Conan, que ignorou isso. Houve um rosnado torturante. Ele sacou a espada e girou em um borrão. Isso não exigia nenhum pensamento, nenhuma loucura se sobrepondo a alguma parte de sua mente. Para isso, ele não precisava *pensar.* Apenas sacar...

Sacar e atacar.

A pesada espada cantou no ar como uma canção de ninar para o cimério quando sua mão esquerda se juntou à direita no longo cabo. Ele estava atacando o som que ouvira atrás de si por instinto, mas agora viu o alvo.

Era um leopardo amarelo manchado de preto, em um salto alto que teria derrubado Conan de costas. Pernas dianteiras abertas e garras para agarrar, com mandíbulas escancaradas na mordida mortal que *teria* atingido a parte de trás de seu pescoço. As longas patas traseiras também eram mortais, prontas para arrancar as entranhas de um homem como um veado se elas se prendessem em seu estômago.

A lâmina encontrou o corpo com a doce certeza de um golpe indo exatamente aonde deveria, com todo o poder dos braços e ombros de

Conan por trás e o peso de seu giro ágil. Mesmo assim, o felino tentou se esquivar, girando no ar, mas não tinha nenhum ponto de contato com o chão para usar como alavanca. O aço martelou carne e osso, uma sensação infinitamente familiar.

O leopardo parecia pesar cinquenta quilos, um macho mediano. A espada de Conan atingiu-o na junção do pescoço com o ombro, com toda a sua raiva frustrante por trás do golpe. A cabeça e uma perna do bicho caíram separadamente do resto da carcaça. Uma gota de sangue atingiu Conan no rosto e voou para dentro de sua boca aberta que gritava, uma podridão salgada que o fez cuspir e se limpar.

A carcaça aterrissou onde o cavalo estivera. O cadáver estava chutando, e o sangue ainda fluía com a pulsação, o que significava que o coração ainda não havia parado, embora o fizesse enquanto Conan observava, ofegante. O som dos cascos desapareceu ao norte, o cavalo simplesmente desaparecendo em uma longa curva da trilha.

Ele deu alguns passos atrás do animal. O cavalo provavelmente pararia para beber naquele riacho que cruzava a trilha cerca de um quilômetro e meio atrás, e ele poderia...

Conan virou as costas para a visão do animal desaparecido e olhou para o sul novamente.

— Eu posso pegar o cavalo e o equipamento de Nebset — rosnou, e foi um som quase tão bestial quanto o que o leopardo havia emitido. — Vou tirar a *vida* dele.

Isso quase me matou, pensou Conan.

Os ataques vinham com mais frequência, e ele sentia como se a feitiçaria o cercasse por todos os lados, submergindo-o em sua escuridão. Para acalmar a mente, disse a si mesmo que isso significava que estava chegando perto, que Nebset estava sentindo medo.

Ele conseguiu seguir em direção ao sul por pura força de vontade.

Infelizmente, isso quase o levou a entrar no acampamento de Nebset durante a noite, pronto para ser derrubado como uma criança. Conan parou antes disso e conteve o impulso de bater a cabeça dele no chão. Em vez disso, desviou-se da trilha, indo direto para o espaço mais aberto onde os gigantes da selva sombreavam a maior parte da vegetação rasteira. Seus pés rangiam ligeiramente na lama úmida abaixo, e, enquanto se movia, roçavam em seu rosto cipós e trepadeiras que balançavam.

Ele parou de novo, caindo sobre um joelho e ofegando com a mão esquerda pressionada nas folhas emboloradas. Colocando a outra mão no punho da espada, sacou lentamente o aço azul aquiloniano. O peso e o aperto áspero de fio de aço e couro e a pura *realidade* sólida ajudaram a clarear sua mente. A noite estava escura, e o dossel duplo de folhas lá no alto servia tão bem quanto o céu nublado. No entanto, ele estava acostumado com a penumbra, e o brilho vermelho da fogueira de Nebset era ainda mais brilhante à meia distância. A julgar pela altura, o terreno se erguia talvez trinta metros entre aqui e ali.

Pelo borrão, havia um arbusto denso entre os dois também. Ao se aproximar, Conan caiu de barriga e rastejou, separando a vegetação à sua frente com movimentos lentos e suaves da lâmina e deslizando através dela. O cimério havia perseguido feras perigosas e homens ainda mais ameaçadores dessa maneira, muitas vezes. Ele ainda estava vivo, e, em sua maioria, eles não.

O pensamento do que poderia estar rastejando pela noite *com* ele, invisível até afundar as presas mortais em sua carne, obrigou-o rastejar um pouco, até que ele baniu o pensamento com um aperto mais forte na espada.

Um dos epítetos de Set era "aquele que é furtivo na noite".

Conan refletiu sombriamente que ele poderia fazer o mesmo.

Respiração, movimento, quietude tensa. Outro rastejo curto, pausa, rastejo. Não era possível se mover totalmente em silêncio na escuridão, especialmente em uma região densa como esta. Era possível usar os ruídos naturais para disfarçar os dele, desde que fosse paciente o bastante. Era um padrão de sons de estilo humano que chamou a atenção, ao passo que se mover de maneira irregular com paradas frequentes quebrou esse padrão. Seu movimento se misturou ao fundo.

Mais perto, mais perto, e um cheiro de carne assada lembrou Conan de como ele estava faminto. Seu estômago revirou. Essa era uma sensação familiar que sentia desde a infância, mas não deixou que isso o distraísse. Em vez disso, ele a usou para se concentrar.

O solo mudou sob ele. Estava mais seco, e, de vez em quando, pedras o espetavam. Uma colina baixa com o topo limpo — o solo muito fino para sustentar as árvores gigantes, ou mesmo muitos arbustos. Uma saliência de rocha de quase dois metros, iluminada por baixo pelas chamas, e então a selva recomeçava do outro lado. Na verdade, ele se elevava mais alto do que a colina ao redor.

Havia uma figura visível.

Nebset.

O acampamento estava como o que qualquer viajante que estivesse sozinho poderia fazer. O fogo sob a elevação da rocha, o saco de dormir posicionado não muito longe, um arco e uma lança por perto e a espada kopesh embainhada sobre o cobertor de couro trançado. Pedaços de carne chiavam em espetos presos entre duas pedras, e o cavalo amarrado do homem farejava desconsolado uma pilha de vegetação cortada e amontoada diante dele.

O estreito rosto de falcão do nobre stygio, tão parecido com o de seu irmão...

E não muito diferente daquele sacerdote, observou Conan.

...era inconfundível. O adereço de cabeça de linho estava jogado ao lado da espada no kaross, e a barba por fazer era lisa na cabeça comprida do homem. Ele também havia conseguido se barbear, exceto pela barbicha amarrada com faixas de ouro.

Nebset se ajoelhou agora, segurando algo que brilhava, os olhos fixos ali. Um pouco mais perto, Conan viu que era um amuleto — um ícone de serpente, enrolado para caber em um braço e surpreendentemente realista, com olhos de topázio amarelo que captavam a luz do fogo com um brilho entorpecente. Ajoelhado, o stygio colocou-o diante de si, cantando suavemente com os braços abertos, embora Conan tivesse levado um momento para penetrar no dialeto arcaico.

"Sob uma pirâmide noturna,
o Grande Set dorme;
E nas sombras dos túmulos
Seu povo fiel rasteja...
Dos abismos noturnos
Que nunca viram o Sol
Envie-me um servo para o meu ódio
Ó, escamado e brilhante!"

Por um momento, ouvindo, Conan poderia jurar que viu Valéria cavalgando por uma trilha na selva.

Ahá, é assim que ele está rastreando-a tão de perto!

Aproximando-se ainda mais, o cimério notou pequenas estacas dispostas em forma de ferradura encostadas na saliência da rocha. Colocadas ao longo do perímetro, elas cercavam o acampamento. Eram de madeira, mas cada uma fora esculpida e pintada à semelhança do corpo de um homem no rígido estilo stygio — mãos fechadas em punhos ao lado do corpo e um pé avançando, com um saiote estilizado e adereço de cabeça de linho. Em cada uma, a cabeça não era a de um homem.

Era uma naja com o capelo aberto.

Certo de que sua presa não podia vê-lo, Conan estendeu a mão, e a dor explodiu — não na mão, mas em sua cabeça, e, depois, em todo o corpo; uma agonia branca que apagou a visão. Quando a dor se extinguiu, ele estava meia dúzia de passos atrás de onde estivera. Ele esperou com os dentes à mostra até que pudesse se mover novamente.

Eu poderia correr para frente, pensou. *Quebrar essa barreira..., mas então Nebset poderia me espetar como um peixe antes que eu me recuperasse.*

Talvez...

Ele sorriu de maneira sombria. Havia uma brincadeira que ele fazia nas florestas de sua terra natal, com uma corda feita de trepadeiras retorcidas. Os cipós aqui eram muito maiores e mais fortes.

Conan recuou mais cem passos e olhou para cima, para as silhuetas das árvores que cercavam a pequena clareira. Estava muito escuro para ver com clareza, mas ele podia determinar os contornos. Quando foi até a que escolheu, lianas pendiam tentadoramente dos galhos no alto. Ele testou uma e depois a outra ao lado dele. Embainhou a espada, dobrou os joelhos e saltou.

O cipó permaneceu firme quando suas mãos se fecharam.

Ele ficou imóvel para ver se tinha sido ouvido.

Nada.

Grunhindo, ele subiu — pegar o cipó entre as solas dos pés com os joelhos dobrados, prender e empurrar para cima com as pernas, agarrar com as duas mãos, repetir, repetir, repetir. Um grande esforço que deixou suor escorrendo na noite quente e úmida.

A três quartos do caminho até o galho que ele almejava, o cipó começou a ceder sob seu peso. Ele estendeu a mão com agilidade, agarrando o outro cipó assim que o primeiro cedeu, caindo ruidosamente na escuridão na base da enorme árvore.

Mais uma vez, ele ficou imóvel, mas, lá embaixo, a figura não se mexeu.

O segundo cipó resistiu. Conan soltou um suspiro de alívio e começou a subir novamente. O cipó ficou mais espesso. O galho o qual focou era mais largo que suas próprias coxas. Ele se ergueu para se sentar com uma perna de cada lado. Com dificuldade, abraçou o galho com as duas pernas e travou um pé com o outro tornozelo.

Respirando fundo, começou a puxar o cipó com as mãos, colocando um laço sobre o galho toda vez que avançava dois metros ou mais. Como antes, parou e começou, parou e começou, para evitar o alarde. O peso diminuiu consistentemente, o que era uma sorte, pois os primeiros metros exigiam um esforço extenuante, de modo que seu aperto não conseguia abranger toda a espessura da extremidade superior maior.

Enfim, tudo estava diante dele, a parte inferior menor em seus punhos. Ele subiu na vertical, equilibrando-se facilmente no galho, agarrou-se com mais firmeza e correu vinte passos para fora, depois saltou. Um mergulho longo e vertiginoso, e ele não sabia se o cipó aguentaria ou se o deixaria como um saco de ossos quebrados no chão da selva.

Um choque.

Reverberou por seus pulsos, flexionando seu corpo como um chicote e estalando seus dentes com um clique. Então ele estava traçando um arco no ar, longe do acampamento de Nebset, para cima e para cima até estar novamente quase tão alto quanto o galho.

Ele mirou para o ponto vermelho da luz do fogo.

O arco de retorno o levaria direto para o acampamento.

Senão, vou me sentir um idiota.

Era mais provável que sentiria que estava morto.

Houve um momento de dor quando ele ultrapassou o perímetro e, então, soltou o cipó e caiu. Mais de três metros, o impacto reverberando por seus pés e suas costas, deixando-o agachado com os calcanhares tocando seu traseiro. A espada voou para sua mão enquanto ele cuspia sangue de um corte no interior da boca, aberto por seus próprios dentes.

Nebset estava de costas para ele, mas de repente não era o amuleto que estava diante dele. Era o sacerdote de Set, aquele do vau... parado com a cabeça apoiada no toco irregular do pescoço. *Alguma coisa* pairava atrás dele, ao mesmo tempo brilhante e escura, e os lábios mortos se moveram.

— *Meu assassino veio.* — A voz estava na cabeça de Conan, mais do que em seus ouvidos. — *Aquele que nos negaria vingança pelo seu parente!*

Nebset reagiu com um rápido salto lateral e um rolamento que o deixou de pé com a lâmina da kopesh na mão.

— Você! — sibilou ele com os olhos arregalados.

— Eu — rosnou Conan em concordância, pegando o longo cabo da espada larga com ambas as mãos e avançando. Ele atacou...

...e não era Nebset diante dele. Em vez disso, uma serpente gigante se lançou sobre ele, e o amuleto que Gagooli lhe dera queimou em seu pulso esquerdo. O cimério se esquivou com um grito, pois era a espada do stygio vindo em sua direção. Ele se esquivou novamente.

Um golpe ascendente trouxe um clangor de aço, e Nebset cambaleou para trás. Conan se posicionou para uma investida — e então teve que pular para o lado quando uma serpente de quase dois metros o atingiu de lado. Seu golpe de revés atravessou a cobra, mas a criatura não estava lá, de modo que sua espada se enterrou na terra. Ele mal conseguiu erguer a lâmina novamente a tempo de bloquear um golpe da ponta curva da kopesh. Outra cobra... e algo o levou a atacar novamente, desta vez era uma serpente de carne, e seu sangue o banhou enquanto ele se esquivava do próximo golpe do nobre stygio.

Ele se esquivou, mas apenas por pouco.

A borda afiada beijou a pele de suas costelas. Um talho superficial apareceu.

Em meio a estrondos e ruídos, ele estava se afastando.

Ao redor, atrás e ao lado de Nebset, outras figuras pairavam: uma serpente gigante balançando de um jeito que *significava* coisas que nenhum homem deveria saber, um monstro com cabeça de lula e asas de morcego que se agachava e balbuciava palavras que distorciam a mente, cada vez mais, cegando sua visão para o aço mortal que queria sua vida.

Ele recuou um pouco mais e, então, girou para o lado. Quando se aproximou do perímetro das estacas esculpidas, uma pata o atacou na noite, levando um pedaço de pele com ela. O sangue escorria por suas costas, distraindo-o *quase* o suficiente para que a kopesh cortasse a lateral de seu pescoço. O golpe errado deixou Nebset estendido demais, mas um redemoinho repentino de insetos que picavam enxameou a cabeça de Conan e o fez errar por sua vez.

O amuleto queimou, e ele ficou tentado a arrancá-lo e jogá-lo fora. Não o fez, pois percebeu com um arrepio que a peça estava de fato bloqueando a maior parte do poder do mago morto. Sem ela, ele já estaria morto.

O suor pareceu esfriar em seu torso.

Nebset golpeou repetidamente, estrondo e estrépito e faíscas na escuridão. Conan bloqueou o golpe, o treinamento de uma vida inteira. A parte ativa de sua mente de guerreiro estava em outro lugar, sentindo a ameaça impalpável do olhar do mago morto, pronto para lançar um desafio mortal a qualquer momento — ou uma ilusão que ele não ousava ignorar, porque *poderia* ser muito real.

Essa distração o mataria também — o stygio não era o guerreiro que ele era, mas era melhor do que bom. Um momento de desatenção e seria a morte pela lâmina, mesmo que o feitiço do sacerdote morto não o matasse diretamente. Passaram-se minutos de pulos, desvios e golpes, como uma luta em um sonho. Em um pesadelo, um que levou a apenas uma conclusão.

O amuleto abomeano apertou com mais força, como se estivesse tentando afastá-lo da luta. Então ele percebeu para *onde* estava tentando puxá-lo.

Imprudentemente, Conan virou as costas para Nebset e saltou para onde o amuleto de cobra estava. Nebset gritou de horror ao perceber o que Conan pretendia fazer, ao passo que sua espada partiu uma lasca do calcanhar do cimério quando ele se lançou para frente descuidadamente.

A lâmina de Conan atravessou a imagem do sacerdote morto-vivo, não encontrando mais resistência do que o ar poderia oferecer.

Ele atingiu o amuleto com o barulho de metal cortando metal.

Houve um lampejo de algo que não era bem claro. Atrás dele, Nebset gritou de horror novamente — horror e agonia —, e Conan sentiu um enorme peso sendo tirado de seus ombros. Um fardo que ele não tinha percebido que estava lá.

Não, da minha alma, pensou enquanto se virava e enfrentava o ataque cortante de Nebset.

Mas não era mais do que uma espada, e o stygio não era mais do que um homem — embora ainda fosse habilidoso. Sangue escorria do nariz, das orelhas e dos olhos de Nebset, alguma reação do vínculo mágico que a espada aquiloniana havia rompido. Conan cortou e golpeou repetidamente.

A investida terminou com um baque, e a kopesh girou noite adentro, levando consigo a mão direita e o pulso do oponente enquanto fazia um arco no ar e desaparecia, aterrissando com um estrondo.

Nebset gritou e caiu de joelhos, a mão esquerda agarrando o pulso direito em uma tentativa inútil de estancar o fluxo de sangue. Conan deu um passo à frente e desferiu um corte lateral com toda a força que tinha. Um baque, um rangido, e a cabeça do nobre seguiu sua mão. O cadáver caiu aos pés do cimério.

— Demorou muito, mas está feito — disse ele ofegante.

Um momento mais, e ele agarrou o corpo por um dos tornozelos, atirando-o atrás da cabeça. Em seguida, o amuleto cortado e o anel de pequenas estátuas de madeira, embora ele usasse um pedaço de lenha para isso, em vez de tocá-las com a pele nua. O cavalo do stygio estava bufando e recuando, mas a corda que o prendia aguentou, até que a montaria se acalmou. Conan olhou em volta.

— Bem, eu tenho uma montaria de novo — disse para si mesmo —, e uma melhor do que aquele pangaré darfari. — Uma fungada lhe disse que a carne grelhada estava quase pronta, e uma jarra de barro ao lado do saco de dormir provou ser vinho tinto da Stygia.

— Tudo de que eu preciso — ponderou consigo mesmo. — Exceto uma mulher.

Seus olhos se voltaram para o sul quando ele soprou o espeto e deu uma mordida.

— Amanhã.

Outras figuras pairavam ao redor de Nebset.

PARTE QUATRO

XUCHOTL

30

— Esse é um cavalo cansado — murmurou Conan para si mesmo.

Expressar seus pensamentos em voz alta era um dos hábitos que ele adquirira como andarilho, quando passava muito tempo sozinho ou entre pessoas que não conheciam sua língua. Seria necessário mantê-lo de lado por enquanto.

Ele desceu de sua montaria, com as árvores elevando-se ao seu redor, ajoelhou-se e examinou uma trilha na lama cinzenta no caminho da selva. A ferradura distintamente gasta no casco dianteiro direito do animal que ele estava rastreando ainda mostrava aquele entalhe distinto, embora tivesse se desgastado a ponto de precisar de um bom olho para ser percebida. Essa tinha sido sua confirmação mais fácil desde o início.

Aqui Valéria parou para desmontar e regar os arbustos, o que de várias maneiras provou que era ela que estava no cavalo, ao passo que ele podia ver como o animal estava parado com as pernas bem abertas, a cabeça caída o suficiente para deixar um fio da borla dourada pendendo da rédea de couro vermelha, como ele lembrava.

Tinha estribos de prata, e a sela também era trabalhada em ouro, algo que ela havia comprado assim que voltaram da expedição à mina de ouro de Wedi Shebelli, e ela tinha acumulado pilhagem suficiente para bancar alguns luxos. Não que ele se opusesse — também gostava de ostentar com seu equipamento quando podia. A maioria dos guerreiros errantes fazia isso, e, com os piratas, era praticamente obrigatório.

Valéria tinha uma vaidade saudável com seus acessórios.

Como eu, ela está reduzida a um cavalo, pensou ele. *Mas ainda é o mesmo com que ela começou, enquanto eu estou no meu terceiro ou quarto. Ela aprendeu a lidar com um animal antes de ir para o mar.*

Conan franziu a testa um pouco, olhando ao redor enquanto mantinha sua montaria em uma mistura de uma cavalgada rápida e um trote lento, desmontando a cada meia hora ou mais para conduzi-la em uma corrida por um curto período de tempo. Ela cavalgava muito mais leve do que ele, mas o cavalo dele estava em melhores condições, então ele deveria alcançá-la ainda hoje.

— Entre o meio-dia e o pôr do sol, com sorte.

O que o incomodava era o *silêncio* da selva. Ele olhou ao redor, os olhos indo de um lugar para outro rapidamente. Sim, o mesmo tipo de árvore — muitas com sessenta metros ou mais de altura, fechando-se em um farfalhante mar verde lá no alto, como um teto de múltiplos arcos. Árvores menores formavam uma copa secundária, mais irregular, a trinta metros de altura. Os troncos das árvores gigantes eram retos, na maior parte mais grossos do que o corpo dele, livres de galhos, exceto pelos maciços tufos no topo, mas entrelaçados com trepadeiras às vezes tão grossas quanto sua panturrilha.

Havia pouca ou nenhuma vegetação rasteira, exceto onde um titã da floresta havia caído e deixado entrar a luz do Sol, criando uma confusão e brilhando com flores. Fluxos de borboletas do tamanho de sua palma passavam em tempestades de cores.

Estava quente, mas não tanto quanto na savana aberta. Cheirava à podridão lenta de vegetais e flores enormes, incluindo orquídeas, que estrelavam o fundo com gavinhas pendentes de púrpura real e rajadas de carmesim e branco.

Apenas nesta última hora, porém, os sons haviam cessado.

Farfalhar e ranger de vegetação, sim. O zumbido e os ruídos dos insetos, sim — e ele acabara de ver uma coluna de formigas vermelhas paralela à trilha, com um quilômetro e meio de comprimento e tão numerosas, que a horda de pequenas assassinas pretas e vermelhas do tamanho de polegares estava cavando uma vala perceptível tão funda quanto a altura do tornozelo de Conan a partir do chão da selva coberto de dejetos. Ele as evitou com cuidado, porque essas coisas poderiam enxamear até mesmo um búfalo e despedaçá-lo até os ossos se não conseguisse fugir rápido o suficiente.

Porém, nada de bandos de papagaios e periquitos, fervilhando e gritando como versões gigantes das borboletas. Nada de macacos barulhentos, do tamanho de uma criança pequena, brincando entre os galhos. Nenhum porco selvagem grunhindo, nenhum antílope-listrado da floresta, nenhum búfalo da floresta com seu ralo cabelo avermelhado, menor e mais solitário do que seus primos da savana, mas igualmente selvagem em temperamento.

Nenhum vestígio dos elefantes da floresta também, exceto por suas trilhas distintas pela selva e os galhos quebrados que eram evidências de sua alimentação. A julgar pelo esterco, eles haviam sumido há dias.

Nem o rugido de um leopardo caçando, desde logo após o amanhecer.

Algo os assustou desde que atravessei aquele rio esta manhã. Preto, largo e lento, mas sem crocodilos, graças a Lir e Manannán Mac Lir e talvez a Gagooli... embora eu ache que destruí a maldição com o fio da minha espada.

O que quer que tenha assustado os maiores habitantes da selva e levado-os ao silêncio ou à fuga, Conan realmente não queria encontrar. Ele balançou os ombros como um homem que se livrava de uma irritação, decidindo que enfrentaria o que quer que seu destino decretasse, nem mais nem menos.

O silêncio de mais uma hora foi interrompido apenas pelo *ruído* surdo de cascos na terra úmida, ou pelo som mais suave de seus próprios passos, e ele viu uma pequena poça à frente, de água relativamente límpida. Ao lado, um cavalo, amarrado à forquilha de uma muda. Estava adornado com uma rédea de couro vermelho com borlas douradas e uma sela com estribos prateados — agora com alças — e ferramentas elaboradas. E...

Valéria! Totalmente feminina, apesar de suas calças largas e espadas, além de ser tão alta quanto a maioria dos homens e mais forte do que muitos.

Ela não estava lá, no entanto. Ele a imaginou desmontando e soltando as rédeas para que o cavalo exausto pudesse pastar nas samambaias e outras plantas, o que ele estava fazendo — enquanto revirava um olhar desconfiado para ele. O cavalo abriu as narinas com o cheiro desconhecido da montaria de Conan. Tendo como pano de fundo uma floresta primitiva e sombria, sua visão mental dela parecia bizarra e deslocada... mas ela também estivera deslocada em Sukhmet, ainda mais do que a maioria dos Companheiros Livres de Zarallo.

Um navio é o lugar a que ela pertence. Com nuvens elevando-se sobre um oceano em que o Sol se punha, pintadas de carmesim e dourado, mastros retratados e gaivotas girando. *E seus olhos... a cor do mar em seus olhos arregalados. Valéria da Irmandade Vermelha... e logo minha!*

Conan desmontou, afrouxou as cilhas, amarrou os estribos, tirou o freio da boca de sua montaria e prendeu-o em uma longa rédea. Enquanto a montaria bufava desconfiada para a égua de Valéria, ele olhou para o dossel; não havia muita luz, mas o que havia mostrava que o Sol estava indo para o oeste.

Nós também estaremos, em breve, pensou ele. *Uma longa caminhada, mas tenho amigos pelo caminho. E então o oceano e um navio! De volta à vida de corsário. Que os obesos mercadores argoseanos conheçam o medo, os shemitas carregados de ouro amaldiçoem e os zíngaros traficantes de escravizados lamentem o dia em que deixaram seus portos de origem, quando souberem que Conan e Valéria estão ao redor e à solta.*

O cimério procurou as estampas distintas das botas marítimas da mulher. Lá estavam... duas, bem abertas, e ele sorriu novamente ao imaginá-la de pé com os punhos nos quadris, os pés apoiados como se estivessem em um convés agitado enquanto olhava ao redor. Então as pegadas partiram para o leste; ele podia dizer que ela estava olhando para trás em direção ao poço de vez em quando, a fim de fixar sua rota em sua mente, e de vez em quando quebrando um galho ou fazendo uma marca imperceptível.

Mesmo com seu anseio, o silêncio da selva formigava em seus sentidos criados também em uma selva. Ainda nenhum pássaro cantava ou grasnava nos altos galhos, nem qualquer farfalhar nos arbustos indicava a presença de pequenos animais. Ele não estava acostumado com o som de sua própria passagem sendo a única coisa a ser ouvida.

Colheu uma vagem agridoce gomos de pequi, cortando as cascas verdes com o polegar e colocando-as na boca. Valéria também cuspia sementes e pedaços de casca, aproveitando os mangostões, que pareciam abundantes. Ele grunhiu pensativo enquanto comia alguns, arrancando as cascas preto-púrpura e comendo os pedaços doces de dentro.

O mangostão crescia em locais quentes e úmidos, mas sempre eram mais densos perto de assentamentos, atuais ou abandonados. Então poderia haver nativos aqui perto. Também havia goiabas, daquelas doces e de casca mole, cujo gosto era uma mistura de morango com limão.

As frutas são boas nestas terras do Sul, pensou. *Mas não substituem um pernil de vaca, veado ou porco assado.*

Os cimérios acreditavam que comer muita comida vegetal provavelmente os tornaria moles e covardes. Conan não tinha certeza sobre isso; ele tinha visto muitos lugares que pareciam provar o contrário... mas sua juventude havia estabelecido muitos de seus gostos, ou, pelo menos, as crenças que os acompanhavam.

Valéria não tentou esconder sua passagem. Pelo contrário, estava deixando um rastro claro pelo qual poderia voltar, o que foi inteligente da parte dela, já que não tinha nada parecido com a experiência dele. Ele se obrigou a ir com cautela também — ela era perfeitamente capaz de preparar uma emboscada, usando aquela estocada incrivelmente rápida que ele a vira usar, por trás de um arbusto ou árvore, em vez de uma briga em uma taverna ou um beco.

Conan sentiu o chão subir antes que pudesse ver isso, uma coisa sutil que indicava como seus pés, panturrilhas e coxas agiam quanto qualquer outra coisa. Então a floresta mudou. Árvores mais curtas e mais vegetação rasteira. Aqui e ali, ele podia ver onde Valéria cortara para abrir passagem.

Ele não fez isso, simplesmente se curvou e mergulhou enquanto avançava.

Então, uma crista de rocha, escura e semelhante a sílex, apareceu através de uma abertura no dossel. Ele grunhiu pensativo. Esta era uma boa ideia. Parecia ser mais alto que as árvores e poderia oferecer uma visão mais clara do que estava por vir. A selva era uma jornada mais difícil do que a savana, tinha menos caça e forragem pobre para cavalos, mas apenas retroceder...

Sua pele se arrepiou com o pensamento.

A trilha que seguia terminava onde uma crista estreita formava uma rampa natural que subia pela face íngreme do penhasco. Quinze metros acima o colocariam acima do nível do topo da selva, ao passo que ele diminuiu a velocidade para prosseguir com cuidado. Ergueu a bainha da espada com a mão esquerda para que não batesse na pedra. As árvores não chegavam perto da rocha, mas o topo delas era largo o suficiente para que as pontas de seus galhos mais baixos se estendessem ao redor, velando-a com sua folhagem.

Onde o labirinto de folhas encontrava a rocha, Conan parou por alguns instantes, para deixar seus olhos se ajustarem. Espiando através dos galhos, pôde ver que o rochedo se achatava em uma ampla saliência quase nivelada com as copas das árvores; de lá, se erguia um ressalto em forma de pináculo que era o pico derradeiro do rochedo.

Seu sorriso se alargou.

Valéria estava lá no pico, examinando cuidadosamente o norte, o leste, o oeste e o sul. Algo interessante estava ao sul, pela maneira como ela encarou aquele lado e depois moveu os lábios em um antigo juramento marítimo.

No plano abaixo, estava o esqueleto de um homem — ele podia ver onde ela havia chutado o corpo para o lado, mas os ossos pareciam pouco perturbados, e não havia nenhum dos cortes e estilhaços que indicavam morte violenta. Alguém poderia tê-lo esfaqueado na barriga, é claro.

Valéria se virou para descer até a saliência. Conan avançou, sem tentar esconder sua passagem, com a garganta um pouco apertada pela ansiedade.

Finalmente!

Com o som, ela se virou como um gato, agarrou a espada e, então, congelou imóvel, olhando para ele com os olhos arregalados.

— Conan, o cimério! — disse ela. — O que você está fazendo no meu rastro?

— Você não sabe? — Ele riu. — Não deixei clara a minha admiração por você desde a primeira vez que a vi?

Ela fez uma referência pouco lisonjeira à semelhança dele com um cavalo macho, ou parte dele. A conversa foi ladeira abaixo a partir daí, a frustração da longa jornada cheia de perigos preenchendo-o enquanto ela zombava. Terminou com ela puxando sua lâmina — que ele sabia que nenhum homem poderia tentar tirar dela com as próprias mãos e viver para contar a história.

— Que sua alma se queime, sua atrevida! — exclamou ele, exasperado. — Eu vou tirar...

De volta à floresta abaixo, uma terrível mistura de gritos surgiu, o relinchar de cavalos em terror e agonia. Misturado com os gritos, veio o estalo de ossos estilhaçados.

— Os leões estão matando os cavalos! — gritou Valéria.

— Leões coisa nenhuma! — bufou Conan, seus olhos brilhando. — Você ouviu o rugido de um leão? — Ninguém poderia passar um tempo nestas terras sem se familiarizar com aquele som.

Ela parou para pensar.

— Nem eu — disse ele. — Ouça o quebrar dos ossos. Nem mesmo um leão faria tanto barulho ao matar um cavalo.

Lado a lado, espadas em punho, eles correram de volta pela rampa natural.

ROBERT E. HOWARD

PREGOS VERMELHOS

I

A CAVEIRA SOBRE O PENHASCO

A MULHER NA MONTARIA PUXOU AS RÉDEAS DE SEU CORCEL CANSADO. ELE FICOU COM AS PERNAS bem abertas e a cabeça pendente, como se até o peso dos freios de couro vermelho com borlas douradas fosse demais para ele. A mulher pôs um dos pés calçados em botas para fora do estribo de prata e desceu da sela trabalhada em ouro. Ela amarrou as rédeas na bifurcação de uma árvore e deu a volta, com as mãos nos quadris, para examinar os arredores.

Eles não eram convidativos. Árvores gigantes cercavam a pequena poça onde seu cavalo havia acabado de beber. Moitas rasteiras limitavam a visão que procurava sob a penumbra sombria das arcadas elevadas, formadas por galhos entrelaçados. A mulher estremeceu, contraindo seus ombros magníficos, e então praguejou.

Ela era alta, de busto volumoso e membros grandes, com ombros firmes. Toda a sua forma refletia uma força incomum, sem diminuir a feminilidade de sua aparência. Era totalmente feminina, apesar dos modos e trajes. Estes últimos eram incongruentes, em vista do ambiente onde ela agora se encontrava. Em vez de uma saia, ela vestia bombachas curtas e largas de seda, as quais terminavam a uma mão da altura dos joelhos, sustentadas por uma larga faixa de seda usada como cinto. Botas de topo lustroso, feitas de couro macio, chegavam quase aos joelhos. Uma camisa de seda de gola larga e baixa, com mangas bufantes, completavam as vestes. Em um dos lados do quadril bem torneado, ela trazia uma espada reta de dois gumes; no outro, um longo punhal. Seus rebeldes cabelos loiros, aparados em corte reto à altura dos ombros, estavam presos por uma faixa de cetim vermelho.

Contra o fundo de floresta sombria e primitiva, ela posava de forma inconscientemente pitoresca, bizarra e deslocada. Ela deveria estar posando contra um fundo de nuvens marinhas, mastros pintados e gaivotas em revoada. Havia a cor do mar em seus olhos arregalados. E era assim que deveria ser, pois ela era Valéria da Irmandade Vermelha, cujas façanhas eram celebradas em canções e baladas, onde quer que os navegantes se reunissem.

Ela se esforçava para olhar além do sombrio teto de galhos curvados e ver o céu que provavelmente estava acima dele, mas logo desistiu, sussurrando uma praga.

Mantendo o cavalo preso, andou a passos largos para leste, olhando para trás em direção à poça de vez em quando, para guardar na memória o caminho da volta. O silêncio da floresta a deprimia. Nenhum pássaro cantava nos galhos elevados, nem qualquer sussurro nas moitas indicava a presença de pequenos animais. Durante léguas, ela viajara por uma região de silêncio meditativo, quebrado apenas por sua própria fuga.

Havia saciado sua sede na poça, mas agora sentia as mordidas da fome e começou a procurar por alguma fruta que a sustentasse, uma vez que a comida de seus alforjes havia acabado.

À sua frente, logo viu um conjunto de rochas escuras, semelhantes a sílex, que se inclinavam para o alto, em direção ao que parecia ser um penhasco áspero, erguendo-se entre árvores. Seu cume se perdia de vista entre uma nuvem de folhas que o circundava. Talvez seu pico se erguesse acima do alto das árvores, e de lá ela pudesse ver o que havia além — se, de fato, havia algo mais, além desta floresta aparentemente ilimitada, através da qual ela havia cavalgado por tantos dias.

Uma aresta estreita formava uma rampa que subia até o lado íngreme do penhasco. Após ter subido uns quinze metros, ela chegou ao cinturão de folhas que cercava o rochedo. Os troncos das árvores não se aproximavam do penhasco, mas as extremidades de seus galhos se estendiam ao redor dele, cobrindo-o com sua folhagem. Ela se segurou na escuridão de folhas, incapaz de ver acima ou abaixo, mas logo vislumbrou o céu azul e, um momento depois, saiu na luz clara e quente e viu o teto da floresta se estendendo sob seus pés.

Ela se encontrava numa ampla plataforma, a qual estava acima até mesmo do topo das árvores, ao passo que dela se erguia uma saliência em forma de espiral, a qual era o pico mais alto do penhasco que escalara. Mas algo mais lhe prendeu a atenção naquele momento. Seu pé havia batido em algo no tapete de folhas secas que cobria a plataforma. Ela as afastou para o lado com o pé e desceu o olhar para o esqueleto de um homem. Correu um olhar experiente sobre a forma branqueada, mas não viu ossos quebrados nem qualquer sinal de violência. O homem devia ter tido uma morte natural, embora ela não conseguisse imaginar por que ele teria subido um penhasco alto para morrer.

Ela galgou até o topo da saliência e olhou para os horizontes. O teto da floresta — que, de sua posição privilegiada, parecia um chão — era tão impenetrável quanto por baixo. Ela não conseguia sequer ver o poço no qual deixara seu cavalo. Olhou para o norte, na direção da qual viera. Só viu o ondulante oceano verde, estendendo-se infinitamente, com apenas uma vaga linha azul à distância, sugerindo a cordilheira de colinas que ela cruzara dias antes, para mergulhar nesta vastidão de folhas.

A oeste e leste, a vista era a mesma, embora não houvesse linha de colinas azuis nessas direções. Mas, quando ela virou os olhos para o sul, ficou paralisada e prendeu o fôlego. A pouco mais de um quilômetro e meio naquela direção, a floresta se reduzia e terminava abruptamente, dando lugar a uma planície pontilhada de cactos. E, no meio daquela planície, erguiam-se os muros e torres de uma cidade. Valéria praguejou, pasma. Isso era inacreditável. Ela não ficaria surpresa se visse outros tipos de moradias humanas — as cabanas em forma de colmeia do povo negro, ou as grutas da misteriosa raça marrom que, segundo as lendas, habitava algum lugar desta região inexplorada. Mas era uma experiência surpreendente se deparar com uma cidade murada ali, a tantas longas semanas de marcha dos mais próximos postos avançados de qualquer tipo de civilização.

Com as mãos cansadas de se agarrarem ao pináculo em forma de espiral, ela se deixou cair na plataforma, franzindo a testa em indecisão. Viera de longe: do acampamento dos mercenários, próximo à cidade fronteiriça de Sukhmet, entre os capins rasos, onde aventureiros desesperados de várias raças guardavam a fronteira stygia contra as incursões que vinham, como uma onda vermelha, de Darfar. Sua fuga havia sido às cegas, para dentro de uma região sobre a qual era completamente ignorante. E agora ela hesitava entre o impulso de cavalgar diretamente para aquela cidade na planície e o instinto de cautela que a induzia a contorná-la o mais longe possível e continuar sua fuga solitária.

Seus pensamentos foram dissipados pelo sussurrar das folhas abaixo dela. Girou como um gato, agarrou a espada... e então parou, arregalando os olhos para o homem que estava à sua frente.

Era um homem alto e poderosamente constituído — quase um gigante em estatura —, os músculos ondulando suavemente sob sua pele bronzeada. Sua roupa era similar à dela, exceto por um largo cinturão de couro, em vez de uma faixa. Uma espada larga e um punhal lhe pendiam do cinto.

— Conan, o cimério! — disse ela. — O que você está fazendo no meu rastro?

Ele abriu um sorriso largo e firme, e seus ferozes olhos azuis arderam com uma luz que qualquer mulher conseguiria entender, enquanto percorriam a figura magnífica de Valéria, demorando-se no volume dos seios esplêndidos sob a camisa leve e na pele clara que aparecia entre os calções e as botas.

— Você não sabe? — Ele riu — Não deixei clara a minha admiração por você desde a primeira vez que a vi?

— Um garanhão não poderia ter sido mais claro — respondeu ela com desprezo. — Mas nunca esperei encontrá-lo tão longe dos barris de cerveja e panelas de carne de Sukhmet. Você realmente me seguiu desde o acampamento de Zarallo, ou foi enxotado como um bastardo?

Ele riu da insolência dela e flexionou seu poderoso bíceps.

— Você sabe que Zarallo não tinha velhacos suficientes para me expulsar do acampamento. — Sorriu largamente — Claro que a segui. O que é bom para você também, moça! Quando você esfaqueou aquele oficial stygio, perdeu o favor e a proteção de Zarallo, tornando-se uma fora da lei para todos os stygios.

— Eu sei disso — respondeu ela sombriamente. — Mas o que mais eu poderia fazer? Você sabe como fui provocada.

— Certo — concordou ele. — Se eu estivesse lá, eu mesmo o teria apunhalado. Mas, se uma mulher vai viver nos acampamentos de guerra dos homens, tem de estar pronta para tais coisas.

Valéria bateu o pé no chão e praguejou:

— Por que os homens não me deixam viver uma vida de homem?

— Isso é óbvio! — Seus olhos a devoraram novamente. — Mas você foi sábia em fugir. Os stygios a teriam esfolado. O irmão daquele oficial a seguiu; e mais rápido do que você pensava, eu não duvido. Ele não estava muito atrás de você quando eu o alcancei. O cavalo dele era mais rápido do que o seu. Ele a teria alcançado e cortado a sua garganta dentro de mais alguns quilômetros.

— E então? — indagou ela.

— E então o quê? — Ele parecia perplexo.

— E quanto ao stygio?

— Ora, o que você acha? — respondeu ele, impaciente. — Eu o matei, é claro, e deixei a carcaça para os abutres. Mas aquilo me atrasou e quase perdi seu rastro quando você atravessou os contrafortes rochosos das colinas. De outro modo, eu já a teria alcançado há muito tempo.

— E agora você acha que vai me arrastar de volta ao acampamento de Zarallo? — escarneceu ela.

— Não seja idiota — grunhiu ele. — Venha, garota; não seja tão irascível. Não sou como aquele stygio que você apunhalou, e você sabe disso.

— Você é um vagabundo sem dinheiro — zombou ela.

Ele riu dela.

— E como você se define? Você não tem dinheiro suficiente para comprar um fundilho novo para seu calção. Seu desdém não me engana. Você sabe que já comandei navios maiores e mais homens do que você. Quanto a ficar sem dinheiro... qual pirata que não fica o tempo todo? Já esbanjei, nos portos marítimos do mundo, ouro suficiente para encher um galeão. Você também sabe disso.

— Onde estão agora os belos navios e rapazes corajosos que você comandou? — desdenhou ela.

— A maioria deles, no fundo do mar — respondeu ele calmamente. — Os zíngaros afundaram meu último navio na costa shemita... É por isso que me juntei aos Companheiros Livres de Zarallo. Mas vi que havia cometido um erro quando marchamos para a fronteira darfari. O pagamento era uma miséria, o vinho era azedo, e eu não gosto de mulheres negras. E esse era o único tipo que aparecia no nosso acampamento em Sukhmet, com argolas em seus narizes e dentes afiados. Bah! E você, por que se juntou a Zarallo? Sukhmet fica muito longe da água salgada.

— Ortho Vermelho — respondeu ela sombriamente. — O cão queria que eu fosse a amante dele. Lancei-me ao mar numa noite e nadei até a praia quando estávamos ancorados próximos à costa kushita. Isso foi perto de Zabhela. Lá havia um mercador shemita que me contou que Zarallo havia trazido seus Companheiros Livres para o sul, para guardarem a fronteira de Darfar. Não havia opção melhor. Eu me juntei a uma caravana que ia para leste e finalmente cheguei a Sukhmet.

— Foi loucura seguir para o sul, como você fez — comentou Conan —, mas foi também uma sábia escolha, pois as patrulhas de Zarallo nunca pensariam em procurá-la nesta direção. Somente o irmão do homem que você matou encontrou por acaso sua trilha.

— E agora, o que pretende fazer? — questionou ela.

— Virar para oeste — respondeu ele. — Já estive nesta distância sul, mas não tão a leste. Muitos dias de viagem para oeste nos levarão às savanas abertas, onde os povos negros pastoreiam seu gado. Tenho amigos entre eles. Chegaremos à costa e encontraremos um navio. Estou cansado da selva.

— Então siga seu caminho — aconselhou ela. — Tenho outros planos.

— Não seja idiota! — Ele se mostrou irritado pela primeira vez. — Você não pode continuar perambulando por esta floresta.

— Eu posso, se eu quiser.

— Mas o que você pretende fazer?

— Não é de sua conta — retrucou.

— É, sim — respondeu ele calmamente. — Acha que eu a segui por toda essa distância só para dar meia-volta e sair cavalgando de mãos vazias? Seja sensata, garota. Não vou machucá-la.

Ele deu um passo em sua direção, e ela pulou para trás, desembainhando a espada.

— Para trás, seu cão bárbaro, senão eu lhe espeto como um porco!

Ele parou relutante e indagou:

— Quer que eu arranque esse brinquedo de você e lhe dê uma surra com ele?

— Palavras! Nada mais do que palavras! — zombou ela, os olhos temerários brilhando com luzes que dançavam como o sol sobre águas azuis.

Ele sabia que era verdade. Nenhum homem vivo conseguia desarmar Valéria da Irmandade com as próprias mãos. Seu semblante se contorceu, tomado por um emaranhado de emoções conflitantes. Estava furioso, mas achando graça e cheio de admiração pelo espírito dela. Ardia de desejo de agarrar aquela forma esplêndida e apertá-la em seus braços de ferro, embora desejasse grandemente não machucar a jovem. Estava dividido entre o desejo de sacudi-la vigorosamente e o desejo de acariciá-la. Ele sabia que, se chegasse mais perto, a espada dela lhe atravessaria o coração. Já vira Valéria matar muitos homens em pilhagens fronteiriças e brigas de taverna para ter qualquer ilusão sobre ela. Sabia que ela era rápida e feroz como uma tigresa. Ele podia puxar sua espada larga e desarmá-la, lançando a lâmina para longe da mão dela com um golpe, mas o pensamento de brandir uma espada contra uma mulher, mesmo sem intenção de machucar, era extremamente repugnante para ele.

— Que sua alma se queime, sua atrevida! — exclamou ele, exasperado. — Eu vou tirar...

Ele avançou até ela, sua paixão furiosa tornando-o imprudente, e ela se preparou para lhe dar uma estocada mortal. Então, veio uma surpreendente interrupção daquela cena ao mesmo tempo cômica e perigosa.

— O que é isso?

Foi Valéria quem perguntou, mas ambos estremeceram violentamente, e Conan girou como um felino, sua grande espada reluzindo em sua na mão. Do fundo da floresta, havia saído uma apavorante mistura de gritos — os relinchos de cavalos em terror e agonia. Misturados aos relinchos, ouvia-se o barulho de ossos quebrados.

— Os leões estão matando os cavalos! — gritou Valéria.

— Leões coisa nenhuma! — bufou Conan, seus olhos brilhando. — Você ouviu o rugido de um leão? Nem eu! Ouça o quebrar dos ossos... nem mesmo um leão faria tanto barulho ao matar um cavalo.

Ele desceu correndo pela rampa natural, e ela o seguiu, sua rixa pessoal esquecida no instinto aventureiro para uni-los contra um perigo comum. Os gritos haviam parado, quando desceram através do véu verde de folhas que envolvia a rocha.

— Encontrei seu cavalo amarrado próximo ao poço lá atrás — murmurou ele, caminhando tão silenciosamente que ela não mais se perguntava como ele a havia surpreendido no penhasco. — Amarrei o meu ao lado dele e segui as pegadas de suas botas. Fique atenta!

Eles haviam saído do cinturão de folhas e olhavam para baixo, em direção às extensões mais baixas da floresta. Acima deles, o teto verde estendia sua abóbada escura. Abaixo deles, a luz do Sol se infiltrava apenas o bastante para criar um crepúsculo matizado de jade. Os troncos gigantes das árvores, a uns cem metros de distância, pareciam obscuros e fantasmagóricos.

— Os cavalos deveriam estar atrás daquele matagal ali — sussurrou Conan, e sua voz poderia ser a brisa se movendo através dos galhos. — Escute!

Valéria já havia escutado, e um calafrio lhe rastejou pelas veias, de modo que ela, inconscientemente, pôs sua mão branca sobre o bronzeado braço musculoso de seu companheiro. De trás da moita, vinha o ruidoso mastigar de ossos e o barulhento rasgar de carne, junto com os sons trituradores e babantes de um horrível banquete.

— Leões não fariam esse barulho — sussurrou Conan. — Algo está devorando nossos cavalos, mas não é um leão... Crom!

O barulho parou de repente, e Conan praguejou suave. Uma brisa súbita soprou de onde eles estavam diretamente para o ponto onde o matador invisível estava escondido.

— Lá vem ele — murmurou Conan, meio que erguendo a espada.

O matagal foi violentamente agitado, e Valéria apertou o braço de Conan. Ela desconhecia a selva, mas sabia que nenhum animal conseguiria sacudir o matagal alto daquele jeito.

— Deve ser do tamanho de um elefante — murmurou Conan, ecoando o pensamento dela. — Que diabos... — Sua voz se calou, num silêncio assombrado.

De dentro da moita, saiu uma cabeça de pesadelo e loucura. Mandíbulas abertas exibiam fileiras de presas amarelas e gotejantes; acima da boca escancarada, ondulava um focinho de sáurio. Olhos enormes, semelhantes aos de uma píton, mas mil vezes maiores, miravam sem piscar os humanos petrificados que se agarravam ao rochedo acima. O sangue manchava os escamosos lábios flácidos e escorria da enorme boca.

A cabeça, maior que a de um crocodilo, esticava-se num longo pescoço escamoso, no qual se erguiam fileiras de pontas serrilhadas, e, atrás deste, derrubando as sarças e árvores novas, bamboleava o corpo de um titã — um gigantesco torso em forma de barril sobre pernas absurdamente curtas. A barriga esbranquiçada quase roçava o chão, enquanto a coluna vertebral serrilhada se erguia mais alta que Conan, mesmo que ele estivesse na ponta dos pés. Uma longa cauda, guarnecida de pontas como a de um escorpião gigante, arrastava-se atrás.

— Suba de volta no rochedo, rápido! — disse Conan bruscamente, empurrando a garota para trás de si. — Não acho que ele possa escalar, mas pode se erguer sobre as patas traseiras e nos alcançar...

Com um quebrar e rasgar de arbustos e árvores pequenas, o monstro veio arrebentando o matagal, ao passo que eles fugiram subindo o rochedo como folhas levadas pelo vento. Enquanto Valéria mergulhava na cortina de folhas, um olhar para trás lhe mostrava o titã se erguendo assombrosamente sobre suas poderosas patas traseiras, exatamente como Conan havia previsto. A visão a encheu de pânico. Ao se erguer, a besta parecia mais gigantesca que nunca; sua cabeça com focinho se elevava entre as árvores. Então, a mão de ferro de Conan se fechou no pulso de Valéria, e ela foi puxada impetuosamente para dentro da cegante agitação de folhas, e novamente para o brilho quente do Sol acima, no exato momento em que o monstro avançou para frente, com suas patas dianteiras sobre o penhasco, num impacto que fez a rocha vibrar.

Atrás dos fugitivos, a cabeça enorme abriu caminho por entre os pequenos galhos, e eles desceram o olhar, por um instante aterrador, para a visão assombrosa emoldurada entre as folhas verdes, os olhos flamejantes e as mandíbulas escancaradas. Então, as presas gigantescas se fecharam em vão, e, após isso, a cabeça se recolheu, sumindo da visão deles, como se houvesse afundado num poço.

Espiando entre os galhos quebrados que se espalhavam no rochedo, eles viram a criatura agachada sobre os quadris, encarando-os sem piscar.

Valéria estremeceu.

— Por quanto tempo acha que ele vai ficar agachado aí?

Conan chutou a caveira na plataforma cheia de folhas.

— Este sujeito deve ter escalado até aqui para fugir dele, ou de alguém como ele. Deve ter morrido de fome. Não há ossos quebrados. Essa coisa deve ser um dragão, como aqueles de que os povos negros falam em suas lendas. Se for, ele não sairá daqui até morrermos.

Valéria o olhou de forma inexpressiva, seu ressentimento esquecido. Ela lutava contra uma maré de pânico. Já havia provado sua coragem temerária mil vezes em batalhas selvagens no mar e em terra; nas coberturas escorregadias de sangue de navios de guerra em chamas; nos ataques a cidades muradas e nas batidas praias arenosas, onde os homens furiosos da Irmandade Vermelha banhavam seus punhais com o sangue uns dos outros em suas lutas pela liderança. Mas a perspectiva que a confrontava agora lhe congelava o sangue. Um golpe de sabre no calor da batalha não era nada; mas se sentar inútil e indefesa numa rocha nua até morrer de fome, cercada por um sobrevivente monstruoso de outra era... o pensamento fazia o pânico lhe palpitar no cérebro.

— Ele deve sair para comer e beber — apontou ela desesperadamente.

— Ele não precisará ir muito longe para isso — observou Conan. — Acabou de se fartar de carne de cavalo e, como uma verdadeira serpente, pode passar um longo tempo sem comer nem beber. Mas parece que ele não dorme após comer, como uma verdadeira serpente. De qualquer modo, não pode escalar este penhasco.

Conan falava de forma imperturbável. Era um bárbaro, e a terrível paciência da selva e de seus filhos fazia parte dele, assim como suas paixões e raivas. Conseguia suportar uma situação como esta com uma frieza impossível para um homem civilizado.

— Não podemos entrar pelas árvores e fugir, balançando-nos como macacos pelos galhos? — perguntou ela desesperadamente.

Ele sacudiu a cabeça.

— Pensei nisso. Os galhos que tocam a parte de baixo do penhasco são muito fracos. Quebrariam com nosso peso. Além disso, acho que aquele demônio poderia derrubar qualquer árvore aqui perto pelas raízes.

— Bom, nós vamos ficar aqui, sentados sobre nossas nádegas, até morrer de fome? — gritou ela com fúria, fazendo a caveira rolar ruidosamente pela plataforma com um chute. — Não farei isso! Vou descer até lá e cortar fora sua maldita cabeça...

Conan havia se sentado numa projeção rochosa ao pé do topo. Ele erguia o olhar com um brilho de admiração aos olhos ardentes dela e à sua figura tensa e trêmula, mas, percebendo que ela estava disposta a qualquer loucura, não deixou sua admiração transparecer na voz.

— Sente-se — grunhiu, pegando-a pelo pulso e puxando-a sobre seu joelho. Ela estava surpresa demais para resistir quando ele lhe tomou a espada da mão e a empurrou de volta à bainha. — Mantenha a calma e fique tranquila. Você só faria quebrar seu aço nas escamas dele. Ele a engoliria de uma só vez, ou a esmagaria como um ovo com aquela cauda cheia de pontas. De alguma forma, sairemos deste aperto, mas não sendo mastigados e engolidos.

Ela não respondeu nada, nem tentou repelir a braço dele da sua cintura. Estava assustada, e essa era uma sensação nova para Valéria da Irmandade Vermelha. Assim, ela continuou sentada nos joelhos de seu companheiro — ou captor — com uma docilidade que espantaria Zarallo, que a amaldiçoara como uma demônia saída do serralho do inferno.

Conan brincava despreocupadamente com as encaracoladas mechas loiras dela, absorto apenas em sua conquista. Nem o esqueleto aos seus pés nem o monstro agachado lá embaixo lhe perturbava o pensamento ou tirava o brilho do seu interesse.

Os olhos inquietos da jovem, perambulando pelas folhas abaixo, descobriram borrifos de cores em meio ao verde. Eram frutas — grandes globos vermelho-escuros pendurados nos galhos de uma árvore, cujas folhas largas tinham um verde particularmente rico e vívido. Percebeu que estava com sede e fome, embora a sede não a tivesse atacado até perceber que não poderia descer do penhasco para procurar comida e água.

— Não precisamos passar fome — disse ela. — Há fruta ao nosso alcance.

Conan olhou para onde ela havia apontado.

— Se as comermos, não precisaremos nos preocupar com o dragão — grunhiu ele. — Aquilo é o que o povo negro de Kush chama de as Maçãs de Derketa. Ela é a Rainha dos Mortos. Beba um pouco do suco, ou o derrame em sua pele, e você estará morta antes que possa rolar até os pés deste rochedo.

— Oh!

Ela caiu em um aterrorizado silêncio. Parecia não haver meios de sair daquela situação perigosa, refletiu sombriamente. Não via como fugir, e Conan parecia interessado somente na cintura esbelta e nos cabelos encaracolados dela. Se ele tentava formular um plano de fuga, não demonstrava.

— Se tirar as mãos de mim por tempo suficiente para subir aquele pico — disse ela em seguida —, verá algo que irá surpreendê-lo.

Ele lançou um olhar questionador sobre ela e, então, obedeceu com um encolher dos ombros poderosos. Agarrando-se ao pináculo em forma de espiral, ele olhou além do teto da floresta.

Conan ficou um longo momento em silêncio, imóvel como uma estátua de bronze na rocha.

— É de fato uma cidade murada — murmurou ele. — Era para lá que você estava indo, quando quis me deixar ir sozinho até a costa?

— Eu a vi antes que você chegasse. Não sabia nada dela quando abandonei Sukhmet.

— Quem teria pensado em encontrar uma cidade aqui? Não acredito que os stygios tenham chegado tão longe. O povo negro conseguiria construir uma cidade como essa? Não vejo rebanhos na planície, nem sinais de agricultura, nem pessoas se movendo ao redor.

— Como pode esperar ver tudo isso desta distância? — indagou ela.

Ele encolheu os ombros e desceu de volta à plataforma.

— Bem, o povo da cidade não pode nos ajudar agora. E talvez não queiram, mesmo que possam. O povo das Terras Negras geralmente é hostil com estrangeiros. Provavelmente nos espetariam com lanças...

Ele parou de repente e ficou em silêncio, como se houvesse esquecido o que estava dizendo, e olhou seriamente para as esferas carmesins que brilhavam entre as folhas.

— Lanças! — murmurou ele. — Que maldito imbecil eu sou por não ter pensado nisso antes! Isso mostra o que uma linda mulher faz com a cabeça de um homem.

— Do que está falando? — indagou ela.

Sem responder à pergunta de Valéria, ele desceu até o cinturão de folhas e olhou através delas. O brutamontes ficou de cócoras, olhando o penhasco com a paciência assustadora dos répteis. Possivelmente, era com aquele mesmo olhar que um daquela raça havia observado os antepassados trogloditas do homem, acuados num rochedo alto, no obscuro começo dos tempos. Conan o amaldiçoou friamente e começou a cortar galhos, estendendo os braços e decepando os ramos até onde podia alcançar. A agitação das folhas sobressaltou o monstro. Ele se ergueu pelas patas traseiras e chicoteou as árvores rasteiras com sua cauda medonha, como se elas fossem palitos. Conan o observava cautelosamente com o canto do olho e, quando Valéria acreditou que o dragão estava prestes a se lançar novamente sobre o rochedo, o cimério recuou e subiu a saliência com os galhos que cortara. Havia três deles — hastes finas, com pouco mais de dois metros, porém mais finas que seu polegar. Ele também havia cortado pedaços de cipó resistente.

— Estes galhos são leves demais para serem hastes de lanças, e as trepadeiras não são mais grossas que cordões — comentou ele, apontando para a folhagem ao redor do penhasco. — Não aguentam nosso peso... mas há força na união. É o que costumavam dizer os renegados aquilonianos para nós, cimérios, quando adentravam as colinas para formar um exército a fim de invadir seu próprio país. Mas nós sempre lutamos em clãs e tribos.

— Que diabos isso tem a ver com essas varas? — indagou ela.

— Espere e verá.

Juntando as hastes num feixe compacto, ele encaixou o cabo de seu punhal entre elas numa das extremidades. Logo, com as trepadeiras, ele as amarrou umas às outras, e, ao completar seu trabalho, tinha uma lança resistente, com um cabo de mais de dois metros de comprimento.

— De que isso adiantará? — Ela quis saber. — Você disse que uma lâmina não conseguiria penetrar as escamas dele...

— Ele não tem escamas por todo o corpo — respondeu Conan. — Há mais de uma maneira de se esfolar uma pantera.

Descendo até a proximidade das folhas, ele esticou a lança para o alto e, cuidadosamente, enfiou a lâmina numa das Maçãs de Derketa, lançando-se para um lado, a fim de evitar as escuras gotas púrpuras que caíam da fruta perfurada. Logo, ele retirou a lâmina e mostrou a ela o aço azul manchado de um sombrio vermelho-arroxeado.

— Não sei se funcionará ou não — disse ele. — Há veneno suficiente nela para matar um elefante, mas... veremos.

Valéria estava logo atrás dele quando ele desceu por entre as folhas. Mantendo cautelosamente a ponta envenenada afastada de si, Conan enfiou a cabeça entre os galhos e se dirigiu ao monstro:

— O que está esperando aí embaixo, seu filho mal gerado de pais incertos? — Foi uma de suas perguntas. — Ponha sua cabeça feia para fora outra vez, seu brutamontes de pescoço longo... ou você quer que eu desça até aí e arranque essa sua espinha ilegítima com um chute?

Houve mais disso — algumas palavras numa eloquência que fez Valéria arregalar os olhos, apesar de sua educação profana entre os navegantes. E surtiu efeito no monstro. Assim como o latido incessante de um cão incomoda e aborrece animais de naturezas mais silenciosas, a voz clamorosa de um homem desperta medo no coração de algumas bestas e fúria insana em outras. Subitamente, e com uma rapidez assustadora, a fera mastodôntica se ergueu sobre as maciças pernas traseiras e esticou o pescoço e o corpo num esforço furioso para alcançar aquele pigmeu que vociferava e cujo clamor estava perturbando o silêncio primitivo de seus antigos domínios.

Mas Conan havia calculado a distância com precisão. A um metro e meio abaixo dele, a enorme cabeça avançou terrível, mas inutilmente, por entre as folhas. E, quando a boca monstruosa se escancarou como a de uma enorme serpente, Conan enfiou sua lança no canto vermelho da articulação da mandíbula. Ele atacou com toda a força de ambos os braços, enfiando a longa lâmina do punhal, até o cabo, em carne, tendões e ossos.

Instantaneamente, as mandíbulas se fecharam de forma convulsiva, cortando a lança tripla e quase derrubando Conan de seu abrigo. Ele teria caído, se não fosse a jovem atrás dele, que o agarrou de modo desesperado pelo cinto da espada. Ele se agarrou a uma projeção rochosa e a agradeceu com um sorriso largo.

Lá embaixo, o monstro se estremecia como um cão com pimenta nos olhos. Ele sacudia a cabeça de um lado a outro, passava a pata nela e escancarava repetidamente e ao máximo a boca. Pouco depois, ele pôs uma enorme pata dianteira no toco da lança e conseguiu arrancar a lâmina. Então, ergueu bruscamente a cabeça, as mandíbulas bem abertas e esguichando sangue, e levantou o olhar para o penhasco, com uma fúria tão concentrada e inteligente que Valéria tremeu e puxou sua espada. As escamas, ao longo de suas costas e flancos, mudaram do marrom enferrujado para um sombrio vermelho sinistro. E o mais terrível: o monstro quebrou o silêncio. Os sons que saíram de suas mandíbulas das quais escorria sangue não soaram como nada que pudesse ser emitido por uma criação terrena.

Com rugidos ásperos e rangentes, o dragão se lançou contra o penhasco, que era a fortaleza de seus inimigos. Várias vezes, sua cabeça enorme se esticou para cima, através dos galhos, chocando-se apenas contra o ar. Ele lançou todo o seu peso contra o rochedo, até este vibrar da base ao topo. E, erguendo-se, agarrou-o com as patas dianteiras, como um homem, e tentou arrancá-lo pela base, como se fosse uma árvore.

Essa exibição de fúria primordial gelou o sangue nas veias de Valéria, mas Conan estava próximo demais do primitivo para sentir outra coisa que não um intenso interesse. Para o bárbaro, não havia tal abismo entre ele próprio, outros homens e os animais, como existia na concepção de Valéria. O monstro sob eles, para Conan, era meramente uma forma de vida diferente dele, principalmente na forma física. Ele atribuía ao animal características similares às dele mesmo e viu em sua fúria uma duplicata da própria fúria; e, em seus urros e rugidos, meros equivalentes reptilianos às pragas que ele havia lançado sobre a criatura. Sentindo um parentesco com todas as coisas selvagens, até mesmo dragões, era impossível para ele experimentar o horror nauseante que atacava Valéria diante da visão da ferocidade do brutamontes.

Conan ficou sentado, olhando tranquilamente as várias mudanças que aconteciam na voz e nas ações da coisa.

— O veneno está surtindo efeito — disse ele com convicção.

— Não acredito nisso. — Para Valéria, parecia absurdo supor que qualquer coisa, por mais letal que fosse, pudesse ter qualquer efeito sobre aquela montanha de músculos e fúria.

— Há dor na voz dele — declarou Conan. — Primeiro ele estava apenas furioso pelo ferimento em sua mandíbula. Agora ele sente a mordida do veneno. Veja! Está cambaleando. Ficará cego dentro de alguns minutos. Está vendo?

De fato, o dragão cambaleava, girava e desmoronava sobre os arbustos com um estrondo.

— Ele está fugindo? — perguntou Valéria, ansiosa.

— Está se dirigindo ao charco! — Conan se ergueu de um pulo, pronto para agir. — O veneno o deixa com sede. Vamos! Ele ficará cego em poucos instantes, mas pode farejar o caminho dele de volta ao pé do penhasco e, se nosso cheiro ainda estiver aqui, ele ficará sentado até morrermos. E outros da espécie dele podem vir, atraídos por seus gritos. Vamos!

— Vamos descer? — Valéria estava horrorizada.

— Claro! Vamos para a cidade! Eles podem cortar nossa cabeça lá, mas é nossa única chance. Talvez tenhamos que correr entre mais mil dragões no caminho, mas ficar aqui é morte certa. Se esperarmos até ele morrer, podemos ter que lidar com mais uma dúzia. Siga-me, depressa!

Ele desceu a rampa tão rapidamente quanto um macaco, parando apenas para ajudar sua companheira menos ágil, a qual, até ver o cimério escalar, acreditava ser igual a qualquer homem no aparelhar de um navio ou na escalada de um penhasco perpendicular.

Desceram para dentro da escuridão sob os galhos e deslizaram silenciosamente para o chão, embora Valéria achasse que o bater de seu coração certamente pudesse ser ouvido de longe. Um ruidoso gorgolejar e lamber, além do denso matagal, indicava que o dragão estava bebendo no charco.

— Assim que encher a barriga, ele voltará — murmurou Conan. — Pode levar horas para que o veneno o mate... se matá-lo.

Em algum lugar da floresta, o Sol se punha no horizonte. A floresta era um crepúsculo nebuloso de sombras pretas e vistas obscuras. Conan agarrou o pulso de Valéria e deslizou para longe do pé do penhasco. Ele fazia menos barulho que uma brisa soprando entre os troncos das árvores, mas Valéria tinha a impressão de que suas botas macias denunciavam sua fuga por toda a floresta.

— Não creio que ele possa seguir rastros — murmurou Conan. — Mas, se um vento soprar nosso cheiro até ele, poderá nos farejar.

— Mitra queira que o vento não sopre! — cochichou Valéria.

O rosto dela era um pálido oval na escuridão. Ela agarrou a espada com a mão livre, mas o contato com o cabo revestido de couro cru só lhe inspirava a sensação de estar indefesa.

Ainda estavam a alguma distância do limite da floresta, quando ouviram um estalar e quebrar atrás deles. Valéria mordeu o lábio para não gritar.

— Ele está em nosso rastro! — sussurrou ela ferozmente.

Conan sacudiu a cabeça.

— Ele não nos farejou no rochedo; está girando às cegas pela floresta, para tentar nos farejar. Vamos! Nossa única esperança agora é a cidade! Ele pode derrubar qualquer árvore onde subirmos. Só espero que o vento não sopre...

Continuaram avançando furtivamente, até as árvores começarem a rarear adiante deles. Atrás, a floresta era um oceano impenetrável de sombras. O sinistro crepitar ainda soava atrás deles enquanto o dragão girava em seu curso errático.

— Lá está a planície — murmurou Valéria. — Mais um pouco, e nós...

— Crom! — praguejou Conan.

— Mitra! — sussurrou Valéria.

Um vento começava a soprar do sul.

Soprava sobre eles, direto para dentro da floresta atrás. Instantaneamente, um horrível urro sacudiu a floresta. O cego estalar e quebrar do matagal se transformou num contínuo despedaçar, enquanto o dragão chegava como um furacão diretamente ao ponto do qual o cheiro de seus inimigos fora soprado.

— Corra! — rosnou Conan, com os olhos resplandecendo como os de um lobo numa armadilha. — É tudo o que podemos fazer!

Botas de marinheiro não são feitas para correr, ao passo que a vida de um pirata não treina ninguém para corrida. Depois de uns noventa metros, Valéria estava ofegando e cambaleando; e, atrás deles, o despedaçar deu lugar a um trovejar ondulante, quando o monstro irrompeu do matagal e adentrou o terreno mais aberto.

O braço férreo, ao redor da cintura da mulher, meio que a levantou; os pés dela mal tocavam o solo, e ela foi carregada com uma velocidade que jamais alcançaria. Se Conan pudesse ficar longe do animal, talvez aquele vento traidor mudasse de direção — mas o vento prosseguia, e uma rápida olhada sobre o ombro mostrou a Conan que o monstro estava quase sobre eles, vindo como uma galé de guerra à frente de um furacão. Ele empurrou Valéria para longe, com tal força que a fez cambalear por mais de três metros, até cair contorcida ao pé da árvore mais próxima, e o cimério se voltou na direção do titã trovejante.

Convencido de que a própria morte estava sobre ele, Conan agiu de acordo com seu instinto e se lançou com tudo em direção ao rosto medonho. Ele saltou, talhando como um gato selvagem, e sentiu sua espada afundar nas escamas que cobriam o enorme focinho — e então, um terrível impacto o fez rolar por quinze metros, a toda velocidade e quase inconsciente.

Como o cimério voltou a ficar de pé, nem mesmo ele sabia. Mas o único pensamento que lhe ocupava a mente era o da mulher caída, aturdida e indefesa, quase no caminho daquele demônio, e, antes que o fôlego lhe voltasse à garganta, já estava ao lado dela, de espada na mão.

Ela ficou onde ele a havia lançado, mas se esforçava para se sentar. Nem as presas dilacerantes, nem as patas esmagadoras a haviam tocado. Fora um ombro ou uma pata dianteira que havia derrubado Conan, e o monstro cego continuou avançando, esquecido das vítimas cujo cheiro ele seguira, na súbita agonia de seus estertores. Ele trovejou precipitadamente em seu curso, até sua cabeça baixa se espatifar numa árvore gigantesca em seu caminho. O impacto arrancou a árvore pela raiz e deve ter salpicado os miolos de seu crânio disforme. Árvore e monstro caíram juntos, e os humanos pasmos viram os galhos e folhas serem sacudidos pelas convulsões da criatura à qual cobriam — e, então, o silêncio.

Conan pôs Valéria de pé, e correram juntos. Poucos momentos depois, eles saíam no crepúsculo quieto da planície sem árvores.

Conan parou por um momento e olhou para trás, em direção à faixa de ébano atrás deles. Nenhuma folha se agitava, e nenhum pássaro cantava. Estava em silêncio, como devia ser antes que o homem fosse criado.

— Vamos — murmurou Conan, pegando a mão da companheira. — Agora é arriscado. Se mais dragões saírem da floresta atrás de nós...

Ele não precisou terminar a frase.

A cidade parecia mais distante na planície do que parecia no penhasco. O coração de Valéria martelava até ela ter a sensação de que se sufocaria. A cada passo, ela tinha a impressão de que ouviria o quebrar de arbustos e veria outro pesadelo colossal atacá-los. Mas nada perturbava o silêncio dos matagais.

Após o primeiro quilômetro entre eles e a floresta, Valéria respirou mais aliviada. Sua alegre autoconfiança começava a reaparecer. O Sol havia se posto, e a escuridão caía sobre a planície, levemente iluminada pelas estrelas, as quais faziam os cactos parecerem fantasmas raquíticos.

— Nenhum gado, nenhum campo arado — murmurou Conan. — Como é que esse povo vive?

— Talvez o gado fique no curral à noite — sugeriu Valéria — e os campos e pastos estejam do outro lado da cidade.

— Talvez — grunhiu ele. — Mas não vi nenhum do alto do penhasco.

A Lua apareceu atrás da cidade, enegrecendo-a com seu brilho amarelo. Valéria se arrepiou. Preta à luz da Lua, a estranha cidade tinha um aspecto sombrio e sinistro.

Talvez Conan tenha tido uma sensação semelhante, pois ele parou, olhou ao redor de si e grunhiu.

— Vamos parar aqui. É inútil chegar aos portões deles à noite. Provavelmente não nos deixariam entrar. Além disso, precisamos descansar e não sabemos como eles vão nos receber. Algumas horas de sono vão nos deixar em forma, para lutar ou fugir.

Ele seguiu na frente, até um canteiro de cactos que crescia num círculo — um fenômeno comum no deserto meridional. Com sua espada, ele abriu um caminho e gesticulou para que Valéria entrasse.

— De qualquer forma, aqui estaremos livres de cobras.

Ela olhou temerosamente para trás, em direção à linha preta que indicava a floresta, a menos de dez quilômetros.

— E se um dragão sair da mata?

— Ficaremos de vigia — respondeu ele, embora não sugerisse o que deveriam fazer numa situação dessas. Olhava fixamente para a cidade, a poucos quilômetros de distância. Nenhuma luz brilhava nos pináculos ou nas torres. Uma grande massa preta de mistério, a cidade se erguia enigmaticamente contra o céu iluminado pela Lua.

— Deite-se e durma. Farei o primeiro turno de vigia.

Ela hesitou, olhando-o indecisa, mas ele se sentou de pernas cruzadas na pequena clareira, com o rosto voltado para a planície, a espada sobre os joelhos e as costas voltadas para ela. Sem mais comentários, Valéria se deitou dentro do círculo espinhoso.

— Acorde-me quando a Lua estiver no zênite — disse ela.

Ele não respondeu, nem olhou para ela. A última impressão dela, antes de cair no sono, foi a de sua figura musculosa, imóvel como uma estátua esculpida em bronze, delineada contra as estrelas.

II

PELO BRILHO DAS JOIAS DE FOGO

VALÉRIA ACORDOU COM UM SOBRESSALTO AO PERCEBER QUE UMA AURORA CINZA DESLIZAVA SOBRE a planície.

Ela se sentou, esfregando os olhos. Conan estava agachado próximo aos cactos, tirando os frutos grandes e arrancando habilmente os espinhos.

— Você não me acordou — acusou ela. — Me deixou dormir a noite inteira!

— Você estava cansada — respondeu ele. — Seu traseiro devia estar dolorido também, após aquela longa cavalgada. Vocês, piratas, não estão acostumados a cavalgar.

— E quanto a você? — replicou ela.

— Fui um kozak antes de ser pirata — respondeu ele. — Eles vivem a cavalo. Meu sono é leve como o de uma pantera que segue a trilha de um cervo. Meus ouvidos se mantêm alerta enquanto meus olhos dormem.

E, de fato, o gigantesco bárbaro parecia tão revigorado quanto se tivesse dormido a noite inteira numa cama de ouro. Tendo retirado os espinhos e removido a casca dura, ele entregou à jovem um pedaço grande e suculento de cacto.

— Afunde os dentes neste fruto. É comida e bebida para um homem do deserto. Já fui chefe dos zuagires, homens do deserto que vivem do saque em caravanas.

— Há alguma coisa que você nunca foi? — indagou a garota, meio zombeteira e meio fascinada.

— Nunca fui rei de um reino hiboriano. — Ele sorriu, mastigando um enorme pedaço de cacto. — Mas já sonhei até mesmo com isso. Talvez algum dia eu também seja. Por que não?

Ela sacudiu a cabeça, espantada com a calma audácia dele, e se pôs a devorar seu cacto. Não lhe era desagradável ao paladar, e seu suco era refrescante e saciava a sede. Terminando sua refeição, Conan limpou as mãos na areia, penteou a espessa cabeleira preta com os dedos, ajustou o cinto da espada e disse:

— Bem, podemos ir. Se o povo daquela cidade pretende cortar nossa garganta, que o façam agora, antes que o dia fique quente.

Seu humor sombrio era inconsciente, mas Valéria achava que poderia ser profético. Ela também ajustou o cinto da espada enquanto se levantava. Seus terrores da noite haviam passado. Os dragões urrantes da distante floresta pareciam um sonho longínquo. Havia um ar arrogante em seu caminhar enquanto ela se movia ao lado do cimério. Quaisquer que fossem os perigos adiante, seus inimigos seriam homens. E Valéria da Irmandade Vermelha nunca tinha visto o rosto de um homem que temesse.

Conan desceu o olhar para ela enquanto ela caminhava a passos largos ao lado dele com uma ginga que se igualava à dele.

— Você anda mais como um montanhês do que como uma marinheira — disse ele. — Deve ser aquiloniana. Os sóis de Darfar nunca bronzearam sua pele branca. Muitas princesas teriam inveja de você.

— Sou da Aquilônia — respondeu ela. Seus elogios não a irritavam mais. Sua evidente admiração a agradava. Pois outro homem que ficasse de vigia enquanto ela dormia a teria enfurecido; ela sempre teve ressentimentos ferozes por qualquer homem que tentasse protegê-la por causa de seu sexo. Mas sentiu um prazer secreto no fato de aquele homem ter feito isso. E ele não tirou vantagem do medo dela, nem da fraqueza resultante disso. Enfim, refletiu ela, seu companheiro não era um homem comum.

O Sol se erguia atrás da cidade, pintando as torres de um vermelho sinistro.

— Preta sob a lua na noite passada — grunhiu Conan, seus olhos se nublando com a superstição abismal dos bárbaros. — Vermelha como sangue sob o Sol nesta alvorada. Não gosto desta cidade.

Mas eles prosseguiram, e, enquanto avançavam, Conan chamou a atenção para o fato de que nenhuma estrada corria do norte até a cidade.

— Nenhum gado andou pela planície deste lado da cidade — apontou ele. — Nenhum arado toca a terra há anos; talvez séculos. Mas, veja, esta planície já foi cultivada.

Valéria viu os antigos fossos de irrigação que ele indicou, cobertos de ervas daninhas e cactos. Ela franziu a testa, perplexa, enquanto seus olhos varriam a planície que se estendia por todos os lados da cidade, até o limite da floresta, a qual formava um enorme círculo obscuro. A visão não ia além daquele círculo.

Ela olhou inquieta para a cidade. Não reluziam elmos nem pontas de lanças nas ameias, não soavam trombetas, nenhuma sentinela alerta soava das torres. Um silêncio tão absoluto quanto o da floresta pairava sobre os muros e minaretes.

O Sol estava alto no horizonte leste quando eles pararam diante do grande portão no muro norte à sombra da alta trincheira. A ferrugem pintava os suportes de ferro do enorme portal de bronze. Teias de aranha brilhavam espessas nas dobradiças, portas e trancas.

— Está fechada há anos! — exclamou Valéria.

— Uma cidade morta — grunhiu Conan. — Por isso os fossos estavam quebrados, e a planície, intocada.

— Mas quem a construiu? Quem morou aqui? Para onde foram? Por que a abandonaram?

— Quem sabe? Talvez um clã exilado de stygios a tenha construído. Talvez não. A arquitetura não parece stygia. Talvez o povo tenha sido expulso por inimigos ou exterminado por alguma praga.

— Nesse caso, seus tesouros podem ainda estar lá dentro, acumulando poeira e teias de aranha — sugeriu Valéria, os instintos predatórios de sua profissão acordando nela e incitados também por curiosidade feminina. — Conseguiremos abrir o portão? Vamos entrar e explorar um pouco.

Conan olhou incerto para o portão maciço, mas pôs seu poderoso ombro na superfície e empurrou com toda a força de suas panturrilhas e coxas. Com um guincho dissonante das dobradiças enferrujadas, o portão se moveu pesadamente para dentro, e Conan se endireitou e puxou a espada. Valéria olhou por cima do ombro dele e lançou uma exclamação de surpresa.

Eles não olhavam para uma rua aberta ou um pátio interno, como era de se esperar. O portão aberto, ou porta, dava diretamente para dentro de um longo e largo salão, o qual se perdia de vista. Era de proporções grandiosas, e o chão era feito de uma estranha pedra vermelha, cortada em ladrilhos quadrados que pareciam brilhar como se refletissem chamas. As paredes eram de um material verde e reluzente.

— É jade, ou eu sou um shemita! — praguejou Conan.

— Não em tamanha quantidade! — protestou Valéria.

— Já saqueei muitas caravanas de Khitai para saber do que estou falando — sustentou ele. — É jade!

O teto abobadado era de lápis-lazúli, adornado por cachos de grandes pedras verdes, que brilhavam com um resplendor venenoso.

— Pedras de fogo verde — resmungou Conan. — É assim que o povo de Punt as chama. Dizem que elas são os olhos petrificados daquelas cobras, às quais os antigos chamam de Serpentes Douradas. Brilham como os olhos de um gato no escuro. À noite, este salão é iluminado por elas, mas deve ser uma iluminação infernalmente estranha. Vamos dar uma olhada. Talvez encontremos algum depósito de joias escondido.

— Feche a porta — aconselhou Valéria. — Eu detestaria ter que correr de um dragão por este salão.

Conan abriu um sorriso largo e respondeu:

— Não creio que os dragões deixem a floresta.

Mas ele aquiesceu e fechou a tranca quebrada por dentro.

— Acho que ouvi alguma coisa estalar quando arrombei a porta. Esta tranca se quebrou há pouco tempo. Está quase toda corroída pela ferrugem. Se o povo fugiu, por que foi trancada por dentro?

— Eles, sem dúvida, saíram por outra porta — sugeriu Valéria.

Ela se perguntava quantos séculos haviam se passado desde que a luz do dia havia penetrado naquele grande salão através da porta aberta. De alguma forma, a luz do Sol entrava no salão, e eles logo viram a fonte. Lá em cima, no teto abobadado, havia claraboias em aberturas semelhantes a fendas — placas translúcidas de alguma substância cristalina. Nas manchas escuras de sombras entre elas, as joias verdes brilhavam como os olhos de um gato zangado. Sob seus pés, o chão liso ardia com tons cambiantes e cores flamejantes. Era como pisar no chão do Inferno, com estrelas malignas piscando no alto.

Três galerias balaustradas corriam de ambos os lados, uma sobre a outra.

— Uma construção de quatro andares — grunhiu Conan —, e este salão se estende até o teto. É tão longo quanto uma rua. Acho que vejo uma porta na outra extremidade.

Valéria encolheu os ombros brancos.

— Então seus olhos são melhores que os meus, embora os piratas considerem os meus afiados.

Entraram ao acaso por uma porta aberta e atravessaram uma série de câmaras vazias, pavimentadas como o salão e com paredes com o mesmo verde-jade, ou de mármore, ou marfim, ou calcedônia, adornadas com frisos de bronze, ouro ou prata. Nos tetos, as gemas de fogo verde estavam incrustadas, e sua luz era tão fantasmagórica e ilusória quanto Conan havia previsto. Sob o brilho enfeitiçado, os intrusos se moviam como fantasmas.

Algumas das câmaras não tinham essa iluminação, e suas portas se mostravam pretas como a boca do Poço. Conan e Valéria as evitavam, mantendo-se sempre nas câmaras iluminadas.

Teias de aranha pendiam nos cantos, mas no chão não havia acumulação perceptível de poeira, ou nas mesas e assentos de mármore, jade ou cornalina que ocupavam as câmaras. Aqui e ali, havia carpetes de seda khitaiana, que é praticamente indestrutível. Em nenhum lugar eles encontraram janelas ou portas se abrindo para ruas ou pátios. Cada porta se abria simplesmente para outra câmara ou salão.

— Por que nunca chegamos até uma rua? — murmurou Valéria. — Este palácio, ou o que quer que seja, deve ser tão grande quanto o serralho do rei de Turan.

— Talvez não tenham morrido vítimas de praga — disse Conan, meditando sobre o mistério da cidade vazia. — Do contrário, acharíamos esqueletos. Talvez tenha ficado mal-assombrada e todo mundo tenha ido embora. Talvez...

— Talvez, que inferno! — interrompeu Valéria rudemente. — Nunca saberemos. Olhe para estes frisos. Eles retratam homens. À qual raça pertencem?

Conan os examinou e sacudiu a cabeça.

— Nunca vi pessoas exatamente iguais a estas. Mas há toques orientais nelas... talvez Vendhya ou Kosala.

— Você já foi rei em Kosala? — perguntou ela, disfarçando com escárnio sua aguda curiosidade.

— Não. Mas já fui chefe de guerra dos afghulis, que vivem nos Montes Himelianos. Este povo parece com os kosalanos. Mas por que kosalanos construiriam uma cidade tão distante a oeste?

As figuras retratadas eram de homens e mulheres esguios, de pele cor-de-oliva, com feições exóticas e finamente esculpidas. Usavam robes tênues, e muitos ornamentos delicados e com joias, e eram retratados quase sempre em atitudes festivas, de dança ou de amor.

— Orientais, sem dúvida — grunhiu Conan —, mas de onde eu não sei. Devem ter vivido uma vida asquerosamente pacífica, pois, do contrário, retratariam cenas de guerras e lutas. Vamos subir essa escada.

Era uma espiral de marfim, que serpenteava para o alto desde a câmara onde eles se encontravam. Subiram três lances e chegaram até uma enorme câmara no quarto andar, a qual parecia ser a mais alta da construção. Claraboias no teto iluminavam a sala, onde a luz das gemas de fogo reluzia palidamente. Olhando pelas portas, eles viram, exceto por um lado, uma série de câmaras iluminadas semelhantes. Essa outra porta se abria para uma galeria balaustrada sobre um salão bem menor do que aquele que haviam explorado pouco antes no andar de baixo.

— Inferno! — Valéria se sentou enojada num banco de jade. — O povo que abandonou esta cidade deve ter levado todos os seus tesouros consigo. Estou cansada de perambular ao acaso por estas salas vazias.

— Todas estas câmaras superiores parecem estar iluminadas — disse Conan. — Gostaria de achar uma janela que desse vista para a cidade. Vamos dar uma olhada além daquela porta ali.

— Vá você — recomendou Valéria. — Vou ficar sentada e descansar meus pés.

Conan desapareceu pela porta oposta àquela que se abria para a galeria, e Valéria se inclinou para trás, com as mãos entrelaçadas na nuca, e esticou as pernas calçadas para frente. Essas salas e salões silenciosos, com seus brilhantes cachos verdes de ornamentos e ardentes chãos vermelhos, estavam começando a deprimi-la. Desejava que encontrassem um caminho para fora daquele labirinto por onde haviam perambulado e saíssem numa rua. Ela se perguntava quais pés furtivos e sombrios haviam deslizado por aqueles assoalhos flamejantes em séculos passados e quantos atos de crueldade e mistério aquelas gemas do teto haviam iluminado.

Foi um pequeno ruído que a tirou de suas reflexões. Ela já estava de pé, segurando a espada, antes de perceber o que a havia alertado. Conan não retornara, e ela sabia que não era ele a quem ouvira.

O ruído vinha de algum lugar atrás da porta que se abria para a galeria. Silenciosamente em suas suaves botas de couro, ela deslizou para dentro dela, moveu-se com cautela pela balaustrada e espiou para baixo entre os maciços balaústres.

Um homem deslizava furtivamente ao longo do salão.

A visão de um ser humano nesta cidade supostamente abandonada era um choque. Agachando-se atrás dos balaústres de pedra, com todos os nervos formigando, Valéria fitava a figura furtiva.

O homem em nada lembrava as figuras retratadas nos frisos. Ele era de altura pouco mais que mediana e bem escuro, apesar de não ser negro. Vestia apenas uma pequena tanga de seda, que só lhe cobria parcialmente os quadris musculosos, e um cinto de couro da largura de uma mão ao redor da cintura esguia. Seus longos cabelos pretos pendiam em fios lisos e escorridos ao redor dos ombros, dando a ele uma aparência selvagem. Era magro, mas nós e feixes musculares se sobressaíam em seus braços e pernas, sem aquela camada de gordura que dá uma simetria agradável de contorno. Ele era constituído com uma economia quase repugnante.

Entretanto, mais do que seu aspecto físico, era sua atitude que impressionava a mulher a observá-lo. Ele avançava furtivamente, curvado em atitude meio servil, sua cabeça virando de um lado para outro. Agarrava uma lâmina de ponta larga na mão direita, e ela viu tal lâmina tremer com a intensidade da emoção que se apossava dele. Ele estava com medo, tremendo por causa de algum terror extremo. Quando ele virou a cabeça, ela percebeu o brilho de olhos selvagens entre as mechas escorridas dos cabelos pretos.

Ele não a viu. Deslizou nas pontas dos pés pelo salão e desapareceu numa porta aberta. Um momento depois, ela ouviu um grito abafado, e, então, o silêncio novamente.

Consumida pela curiosidade, Valéria deslizou ao longo da balaustrada até chegar a uma porta acima daquela pela qual o homem havia passado. Ela se abria para outra galeria, que dava a volta em torno de uma câmara ampla.

Esta câmara estava no terceiro andar, e seu teto não era tão alto quanto o do salão. Era iluminada somente pelas pedras de fogo, e seu brilho verde sobrenatural cobria os espaços sob as balaustradas em sombras.

Os olhos de Valéria se arregalaram. O homem que ela vira estava imóvel na câmara.

Ele estava de bruços sobre um carpete vermelho-escuro no meio da sala. Seu corpo estava flácido, e seus braços, bem abertos. Sua espada curva jazia ao seu lado.

Ela se perguntou por que ele estava tão imóvel. Então, seus olhos se estreitaram ao encarar o carpete no qual ele estava deitado. Sob ele e ao redor dele, o tecido apresentava uma cor ligeiramente diferente — um vermelho mais intenso e brilhante.

Tremendo levemente, ela se escondeu atrás da balaustrada, com a intenção de examinar as sombras sob a galeria. Elas não revelavam segredo algum.

De súbito, outra figura adentrou aquele drama sombrio. Era um homem semelhante ao primeiro, que entrou por uma porta oposta à que dava no salão.

Os olhos dele resplandeceram ao ver o homem no chão, e ele falou algo que soou como "Chicmec!". O outro não se mexeu.

O homem caminhou rapidamente, curvou-se, agarrou o ombro do homem caído e o virou para cima. Um grito abafado lhe escapou quando a cabeça do outro pendeu mole para trás, mostrando uma garganta que tinha sido cortada de orelha a orelha.

Ele deixou o cadáver cair para trás sobre o carpete ensanguentado e se ergueu de um pulo, tremendo como uma folha soprada pelo vento. Seu rosto era uma máscara lívida de medo. Mas, quando estava com um dos joelhos dobrado para fugir, ele parou subitamente e ficou tão imóvel quanto uma imagem, mirando a câmara com olhos dilatados.

Nas sombras sob a balaustrada, uma luz fantasmagórica começou a brilhar e crescer; uma luz que não fazia parte do brilho das pedras de fogo. Valéria sentiu os cabelos se arrepiarem ao vê-la, pois, obscuramente visível no brilho palpitante, pairava uma caveira humana, e era desta caveira — humana, mas assustadoramente disforme — que a luz espectral parecia ser irradiada. Ela pairava ali como uma cabeça sem corpo, invocada na noite e nas sombras, ficando cada vez mais distinta — humana, e ao mesmo tempo não humana, como ela entendia a humanidade.

O homem ficou imóvel, uma encarnação de horror paralisado, olhando fixamente para a aparição. A coisa se afastou da parede, e uma sombra grotesca se moveu com ela. Lentamente, a sombra ficou visível como uma figura humana, cujo tronco e membros nus brilhavam de maneira alva com a cor de ossos alvejados. A caveira lisa sobre seus ombros sorria cegamente em meio à sua auréola profana, e o homem à frente desta parecia incapaz de tirar seus olhos dela. Permanecia imóvel, a espada pendendo dos dedos sem energia, e em seu rosto a expressão de um homem preso pela habilidade de um hipnotizador.

Valéria percebeu que não era somente o medo que o paralisava. Alguma qualidade infernal daquele brilho palpitante lhe havia roubado o poder de pensar e agir. Ela mesma, em segurança acima do cenário, sentiu o súbito impacto de uma emanação sem nome que era um perigo à sanidade.

O horror avançou em direção à sua vítima, e esta finalmente se moveu, mas apenas para deixar sua espada cair e se ajoelhar, cobrindo os olhos com as mãos. Silenciosamente, ele aguardou o golpe da lâmina que agora brilhava na mão da aparição, enquanto esta se erguia acima dele como a Morte triunfando sobre a humanidade.

Valéria agiu de acordo com o primeiro impulso de sua natureza indócil. Movendo-se como um tigre, saltou a balaustrada e aterrissou no chão atrás da figura terrível. Esta girou ao ouvir o baque surdo das botas macias no chão, mas, enquanto ela virava, a lâmina afiada foi brandida, e uma feroz exultação tomou conta de Valéria ao sentir o gume de sua lâmina cortar carne sólida e ossos mortais.

A aparição gritou gorgolejando e caiu, com ombro, externo e coluna cortados, e, ao cair, a caveira flamejante rolou, revelando uma massa de cabelos lisos e escorridos e um rosto escuro, retorcido pelas convulsões de morte. Sob a horrível máscara, havia um ser humano, similar ao que estava ajoelhado indolentemente no chão.

Este último ergueu o olhar ao ouvir o som do golpe e do grito, e agora ele fitava, com choque nos olhos selvagens, a mulher de pele branca que se erguia acima do cadáver, com uma espada gotejante na mão.

Ele se ergueu cambaleante, gaguejando alto, como se aquela visão lhe houvesse quase desmontado a sanidade. Valéria ficou surpresa ao perceber que o entendia. Ele estava tagarelando na língua stygia, embora num dialeto que não lhe era familiar.

— Quem é você? De onde veio? O que faz em Xuchotl? — Então, continuando apressadamente, sem esperar pela resposta dela: — Mas você é uma amiga... deusa ou demônio, não faz diferença! Você matou a Caveira Flamejante! Era apenas um homem que havia sob ela, afinal!

Nós achávamos que fosse um demônio que *eles* haviam conjurado das catacumbas! *Ouça*!

Ele parou de repente com seus desvarios e se enrijeceu, aguçando os ouvidos com intensidade dolorosa. A garota nada ouviu.

— Temos que nos apressar! — sussurrou ele. — *Eles* estão a oeste do Grande Salão! Podem estar nos cercando! Podem estar, agora mesmo, prestes a nos atacar!

Ele agarrou o pulso dela, num aperto convulsivo, do qual ela achou difícil se livrar.

— O que quer dizer com "eles"? — indagou ela.

Ele a encarou sem compreendê-la por um instante, como se achasse difícil entender a ignorância dela.

— Eles? — gaguejou ele de maneira imprecisa. — Ora... o povo de Xotalanc! O clã do homem que você matou. Aqueles que moram próximos à porta leste.

— Você está querendo dizer que esta cidade é habitada? — exclamou ela.

— Sim! Sim! — Ele se retorcia na impaciência da apreensão. — Vamos embora! Vamos logo! Devemos voltar a Tecuhltli!

— Onde fica isso? — indagou ela.

— O quadrante da porta ocidental! — Ele mais uma vez tomou o pulso dela e estava novamente puxando-a em direção à porta pela qual entrara. Grandes gotas de suor lhe pingavam da testa escura, e seus olhos ardiam de terror.

— Espere um minuto! — rosnou ela, soltando-se da mão dele. — Tire suas mãos de mim, ou eu parto seu crânio. Que história é essa? Quem é você? Para onde quer me levar?

Ele se controlou firmemente, olhando para todos os lados, e começou a explicar tão rapidamente que suas palavras tropeçavam umas nas outras.

— Meu nome é Techotl. Sou de Tecuhltli. Eu e este homem, que jaz com a garganta cortada, viemos até os Salões do Silêncio tentar emboscar alguns dos xotalancas. Mas fomos separados, e eu retornei aqui para encontrá-lo com a goela cortada. A Caveira Flamejante fez isso, eu sei; e teria me matado se você não tivesse acabado com ela. Mas talvez não estivesse só. Outros podem estar saindo furtivamente de Xotalanc! Os próprios deuses se assustam com o destino daqueles a quem eles levam vivos!

Ao pensar nisso, ele estremeceu, e seu rosto de pele escura empalideceu. Valéria sentiu inteligência por trás desse discurso sem nexo, mas continuava sem entender.

Ela se voltou para a caveira, a qual ainda pulsava no chão, e tentou tocá-la com a ponta da bota, quando o homem que se chamava Techotl saltou para a frente com um grito.

— Não toque nela! Nem sequer a olhe! Loucura e morte se escondem nela. Os feiticeiros de Xotalanc entendem o segredo dela... eles a acharam nas catacumbas, onde jazem os ossos dos terríveis reis que governaram Xuchotl nos séculos obscuros do passado. Olhar para ela congela o sangue e retorce o cérebro de um homem que não entende seus mistérios. Tocá-la causa loucura e morte.

Incerta, Valéria franziu a testa para ele. Ele não era uma figura tranquilizante, com sua estrutura magra, cheia de feixes musculares e cachos em forma de cobras. Em seus olhos, por trás do brilho de terror, escondia-se uma luz estranha que ela nunca tinha visto nos olhos de um homem totalmente são. Mas ele parecia sincero em seus protestos.

— Venha! — implorou ele, tentando alcançar a mão dela, mas recuando ao se lembrar de seu aviso. — Você é estrangeira. Como chegou aqui, eu não sei, mas, se você fosse uma deusa ou um demônio, vinda para ajudar Tecuhltli, saberia todas as coisas que me perguntou. Você deve ter vindo de além da grande floresta, de onde nossos ancestrais vieram. Mas é nossa amiga, ou não teria matado nosso inimigo. Venha logo, antes que os xotalancas nos encontrem e nos matem!

Afastando o olhar do rosto repelente e inflamado dele, ela olhou para a caveira sinistra, a qual ardia e queimava no chão próximo ao homem morto. Era como um crânio visto num sonho, inegavelmente humano, mas com distorções e deformações perturbadoras no contorno. Em vida, o dono daquele crânio devia ter um aspecto estranho e monstruoso. Vida? Ela parecia possuir algum tipo de vida própria. Suas mandíbulas se escancararam para Valéria e se fecharam. Seu brilho ficou maior e mais vivo, mas a impressão de pesadelo também aumentou; era um sonho; toda a vida parecia um sonho — foi a voz urgente de Techotl que repentinamente tirou Valéria dos golfos obscuros para os quais ela estava se deixando arrastar.

— Não olhe para a caveira! Não olhe para a caveira! — Era um grito vindo de vácuos incalculáveis.

Valéria se sacudiu como um leão que balança a juba. Sua visão clareou. Techotl tagarelava:

— Em vida, ela abrigou o cérebro medonho de um rei de magos! Ela ainda contém vida e magia, extraídas de espaços externos!

Com uma praga, Valéria saltou tão agilmente quanto uma pantera, e a caveira se partiu em pedaços flamejantes sob o giro de sua espada. Em algum lugar da sala, ou do vazio, ou nos espaços obscuros de sua consciência, uma voz inumana gritou de dor e fúria.

A mão de Techotl puxava o braço dela, e ele tagarelava:

— Você a quebrou! Você a destruiu! Nem todas as artes obscuras de Xotalanc podem reconstruí-la! Vamos! Vamos depressa, agora!

— Mas não posso ir — protestou. — Um amigo meu está em algum lugar por...

O brilho dos olhos dele a fez se calar quando ele fitou atrás dela, com uma expressão cada vez mais medonha. Ela girou no exato momento em que três homens entraram correndo por portas diferentes, convergindo até o par no centro da câmara.

Pareciam com os outros que ela já vira: os mesmos músculos nodosos se salientando em membros magros, o mesmo escorrido cabelo preto-azulado e o mesmo brilho de loucura nos olhos. Estavam armados e vestidos como Techotl, mas, no peito de cada um, estava pintada uma caveira branca.

Não houve desafios nem gritos de guerra. Como tigres loucos por sangue, os homens de Xotalanc pularam em direção à garganta de seus inimigos. Techotl os enfrentou com a fúria do desespero, esquivou-se do golpe vigoroso de uma lâmina de ponta larga, engalfinhou-se com quem a brandiu e o levou ao chão, onde rolaram e se atracaram num silêncio assassino.

Os outros três convergiram até Valéria, com os olhos estranhos avermelhados como os de cães loucos.

Ela matou o primeiro que lhe chegou ao alcance antes que ele pudesse dar um golpe, sua longa lâmina partindo o crânio dele no exato momento em que ele erguia a própria espada para golpear. Ela deu uma estocada ao mesmo tempo em que se desviava de um golpe. Seus olhos dançavam, e seus lábios sorriam sem piedade. Mais uma vez, ela era Valéria da Irmandade Vermelha, e o zunir do aço era como uma canção nupcial em seus ouvidos.

Sua espada ultrapassou uma lâmina que tentava deter a estocada, e sua ponta afundou quinze centímetros num diafragma coberto de couro. O homem arfou agonizante e caiu de joelhos, mas seu companheiro alto investiu em um silêncio feroz, despejando golpe após golpe com tamanha fúria que Valéria não teve oportunidade de rebater. Ela recuou friamente, detendo os golpes e aguardando a chance de dar sua estocada. Ele não conseguiria manter aquele turbilhão de golpes por muito tempo. Seu braço se cansaria, seu fôlego falharia; ele enfraqueceria, hesitaria, e então a lâmina dela deslizaria facilmente para dentro do coração dele. Um olhar de esguelha mostrou-lhe Techotl pondo o joelho sobre o peito de seu antagonista e tentando soltar o próprio pulso para apunhalá-lo.

O suor molhava a testa do homem que a enfrentava, e seus olhos pareciam tições em brasa. Apesar de golpear, ele não conseguia abrir a guarda dela nem atingi-la. Sua respiração ficou ofegante, seus golpes começaram a ficar erráticos. Ela recuou para dar o golpe... e sentiu as coxas presas num aperto férreo. Havia se esquecido do homem ferido sobre o chão.

Ajoelhado e curvado, ele a agarrava com ambos os braços firmados ao redor das pernas dela, e seu companheiro grasnou de triunfo e começou a atacar mais uma vez, avançando pelo lado esquerdo dela. Valéria puxava e tentava se livrar selvagemente, mas em vão. Ela poderia se livrar da ameaça agarrada a ela com um golpe descendente da espada, mas, se o fizesse, a lâmina curva do guerreiro alto lhe partiria o crânio. O homem ferido começou a lhe morder a coxa nua, como uma besta selvagem.

Ela esticou a mão esquerda para baixo e lhe agarrou os cabelos longos, forçando a cabeça para trás, de modo que seus dentes brancos e olhos agitados brilharam em direção a ela. O xotalanca alto gritou ferozmente e investiu, golpeando com toda a fúria de seu braço. Ela deteve o ataque desajeitadamente, e o lado de sua própria espada lhe bateu na cabeça, de modo que ela viu fagulhas brilharem diante dos olhos, e cambaleou. A espada se ergueu novamente, com um grito rouco e bestial de triunfo... e então, uma forma gigante avultou atrás do xotalanca, e o aço brilhou como um relâmpago azul. O grito do guerreiro parou, e ele caiu como um boi no matadouro, seus miolos escorrendo de seu crânio que havia sido partido até o pescoço.

— Conan! — ofegou Valéria. Num assomo de fúria, ela se voltou para o xotalanca cujo cabelo longo ela ainda agarrava na mão esquerda. — Cão do inferno! — Sua lâmina zuniu ao cortar o ar, num arco com uma mancha no meio, e o corpo sem cabeça despencou, jorrando sangue. Ela lançou a cabeça decepada para o outro lado da sala.

— O que diabos está acontecendo aqui? — Conan pisoteou o corpo do homem que havia matado, com a espada larga na mão e olhando perplexo ao redor de si.

Techotl estava se erguendo da figura contorcida do último xotalanca, sacudindo pingos vermelhos de sua adaga. Ele sangrava de uma profunda facada na coxa. Encarou Conan de olhos arregalados.

— O que significa isto? — indagou Conan novamente, ainda não recuperado da surpresa espantosa de encontrar Valéria envolvida numa batalha selvagem com aquelas figuras fantásticas numa cidade que havia julgado estar vazia e inabitada. Retornando de uma exploração sem rumo pelas câmaras mais altas, para não encontrar Valéria na sala onde a havia deixado, ele seguira os sons de luta que lhe explodiam nos ouvidos assombrados.

— Cinco cães mortos! — exclamou Techotl, com seus olhos flamejantes refletindo uma exultação medonha. — Cinco matanças! Cinco pregos vermelhos para o pilar preto! Sejamos gratos aos deuses!

Ele ergueu as mãos trêmulas para o alto e, então, com uma expressão demoníaca, cuspiu nos cadáveres e pisou em seus rostos, dançando em sua alegria vampiresca. Seus novos aliados o olhavam atônitos, e Conan perguntou, na língua aquiloniana:

— Quem é este louco?

Valéria deu de ombros.

— Ele diz que seu nome é Techotl. Pela sua tagarelice, consegui entender que seu povo vive numa das extremidades desta cidade louca. Talvez seja melhor irmos com ele. Parece amigável, e é fácil perceber que o outro clã não é.

Techotl havia parado de dançar e estava escutando novamente, sua cabeça inclinada para o lado como a de um cão, o triunfo lutando contra o medo em sua fisionomia repelente.

— Vamos embora agora! — sussurrou ele. — Já fizemos o bastante! Cinco cães mortos! Meu povo lhes dará boas-vindas! Eles lhes honrarão!

Mas vamos! Tecuhltli está longe. A qualquer momento, os xotalancas podem avançar contra nós em número grande demais até mesmo para suas espadas.

— Vá na frente — grunhiu Conan.

Instantaneamente, Techotl subiu uma escada que guiava até a galeria, fazendo sinal para que o seguissem; e eles o fizeram, movendo-se rapidamente para se manterem próximos a ele. Tendo alcançado a galeria, ele mergulhou numa porta que se abria para oeste e andou rápido de câmara a câmara, cada uma delas iluminada por claraboias de joias de fogo verde.

— Que tipo de lugar é este? — murmurou Valéria.

— Só Crom sabe! — respondeu Conan. — Mas já vi a raça dele antes. Vivem nas margens do Lago Zuad, perto da fronteira de Kush. São uma espécie de stygios mestiços, misturados com outra raça que perambulou para dentro da Stygia, vinda do Leste há alguns séculos, e foi absorvida por eles. São chamados de tlazitlanos. Mas sou capaz de apostar que não foram eles que construíram esta cidade.

O medo de Techotl não parecia diminuir, mesmo quando já haviam saído da câmara onde jaziam os mortos. Ele continuou virando a cabeça sobre o ombro, para ver se ouvia sons de perseguição, e arregalava os olhos com intensidade ardente para cada portada que atravessavam.

Valéria estremecia, irritada consigo mesma. Ela não temia homem algum. Mas o chão estranho sob seus pés, as joias misteriosas acima de sua cabeça, que dividiam as sombras ocultas entre elas, e a furtividade e terror de seu guia imprimiam nela uma apreensão sem nome, uma sensação de perigo inumano à espreita.

— Eles devem estar entre nós e Tecuhltli! — sussurrou ele. — Devemos ter cuidado para que não estejam à nossa espera!

— Por que não saímos deste palácio infernal e andamos nas ruas? — indagou Valéria.

— Não há ruas em Xuchotl. — respondeu ele. — Nem praças nem pátios. Toda a cidade foi construída como um palácio gigante sob um único e enorme teto. O que mais se parece com uma rua é o Grande Salão, que atravessa a cidade do portão norte ao portão sul. As únicas portas que se abrem para o mundo externo são os portões da cidade, pelos quais nenhum homem vivo passa há cinquenta anos.

— Há quanto tempo você mora aqui? — perguntou Conan.

— Nasci no castelo de Tecuhltli há trinta e cinco anos. Nunca pus o pé para fora da cidade. Mas, pelo amor dos deuses, vamos caminhar em silêncio! Estes salões podem estar cheios de demônios à espreita. Olmec lhes contará tudo quando alcançarmos Tecuhltli.

Assim, eles deslizaram silenciosamente, com as pedras de fogo verde piscando no alto e os pisos flamejantes ardendo sob seus pés, e Valéria teve a impressão de que estavam fugindo através do inferno, guiados por um duende de cabelos escorridos e rosto escuro.

Mas foi Conan quem os parou, enquanto atravessavam uma câmara incomumente larga. Seus ouvidos, criados na selva, eram ainda mais aguçados que os de Techotl, apesar de este ter passado a vida inteira aguçando-os em guerras por esses corredores silenciosos.

— Você acha que alguns dos seus inimigos podem estar à nossa frente, preparando uma armadilha?

— Eles rondam por estas salas a qualquer hora — respondeu Techotl —, assim como nós. Os salões e câmaras entre Tecuhltli e Xotalanc são uma região disputada e sem dono. Nós a chamamos de os Salões do Silêncio. Por que pergunta?

— Porque há homens nas câmaras à nossa frente — respondeu Conan. — Ouvi aço tilintar em pedra.

Novamente um tremor tomou conta de Techotl, e ele apertou os dentes para não os bater.

— Talvez sejam seus amigos — sugeriu Valéria.

— Não podemos arriscar. — Ele ofegou e se moveu freneticamente. Virou para o lado e deslizou através de uma porta à esquerda, a qual guiava para dentro de uma câmara, na qual uma escada de marfim serpenteava para baixo, escuridão adentro.

— Esta escada leva para um corredor sem iluminação, debaixo de nós! — sibilou, com grandes gotas de suor lhe saindo da testa. — Eles podem estar à espreita lá também. Pode ser tudo um truque para nos levar para dentro dela. Mas vamos esperar que tenham armado a cilada nas salas de cima. Vamos logo!

Suavemente como fantasmas, eles desceram pela escada e chegaram à entrada de um corredor preto como a noite. Esconderam-se ali por um momento, escutando, e então seguiram adiante. Enquanto isso, a pele de Valéria se arrepiou entre os ombros, numa expectativa momentânea de uma estocada de espada na escuridão. Exceto pelos dedos férreos de Conan lhe segurando o braço, ela não tinha qualquer reconhecimento físico de seus companheiros. Nem faziam mais barulho que um gato. A escuridão era absoluta. Uma das mãos estiradas tocava uma parede, e ocasionalmente ela sentia uma porta nos dedos. O saguão parecia interminável.

De súbito, foram alertados por um som atrás deles. A pele de Valéria se arrepiou novamente, pois ela o reconheceu como o suave abrir de uma porta. Homens haviam entrado no corredor atrás deles. Enquanto pensava nisso, ela esbarrou em algo que sentiu ser uma caveira humana. Esta rolou pelo chão com um barulho apavorante.

— Corram! — ganiu Techotl, com um tom de histeria na voz, lançando-se no corredor como um fantasma em fuga.

Novamente, Valéria sentiu a mão de Conan pegando-a e arrastando, enquanto corriam atrás de seu guia. Conan não enxergava no escuro melhor que ela, mas tinha uma espécie de instinto que não lhe permitia errar. Sem seu suporte e guia, ela teria caído ou esbarrado na parede. Dispararam pelo corredor, enquanto o suave bater de pés ficava cada vez mais próximo; e subitamente Techotl arfou:

— Aqui está a escada! Sigam-me, rápido! Oh, rápido!

A mão dele saiu da escuridão e agarrou o pulso de Valéria quando ela tropeçou nos degraus. Ela sentia que estava sendo meio arrastada e meio erguida escada acima, ao passo que Conan a soltou e se voltou para os degraus, com seus ouvidos e instintos lhe dizendo que seus inimigos estavam bem próximos deles. *E os sons não eram de pés humanos.*

Algo serpenteava degraus acima; algo que deslizava, sussurrava e gelava o ar. Conan golpeou para baixo com sua grande espada e sentiu a lâmina cortar algo que parecia ser carne e ossos, e cortar inclusive o degrau subjacente. Algo tocou seu pé, o qual gelou como se tivesse sido tocado por gelo, e logo a escuridão sob ele foi perturbada por um assustador baque e chicotear, e um homem gritou em agonia.

No momento seguinte, Conan subia correndo a escada em espiral e atravessava uma porta que estava aberta no alto dela.

Valéria e Techotl já a haviam atravessado, e Techotl bateu a porta e passou uma tranca através dela — a primeira que Conan vira desde que eles haviam deixado o portão externo.

Então, ele deu a volta e correu pela câmara bem iluminada à qual haviam chegado, e, ao atravessarem a porta seguinte, Conan olhou para trás e viu a porta vergar e tremer sob uma enorme pressão aplicada do outro lado.

Embora Techotl não houvesse diminuído a velocidade, nem o cuidado, ele agora parecia mais confiante. Tinha o ar de ter chegado a um território familiar e com amigos.

Mas Conan lhe renovou o terror ao perguntar:

— O que era aquela coisa contra a qual lutei nas escadas?

— Os homens de Xotalanc — respondeu Techotl, sem olhar para trás. — Eu lhe disse que os salões estavam cheios deles.

— Aquilo não era um homem — grunhiu Conan. — Era algo que rastejava e que era frio como gelo ao toque. Acho que eu o cortei ao meio. Caiu sobre os homens que nos seguiam e deve ter matado um deles em seus estertores.

A cabeça de Techotl se mexeu bruscamente para trás, seu rosto pálido mais uma vez. Ele apressou convulsivamente o passo.

— Era o Rastejador! Um monstro que *eles* tiraram das catacumbas para ajudá-los! O que ele é, não sabemos, mas encontramos nosso povo horrendamente assassinado por ele. Em nome de Set, depressa! Se eles o colocarem na nossa trilha, ele nos seguirá até as próprias portas de Tecuhltli!

— Duvido — grunhiu Conan. — Eu o cortei em cheio na escada.

— Rápido! Rápido! — gemeu Techotl.

Correram através de uma série de câmaras com iluminação, atravessaram um salão amplo e pararam diante de uma gigantesca porta de bronze.

Techotl disse:

— Aqui é Tecuhltli!

III

O POVO DA CONTENDA

COM A MÃO FECHADA, TECHOTL BATEU NA PORTA DE BRONZE E, ENTÃO, VIROU-SE PARA O LADO, a fim de poder olhar para trás, ao longo do salão.

— Homens já foram mortos diante desta porta, quando pensavam estar a salvo — disse ele.

— Por que eles não abrem a porta? — perguntou Conan.

— Eles estão nos olhando através do Olho — respondeu Techotl. — Estão desorientados com a presença de vocês. — Ele ergueu a voz e gritou: — Abra a porta, Xecelan! Sou eu, Techotl, com amigos do grande mundo além da floresta! Eles abrirão — assegurou aos aliados.

— É melhor que façam isso depressa, então — disse Conan sombriamente. — Ouço algo rastejando pelo chão além do salão.

Techotl empalideceu novamente e atacou a porta com os punhos.

— Abram, seus idiotas, abram! O Rastejador está atrás de nós!

Enquanto ele batia e gritava, a grande porta de bronze girou silenciosamente para trás, mostrando uma pesada corrente que impedia a entrada e sobre a qual pontas de lanças se eriçavam e rostos ferozes os observavam atentos e concentrados por um instante. Logo a corrente foi solta, e Techotl agarrou os braços dos amigos, num frenesi nervoso, e os arrastou pela soleira. Um olhar para trás, no momento em que a porta se fechava, mostrou a Conan o longo e obscuro corredor do salão e, vagamente destacada do outro lado, uma figura ofídia que se contorcia lenta e dolorosamente, fluindo seu corpo de cores embotadas desde a porta da câmara, sua medonha cabeça ensanguentada balançando como a de um bêbado. Então, a porta que estava se fechando bloqueou a visão.

Dentro da câmara quadrada na qual entraram, trancas pesadas foram atravessadas na porta, e a corrente, trancada no lugar. A porta era feita para resistir a um cerco. Havia quatro homens de guarda, da mesma raça de cabelos lisos e pele escura de Techotl, com lanças nas mãos e espadas nos quadris. Na parede próxima à porta, havia um complicado mecanismo de espelhos, o qual Conan presumiu que fosse o Olho mencionado por Techotl, arquitetado de tal modo que permitia olhar para fora, através de um pequeno painel de cristal, sem ser visto. Os quatro guardas, pasmos, arregalaram os olhos para os forasteiros, mas não fizeram perguntas, nem Techotl concedeu qualquer informação. Ele se movia com clara confiança agora, como se tivesse se livrado do manto de indecisão e medo assim que atravessou a soleira.

— Venham! — urgiu aos seus novos amigos, mas Conan olhava em direção à porta.

— E quanto àqueles sujeitos que nos seguiam? Não vão tentar arrombar a porta?

Techotl sacudiu a cabeça.

— Eles sabem que não podem derrubar a Porta da Águia. Fugirão de volta a Xotalanc, com o demônio rastejante deles. Venham! Vou levá-los aos governantes de Tecuhltli.

Um dos quatro guardas abriu a porta oposta àquela pela qual eles haviam entrado, e eles atravessaram um saguão que, como a maioria das salas daquele andar, estava iluminado tanto pelas claraboias quanto pelos cachos das tremeluzentes gemas de fogo. Mas, diferente dos demais que haviam atravessado, este salão mostrava sinais de ocupação. Tapeçarias de veludo adornavam as lustrosas paredes de jade, juntamente com ricos carpetes felpudos no piso vermelho, e os assentos, bancos e divãs de marfim estavam cheios de travesseiros de cetim.

O salão terminava numa porta ornamentada, diante da qual não havia guardas. Sem cerimônia, Techotl abriu a porta com um empurrão e conduziu seus amigos para dentro de uma larga câmara, onde uns trinta homens e mulheres de pele escura, reclinados em leitos cobertos de cetim, ergueram-se abruptamente, com expressões de surpresa.

Todos os homens, à exceção de um, eram do mesmo tipo de Techotl, e as mulheres eram igualmente escuras e de olhos estranhos, embora, de alguma forma estranha e obscura, não fossem feias. Usavam sandálias, placas peitorais de ouro e saias sumárias de seda, sustentadas por cintos incrustados de joias; e suas cabeleiras pretas, aparadas em corte reto à altura dos ombros nus, estavam presas com aros de prata.

Num largo assento de marfim, sobre um estrado de jade, sentavam-se um homem e uma mulher que se diferenciavam sutilmente dos demais. Ele era um gigante, com peito largo e ombros taurinos. Ao contrário dos outros, tinha barba — uma barba espessa e preto-azulada que quase lhe chegava à cintura larga. Usava uma túnica de seda púrpura, a qual refletia brilhos de cores diferentes a cada movimento, e uma manga larga, arregaçada até o cotovelo, mostrava um braço maciço e musculoso. A faixa que lhe prendia os cabelos preto-azulados era incrustada por joias brilhantes.

Quando os forasteiros entraram, a mulher ao lado dele se ergueu de um pulo, com uma exclamação sobressaltada, e seus olhos, passando por Conan, se fixaram com intensidade ardente em Valéria. Era alta e flexível, de longe a mulher mais bonita da sala. Estava vestida de forma ainda mais sucinta que as outras, pois, em vez de uma saia, usava uma larga faixa de pano púrpura decorada com ouro, amarrada no meio do cinto e que chegava até abaixo dos joelhos. Outra faixa, atrás do seu cinto, completava essa parte da roupa, a qual ela usava com uma cínica indiferença. Suas placas peitorais e o aro ao redor das têmporas eram adornados por joias. Em seus olhos, ao contrário de todos daquele povo de pele escura, não se ocultava nenhum brilho meditativo de loucura. Não disse uma só palavra após sua primeira exclamação; ficou tensamente de pé, os punhos fechados, encarando Valéria.

O homem no assento de marfim não se levantou.

— Príncipe Olmec — clamou Techotl, curvando-se para baixo, com os braços estirados e as palmas das mãos voltadas para o alto. — Trago aliados do mundo além da floresta. Na Sala de Tezcoti, a Caveira Flamejante matou Chicmec, meu companheiro...

— A Caveira Flamejante! — Foi um estremecido murmúrio de medo do povo de Tecuhltli.

— Sim! Depois eu vim e encontrei Chicmec caído, com a garganta cortada. Antes que eu pudesse fugir, a Caveira Flamejante me atacou, e, quando eu a olhei, meu sangue virou gelo, e o tutano se dissolveu em meus ossos. Não consegui lutar nem fugir, somente aguardar o golpe. Então veio esta mulher de pele branca e a matou com sua espada. E vejam! Era apenas um cão de Xotalanc, com pintura branca na pele e a caveira viva de um feiticeiro antigo sobre a cabeça! Agora aquela caveira jaz decepada, e o cão que a usava está morto!

Uma exultação indescritivelmente feroz emoldurou a última frase e foi ecoada pelas roucas e selvagens exclamações dos ouvintes aglomerados.

— Mas esperem! — exclamou Techotl. — Tem mais! Enquanto eu conversava com a mulher, quatro xotalancas nos atacaram! Matei um... aqui está a facada em minha coxa, para provar como a luta foi desesperada. A mulher matou dois. Mas estávamos duramente acuados, quando este homem entrou no conflito e partiu o crânio do quarto! Sim! Cinco pregos vermelhos serão fincados no pilar da vingança!

Ele apontou para uma coluna preta de ébano que ficava atrás do estrado. Centenas de pontos vermelhos marcavam sua superfície polida — as brilhantes cabeças escarlates de pesados pregos de cobre, enfiados na madeira preta.

— Cinco pregos vermelhos para cinco vidas xotalancas! — exultou Techotl, de modo que a terrível alegria no rosto dos ouvintes os tornava inumanos.

— Quem são essas pessoas? — perguntou Olmec, sua voz era como o ribombar rouco e profundo de um touro distante. Ninguém do povo de Xuchotl falava alto. Era como se tivessem absorvido, em suas almas, o silêncio dos salões vazios e das câmaras abandonadas.

— Sou Conan, um cimério — respondeu brevemente o bárbaro. — Esta mulher é Valéria da Irmandade Vermelha, uma pirata aquiloniana. Somos desertores de um exército da fronteira de Darfar, bem longe ao norte, e estamos tentando alcançar a costa.

A mulher no estrado falou alto, suas palavras tropeçando umas nas outras, devido à pressa:

— Nunca conseguirão chegar à costa! Não há como escapar de Xuchotl! Vocês passarão o resto da vida nesta cidade!

— O que quer dizer? — rosnou Conan, agarrando o cabo da espada e girando de modo a olhar tanto o estrado quanto o resto da sala. — Está dizendo que somos prisioneiros?

— Ela não quis dizer isso — interpôs-se Olmec. — Somos seus amigos. Não vamos lhes conter aqui contra a vontade de vocês. Mas receio que outras circunstâncias impossibilitarão que vocês deixem Xuchotl.

Seus olhos miraram Valéria rapidamente, e ele logo os desviou.

— Esta mulher é Tascela — disse ele. — Ela é uma princesa de Tecuhltli. Mas tragam comida e bebida aos nossos hóspedes. Sem dúvida, eles estão cansados e famintos de sua longa viagem.

Ele apontou para uma mesa de marfim, e, após uma troca de olhares, os aventureiros se sentaram. O cimério estava desconfiado. Seus ferozes olhos azuis examinavam a câmara, e ele mantinha a espada próxima à mão, mas nunca recusava um convite para comer e beber. Seus olhos continuaram perambulando por Tascela, mas ela só tinha olhos para a companheira branca dele.

Techotl, que havia amarrado uma faixa de seda na coxa ferida, colocou-se à mesa para atender aos pedidos dos amigos, parecendo considerar um privilégio e honra servi-los. Examinava a comida e bebida que os outros traziam em vasos e pratos de ouro e experimentava cada uma delas antes de colocá-las diante dos hóspedes. Enquanto eles comiam, Olmec se sentava em silêncio no seu assento de marfim, observando-os sob as espessas sobrancelhas pretas. Tascela se sentou ao lado dele, com o queixo apoiado nas mãos e os cotovelos descansando nos joelhos. Seus olhos escuros e enigmáticos ardiam com uma luz misteriosa e nunca se afastavam da forma flexível de Valéria. Atrás de seu assento, uma jovem bonita abanava lentamente um leque de plumas de avestruz.

A comida consistia em fruta de um tipo exótico e nada familiar aos aventureiros, mas era saborosa; e a bebida era um leve vinho vermelho, que carregava um sabor pungente e inebriante.

— Vocês vieram de longe — disse finalmente Olmec. — Já li os livros de nossos antepassados. A Aquilônia fica além das terras dos stygios e shemitas, além de Argos e Zíngara; e a Ciméria fica além da Aquilônia.

— Nós costumamos vagar muito — disse Conan despreocupadamente.

— Como vocês conseguiram atravessar a floresta, é um mistério para mim — disse Olmec. — Em tempos passados, mil guerreiros mal conseguiram abrir caminho através de seus perigos.

— Encontramos um monstro de pernas curtas e quase do tamanho de um mastodonte — comentou Conan despreocupadamente, erguendo o copo de vinho, o qual Techotl enchia com prazer evidente. — Mas, quando o matamos, não tivemos mais problemas.

O vaso de vinho escorregou da mão de Techotl, para se despedaçar no chão. Sua pele escura ficou pálida. Olmec se ergueu sobressaltado, uma imagem de total surpresa, e um suspiro baixo de pasmo ou terror percorreu os demais. Alguns caíram de joelhos, como se suas pernas não os aguentassem. Somente Tascela parecia não ter ouvido aquilo. Conan olhou surpreso ao redor.

— O que houve? Por que estão todos boquiabertos?

— Você... você matou o deus-dragão?

— Deus? Eu matei um dragão. Por que não? Ele queria nos devorar.

— Mas os dragões são imortais! — exclamou Olmec. — Eles matam uns aos outros, mas nenhum homem nunca matou um dragão! Os mil guerreiros de nossos ancestrais, que abriram caminho até Xuchotl, não conseguiram triunfar sobre eles! Suas espadas se quebravam como gravetos nas escamas!

— Se seus ancestrais tivessem tido a ideia de mergulhar as lanças no suco venenoso das Maçãs de Derketa — disse Conan, de boca cheia — e as enfiasse nos olhos, boca ou em algum lugar semelhante, teriam visto que os dragões não são mais imortais do que uma pessoa ou um boi. A carcaça jaz no limiar das árvores, um pouco dentro da floresta. Se não acreditam em mim, saiam e vejam vocês mesmos.

Olmec sacudiu a cabeça, não por descrença, mas por espanto.

— Foi por causa dos dragões que nossos ancestrais se refugiaram em Xuchotl — disse ele. — Eles não ousavam atravessar a planície, nem mergulhar na floresta além. Vintenas deles foram pegos e devorados pelos monstros antes que conseguissem alcançar a cidade.

— Então seus ancestrais não construíram Xuchotl? — perguntou Valéria.

— Já era antiga quando eles chegaram aqui. Há quanto tempo ela existia, nem mesmo seus degenerados habitantes sabiam.

— Seu povo veio do Lago Zuad? — perguntou Conan.

— Sim. Há mais de meio século, uma parte dos tlazitlanos se rebelou contra o rei stygio e, sendo derrotada em batalha, fugiu para o Sul. Por várias semanas, perambularam por pradarias, desertos e colinas, e finalmente adentraram a grande floresta; mil guerreiros, com suas mulheres e crianças.

"Foi na floresta que os dragões os atacaram e despedaçaram muitos; então o povo fugiu aterrorizado deles, e finalmente alcançaram a planície e viram a cidade de Xuchotl no meio dela.

"Eles acamparam diante da cidade, não ousando deixar a planície, pois a noite ficou horrenda com o barulho dos monstros lutando através da floresta. Guerreavam incessantemente uns contra os outros. Mas não ousavam ir à planície.

"O povo da cidade fechou os portões e, das muralhas, atirou flechas na nossa gente. Os tlazitlanos estavam aprisionados na planície, como se o círculo da floresta fosse uma grande muralha; pois aventurar-se na selva seria loucura.

"Naquela noite, chegou secretamente ao acampamento deles um escravizado da cidade, um do mesmo sangue deles, que, com um bando de soldados exploradores, havia se aventurado floresta adentro muito tempo antes, quando jovem. Os dragões haviam devorado todos os seus companheiros, mas ele fora levado para dentro da cidade como servo. Seu nome era Tolkemec."

Uma luz iluminou os olhos escuros à menção daquele nome, e algumas das pessoas murmuraram obscenamente e cuspiram.

— Ele prometeu abrir os portões aos guerreiros. Só pediu que todos os prisioneiros fossem entregues às suas mãos.

"Ao amanhecer, ele abriu os portões. Os guerreiros entraram aos montes, e os salões de Xuchotl ficaram vermelhos. Somente poucas centenas de pessoas moravam aqui, restos decadentes de uma raça outrora poderosa. Tolkemec disse que eles vieram do leste, muito tempo antes, da antiga Kosala, quando os ancestrais daqueles que agora moram em Kosala vieram do sul e expulsaram os habitantes originais daquela terra. Perambularam bem longe para oeste e finalmente chegaram a esta planície cingida pela floresta, então habitada por um povo negro.

"Eles escravizaram esses povos e os obrigaram a construir uma cidade. Das colinas do leste, trouxeram jade, mármore, lápis-lazúli, ouro, prata e cobre. Manadas de elefantes os abasteceram com marfim. Quando a cidade deles havia ficado completa, mataram todos os escravizados negros. E seus feiticeiros fizeram uma terrível magia para guardar a cidade, pois, com suas artes necromantes, recriaram os dragões que outrora viviam nesta terra perdida e cujos ossos monstruosos eles acharam na floresta. Aqueles ossos foram revestidos com carne e vida, e as bestas vivas caminharam pela terra como haviam feito quando o Tempo era jovem. Mas os magos teceram um feitiço que os manteve na floresta, e eles não chegavam à planície.

— Assim, por muitos séculos, o povo de Xuchotl morou na cidade deles, cultivando a planície fértil, até seus sábios aprenderem como cultivar os frutos dentro da cidade, frutos que não são plantados no solo, mas que obtêm seu sustento do ar, e então deixaram as valas de irrigação secarem e viveram cada vez mais em indolência luxuriosa, até a decadência se apoderar deles. Eram uma raça moribunda, quando nossos antepassados atravessaram a floresta e chegaram à planície. Seus feitiços haviam morrido, e o povo havia esquecido sua antiga necromancia. Não podiam lutar nem através da feitiçaria nem da espada.

"Bem, nossos ancestrais mataram o povo de Xuchotl. Todos, exceto uma centena que foi entregue viva a Tolkemec, que fora escravizado deles. E, por muitos dias e noites, os salões ecoaram com os gritos de agonia e tortura.

"Assim, os tlazitlanos fixaram residência aqui; em paz por um tempo, governados pelos irmãos Tecuhltli e Xotalanc, e por Tolkemec. Tolkemec se casou com uma jovem do povo e, uma vez que tinha aberto os portões e conhecia muitas das artes dos xuchotlanos, dividiu o governo do povo com os dois irmãos que haviam liderado a rebelião e fuga.

"Durante alguns anos, viveram em paz dentro da cidade, fazendo pouco além de comer, beber, fazer amor e criar filhos. Não havia necessidade de cultivar a planície, pois Tolkemec os ensinara como cultivar as frutas que se alimentavam de ar. Além disso, a matança dos xuchotlanos quebrou o feitiço que mantinha os dragões na floresta, e eles vieram todas as noites urrar ao redor dos portões da cidade. A planície ficou vermelha com o sangue de sua guerra eterna, e foi então que..."

Ele parou no meio da frase e, em seguida, continuou, mas Valéria e Conan perceberam que ele interrompeu um comentário que havia considerado imprudente.

— Por cinco anos, viveram em paz. Então... — Os olhos de Olmec descansaram brevemente na mulher silenciosa ao seu lado. — Xotalanc se casou com uma mulher, uma mulher que tanto Tecuhltli quanto o velho Tolkemec desejavam. Em sua loucura, Tecuhltli a roubou do marido. E ela foi de bastante livre vontade. Tolkemec, para provocar Xotalanc, ajudou Tecuhltli. Xotalanc exigiu que ela lhe fosse devolvida, e o conselho do povo decidiu que o assunto deveria ser resolvido pela mulher. Ela escolheu continuar com Tecuhltli. Furioso, Xotalanc procurou tomá-la de volta à força, e os partidários dos irmãos lutaram no Grande Salão.

"Houve muito rancor. Sangue foi derramado em ambos os lados. A briga se tornou um feudo, e o feudo, uma guerra aberta. Do tumulto, emergiram três facções: Tecuhltli, Xotalanc e Tolkemec. Já nos tempos de paz, eles haviam dividido a cidade entre eles. Tecuhltli foi morar no quadrante oeste da cidade; Xotalanc, no leste; e Tolkemec, com sua família, no portão sul.

"Raiva, ressentimento e ciúmes floresceram em derramamento de sangue, estupro e assassinato. Uma vez desembainhada a espada, não havia mais como recuar, pois sangue pedia sangue, e a vingança seguia rapidamente os calcanhares da atrocidade. Tecuhltli lutava contra Xotalanc, e Tolkemec ajudava primeiro um e depois o outro, traindo cada facção de acordo com seus propósitos. Tecuhltli e seu povo se retiraram para o quadrante do portão oeste, onde estamos agora. Xuchotl é construída em forma oval. Tecuhltli, que tem seu nome por causa do príncipe, ocupa a extremidade oeste da forma oval. O povo bloqueou todas as portas que conectavam o vilarejo com o resto da cidade, exceto uma em cada andar, a qual poderia ser facilmente defendida. Adentraram os fossos sob a cidade e construíram um muro, isolando a extremidade oeste das catacumbas, onde jazem os corpos dos antigos xuchotlanos e dos tlazitlanos mortos na rixa. Moraram como num castelo sitiado, fazendo ataques armados e pilhagens contra seus inimigos.

"O povo de Xotalanc também fortaleceu o portão leste da cidade, ao passo que Tolkemec fez o mesmo com o quadrante do portão sul. A parte central da cidade ficou deserta e inabitada. Esses salões e câmaras vazios se tornaram um campo de batalha e uma região onde paira o terror.

"Tolkemec lutava contra ambos os clãs. Ele era um demônio em forma humana, pior que Xotalanc. Conhecia muitos segredos da cidade, os quais nunca contou aos outros. Das criptas das catacumbas, arrancava dos mortos seus segredos pavorosos, segredos de reis e feiticeiros antigos há muito esquecidos pelos xuchotlanos degenerados que nossos ancestrais mataram. Mas toda a sua magia não o ajudou na noite em que Tecuhltli atacou o seu castelo e massacrou toda a sua gente. Torturamos Tolkemec por vários dias."

Sua voz afundou num ódio adocicado, e um olhar distante cresceu em seus olhos, como se voltasse no tempo para uma cena que lhe causava intenso prazer.

— Sim, nós o mantivemos vivo, até ele gritar pela morte como se ela fosse uma noiva. Por fim, o tiramos vivo da câmara de tortura e o jogamos numa masmorra, para que os ratos o roessem enquanto morria. De alguma forma, ele conseguiu fugir daquela masmorra e se arrastou para dentro das catacumbas. Sem dúvida, morreu lá, pois o único meio de sair das catacumbas sob Tecuhltli é através de Tecuhltli, e ele nunca saiu por aquele caminho. Seus ossos nunca foram encontrados, e as superstições entre nosso povo juram que seu fantasma assombra as criptas até hoje, uivando entre os ossos dos mortos. Há doze anos, massacramos o povo de Tolkemec, mas a contenda rugiu entre Tecuhltli e Xotalanc, como rugirá até que o último homem e a última mulher morram.

"Foi há cinquenta anos que Tecuhltli roubou a mulher de Xotalanc. A contenda já dura meio século. Nasci naquela época. Todos nesta câmara nasceram nela, exceto Tascela. Esperamos morrer nela.

"Somos uma raça moribunda, assim como eram aqueles xuchotlanos que nossos ancestrais mataram. Quando a contenda começou, havia centenas em cada facção. Agora, nós, de Tecuhltli, somos apenas estes que vocês veem à sua frente, e os homens que guardam as quatro portas: quarenta, ao todo. Quantos xotalancas existem, não sabemos, mas duvido que sejam muito mais numerosos que nós. Há quinze anos não nasce uma criança entre nós, e não vemos nenhuma entre os xotalancas.

"Estamos morrendo, mas, antes de morrermos, mataremos o máximo possível de homens de Xotalanc que os deuses nos permitirem."

E, com seus olhos estranhos ardendo, Olmec falou longamente daquela horrenda rixa, travada nas câmaras silenciosas e salões obscuros, sob o brilho das joias verdes de fogo, sobre pisos ardendo com as chamas do inferno e salpicados com um vermelho mais intenso derramado de veias cortadas. Durante aquela longa carnificina, uma geração inteira pereceu. Xotalanc morrera, havia muito tempo, assassinado numa batalha sombria sobre uma escada de mármore. Tecuhltli estava morto, esfolado vivo pelos enlouquecidos xotalancas que o haviam capturado.

Sem emoção, Olmec falou de horrendas batalhas, travadas em corredores pretos, de emboscadas em escadarias espiraladas e de massacres escarlates. Com um brilho mais vermelho e abismal em seus profundos olhos escuros, falava de homens e mulheres esfolados vivos, mutilados e desmembrados; de prisioneiros uivando sob torturas tão horríveis que até mesmo o bárbaro cimério grunhiu. Não era de se admirar que Techotl houvesse tremido por medo de ser capturado. Ainda assim, ele continuava matando, instigado por um ódio que era mais forte que seu medo. Olmec falou, em seguida, de assuntos soturnos e misteriosos, de magia obscura e feitiçaria conjuradas da noite sombria das catacumbas, e de criaturas bizarras invocadas da escuridão para serem horríveis aliadas. Nestas coisas, os xotalancas levavam vantagem, pois ficavam sobre as catacumbas a leste, onde jaziam os ossos dos maiores feiticeiros dos antigos xuchotlanos, com seus segredos imemoriais.

Valéria ouvia com fascinação mórbida. A contenda havia se tornado uma terrível força elementar, dirigindo o povo de Xuchotl inexoravelmente à ruína e extinção. Isso preenchia a vida de todos eles. Nasceram nela e esperavam morrer nela. Nunca haviam abandonado seu castelo entrincheirado, exceto para se esgueirarem nos Salões do Silêncio que ficavam entre as fortalezas opostas, para matar e serem mortos. Às vezes, os incursores retornavam com prisioneiros aterrorizados, ou com testemunhos sombrios da vitória na luta. Às vezes, não retornavam, ou só retornavam como membros decepados, lançados no chão diante das portas de bronze trancadas. Esse povo vivia uma existência de pesadelo medonho e irreal, isolados do resto do mundo, capturados como ratos raivosos na mesma armadilha, chacinando uns aos outros ao longo dos anos, agachando-se e rastejando pelos corredores sem sol para mutilar, torturar e assassinar.

Enquanto Olmec falava, Valéria sentia os olhos ardentes de Tascela fixos em si. A princesa parecia não ouvir o que Olmec dizia. A expressão dela, enquanto ele narrava vitórias ou derrotas, não espelhava a fúria selvagem ou a exultação demoníaca que se alternava no rosto dos outros tecuhltlis. A contenda, que era uma obsessão para os homens de seu clã, parecia não ter significado para ela. Valéria achou sua frieza indiferente mais repugnante que a ferocidade evidente de Olmec.

— E nunca podemos deixar a cidade — disse Olmec. — Há cinquenta anos ninguém sai, exceto... — Mais uma vez, ele se interrompeu. — Mesmo que não houvesse o perigo dos dragões — continuou —, nós, que nascemos e fomos criados na cidade, não ousaríamos deixá-la. Nunca pusemos o pé para fora das muralhas. Não estamos acostumados ao céu aberto e ao Sol. Não. Nós nascemos em Xuchotl e em Xuchotl morreremos.

— Bem — disse Conan —, com sua licença, vamos nos arriscar com os dragões. Essa contenda não é da nossa conta. Se nos mostrar o portão oeste, seguiremos nosso caminho.

As mãos de Tascela se fecharam, mas Olmec a interrompeu:

— Já é quase noite. Se vocês se aventurarem pela planície à noite, certamente serão pegos pelos dragões.

— Nós a atravessamos na noite passada e dormimos ao ar livre sem ver nenhum deles — respondeu Conan.

Tascela sorriu sem alegria.

— Vocês não ousariam deixar Xuchotl!

Conan a fitou com inimizade instintiva; ela não olhava para ele, mas para a mulher ao seu lado.

— Acho que ousariam — declarou Olmec. — Mas, vejam, Conan e Valéria, os deuses devem ter lhes trazido até nós para colocarem a vitória no colo dos tecuhltlis! Vocês são lutadores profissionais... por que não lutam por nós? Temos riquezas em abundância... pedras preciosas são tão comuns em Xuchotl quanto pedras de calçamento nas cidades do mundo. Algumas delas, os xuchotlanos trouxeram de Kosala. Outras, como as pedras de fogo, eles encontraram nas montanhas do Leste. Ajudem-nos a exterminar os xotalancas, e lhes daremos todas as joias que puderem levar.

— E vocês nos ajudarão a destruir os dragões? — perguntou Valéria. — Com arcos e flechas envenenadas, trinta homens podem matar todos os dragões da floresta.

— Sim! — respondeu Olmec imediatamente. — Esquecemos como usar arcos, durante anos de luta corpo a corpo, mas podemos reaprender.

— O que acha? — perguntou Valéria para Conan.

— Somos vagabundos sem dinheiro — riu ele. — Eu mataria xotalancas como a qualquer outro.

— Então você concorda? — perguntou Olmec, enquanto Techotl sorria satisfeito.

— Sim. E agora presumo que nos mostrarão os quartos onde podemos dormir, para que amanhã estejamos descansados para começarmos a matança.

Olmec concordou e fez um gesto com a mão, e Techotl e uma mulher guiaram os aventureiros para um corredor que se abria à esquerda do estrado de mármore. Um olhar para trás mostrou a Valéria que Olmec estava sentado em seu trono, o queixo sobre o punho musculoso, olhando para eles. Seus olhos ardiam com uma chama estranha. Tascela se curvou em seu assento, sussurrando para a criada de rosto taciturno, Yasala, que se inclinava para ouvir o que a princesa estava falando.

O vestíbulo não era tão largo quanto a maioria dos que eles haviam atravessado, mas era longo. Logo a mulher parou, abriu uma porta e ficou de lado para que Valéria entrasse.

— Espere um minuto — rosnou Conan. — Onde vou dormir?

Techotl apontou um quarto no mesmo vestíbulo, mas a uma boa distância. Conan hesitou e parecia disposto a fazer uma objeção, mas Valéria lhe sorriu vingativamente e fechou a porta na cara dele. Ele murmurou algo nada elogioso sobre mulheres em geral e acompanhou Techotl pelo corredor.

No quarto ornamentado que lhe fora reservado para dormir, ele ergueu o olhar para as claraboias estreitas. Algumas delas eram largas o bastante para permitirem passar o corpo de um homem magro, desde que o vidro fosse quebrado.

— Por que os xotalancas não sobem até os tetos e quebram estas claraboias? — perguntou ele.

— São inquebráveis. — respondeu Techotl. — Além disso, os tetos são difíceis de serem escalados. Quase todos deles são espirais, cúpulas e cumeeiras íngremes.

Ele ofereceu voluntariamente mais informações sobre o "castelo" de Tecuhltli. Como o restante da cidade, este tinha quatro pavimentos, ou andares de câmaras, com torres se erguendo do teto. Cada andar tinha um nome — de fato, o povo de Xuchotl tinha um nome para cada câmara, salão e escada na cidade, assim como o povo de cidades mais normais designam ruas e bairros. Em Tecuhltli, os pavimentos eram chamados de o Andar da Águia, o Andar do Macaco, o Andar do Tigre e o Andar da Serpente, nesta ordem. O da Águia era o quarto andar, o mais alto.

— Quem é Tascela? — perguntou Conan. — É esposa de Olmec?

Techotl estremeceu e olhou ao redor antes de responder.

— Não. Ela é... Tascela! Era a esposa de Xotalanc... a mulher que Tecuhltli raptou, dando início à contenda.

— Do que está falando? — exigiu Conan. — Aquela mulher é jovem e bonita. Está tentando me dizer que ela era a esposa dele há cinquenta anos?

— Sim! Eu juro! Ela era uma mulher adulta quando os tlazitlanos partiram do Lago Zuad. Xotalanc e seu irmão se rebelaram e fugiram para o ermo, porque o rei da Stygia a queria como concubina. Ela é uma bruxa que domina o segredo da juventude eterna.

— E qual é? — perguntou Conan.

Techotl estremeceu novamente:

— Não me pergunte! Não ouso falar. É horrível demais, mesmo para Xuchotl!

E, com o dedo nos lábios, ele deslizou para fora do quarto.

IV

Perfume do Lótus-Negro

Valéria soltou o cinto da espada e o colocou, com a arma embainhada, no leito onde pretendia dormir. Ela percebeu que as portas tinham trancas e perguntou para onde levavam.

— Elas levam para câmaras adjacentes — respondeu a mulher, apontando as portas à direita e esquerda. — Aquela — e apontou para uma porta revestida de cobre, que dava para o corredor — leva para um corredor, o qual segue até uma escada que desce para as catacumbas. Não tema; nada pode lhe fazer mal aqui.

— Quem falou em temer? — respondeu bruscamente Valéria. — Só gosto de saber em que tipo de porto estou ancorando. Não, não quero que durma aos pés de minha cama. Não estou acostumada a ser servida... não por mulheres, pelo menos. Tem minha permissão para sair.

Sozinha no quarto, a pirata trancou todas as portas, tirou as botas e se esticou voluptuosamente na cama. Ela imaginou Conan em situação semelhante, do outro lado do corredor, mas sua vaidade feminina a fez imaginá-lo irritado e humilhado em seu leito solitário, e ela sorriu com alegre malícia enquanto se preparava para dormir.

Lá fora havia anoitecido. Nos salões de Xuchotl, as pedras verdes de fogo ardiam como os olhos de gatos pré-históricos. Em algum lugar entre as torres escuras, um vento noturno gemia como um espírito inquieto. Através das passagens obscuras, figuras furtivas começavam a deslizar, como sombras desencarnadas.

Valéria acordou subitamente em sua cama. No escuro brilho esmeralda das gemas de fogo, ela viu uma figura sombreada se debruçando sobre ela. Por um instante confuso, a aparição parecia fazer parte do sonho que ela estava tendo. Tivera a impressão de estar deitada na cama como realmente estava, enquanto, sobre ela, pulsava e latejava uma gigantesca flor preta, tão enorme que escondia o teto. O perfume exótico invadia seu ser, induzindo a uma languidez deliciosa e sensual, semelhante ao sono. Ela estava afundando em vagalhões perfumados de alegria insensível, quando algo lhe tocou o rosto. Seus sentidos drogados estavam tão aflorados que aquele leve toque foi como um impacto deslocador, acordando-a completamente. Então, o que ela viu não foi uma flor gigantesca, mas uma mulher de pele escura diante de si.

Com a compreensão, vieram a fúria e a ação instantânea. A mulher girou graciosamente, mas, antes que ela pudesse correr, Valéria estava de pé e lhe agarrou o braço. Ela lutou como um gato selvagem por um instante e então ficou quieta quando se sentiu esmagada pela força superior de sua captora. A pirata forçou a mulher a se virar para encará-la, agarrou-lhe o queixo com a mão livre e forçou sua cativa a lhe olhar nos olhos. Era a sombria Yasala, criada de Tascela.

— O que diabos estava fazendo curvada sobre mim? O que é isso em sua mão?

A mulher não respondeu, mas tentou lançar o objeto para longe. Valéria lhe torceu o braço, e a coisa caiu no chão: uma grande e preta flor exótica, num talo verde-jade, tão grande quanto a cabeça de uma mulher, mas pequena se comparada à visão exagerada que tivera.

— O lótus-negro! — urrou Valéria entre os dentes. — A flor cujo perfume causa sono profundo. Você estava tentando me drogar! Se não tivesse tocado meu rosto, sem querer, com as pétalas... por que fez isso? Qual a sua intenção?

Yasala se manteve em um silêncio mal-humorado, e, com uma praga, Valéria a fez rodopiar, forçou-a a se ajoelhar e lhe torceu o braço até as costas.

— Conte-me, ou eu desloco o seu braço!

Yasala se contorcia de angústia, e seu braço foi forçado dolorosamente para cima, entre suas espáduas; mas um sacudir violento de sua cabeça era a única resposta.

— Vadia! — Valéria a lançou no chão. A pirata olhou, com olhos ardentes, para a figura caída. O medo e a lembrança dos olhos ardentes de Tascela se agitaram nela, despertando-lhe todos os instintos tigrinos de autopreservação. Este povo era decadente; qualquer tipo de perversidade era de se esperar deles. Mas Valéria sentia que, neste caso, havia alguma coisa por trás, algum terror secreto e mais repugnante que a degeneração comum. O medo e a repulsa por aquela cidade estranha a tomaram. Essa gente não era sã nem normal; ela começou a duvidar que fossem sequer humanos. A loucura ardia oculta nos olhos de todos eles — exceto nos olhos cruéis e misteriosos de Tascela, os quais guardavam segredos e enigmas mais abismais que a loucura.

Ela ergueu a cabeça e aguçou os ouvidos. Os salões de Xuchotl eram tão silenciosos quanto se fosse, de fato, uma cidade morta. As joias verdes banhavam o quarto num brilho de pesadelo, no qual os olhos da mulher no chão cintilavam lugubremente para os dela. Um tremor de pânico palpitou em Valéria, tirando o último vestígio de piedade de seu espírito feroz.

— Por que tentou me drogar? — murmurou ela, agarrando os cabelos pretos da mulher e forçando-lhe a cabeça para trás, a fim de olhar dentro de seus olhos sombrios e de cílios longos. — Tascela a mandou para cá?

Nenhuma resposta. Valéria praguejou e deu um tapa na face da mulher, e depois na outra. Os estalos ressoaram no quarto, mas Yasala não gritou.

— Por que não grita? — exigiu Valéria selvagemente. — Tem medo de que alguém a ouça? De quem você tem medo? De Tascela? De Olmec? De Conan?

Yasala não respondeu. Ela se encolhia, observando sua captora com olhos tão maléficos quanto os de um basilisco. O silêncio obstinado sempre atiça a fúria. Valéria virou-se e arrancou um punhado de cordões de uma cortina próxima.

— Sua vagabunda infeliz! — disse entre dentes. — Vou arrancar suas roupas, amarrá-la nesta cama e chicoteá-la até você me dizer o que estava fazendo aqui e quem a mandou!

Yasala não fez qualquer protesto verbal nem ofereceu resistência, quando Valéria levou a cabo a primeira parte da ameaça, com uma fúria que a obstinação de sua cativa só fazia aumentar. Logo, por algum tempo, não houve qualquer som no quarto, exceto o assobio e estalar dos cordões bem trançados de seda na pele nua. Yasala não podia mexer as mãos e os pés amarrados. Seu corpo se contorcia e tremia sob o tormento, sua cabeça virava para um lado e outro ao ritmo das chibatadas. Seus dentes afundaram no lábio inferior, e um fio de sangue brotou, enquanto o castigo continuava. Mas ela não gritou.

Os cordões macios não faziam muito barulho ao atingirem o corpo trêmulo da cativa, somente um agudo ruído crepitante, mas cada cordão deixava uma listra vermelha na pele escura de Yasala. Valéria infligia o castigo com toda a força de seu braço fortalecido pelo mar, com toda a impiedade adquirida durante uma vida em que dor e tormento eram parte do dia a dia, e com toda a ingenuidade cínica que somente uma mulher demonstra a outra. Yasala sofria mais, física e mentalmente, do que sofreria sob um chicote manuseado por um homem, por mais forte que este fosse.

Foi a aplicação deste cinismo feminino que finalmente domou Yasala.

Um choro baixo lhe escapou dos lábios. Valéria parou com o braço erguido e lançou para trás uma mecha molhada.

— Bem, você vai falar? — exigiu ela. — Posso continuar fazendo isso a noite toda, se necessário!

— Piedade! — sussurrou a mulher. — Eu conto.

Valéria lhe cortou as cordas dos pulsos e tornozelos e a pôs de pé. Yasala afundou na cama, meio reclinada sobre um lado do quadril nu, apoiando-se no braço e se contorcendo ao contato de sua pele dolorida com o leito. Todos os seus membros tremiam.

— Vinho! — implorou ela, apontando com a mão trêmula para um vaso de ouro numa mesa de marfim. — Deixe-me beber. Estou fraca de dor. Depois lhe contarei tudo.

Valéria pegou o vaso, e Yasala se ergueu vacilante para recebê-lo. Ela o tomou e ergueu até os lábios... e, então, lançou o conteúdo no rosto da aquiloniana. Valéria cambaleou para trás, tremendo e tentando livrar os olhos do líquido ardente. Através de uma névoa dolorida, ela viu Yasala disparar para o outro lado do quarto, lançar uma tranca para trás, abrir a porta revestida de cobre e correr para o salão. A pirata estava logo atrás dela, de espada na mão e com uma intenção assassina no coração.

Mas Yasala levava vantagem e corria com a agilidade nervosa de uma mulher que acabava de ser açoitada até chegar às raias da histeria. Ela dobrou uma esquina no corredor, metros adiante de Valéria, e, quando a pirata a seguiu, só encontrou um salão vazio e, na outra extremidade, uma porta que se abria para a escuridão. Um cheiro úmido e mofado exalava daquela porta, e Valéria estremeceu. Aquela devia ser a porta que levava às catacumbas. Yasala havia se refugiado entre os mortos.

Valéria avançou até a porta e desceu os olhos para um lance de degraus de pedra que desapareciam na total escuridão. Evidentemente, era um poço que levava em direção aos fossos sob a cidade, sem nenhuma abertura para os andares inferiores. Ela estremeceu um pouco ao pensar nos milhares de corpos que jaziam em suas criptas de pedra lá embaixo, envoltos em suas roupas emboloradas. Ela não tinha intenção de descer tateando por aqueles degraus de pedra. Yasala, sem dúvida, conhecia cada curva e inclinação dos túneis subterrâneos.

Ela estava voltando, frustrada e furiosa, quando um grito soluçante se ergueu das trevas. Parecia vir de uma grande profundeza, mas dava para distinguir vagamente palavras humanas, e a voz era a de uma mulher.

— Oh, socorro! Socorro, em nome de Set! Ahhhh!

A voz se apagou, e Valéria teve a sensação de escutar o eco de uma risada fantasmagórica.

Valéria sentiu sua pele se arrepiar. O que haveria acontecido com Yasala lá embaixo, na densa escuridão? Não havia dúvidas de que era ela quem gritara. Mas qual o perigo que poderia tê-la acometido? Era um xotalanca se esgueirando lá embaixo? Olmec lhes havia assegurado que as catacumbas sob Tecuhltli ficavam separadas do resto, de forma segura demais para que os inimigos passassem. Além disso, aquela risada não soava nem um pouco humana.

Valéria se apressou em voltar pelo corredor, sem fechar a porta que se abria sobre as escadas. Voltando ao seu quarto, fechou a porta e passou a tranca nela. Calçou as botas e afivelou o cinto da espada. Estava determinada a ir ao quarto de Conan e apressá-lo, se ele ainda estivesse vivo, a juntar-se a ela numa tentativa de saírem daquela cidade de demônios.

Mas, ao alcançar a porta que se abria para o corredor, um longo grito de agonia ressoou pelos salões, seguido pelo som de pés apressados e o clamor alto de espadas.

Um longo grito de agonia ressoou pelos salões.

VINTE PREGOS VERMELHOS

DOIS GUERREIROS SE RECLINAVAM NA SALA DE GUARDA, NO PAVIMENTO CONHECIDO COMO O Andar da Águia. Sua atitude era despreocupada, apesar de habitualmente alerta. Um ataque, vindo de fora, na grande porta de bronze, era sempre uma possibilidade, mas, por muitos anos, ninguém havia tentado um ataque como esse em ambos os lados.

— Os forasteiros são aliados fortes — comentou um. — Olmec atacará o inimigo amanhã, eu creio.

Ele falou como um soldado na guerra. No mundo pequeno de Xuchotl, cada punhado de adversários era um exército, e os salões entre os castelos eram o território onde eles realizavam as operações militares.

O outro meditou um pouco.

— Supondo que eles nos ajudem a destruir Xotalanc — disse —, e depois, Xatmec?

— Ora — respondeu Xatmec —, cravaremos um prego vermelho para cada um deles. Os cativos, iremos queimar, esfolar e esquartejar.

— Mas e depois? — insistiu o outro. — E depois que matarmos todos eles? Não parecerá estranho não termos inimigos para enfrentar? Toda a minha vida, enfrentei e odiei os xotalancas. Com o fim da contenda, o que acontecerá?

Xatmec encolheu os ombros. Seus pensamentos nunca foram além da destruição de seus inimigos. Ele não conseguia ir além disso.

De súbito, os dois homens se empertigaram ao ouvir um barulho do lado de fora da porta.

— Para a porta, Xatmec! — sibilou o último a falar. — Vou observar através do Olho...

Xatmec, de espada na mão, inclinou-se na porta de bronze, aguçando o ouvido para escutar através do metal. Seu companheiro olhou para dentro do espelho. Ele estremeceu convulsivamente. Havia um grupo de homens aglomerados do lado de fora da porta; homens sombrios, de rostos escuros e espadas nos dentes — e com seus dedos enfiados nos ouvidos. Um deles, com um chapéu emplumado, levava um conjunto de pífaros aos lábios, e, quando o tecuhltli começou a gritar um aviso, os pífaros começaram a tocar.

O grito morreu na garganta do guarda quando a música aguda e bizarra penetrou a porta de metal e golpeou seus ouvidos. Xatmec ficou grudado na porta, como se estivesse paralisado naquela posição. Seu rosto parecia uma imagem de madeira, e sua expressão era a de um ouvinte horrorizado. O outro guarda, mais distante da fonte do som, ainda assim sentia o horror que estava acontecendo, a ameaça demoníaca que havia naquela música de pífaro. Ele sentia as tensões bizarras lhe puxando os tecidos do cérebro, como dedos invisíveis, enchendo-o de emoções estranhas e impulsos de loucura. Mas, com um esforço de rasgar a alma, ele quebrou o feitiço e guinchou um aviso, numa voz que não reconhecia como dele próprio.

Mas, enquanto ele gritava, a música mudou para um tom insuportavelmente estridente, que parecia uma faca em seus tímpanos. Xatmec gritou em súbita agonia, e toda a sanidade abandonou seu rosto como uma chama soprada pelo vento. Como um louco, ele arrancou a corrente, escancarou a porta e correu para dentro do salão, a espada erguida antes que o companheiro pudesse detê-lo. Uma dúzia de lâminas o abateram, e, passando por cima de seu corpo mutilado, os xotalancas irromperam na sala de guarda, com um grito longo e louco por sangue que reverberou por toda a parte.

Com o cérebro dando voltas por causa do choque daquilo tudo, o guarda restante deu um salto para enfrentá-los com a lança. O horror da bruxaria que ele acabara de testemunhar foi submerso na percepção atordoada de que o inimigo estava em Tecuhltli. E, quando a ponta de sua lança rasgou uma barriga escura, ele não percebeu mais nada, pois o giro de uma espada lhe arrebentou o crânio, enquanto guerreiros de olhos selvagens saíam correndo das salas atrás do posto de guarda.

Foi o brado de homens e o tinir do aço que fizeram Conan saltar de sua cama, totalmente acordado e com a espada larga na mão. Num instante, ele havia alcançado e escancarado a porta e estava olhando pelo corredor, no exato momento em que Techotl vinha correndo, os olhos ardendo loucamente.

— Os xotalancas! — gritou ele, numa voz quase inumana. — *Estão aqui dentro!*

Conan disparou pelo corredor, enquanto Valéria saía do quarto.

— Que diabo é isso? — gritou ela.

— Techotl disse que os xotalancas estão aqui dentro — respondeu ele, correndo. — Pelo barulho, parece que estão.

Com os tecuhltlis seguindo-se, eles irromperam na sala do trono e se depararam com uma cena que ia além do sonho mais desvairado de sangue e fúria. Vinte homens e mulheres, seus cabelos pretos balançando e as caveiras brancas brilhando no peito, estavam engalfinhados em combate contra o povo de Tecuhltli. As mulheres em ambos os lados lutavam tão loucamente quanto os homens, e a sala e o salão já estavam cheios de cadáveres.

Olmec, vestindo apenas uma tanga, lutava diante do trono, e, quando os traiçoeiros entraram, Tascela veio correndo de um quarto interno com uma espada na mão.

Xatmec e seu companheiro estavam mortos, de modo que não havia ninguém para contar aos tecuhltlis como seus inimigos haviam entrado em sua cidadela. Nem havia ninguém para dizer o que havia causado aquele louco ataque. Mas as baixas entre os xotalancas haviam sido maiores, e sua posição era mais desesperadora do que os tecuhltlis imaginavam. A mutilação de seu aliado escamoso, a destruição da Caveira Flamejante e as notícias, arfadas por um homem moribundo, de que misteriosos aliados de pele branca haviam se juntado aos seus inimigos os haviam levado ao frenesi do desespero e à selvagem determinação de morrer matando seus inimigos de tantas décadas.

Os tecuhltlis, recuperando-se do primeiro e atordoante choque da surpresa que os fizera recuar à sala do trono e encher o chão com seus corpos, reagiram com fúria igualmente desesperada, enquanto os guardas das portas dos andares inferiores vinham correndo para se lançarem no conflito. Era a luta mortal de lobos raivosos, cegos, ofegantes e impiedosos. A luta avançava e recuava, da porta ao estrado, lâminas zunindo e afundando em carne, sangue esguichando, pés pisando o chão vermelho onde poças ainda mais vermelhas se formavam. Mesas de marfim foram derrubadas, assentos foram despedaçados, cortinas de veludo arrancadas foram manchadas de vermelho. Era o clímax sangrento de meio século sangrento, e cada homem ali sentia isso.

Mas a conclusão era inevitável. Os tecuhltlis superavam os invasores em quase dois para um, e eles se sentiam encorajados por isso e pela entrada de seus aliados de pele clara na luta.

Estes golpeavam combate adentro como um furacão adentrando um bosque de árvores jovens. Em força bruta, nem três tlazitlanos eram páreos para Conan, e, apesar de seu peso, ele era mais rápido que qualquer um deles. Ele se movia através da massa remoinhante e rodopiante com a segurança e o poder de destruição de um lobo-cinzento no meio de cães de rua e andava sobre um rastro de corpos contorcidos.

Valéria lutava ao lado dele, com os lábios sorridentes e os olhos ardendo. Ela era mais forte que um homem comum, além de mais rápida e feroz. A espada parecia viva em sua mão. Enquanto Conan abatia os oponentes com seu peso e a força de seus golpes, quebrando lanças, partindo crânios e abrindo peitos até o esterno, Valéria usava uma finura no manejo da espada que aturdia e desconcertava seus antagonistas antes de matá-los. Mais de uma vez, um guerreiro que levantava a lâmina teve a jugular perfurada antes que pudesse golpear. Conan, o mais alto daquela contenda, caminhava através do tumulto golpeando à direita e à esquerda, mas Valéria se movia como um fantasma ilusório, mudando constantemente de lugar e perfurando e cortando enquanto se deslocava. Espadas nunca a acertavam, e os manejadores delas ceifavam o ar vazio, morrendo com o coração ou pescoço trespassado e a risada zombeteira dela nos ouvidos.

Gênero e condições não eram considerados pelos enlouquecidos combatentes. As cinco mulheres dos xotalancas estavam caídas, com a garganta cortada, antes que Conan e Valéria entrassem no combate, e, quando um homem ou mulher caía pisoteado, havia sempre uma faca pronta para a garganta indefesa, ou um pé calçado em sandália ansioso para lhe esmagar o crânio.

De parede em parede, de porta em porta, rolavam as ondas do combate, espalhando-se para dentro das câmaras adjacentes. Logo, somente os tecuhltlis e seus aliados de pele branca ficaram de pé na grande sala do trono. Os sobreviventes encaravam melancólica e inexpressivamente uns aos outros, como sobreviventes do Juízo Final ou da Destruição do

Mundo. Sobre pernas bem abertas, mãos agarrando espadas marcadas e gotejantes, e o sangue lhes escorrendo em fios pelos braços, eles encaravam uns aos outros através dos cadáveres mutilados de amigos e inimigos. Não tinham fôlego para gritar, mas um uivo bestial e louco se ergueu de seus lábios. Não era um grito humano de triunfo. Era o uivo de uma alcateia raivosa que andava altivamente entre os corpos de suas vítimas.

Conan pegou o braço de Valéria e a fez girar.

— Você foi apunhalada na panturrilha — resmungou ele.

Ela olhou para baixo, pela primeira vez consciente de que os músculos de suas pernas doíam. Algum homem moribundo no chão, em seu último esforço, havia lhe cravado um punhal na carne.

— E você parece um açougueiro — riu.

Ele sacudiu as mãos, das quais caiu uma chuva vermelha.

— Não é meu. Ah, tenho um arranhão aqui e ali. Nada de preocupante. Mas essa panturrilha precisa ser enfaixada.

Olmec atravessou o chão cheio de corpos, parecendo um ogro com seus maciços ombros nus salpicados de sangue e sua barba preta borrifada de vermelho. Seus olhos estavam vermelhos, como o reflexo do fogo em água preta.

— Nós vencemos! — rosnou deslumbrado. — A contenda acabou! Os cães de Xotalanc estão mortos! Ah, se tivéssemos um cativo para esfolar vivo! Mas é bom olhar para seus rostos mortos. Vinte cães mortos! Vinte pregos vermelhos para a coluna preta!

— Seria melhor você olhar seus próprios feridos — grunhiu Conan, afastando-se dele. — Aqui, garota, deixe-me ver essa perna.

— Espere um minuto! — Ela se desvencilhou dele impacientemente. O fogo da luta ainda queimava vivamente em sua alma. — Como sabemos que estes eram os últimos? Eles podem ter vindo numa invasão por conta própria.

— Eles não dividiriam o clã numa incursão como esta — apontou Olmec, sacudindo a cabeça e recuperando um pouco de sua inteligência normal. Sem sua túnica púrpura, uma besta repulsiva e predadora se parecia mais com um príncipe do que ele. — Aposto minha cabeça que matamos todos eles. Eram menos do que eu pensava e deviam estar desesperados. Mas como eles entraram em Tecuhltli?

Tascela se aproximou, limpando sua espada na coxa nua e segurando na outra mão um objeto que havia tirado do corpo do líder emplumado dos xotalancas.

— Os pífaros da loucura — disse ela. — Um guerreiro me contou que Xatmec abriu a porta para os xotalancas e foi morto, enquanto eles irrompiam para dentro do posto de guarda. Este guerreiro chegou ao corpo de guarda, desde o salão interno, bem a tempo de ver o que acontecia e de ouvir as últimas notas de uma estranha música que lhe congelou a própria alma. Tolkemec costumava falar desses pífaros, os quais os xuchotlanos juravam estar ocultos em algum lugar das catacumbas, junto com os ossos do feiticeiro antigo que os usava enquanto vivo. De alguma forma, os cães de Xotalanc os encontraram e aprenderam seu segredo.

— Alguém deveria ir até Xotalanc e ver se ainda resta alguém vivo — sugeriu Conan. — Eu irei, se alguém quiser ser meu guia.

Olmec olhou para os remanescentes de seu povo. Só restavam vinte vivos, e, destes, muitos gemiam no chão. Tascela era a única tecuhltli que escapara sem um só ferimento. A princesa estava intacta, embora tivesse lutado tão selvagemente quanto os demais.

— Quem irá até Xotalanc com Conan? — perguntou Olmec.

Techotl se aproximou mancando. O ferimento em sua coxa começara a sangrar novamente, e ele tinha outro talho pelas costelas:

— Eu vou!

— Não, você, não — vetou Conan. — Nem você, Valéria. Daqui a pouco essa perna vai ficar rígida.

— Eu irei — ofereceu-se um guerreiro que amarrava uma bandagem num antebraço talhado.

— Muito bem, Yanath. Vá com o cimério. E você também, Topal. — Olmec apontou para outro homem, cujos ferimentos eram leves. — Mas primeiro ajude a colocar os gravemente feridos nestes leitos, onde enfaixaremos seus ferimentos.

Isto foi feito rapidamente. Enquanto levantavam uma mulher, que havia sido atordoada por um porrete de guerra, a barba de Olmec roçou o ouvido de Topal. Conan achou que o príncipe murmurava algo para o guerreiro, mas não tinha certeza. Poucos momentos depois, ele guiava seus guerreiros pelo salão.

Conan olhou para trás, enquanto saía pela porta, para aquele matadouro onde os mortos jaziam sobre o chão brilhante, com os ensanguentados membros escuros contraídos em atitudes de feroz esforço muscular, rostos morenos congelados em máscaras de ódio e olhos vítreos mirando as joias de fogo verde no alto, as quais banhavam a cena pavorosa numa escura e esmeralda luz bruxuleante. Entre os mortos, os vivos se moviam a esmo, como pessoas andando em transe. Conan viu Olmec chamar uma mulher e mandá-la enfaixar a perna de Valéria. A pirata a seguiu para dentro de uma câmara adjacente, já começando a mancar levemente.

Os dois tecuhltlis guiavam cautelosamente Conan ao longo do salão além da porta de bronze e através de câmara após câmara tremeluzente em fogo verde. Não viam ninguém e não ouviam som algum. Após terem atravessado o Grande Salão, o qual separava a cidade norte da sul, ficaram mais cautelosos ao perceberem que estavam próximos do território inimigo. Mas as câmaras e salões estavam vazios aos seus olhares precavidos, e finalmente chegaram em um longo saguão escuro e pararam diante de uma porta de bronze, semelhante à Porta da Águia de Tecuhltli. Corajosamente, eles a testaram, e ela se abriu silenciosamente sob seus dedos. Temerosos, entraram nas câmaras com iluminação verde que ficavam além. Durante cinquenta anos, nenhum tecuhltli adentrara aqueles salões, exceto como prisioneiro que ia para um destino horrendo. Ir para Xotalanc era o pior horror que poderia acontecer a um homem do castelo ocidental. O terror daquilo lhes espreitava os sonhos desde a mais tenra infância. Para Yanath e Topal, aquela porta de bronze era como o portal do inferno.

Eles recuaram, com um medo irracional nos olhos, e Conan passou no meio deles e caminhou a passos largos para dentro de Xotalanc.

Timidamente, eles o seguiram. Quando cada um pôs o pé no limiar da porta, eles olharam nervosos ao redor. Mas apenas sua respiração ofegante perturbava o silêncio.

Chegaram a um posto de guarda quadrado, como aquele atrás da Porta da Águia de Tecuhltli, e, da mesma forma, um salão corria dele até uma câmara larga, a qual era uma cópia da sala do trono de Olmec.

Conan olhava para o salão, com seus carpetes, divãs e cortinas, e parou para escutar. Não ouviu barulho algum, e as salas pareciam desertas. Ele não acreditava que houvesse qualquer xotalanca vivo em Xuchotl.

— Vamos — murmurou ele, e começou a andar pelo salão.

Não havia ido longe, quando percebeu que apenas Yanath o seguia. Girou para trás, para ver Topal parado numa atitude de horror, um dos braços erguido como que para desviar algum perigo ameaçador, seus olhos arregalados fixos com intensidade hipnótica em algo que se sobressaía de trás de um divã.

— Que diabos?

Então, Conan viu o que Topal encarava e sentiu um leve arrepio na pele entre as espáduas gigantes. Uma cabeça monstruosa aparecia por trás de um divã — uma cabeça reptiliana, tão grande quanto a de um crocodilo, com presas curvadas para baixo se projetando sobre a mandíbula. Mas a coisa tinha uma flacidez não natural, e os olhos horrendos estavam vitrificados.

Conan espiou atrás do leito. Era uma grande serpente que jazia desabada e morta, mas uma serpente como ele nunca havia visto em suas andanças. O fedor e o frio da profunda terra preta exalavam dela, e sua cor era um matiz indeterminado que mudava a cada ângulo do qual ele a examinava. Um grande ferimento em seu pescoço mostrava o que causara sua morte.

— É o Rastejador! — sussurrou Yanath.

— É a coisa que cortei na escada — grunhiu Conan. — Depois de ter nos perseguido até a Porta da Águia, ela se arrastou até aqui para morrer. Como os xotalancas conseguiam controlar esse animal?

Os tecuhltlis estremeceram e sacudiram as cabeças.

— Eles trouxeram-na para cá desde os túneis obscuros sob as catacumbas. Descobriram segredos desconhecidos aos tecuhltlis.

— Bem, ela está morta, e, se eles tivessem outras delas, as teriam trazido com eles quando atacaram Tecuhltli. Vamos.

Os dois o seguiram de perto enquanto ele caminhava a passos largos pelo salão e entrava pela porta trabalhada em prata, do outro lado.

— Se não acharmos ninguém neste andar — disse ele —, desceremos para os inferiores. Vamos explorar Xotalanc, do teto às catacumbas. Se Xotalanc for como Tecuhltli, todas as salas e salões neste andar estarão iluminados... Que diabos!

Eles haviam entrado na larga sala do trono, bastante similar à de Tecuhltli. Havia o mesmo estrado de mármore e trono de marfim e os mesmos divãs, carpetes e cortinas nas paredes. Não havia nenhuma coluna preta com marcas vermelhas por trás do pedestal, mas não faltavam evidências da rixa sombria.

Enfileiradas ao longo da parede atrás da plataforma, havia uma série de prateleiras protegidas por vidros. E, nessas prateleiras, centenas de cabeças humanas perfeitamente preservadas encaravam, com olhos sem emoção, os espectadores surpresos, como haviam feito por sabiam os deuses quantos meses e anos.

Topal praguejou baixinho, mas Yanath ficou em silêncio, a luz da loucura lhe crescendo nos olhos grandes. Conan carranqueou, sabendo que a sanidade dos tlazitlanos pendia por um fio.

De súbito, Yanath apontou para as relíquias medonhas com um dedo contraído.

— Aquela é a cabeça do meu irmão! — murmurou ele. — E aquela é a do irmão mais velho de meu pai! E ali, atrás delas, a do filho mais velho de minha irmã!

Começou inesperadamente a chorar, sem lágrimas, com soluços ásperos e altos que sacudiam sua estrutura. Ele não tirava os olhos das cabeças. Seus soluços ficaram mais estridentes e se tornaram uma assustadora risada alta, e logo esta se tornou um insuportável grito agudo. Yanath estava totalmente louco.

Conan pôs uma mão em seu ombro, e, como se o toque houvesse libertado todo o delírio em sua alma, Yanath gritou e girou, atacando o cimério com sua espada. Conan deteve o golpe, e Topal tentou pegar o braço de Yanath. Mas o louco o evitou e, com espuma voando pelos seus lábios, enfiou a espada no corpo de Topal. Topal caiu com um gemido, e Yanath girou por um instante como um louco dervixe. Então, ele correu até as prateleiras e começou a quebrar o vidro com a espada, dando guinchos blasfemos.

O cimério saltou atrás dele, tentando pegá-lo desprevenido e desarmá-lo, mas o louco girou e pulou em direção a ele, guinchando como uma alma penada. Percebendo que o guerreiro estava irremediavelmente insano, o cimério virou para o lado e, enquanto o maníaco passava, deu-lhe um corte que decepou a omoplata e o peito, fazendo-o cair morto ao lado de sua vítima morta.

Conan se curvou sobre Topal, vendo que o homem estava em seu último suspiro. Era inútil tentar estancar o sangue que jorrava do horrível ferimento.

— É o seu fim, Topal — grunhiu Conan. — Tem alguma mensagem para mandar à sua gente?

— Chegue mais perto — arfou Topal, e Conan se aproximou... e, no instante seguinte, agarrou a mão do homem quando Topal tentou lhe enfiar uma adaga no peito.

— Crom! — praguejou Conan. — Você também está louco?

— Olmec mandou! — ofegou o moribundo. — Não sei por quê. Enquanto colocávamos os feridos nos leitos, ele sussurrou para mim, ordenando que eu matasse você quando voltássemos para Tecuhltli... — E, com o nome de seu clã nos lábios, Topal morreu.

Conan carranqueou, perplexo. Aquilo tudo parecia loucura. Olmec era louco também? Será que todos os tecuhltlis eram ainda mais loucos do que ele pensava? Com um encolher de ombros, ele caminhou de volta pelo salão e saiu pela porta de bronze, abandonando os tecuhltlis mortos diante dos olhos sem vida das cabeças de seus parentes.

O cimério não precisava de guia para voltar pelo labirinto que haviam atravessado. Seu instinto primitivo e infalível de direção o guiava ao longo do caminho pelo qual tinham vindo. Ele o atravessou com tanta cautela quanto antes, de espada na mão e com seus olhos procurando ferozmente em cada canto e esquina sombreados, pois eram os seus antigos aliados que ele temia agora, e não os fantasmas dos xotalancas mortos.

Ele havia atravessado o Grande Salão e adentrado as câmaras além, quando ouviu algo se movendo à sua frente... algo que respirava convulsivamente e ofegava, movendo-se com um barulho agonizante e rastejador. Um instante depois, Conan viu um homem se arrastando sobre o chão flamejante, em sua direção... um homem cujo avanço deixava uma larga mancha sangrenta na superfície brilhante. Era Techotl, e seus olhos já se vitrificavam. De um corte profundo em seu peito, o sangue jorrava constantemente entre os dedos de sua mão fechada. Com a outra mão, ele se arrastava.

— Conan — gritou ele sufocado. — Conan! Olmec levou a mulher de cabelos amarelos!

— Então é por isso que ele mandou Topal me matar! — murmurou Conan, ajoelhando-se ao lado do homem que, como seus olhos experientes diziam, estava morrendo. — Olmec não é tão louco quanto eu pensava.

Os dedos tateantes de Techotl agarraram o braço de Conan. Na vida fria, sem amor e completamente hedionda dos tecuhltlis, sua admiração e seu afeto pelos invasores do mundo externo formavam um oásis caloroso e humano e constituíam uma ligação com uma humanidade mais natural, a qual era totalmente inexistente em seu povo, cujas únicas emoções eram ódio, luxúria e o impulso por uma crueldade sádica.

— Tentei impedi-lo — gorgolejou Techotl, o sangue borbulhando e espumando de seus lábios. — Mas ele me derrubou. Pensou que havia me matado, mas saí me arrastando. Oh, Set, nem sei o quanto rastejei sobre meu próprio sangue! Cuidado, Conan! Olmec pode ter preparado uma cilada para quando você retornar! Mate Olmec! Ele é um animal selvagem. Pegue Valéria e fuja! Não tenha medo de atravessar a floresta. Olmec e Tascela mentiram sobre os dragões. Eles mataram uns aos outros anos atrás, e só o mais forte sobreviveu. Há doze anos que só existe um único dragão. Se você o matou, não há nada na floresta que possa lhes fazer mal. Ele era o deus a quem Olmec adorava; e Olmec fazia sacrifícios humanos para ele, oferecendo-lhe os mais velhos e os mais jovens entre nós, amarrados e lançados pela muralha! Depressa! Olmec levou Valéria para a Câmara da...

Sua cabeça despencou bruscamente para trás, e ele estava morto antes de ela tombar no chão.

Conan se ergueu de um pulo, com os olhos faiscando como brasas. Então era aquele o plano de Olmec, depois de ter usado os forasteiros para destruírem seus inimigos! Conan deveria saber que algo desse tipo estaria passando pela cabeça daquele degenerado de barba preta.

O cimério se dirigiu para Tecuhltli com velocidade imprudente. Rapidamente, ele calculou o número de seus ex-aliados. Apenas vinte e um, incluindo Olmec, haviam sobrevivido àquela batalha demoníaca na sala do trono. Três homens haviam morrido desde então, o que deixava dezessete inimigos. Em sua raiva, Conan se sentia capaz de dar conta de todo o clã sozinho.

Mas a astúcia inata do selvagem apareceu para guiar sua fúria desenfreada. Ele se lembrou do aviso de Techotl sobre uma cilada. Era bastante provável que o príncipe tomasse tais providências, caso Topal falhasse em sua missão. Olmec esperaria que ele retornasse pelo mesmo caminho que seguira ao ir para Xotalanc.

Conan ergueu o olhar para uma claraboia sob a qual passava e percebeu o brilho indistinto de estrelas. Elas ainda não haviam começado a se empalidecer com a aurora. Os eventos daquela noite haviam acontecido num espaço de tempo relativamente curto.

Ele se desviou de seu caminho direto e desceu uma escada em espiral até o andar de baixo. Não sabia onde ficava a porta que levava para dentro do castelo naquele andar, mas sabia que poderia encontrá-la. Como arrombaria as trancas, ele não sabia; acreditava que as portas de

Tecuhltli estavam todas fechadas e trancadas, mesmo que pela força do hábito de meio século. Mas o único jeito era tentar.

De espada na mão, ele avançou rápida e silenciosamente por um labirinto de salas e corredores escuros ou iluminados por verde. Sabia que já devia estar perto de Tecuhltli, quando um som o fez parar. Ele reconheceu do que se tratava: um ser humano tentando gritar através de uma mordaça asfixiadora. O som vinha de algum lugar à sua frente e à esquerda. Nestas câmaras silenciosas como a morte, um som baixo percorria um longo caminho.

Conan virou para o lado e seguiu o som, o qual continuava se propagando. Logo ele assistia, de um vão de porta, a uma cena bizarra. Na sala para a qual olhava, havia uma mesa baixa de ferro, em forma de cavalete, no chão, e uma figura gigante estava deitada e amarrada. Sua cabeça descansava numa cama de pregos de ferro, cujas pontas já estavam vermelhas com o sangue onde já haviam penetrado no couro cabeludo. Um mecanismo em forma de touca lhe envolvia a cabeça, mas de forma que a faixa de couro não protegia seu couro cabeludo dos espetos. Esta touca estava conectada, através de uma corrente fina, ao mecanismo que sustentava uma enorme bola de ferro, a qual estava suspensa acima do peito peludo do prisioneiro. Enquanto o homem conseguisse se forçar a ficar imóvel, a bola de ferro ficava no lugar. Mas, quando a dor causada pelas pontas de ferro o forçava a levantar a cabeça, a bola descia alguns centímetros. Os músculos doloridos do pescoço não aguentariam manter a cabeça em sua posição não natural, e ela cairia de volta nos pregos. Era óbvio que a bola finalmente o esmagaria, de forma lenta e inevitável. A vítima estava amordaçada, e, acima da mordaça, seus grandes olhos bovinos rolavam desvairados para o homem na entrada, que permanecia em silencioso assombro. O homem na mesa de tortura era Olmec, príncipe de Tecuhltli.

VI

OS OLHOS DE TASCELA

— POR QUE ME TROUXE ATÉ ESTE QUARTO PARA ENFAIXAR MINHA PERNA? — INDAGOU Valéria. — Você não poderia fazer isso na sala do trono?

Ela se sentava num leito, com a perna ferida esticada, e a mulher tecuhltli havia acabado de enfaixá-la com bandagens de seda. A espada de Valéria, manchada de vermelho, estava no leito ao lado.

Ela franziu a testa enquanto falava. A mulher havia executado a tarefa silenciosa e eficientemente, mas Valéria não gostava do toque demorado e carinhoso dos dedos esguios dela nem da expressão em seus olhos.

— Levaram o restante dos feridos para as outras câmaras — respondeu a mulher na fala suave das mulheres tecuhltlis, que, de alguma forma, não sugeria suavidade nem gentileza em quem falava. Pouco tempo antes, Valéria havia visto esta mesma mulher apunhalar uma xotalanca no peito e esmagar, com uma pisada, os olhos de um xotalanca ferido até eles pularem para fora do corpo.

— Levarão os cadáveres para dentro das catacumbas — acrescentou —, para que os fantasmas não fujam para os quartos e permaneçam lá.

— Você acredita em fantasmas? — perguntou Valéria.

— Sei que o fantasma de Tolkemec mora nas catacumbas — respondeu ela com um calafrio. — Eu já o vi uma vez, enquanto me escondia numa cripta entre os ossos de uma rainha morta. Passou por mim na forma de um velho, com barba e cabelos brancos e abundantes, e olhos luminosos que brilhavam no escuro. Era Tolkemec; eu o vi vivo, quando eu era criança, e o vi sendo torturado.

A voz dela se tornou um sussurro amedrontado.

— Olmec ri, mas sei que o fantasma de Tolkemec mora nas catacumbas! Dizem que são ratos, que mastigam a carne dos ossos dos recém-mortos, mas fantasmas comem carne. Quem sabe o quê...

Ela olhou rapidamente para cima quando uma sombra recaiu sobre o leito. Valéria ergueu os olhos, para ver Olmec olhando para ela. O príncipe havia limpado a mão, o torso e a barba do sangue que os salpicava, mas não havia vestido sua túnica, e seu enorme e escuro corpo e seus membros sem pelos renovavam a impressão de força bestial em sua natureza. Seus profundos olhos pretos ardiam com uma luz mais elementar, e havia uma sugestão de contração nos dedos que puxavam a espessa barba preto-azulada.

Ele olhou fixamente para a mulher, e ela se levantou e saiu do quarto. Enquanto passava pela porta, ela lançou um olhar para trás em direção a Valéria — um olhar cheio de escárnio cínico e zombaria obscena.

— Esse trabalho dela está malfeito — criticou o príncipe, aproximando-se do divã e curvando-se sobre a bandagem. — Deixe-me ver...

Com uma rapidez espantosa para seu tamanho, ele agarrou a espada dela e a lançou para o outro lado do quarto. Seu próximo passo foi agarrá-la com os braços gigantes.

Apesar do movimento ter sido rápido e inesperado, ela quase o igualou, pois, no momento em que ele a agarrou, o punhal de Valéria estava na mão dela, que o dirigiu mortalmente à garganta dele. Mais por sorte do que por habilidade, ele lhe agarrou o pulso, e então começou uma luta selvagem. Ela o enfrentava com punhos, pés, joelhos, dentes e unhas, com toda a força de seu corpo magnífico e todo o conhecimento de luta corpo a corpo que adquirira em anos de andanças e combates no mar e em terra. Isso de nada adiantou contra a força bruta dele. Ela perdeu o punhal no primeiro momento de contato e depois se viu incapaz de causar qualquer dor perceptível no gigante que a atacava.

O brilho nos estranhos olhos pretos dele não se alterou, e a expressão deles a encheu de fúria, atiçada pelo sorriso sardônico que parecia estar esculpido nos lábios barbados. Aqueles olhos e aquele sorriso continham todo o cinismo cruel que se esconde sob a máscara de uma raça sofisticada e degenerada, e, pela primeira vez na vida, Valéria sentiu medo de um homem. Era como lutar contra alguma enorme força da natureza; os braços de ferro dele lhe frustravam os esforços com uma facilidade que fez o pânico percorrer seus membros. Ele parecia insensível a qualquer dor que ela pudesse lhe infligir. Somente uma vez, quando ela afundou selvagemente os dentes brancos no pulso dele, ele reagiu. E foi uma reação brutal: ele golpeou a lateral da cabeça dela, de modo que estrelas brilharam diante dos olhos de Valéria e sua cabeça rolou sobre os ombros.

A camisa de Valéria fora aberta durante a luta, e, com cínica crueldade, ele esfregou a barba espessa nos seus seios nus, fazendo o sangue se espalhar na pele clara e arrancando dela um grito de dor e ultrajada fúria. Sua resistência convulsiva era inútil. Ela foi deitada num leito, desarmada e ofegante, seus olhos ardendo como os de um tigre capturado.

No momento seguinte, ele corria do quarto, carregando-a nos braços. Ela não ofereceu resistência, mas o brilho em seus olhos mostrou que ela era, pelo menos, indomável no espírito. Ela não gritou. Sabia que Conan estava longe do alcance da voz, e não lhe ocorrera que alguém em Tecuhltli ia se opor ao príncipe deles. Mas percebeu que Olmec avançava furtivamente, com a cabeça virada para um lado, como se aguçasse os ouvidos para possíveis sons de perseguição; e ele não retornou à sala do trono. Ele a carregou através de uma porta oposta àquela pela qual entrara, atravessou outra sala e começou a percorrer silenciosamente um salão. Quando percebeu que ele temia alguma oposição ao rapto, ela lançou a cabeça para trás e soltou um grito agudo com toda a força de sua voz vigorosa.

Foi castigada com um tapa que a deixou meio atordoada, e Olmec apressou o passo para uma corrida desajeitada.

Mas o grito dela havia ecoado, e, virando a cabeça, Valéria, apesar das lágrimas e estrelas que a cegavam parcialmente, viu Techotl claudicando atrás deles.

Olmec girou rosnando e colocou a mulher numa posição desconfortável e certamente indigna sob um dos enormes braços, segurando-a enquanto ela se contorcia e chutava em vão, como uma criança.

— Olmec! — protestou Techotl. — Você não pode ser tão cachorro para fazer isto! Ela é a mulher de Conan! Ela nos ajudou a matar os xotalancas e...

Sem uma palavra, Olmec fechou a mão livre e, com um murro, deixou o ferido guerreiro estirado e inconsciente aos seus pés. Curvando-se e sem se incomodar com as contorções e imprecações de sua cativa, ele desembainhou a espada de Techotl e a enfiou no peito do guerreiro. Então, lançando a arma para um lado, voltou a fugir pelo corredor. Ele não viu o rosto escuro de uma mulher espionando-o cautelosamente por trás de uma cortina. O rosto desapareceu, e em seguida Techotl gemeu, agitou-se, ergueu-se atordoado e cambaleou como um bêbado para longe dali, chamando o nome de Conan.

Olmec chegou ao fim do corredor e desceu uma escada de marfim em espiral. Ele atravessou vários corredores e finalmente parou numa câmara larga, cujas portas estavam cobertas por pesadas tapeçarias, com uma exceção: uma pesada porta de bronze, semelhante à Porta da Águia no andar superior.

Ele resmungou e apontou para ela.

— Esta é uma das portas externas de Tecuhltli. Pela primeira vez, em cinquenta anos, está desguarnecida. Não precisamos mais de guardas, pois Xotalanc não existe mais.

— Graças a Conan e a mim, seu patife sanguinário! — escarneceu Valéria, tremendo de fúria e vergonha pela humilhação física. — Seu cão traiçoeiro! Conan vai cortar sua garganta por isto!

Olmec não se preocupou em enunciar sua convicção de que a própria garganta de Conan já fora cortada, de acordo com sua ordem sussurrada. Ele era cínico demais para se interessar pelos pensamentos e opiniões dela. Seus olhos flamejantes a devoravam, demorando-se ardentemente nas generosas extensões de pele branca exposta, onde a camisa e os calções haviam sidos rasgados na luta.

— Esqueça Conan — disse ele de maneira gutural. — Olmec é o senhor de Xuchotl. Xotalanc acabou. Não haverá mais luta. Passaremos a vida bebendo e fazendo amor. Primeiro vamos beber!

Ele se sentou a uma mesa de marfim e a forçou a se sentar no seu colo, como um sátiro de pele escura com uma ninfa branca nos braços. Ignorando-lhe as imprecações — nada condizentes com uma ninfa —, ele a abraçava indefesa com um dos grandes braços ao redor da cintura dela, enquanto o outro braço se estirava sobre a mesa e pegava um vaso de vinho.

— Beba! — ordenou ele, forçando-lhe o vaso nos lábios enquanto ela retraía a cabeça.

A bebida se derramou, ardendo-lhe nos lábios e se esparramando em seus seios nus.

— Sua convidada não aprecia seu vinho, Olmec — disse uma voz fria e sardônica.

Olmec se enrijeceu; o medo cresceu em seus olhos ardentes. Lentamente, ele girou a grande cabeça e fitou Tascela, que posava negligentemente na porta com cortinas, com uma das mãos no quadril macio. Valéria se revirou no aperto de ferro dele, e, quando se deparou com os olhos ardentes de Tascela, um calafrio fez sua espinha flexível formigar. Novas experiências estavam inundando o espírito orgulhoso de Valéria naquela noite. Acabara de aprender a temer um homem, e agora ela sabia o que era temer uma mulher.

Olmec ficou imóvel, com uma palidez cinzenta se espalhando pela pele escura. Tascela mostrou a outra mão, que estava atrás das costas, e revelou um pequeno vaso de ouro.

— Tive receio de que ela não gostasse de seu vinho, Olmec — ronronou a princesa —, e por isso eu trouxe um pouco do meu; um pouco do que eu trouxe comigo, há muito tempo, das margens do Lago Zuad... está entendendo, Olmec?

Gotas de suor brotaram subitamente da testa de Olmec. Seus músculos afrouxaram, e Valéria escapou e pôs a mesa entre eles. Mas, embora a razão lhe dissesse para sair correndo daquela sala, algum encanto que ela não conseguia entender a mantinha rígida, assistindo à cena.

Tascela se aproximou do príncipe sentado com um caminhar oscilante e ondulante que era a própria encarnação da zombaria. A voz dela era suave e indistintamente carinhosa, mas seus olhos brilhavam. Seus dedos esguios brincaram com a barba dele.

— Você é egoísta, Olmec — cantou ela sentimentalmente, sorrindo. — Queria manter nossa bela convidada só para você, mesmo sabendo que eu também desejo entretê-la. Muita negligência de sua parte, Olmec!

A máscara caiu por um instante: seus olhos cintilaram, seu rosto se retorceu, e, com uma assustadora demonstração de força, sua mão se fechou convulsivamente na barba dele, arrancando um grande punhado. Esta evidência de força não natural não era mais aterradora do que a demonstração momentânea da fúria infernal que esbravejava sob sua aparência branda.

Olmec se ergueu cambaleante com um rugido e ficou oscilando como um urso, suas mãos enormes se fechando e abrindo.

— Vadia! — Sua voz estrondosa ecoou pela sala. — Bruxa! Mulher-demônio! Tecuhltli deveria ter matado você há cinquenta anos! Vá embora! Já a aguentei demais! Esta jovem de pele branca é minha! Saia daqui, antes que eu mate você!

A princesa riu e arremessou os pelos ensanguentados no rosto dele. Sua risada era menos piedosa que o tinir do sílex no aço.

— Outrora, você falava diferente, Olmec — escarneceu ela. — Outrora, na sua juventude, você falava palavras de amor. Sim, você já foi meu amante, anos atrás, e, por me amar, dormia em meus braços sob o lótus encantado... e, deste modo, pôs em minhas mãos as correntes que o escravizaram. Você sabe que não pode resistir a mim. Você sabe que só preciso olhá-lo nos olhos, com o poder místico que um sacerdote da Stygia me ensinou há muito tempo, e você fica impotente. Você se lembra daquela noite, debaixo do lótus-negro que ondulava sobre nós, agitado por uma brisa que não era terrena; você fareja novamente os perfumes sobrenaturais, que deslizavam furtivos e se erguiam como uma nuvem ao seu redor, para escravizá-lo. Você não pode lutar contra mim. Você é meu escravo, como foi naquela noite... e como continuará sendo enquanto viver, Olmec de Xuchotl!

A voz dela havia se tornado um murmúrio, semelhante à agitação de um curso d'água sob a escuridão iluminada por estrelas. Ela se curvou sobre o príncipe e estirou os longos dedos delgados sobre o peito gigante dele. Os olhos dele resplandeceram, e suas grandes mãos caíram moles dos lados do corpo.

Com um sorriso de malícia cruel, Tascela ergueu o vaso e o levou aos lábios dele.

— Beba!

Mecanicamente, o príncipe obedeceu. E instantaneamente o olhar vítreo desapareceu, e seus olhos foram inundados com fúria, compreensão e um medo terrível. Sua boca se abriu, mas nenhum som saiu dela. Por um instante, ele cambaleou sobre os joelhos que se dobravam e então caiu como um amontoado flácido sobre o chão.

A queda dele arrancou Valéria de sua paralisia. Ela girou e saltou em direção à porta, mas, com um movimento de causar inveja ao pulo de uma pantera, Tascela ficou à sua frente. Valéria dirigiu-lhe um soco no qual pôs toda a força de seu corpo flexível. Teria deixado um homem ao chão, inconsciente. Mas, com uma ágil torção de seu torso, Tascela evitou o golpe e agarrou o pulso de Valéria. No instante seguinte, a mão direita de Valéria estava presa, e, juntando-lhe os pulsos com uma única mão, Tascela os amarrou calmamente com uma corda que puxou do cinto. Valéria pensava que já havia saboreado a pior das humilhações naquela noite, mas sua vergonha por ter sido tratada brutalmente por Olmec não era nada, se comparada às sensações que agora sacudiam seu corpo flexível. Valéria sempre teve tendência a desprezar outros membros do seu gênero, e era constrangedor encontrar outra mulher que pudesse tratá-la como uma criança. Quase não reagiu quando Tascela a forçou a se sentar e, puxando os pulsos amarrados para os joelhos de Valéria, amarrou-os à cadeira.

Pisoteando Olmec casualmente, Tascela andou até a porta de bronze, tirou a tranca e a escancarou, revelando um saguão externo.

— Neste salão — disse ela, dirigindo-se pela primeira vez à sua prisioneira —, há uma câmara que, nos velhos tempos, era usada como sala de tortura. Quando nos retiramos para Tecuhltli, levamos quase toda a aparelhagem conosco, mas havia um aparelho pesado demais para ser levado. Ainda funciona perfeitamente. Acho que ele será bem conveniente agora.

Uma chama de compreensão e terror se ergueu nos olhos de Olmec. Tascela caminhou de volta até ele, curvou-se e o agarrou pelos cabelos.

— Só está momentaneamente paralisado — comentou ela, em tom de conversa. — Ele pode ouvir, pensar e sentir... ah, ele pode realmente sentir muito bem!

Com esta observação sinistra, ela se dirigiu à porta, arrastando o gigante com uma facilidade que fez os olhos da pirata se arregalarem. Ela adentrou o salão e caminhou sem hesitar, logo desaparecendo com seu prisioneiro dentro de uma câmara que se abria lá dentro e de onde logo depois se ouviu o ruído de ferro.

Valéria praguejou baixinho e se contorceu em vão, com suas pernas amarradas na cadeira. As cordas que a prendiam eram aparentemente indestrutíveis.

Tascela logo retornou sozinha; atrás dela, um gemido abafado saía da câmara. Ela fechou a porta, mas não a trancou. Tascela não estava presa a hábitos, como também não estava presa a outros instintos e emoções humanas.

Valéria ficou sentada em silêncio, observando a mulher em cujas mãos delgadas, a pirata percebeu, repousava seu destino.

Tascela agarrou as madeixas loiras de Valéria, forçando a cabeça para trás e olhando impessoalmente para o rosto dela. Mas o brilho de seus olhos escuros não era impessoal.

— Eu escolhi você para uma grande honra — disse ela. — Você irá restaurar a juventude de Tascela. Ah, você me vê assim! Minha aparência é esta, de juventude, mas em minhas veias rasteja o frio inerte da velhice se aproximando, como já senti mil vezes antes. Sou velha, tão velha que não me lembro da minha infância. Mas já fui uma jovem, e um sacerdote da Stygia me amou e me revelou o segredo da imortalidade e da eterna juventude. Depois, ele morreu... alguns disseram que foi envenenado. Mas eu morei em meu palácio às margens do Lago Zuad, e o passar dos anos não me afetava. Até que, finalmente, um rei da Stygia me desejou, e meu povo se rebelou e me trouxe até esta terra. Olmec me chamava de princesa. Não tenho sangue real. Sou maior que uma princesa. Eu sou Tascela, cuja juventude a sua própria e gloriosa juventude vai restaurar.

A língua de Valéria ficou pregada ao céu da boca. Ela sentiu ali um mistério mais obscuro que a degeneração que pressentira.

A mulher mais alta desamarrou os pulsos da aquiloniana e a colocou de pé. Não era o medo da força superior, oculta nos membros da princesa, que fazia de Valéria uma prisioneira trêmula. Eram os ardentes, hipnóticos e terríveis olhos de Tascela.

VII

ELE VEM DAS TREVAS

— Bem, eu sou um kushita!

Conan olhou para o homem sobre o cavalete de ferro.

— O que diabos está fazendo em cima dessa coisa?

Sons incoerentes saíram de trás da mordaça, ao passo que Conan se curvou e a removeu, arrancando um bramido de medo do cativo, pois o ato havia feito com que a bola de ferro descesse até quase tocar o peito largo.

— Tenha cuidado, em nome de Set! — implorou Olmec.

— Por quê? — indagou Conan. — Acha que eu me importo com o que acontece com você? Só queria ter tempo de ficar aqui e ver esse pedaço de ferro esmagar suas entranhas. Mas estou com pressa. Onde está Valéria?

— Solte-me! — suplicou Olmec. — Eu lhe contarei tudo!

— Conte-me primeiro.

— Nunca! — As mandíbulas pesadas do príncipe se fecharam teimosamente.

— Tudo bem. — Conan se sentou num banco próximo. — Eu a encontrarei sozinho, depois que você virar geleia. Creio que posso acelerar o processo girando a ponta de minha espada em sua orelha — acrescentou, estendendo a arma de forma experimental.

— Espere! — As palavras saíram rapidamente dos lábios empalidecidos do prisioneiro. — Tascela tirou-a de mim. Nunca passei de um boneco nas mãos de Tascela.

— Tascela? — rosnou e cuspiu Conan. — Ora, aquela imunda...

— Não, não! — ofegou Olmec. — É pior do que você pensa. Tascela é velha... tem séculos de idade. Ela renova sua vida e juventude sacrificando mulheres bonitas e jovens. É uma das coisas que reduziu o clã ao estado atual. Ela vai sugar a essência da vida de Valéria para o próprio corpo e florescerá com vigor e beleza renovados.

— As portas estão trancadas? — perguntou Conan, passando o polegar no fio da espada.

— Sim! Mas conheço um caminho para entrar em Tecuhltli. Somente Tascela e eu conhecemos, e ela acha que estou indefeso e que você está morto. Liberte-me, e juro que o ajudarei a salvar Valéria. Sem minha ajuda, você não conseguirá alcançar Tecuhltli, porque, mesmo que me torturasse até eu lhe revelar o segredo, você não conseguiria usá-lo. Solte-me, e pegaremos Tascela de surpresa e a mataremos antes que ela possa usar a magia... antes que ela possa fixar os olhos dela nos nossos. Uma faca nas costas fará o serviço. Eu deveria tê-la matado desse jeito há muito tempo, mas temia que, sem ela para nos ajudar, os xotalancas nos derrotassem. Ela também precisava de minha ajuda, e esta é a única razão pela qual me deixou viver até agora. Agora nenhum de nós precisa do outro, e um tem que morrer. Juro que, depois de matarmos aquela bruxa, você e Valéria estarão livres e poderão partir tranquilamente. Meu povo me obedecerá quando Tascela estiver morta.

Conan se curvou e cortou as cordas que amarravam o príncipe, e Olmec deslizou cautelosamente sob a bola enorme e se levantou, sacudindo a cabeça como um touro e murmurando pragas enquanto passava os dedos na nuca ferida. Ombro a ombro, os dois homens eram um quadro impressionante de força primitiva. Olmec era tão alto quanto Conan e mais corpulento. Mas havia algo de repulsivo no tlazitlano, algo abismal e monstruoso que contrastava desfavoravelmente com a firmeza escultural do cimério. Conan havia tirado os restos de sua camisa esfarrapada e encharcada de sangue, e sua extraordinária massa muscular se revelava de forma impressionante. Seus ombros poderosos eram tão largos quanto os de Olmec e mais bem torneados; seu peito enorme tinha uma curva mais impressionante e se afunilava até uma cintura firme, que não tinha o volume abdominal do torso de Olmec. Ele poderia ser uma imagem de força primitiva, esculpida em bronze. Olmec era mais escuro, mas não devido ao sol. Se Conan parecia ter saído da aurora do tempo, Olmec era uma figura desengonçada e sombria saída das trevas da madrugada primordial.

— Mostre o caminho — ordenou Conan. — E fique à minha frente. Não confio em você mais do que confiaria em segurar um touro pela cauda.

Olmec deu a volta e andou altivamente adiante dele, com uma das mãos se retorcendo levemente enquanto puxava a barba emaranhada.

Ele não guiou Conan de volta à porta de bronze, que o príncipe naturalmente achou que Tascela houvesse trancado, mas à certa câmara na fronteira de Tecuhltli.

— Este segredo ficou guardado por meio século — disse ele. — Nem mesmo nosso próprio clã o conhecia, e os xotalancas jamais descobriram. O próprio Tecuhltli construiu esta entrada secreta e depois matou os escravizados que realizaram o trabalho, pois temia se ver trancado de fora do próprio reino por causa do rancor de Tascela, cuja paixão por ele logo se transformou em ódio. Mas ela descobriu o segredo e trancou a porta secreta contra ele num dia em que ele voltava fugindo de uma incursão malsucedida, e os xotalancas o pegaram e esfolaram. Mas, uma vez, espionando-a, eu a vi adentrar Tecuhltli por este caminho e, assim, aprendi o segredo.

Ele pressionou um ornamento dourado na parede, e um painel girou para dentro, mostrando uma escada de marfim que levava para cima.

— Esta escada foi construída dentro da parede — disse Olmec. — Ela leva até uma torre acima do teto, e, de lá, outras escadas descem para as várias câmaras. Depressa!

— Depois de você, companheiro — retrucou Conan satiricamente, balançando sua espada larga enquanto falava, e Olmec encolheu os ombros e subiu a escada. Conan instantaneamente o seguiu, e a porta se fechou atrás deles. Lá em cima, um cacho de joias de fogo fazia a escada parecer o poço de um dragão.

Subiram até Conan calcular que estavam acima do nível do quarto andar e logo adentraram uma torre cilíndrica, em cujo teto abobadado estavam dependurados os cachos de joias de fogo que iluminavam a escada. Através de janelas com grades de ouro, encaixadas com inquebráveis chapas de cristal — as primeiras janelas que ele via em Xuchotl —, Conan teve um vislumbre de telhados altos, abóbadas e mais torres, avultando obscuramente contra as estrelas. Estavam olhando para os tetos de Xuchotl.

Olmec não olhou pelas janelas. Ele desceu correndo uma das muitas escadas que serpenteavam para baixo desde as torres, e, após terem descido um pouco, essa escada se tornou um corredor estreito que continuava serpenteando tortuosamente por alguma distância. Esse corredor terminava numa escada íngreme que guiava para baixo. Ali, Olmec parou.

Lá de baixo, abafado, mas inconfundível, fluiu o grito de uma mulher, carregado de medo, fúria e vergonha. E Conan reconheceu a voz de Valéria.

Na fúria imediata despertada por aquele grito, e no assombro de perguntar a si mesmo qual perigo poderia arrancar tal guincho dos lábios destemidos de Valéria, Conan esqueceu Olmec. Ele passou pelo príncipe e desceu a escada. O instinto o fez girar novamente, no exato momento em que Olmec o golpeava com seu punho em forma de marreta. O golpe, feroz e silencioso, foi dirigido à base da cabeça de Conan, mas o cimério girou a tempo de receber o soco no lado do pescoço. O impacto teria quebrado as vértebras de um homem mais fraco. Conan cambaleou para trás, mas, mesmo perdendo o equilíbrio, deixou cair sua espada, inútil naquela curta distância, e agarrou o braço esticado de Olmec, arrastando o príncipe consigo na queda. Rolaram juntos pelos degraus, num turbilhão giratório de membros, cabeças e corpos. E, enquanto rolavam, os dedos férreos de Conan encontraram e apertaram a garganta taurina de Olmec.

O pescoço e o ombro do bárbaro estavam dormentes devido ao impacto do poderoso soco de Olmec, no qual fora colocada toda a força do maciço antebraço, tríceps volumoso e grande ombro. Mas isso não afetou sua ferocidade. Como um buldogue, ele resistiu implacável enquanto rolavam, até finalmente baterem numa porta de marfim lá embaixo, com tal impacto que a despedaçaram. Mas Olmec já estava morto, pois aqueles dedos de ferro haviam quebrado seu pescoço durante a queda.

Conan se levantou, sacudindo as lascas dos ombros poderosos e tirando o sangue e a poeira de seus olhos.

Ele estava na grande sala do trono. Havia quinze pessoas naquele local, além dele mesmo. A primeira que viu foi Valéria. Havia um curioso altar preto diante da plataforma do trono. Enfileiradas ao redor, sete velas pretas em sete castiçais dourados lançavam para o alto espirais de densa fumaça verde, de cheiro perturbador. Essas espirais se uniam numa nuvem próxima ao teto, formando um arco fumegante acima do altar. Naquele altar, Valéria estava deitada, completamente nua, sua pele branca brilhando em chocante contraste com a cintilante pedra cor-de-ébano. Não estava amarrada. Estava simplesmente deitada, com os braços estirados acima da cabeça. Numa ponta do altar, ajoelhava-se um jovem, segurando firmemente os braços dela. Uma jovem se ajoelhava na outra extremidade, agarrando os tornozelos. Entre eles, ela não conseguia se erguer nem mexer.

Onze homens e mulheres de Tecuhltli se ajoelhavam em silêncio num semicírculo, assistindo à cena com olhos ardentes e lascivos.

No trono de marfim, Tascela se recostava indolentemente. Tigelas de bronze que continham incensos rolavam suas espirais ao redor dela; os pequenos feixes de fumaça se encaracolavam em torno de seus membros nus, como dedos que acariciavam. Não conseguia se sentar quieta: ela se torcia e mexia em abandono sensual, como se estivesse sentindo prazer no contato do marfim liso com sua pele macia.

O espatifar da porta, quando ela se quebrou sob o impacto dos corpos, não causou mudança na cena. Os homens e mulheres ajoelhados simplesmente olharam sem curiosidade para o cadáver de seu príncipe e para o homem que se erguia das ruínas da porta, e logo voltaram a olhar avidamente para a forma branca que se contorcia sobre o altar preto. Tascela o olhou de modo insolente e voltou a se esparramar em seu trono, rindo zombeteiramente.

— Cadela! — A visão de Conan ficou vermelha. Suas mãos se fecharam como martelos de ferro quando ele avançou em direção a ela. Ao dar seu primeiro passo, algo retiniu alto, e aço mordeu sua perna selvagemente. Ele cambaleou e quase caiu, interrompido em sua corrida impetuosa. As mandíbulas de uma armadilha de ferro haviam se fechado em sua perna, com dentes que afundavam e seguravam. Somente os músculos poderosos de sua panturrilha impediram que o osso não se quebrasse. A coisa maldita havia saído do chão flamejante de repente e sem aviso. Agora ele via as fendas, no chão onde as mandíbulas haviam estado, perfeitamente camufladas.

— Idiota! — riu Tascela. — Achou que eu não ia me prevenir para o seu possível retorno? Cada porta desta sala possui armadilhas como essa. Agora fique aí e veja, enquanto cumpro o destino de sua bela amiga! Depois decidirei o seu.

A mão de Conan buscou instintivamente o cinto, apenas para encontrar uma bainha vazia. Sua espada estava na escadaria atrás dele. Seu punhal ficara lá na floresta, onde o dragão o havia arrancado da mandíbula. Os dentes de aço em sua perna queimavam como carvão, mas a dor não era tão feroz quanto a fúria que fervia sua alma. Estava preso numa armadilha, como um lobo. Se tivesse sua espada ao alcance, cortaria a própria perna e se arrastaria pelo chão para matar Tascela. Os olhos de Valéria viraram para ele, com um apelo mudo, e sua própria condição indefesa fazia ondas de loucura rolarem pelo seu cérebro.

Ajoelhando-se sobre a perna livre, ele tentou enfiar seus dedos entre os dentes da armadilha, para abri-los com pura força bruta. O sangue brotava sob suas unhas, mas as mandíbulas se fechavam ao redor de sua perna num círculo tão apertado que não havia espaço entre sua carne dolorida e o aço com presas. A visão do corpo nu de Valéria só fazia aumentar ainda mais o fogo de sua raiva.

Tascela o ignorou. Erguendo-se languidamente de seu trono, ela percorreu as fileiras de seus súditos com um olhar investigador e perguntou:

— Onde estão Xamec, Zlanath e Tachic?

— Eles não voltaram das catacumbas, princesa — respondeu um homem. — Assim como nós, eles levaram os corpos dos mortos para dentro das criptas, mas não retornaram. Talvez o fantasma de Tolkemec os tenha levado.

— Cale-se, idiota! — ordenou ela de forma rude. — Aquele fantasma é um mito.

Ela desceu da plataforma, brincando com uma fina adaga de cabo dourado. Seus olhos brilhavam como o inferno. Parou ao lado do altar e falou em meio àquela tensa quietude.

— Sua vida me rejuvenescerá, mulher branca! — disse ela. — Vou me inclinar sobre seu peito e colocar meus lábios sobre os seus; e devagar... ah, bem devagar... afundarei esta lâmina em seu coração, de modo que sua vida, saindo de seu corpo que enrijece, entrará no meu e me fará florescer novamente em juventude e vida eterna!

Lentamente, como uma serpente prestes a dar o bote, ela se curvou, através da fumaça que se retorcia, cada vez mais perto da mulher agora imóvel, que agora mirava os incandescentes olhos escuros dela — olhos que ficavam maiores e mais profundos, brilhando como luas pretas na fumaça que remoinhava.

As pessoas ajoelhadas juntaram suas mãos e prenderam a respiração, ansiosas pelo clímax sangrento. O único som ali era o ofegar feroz de Conan enquanto ele se esforçava para livrar a perna da armadilha.

Todos os olhos estavam fixos no altar e na figura branca sobre ele. O estrondo de um trovão dificilmente quebraria o feitiço, mas foi apenas uma exclamação discreta que despedaçou a imobilidade da cena e fez todo mundo girar rapidamente — uma exclamação baixa, mas suficiente para arrepiar os cabelos. Eles olharam e viram.

Emoldurada na porta à esquerda da plataforma do trono, havia a figura de um pesadelo. Era um homem, com emaranhados cabelos brancos e desgrenhada barba branca que recaía sobre seu peito. Farrapos só cobriam parcialmente sua forma magra, revelando membros seminus de aparência estranhamente não natural. A pele não era a de um humano normal. Havia uma sugestão de escamas, como se o dono tivesse vivido muito tempo em condições quase opostas àquelas em que a vida humana normalmente floresce. E não havia nada de humano nos olhos que ardiam sob os emaranhados cabelos brancos. Eram grandes discos brilhantes que não piscavam; eram luminosos, esbranquiçados e sem qualquer insinuação de emoções e sanidade normais. A boca se abriu, mas dela não saíram palavras coerentes — apenas uma risada.

— Tolkemec! — sussurrou Tascela, pálida, enquanto os outros se encolhiam em horror mudo. — Então não era mito nem fantasma! Por Set! Você viveu durante doze anos na escuridão! Doze anos entre os ossos dos mortos! Que comida medonha você achou? Que louca paródia de vida você viveu, na total escuridão da noite eterna? Agora vejo por que Xamec, Zlanath e Tachic não retornaram das catacumbas... e jamais retornarão. Mas por que demorou tanto? Estava procurando alguma coisa nos fossos? Alguma arma secreta que você sabia estar oculta lá? E você finalmente a achou?

A horrível risada baixa foi a única resposta de Tolkemec, quando ele saltou para dentro da sala com um longo pulo que o fez passar por cima da armadilha secreta diante da porta — por sorte, ou por alguma vaga lembrança dos costumes de Xuchotl. Ele não era louco no sentido comum da palavra. Havia vivido separado da humanidade por tanto tempo que não era mais humano. Somente um fio inquebrável de memória, cristalizado em ódio e desejo de vingança, havia deixado-o conectado com a humanidade que o rejeitara e o manteve se espreitando próximo ao povo que odiava. Apenas essa fina corda o impediu de correr e saltitar para sempre dentro dos corredores obscuros e nos domínios do mundo subterrâneo que ele descobrira havia muito tempo.

— Você procurava algo oculto — sussurrou Tascela, recuando. — E você o encontrou! Você se lembra da rixa. Após todos esses anos de escuridão, você se lembra!

De fato, na mão magra de Tolkemec agora ondulava um curioso cetro cor-de-jade, em cuja extremidade brilhava um bulbo escarlate em forma de romã. Ela saltou para o lado quando ele a apontou como uma lança e um raio de fogo vermelho disparou da romã. Ele errou Tascela, mas a mulher que segurava os tornozelos de Valéria estava no caminho e foi atingida entre as espáduas. Houve um agudo crepitar, e um raio de fogo saiu de seu peito e atingiu o altar preto, com uma explosão de fagulhas azuis. A mulher caiu de lado, enrugando-se e murchando como uma múmia enquanto desabava.

Valéria rolou para o outro lado do altar e se dirigiu engatinhando à parede oposta, pois o inferno estava solto na sala do trono do falecido Olmec.

O homem que segurava as mãos de Valéria foi o próximo a morrer. Ele se virou para correr, mas, antes que desse meia dúzia de passos, Tolkemec, com uma agilidade assustadora para sua estrutura, girou e pulou até uma posição que pôs o homem entre ele e o altar. Novamente, o raio de fogo vermelho brilhou, e o tecuhltli rolou sem vida pelo chão, enquanto o relâmpago completava seu curso com uma explosão de fagulhas azuis contra o altar.

Então começou o massacre. Gritando loucamente, as pessoas tentaram sair da câmara, esbarrando umas nas outras e caindo. E, entre elas, Tolkemec saltitava e se saracoteava, distribuindo morte. Não podiam fugir pelas portas, pois, aparentemente, o metal delas servia — assim como o altar de pedra raiado de metal — para completar o trajeto do poder infernal que lampejava como trovão do bastão mágico usado pelo velho. Quando pegava um homem ou mulher entre ele e uma porta, ou o altar, a pessoa morria instantaneamente. Ele não escolhia uma vítima específica. Acertava-as ao acaso, com seus trapos balançando ao redor dos membros que giravam selvagens e os ecos borrascosos de sua risada percorrendo a sala mais altos que os gritos. Corpos caíam como folhas de outono, ao redor do altar e diante das portas. Um guerreiro desesperado correu até ele, erguendo uma adaga, apenas para tombar antes que pudesse golpear. Mas o restante parecia uma manada enlouquecida, sem pensar em resistir e sem chance de fugir.

O último tecuhltli, com exceção de Tascela, havia caído, quando a princesa alcançou o cimério e a garota que se abrigara ao lado dele. Tascela se abaixou e tocou o chão, pressionando um desenho neste. Instantaneamente, as mandíbulas de ferro soltaram o membro ensanguentado e voltaram para dentro do piso.

— Mate-o, se puder! — ofegou ela, e pôs um pesado punhal na mão dele. — Não tenho magia para enfrentá-lo!

Com um grunhido, Conan saltou à frente da mulher, sem se importar com a perna dolorida no calor do desejo por luta. Tolkemec se aproximava dele, com os estranhos olhos resplandecendo, mas hesitou ao ver o brilho da faca na mão de Conan. Então, começou um jogo sombrio, Tolkemec procurava girar ao redor de Conan e pegar o bárbaro entre ele e o altar ou uma porta de metal, enquanto Conan procurava evitar isto e usar seu punhal. As mulheres assistiam tensas, prendendo a respiração.

Não havia som algum, exceto o sussurrar e raspar de pés que se deslocavam rapidamente. Tolkemec não se saracoteava nem piruetava mais. Ele percebeu que o confrontavam coisas mais sinistras que as pessoas que haviam morrido fugindo, aos gritos. No brilho elementar dos olhos do bárbaro, ele lia uma determinação de matar tão grande quanto a dele próprio. Eles se moviam para trás e para frente, e, quando um se mexia, o outro também se movimentava, como se fios invisíveis os prendessem um ao outro. O tempo todo, porém, Conan estava se aproximando cada vez mais de seu inimigo. Os músculos contraídos de suas coxas estavam começando a se dobrar para um pulo, quando Valéria gritou. Por um rápido instante, uma porta de bronze ficou alinhada com o corpo em movimento de Conan. A linha vermelha disparou, chamuscando o corpo de Conan quando girou para o lado, e, enquanto se esquivava, ele arremessou a faca. O velho Tolkemec caiu, desta vez realmente morto, com o cabo tremendo em seu peito.

Tascela saltou — não em direção a Conan, mas até a vara que tremeluzia como uma coisa viva no chão. Mas, quando ela saltou, Valéria fez o mesmo, segurando uma adaga arrancada de um homem morto, e a lâmina, enfiada com toda a força dos músculos da pirata, trespassou a princesa de Tecuhltli, de modo que a ponta se sobressaiu entre os seios. Tascela soltou um breve grito e caiu morta, e Valéria empurrou o corpo com o calcanhar enquanto ele caía.

— Eu tinha que fazer isso, em nome do meu respeito próprio! — arfou Valéria, encarando Conan, que estava do outro lado do corpo caído.

— Bom, isto encerra a contenda — grunhiu ele. — Foi uma noite infernal! Onde essa gente guardava a comida? Estou faminto.

— Você precisa de uma atadura nessa perna. — Valéria rasgou um pedaço grande de seda de uma cortina e o prendeu ao redor da cintura, e depois arrancou tiras menores, que ela amarrou eficazmente ao redor do membro ferido do bárbaro.

— Eu posso andar — assegurou-lhe ele. — Vamos embora. Já está amanhecendo do lado de fora desta cidade infernal. Estou farto de Xuchotl. Ainda bem que a raça se exterminou sozinha. Não quero nenhuma de suas malditas joias. Elas podem estar enfeitiçadas.

— Há bastante pilhagem limpa no mundo, para mim e para você — disse ela, endireitando-se até ficar ereta e esplêndida diante dele.

A antiga chama voltou aos olhos dele, e desta vez ela não ofereceu resistência quando ele a agarrou ardentemente nos braços.

— É um longo caminho até a costa — disse ela pouco depois, retirando os lábios dos dele.

— Que importa? — riu ele. — Não há nada que não possamos conquistar. Já estaremos plantados no convés de um navio antes que os stygios abram seus portos para a temporada comercial. E então mostraremos ao mundo o que significa saquear!

POSFÁCIO

O LIVRO EM SUAS MÃOS INCLUI O CONTO ORIGINAL "PREGOS VERMELHOS", DE ROBERT E. Howard, criador de Conan. Esta é a história que inspirou o autor S. M. Stirling a escrever *O Sangue da Serpente*, um *prequel* da obra de Howard, revelando assim os eventos que levaram Conan a conhecer Valéria da Irmandade Vermelha.

"Pregos Vermelhos" é puro Howard, restaurado de seu manuscrito original. Direto e poderoso, ele também reflete muito do seu tempo — escrito quase um século atrás, quando nossa cultura podia ser menos socialmente consciente e a ficção em particular frequentemente exibia arestas que alguns dos leitores de hoje podem achar chocantes.

No entanto, esta é uma fantasia seminal de um escritor cujo trabalho Stephen King chamou de "tão enérgico que quase solta faíscas". Em vez de alterá-lo de alguma forma, optamos por oferecê-lo em sua forma original para o leitor experimentar.

AGRADECIMENTOS

AGRADEÇO AO EDITOR STEVE SAFFEL, POR SUGERIR ESTE TRABALHO PARA MIM E PELA AJUDA considerável com a redação.

À equipe da Titan Books, por decidir fazer uma nova série mais próxima da visão de R. E. Howard: Nick Landau, Vivian Cheung, Laura Price, David Lancett, Paul Simpson e Julia Lloyd. E na Conan Properties: Fredrik Malmberg, Jay Zetterberg, Matt Murray e Steve Booth.

E a Robert E. Howard, por ter criado Conan e toda a selvagem e gloriosa balbúrdia da Era Hiboriana, onde vaguei quando jovem e a cujo gênero serei eternamente grato. Minha primeira tentativa de escrever um romance, quando eu tinha 13 anos de idade, foi um pastiche howardiano verdadeiramente terrível. Espero que décadas de experiência tenham, enfim, me tornado digno de entrar no cercadinho do mestre.

Ao Joe's Diner (http://joesdining.com/), Ecco Gelato & Expresso (http://www.eccogelato.com/) e Tribe's Coffee House, (https://www.tribescoffeehouse.net/) aqui em Santa Fé, Novo México, por aturar minha presença interminável e meu hábito de fazer caretas e balbuciar diálogos enquanto escrevo. Que eles sobrevivam ao apocalipse, prosperem mais uma vez e ajudem minha criatividade com café e doces.

SOBRE O AUTOR

S. M. STIRLING NASCEU NA FRANÇA EM 1953, FILHO DE PAIS CANADENSES, EMBORA SUA mãe tenha nascido na Inglaterra e crescido no Peru. Depois disso, ele morou na Europa, no Canadá, na África e nos Estados Unidos e visitou vários outros continentes. Formou-se na faculdade de direito de Osgoode Hall, no Canadá, mas teve sua barbatana dorsal removida cirurgicamente e publicou seu primeiro romance (*Snowbrother*) em 1984, tornando-se escritor em tempo integral em 1988, ano de seu casamento com Janet Moore, natural de Milford, Massachusetts, que ele conheceu, cortejou e pediu em casamento em sucessivas edições da *World Fantasy Convention*. Em 1995, ele de repente percebeu que eles poderiam morar em qualquer lugar, e fugiram de Toronto, aquela cidade grande, fria e cinzenta no Lago Ontário, e se mudaram para Santa Fé, Novo México. Ele se tornou cidadão norte-americano em 2004. Seus livros mais recentes são *The Sky-Blue Wolves* (2018), *Black Chamber* (2018), *Theatre of Spies* (2019), *Shadows of Annihilation* (2020) e *Daggers in Darkness* (2021).

Impressão e Acabamento | Gráfica Viena

www.graficaviena.com.br